Heather Morris
**Das Mädchen aus dem Lager –
Der lange Weg der Cecilia Klein**

Heather Morris

Das Mädchen aus dem Lager – Der lange Weg der Cecilia Klein

Roman nach einer wahren Geschichte

Aus dem Englischen von Elsbeth Ranke

PIPER

Mehr über unsere Autoren und Bücher:
www.piper.de

Wenn Ihnen dieser Roman gefallen hat, schreiben Sie uns unter
Nennung des Titels »Das Mädchen aus dem Lager – Der lange Weg
der Cecilia Klein« an empfehlungen@piper.de, und wir empfehlen
Ihnen gerne vergleichbare Bücher.

Von Heather Morris liegen im Piper Verlag vor:
Der Tätowierer von Auschwitz
Das Mädchen aus dem Lager – Der lange Weg der Cecilia Klein

MIX
Papier aus verantwor-
tungsvollen Quellen
FSC® C083411
www.fsc.org

ISBN 978-3-492-06229-9
2. Auflage 2020
© Heather Morris 2019
Titel der englischen Originalausgabe:
»Cilka's Journey«, Zaffre, an imprint of Bonnier Books UK, London 2019
© der deutschsprachigen Ausgabe:
Piper Verlag GmbH, München 2020
Redaktion: Kerstin Kubitz
Satz: Fotosatz Amann, Memmingen
Gesetzt aus der Adobe Caslon Pro
Druck und Bindung: CPI books GmbH
Printed in the EU

Meinen Enkeln Henry, Nathan,
Jack, Rachel und Ashton.

Vergesst nie den Mut, die Liebe, die Hoffnung –
ein Geschenk derer, die überlebt haben, und derer,
die nicht überlebten.

VORBEMERKUNG DER AUTORIN

Dieses Buch ist ein fiktives Werk auf Grundlage dessen, was ich aus erster Hand von Lale Sokolov, dem Tätowierer von Auschwitz, über Cecilia »Cilka« Klein erfahren habe, der er in Auschwitz-Birkenau begegnet ist; weitere Quellen waren andere Personen, die sie persönlich kannten, und meine eigene Recherche. Der Text verflicht Fakten und Berichte mit den Erfahrungen weiblicher Holocaustüberlebender und den Erlebnissen von Frauen, die am Ende des Zweiten Weltkriegs in das sowjetische Gulag-System verschleppt wurden; dennoch handelt es sich um einen Roman und nicht um eine Dokumentation über Cilkas Leben. Die verschiedenen Protagonisten sind teils von Menschen, die tatsächlich gelebt haben, inspiriert (manchmal stehen sie dabei für mehr als ein Individuum), teils vollständig erfunden. Zu diesen grauenhaften Abschnitten unserer Geschichte gibt es viele Tatsachenberichte, und ich ermutige jeden interessierten Leser, sich damit zu beschäftigen.

Mehr Informationen über Cecilia Klein und ihre Familie sowie zum Gulag entnehmen Sie bitte dem

Anhang zu diesem Roman. Ich hoffe, dass über Cilka und die, die sie einst kannten, nach der Veröffentlichung dieses Buchs noch weitere Details ans Licht kommen.

Heather Morris, Oktober 2019

KAPITEL 1

KZ Auschwitz, 27. Januar 1945

Cilka starrt den Soldaten an, der vor ihr steht, ein Angehöriger der Infanterieeinheit, die ins Lager eingerückt ist. Er sagt etwas auf Russisch, dann auf Deutsch. Turmhoch überragt der Soldat das achtzehnjährige Mädchen. *»Du bist frei.«* Sie weiß nicht, ob sie diese Worte wirklich gehört hat. Die einzigen Russen, die sie bisher im Lager gesehen hat, waren ausgemergelte, halb verhungerte Kriegsgefangene.

Kann es wirklich sein, dass es Freiheit gibt? Kann dieser Albtraum vorüber sein?

Als sie nicht reagiert, beugt er sich herunter und legt ihr die Hände auf die Schultern. Sie fährt zusammen.

Schnell zieht er die Hände zurück. »Entschuldigung, ich wollte dich nicht erschrecken.« Er spricht weiter in stockendem Deutsch. Schüttelt den Kopf, offenbar kommt er zu dem Schluss, dass sie ihn nicht versteht. Mit einer weiten Handbewegung wiederholt er die Worte langsam. »Du bist frei. Du bist sicher. Wir sind die sowjetische Armee, und wir sind hier, um euch zu helfen.«

»Ich verstehe«, flüstert Cilka und zieht sich den Mantel enger um ihre schmale Gestalt.

»Verstehst du Russisch?«

Cilka nickt. Als Kind ist sie mit einem ostslawischen Dialekt in Berührung gekommen, dem Russinischen.

»Wie heißt du?«, fragt er sanft.

Cilka blickt auf in die Augen des Soldaten und sagt klar und deutlich: »Ich heiße Cecilia Klein, aber meine Freunde nennen mich Cilka.«

»Ein hübscher Name«, sagt er. Seltsam, einen Mann anzusehen, der nicht einer ihrer Peiniger ist und doch bei so guter Gesundheit. Seine hellen Augen, die runden Wangen, das blonde Haar, das unter seiner Mütze hervorsieht. »Woher kommst du, Cilka Klein?«

Die Erinnerung an ihr altes Leben ist verblasst, verschwommen. Irgendwann war es zu schmerzlich geworden, sich zu erinnern, dass es ihr früheres Leben mit ihrer Familie in Bardejov wirklich gegeben hat.

»Ich komme aus der Tschechoslowakei«, bringt sie mit brüchiger Stimme heraus.

KZ Auschwitz-Birkenau, Februar 1945

Cilka sitzt in der Baracke, so nahe wie möglich an dem einzigen Ofen, der etwas Wärme abgibt. Sie weiß, dass sie bereits aufgefallen ist. Die anderen halbwegs gesunden Frauen, auch ihre Freundinnen, wurden schon vor Wochen von der SS in Kolonnen aus dem Lager getrieben. Die verbliebenen Häftlinge sind zu Skeletten abgemagert, krank oder Kinder. Und dann ist da noch Cilka. Sie sollten alle erschossen werden, aber in der Hast, selbst wegzukommen, überließen die Nazis sie ihrem Schicksal.

Außer den Soldaten sind jetzt noch andere Offizielle hier – Beamte der Spionageabwehr, hat Cilka gehört, aber sie weiß nicht so genau, was das bedeutet –, um eine Sachlage zu regeln, für die die gemeinen Soldaten nicht ausgebildet sind. Sie haben die Aufgabe, Recht und Ordnung durchzusetzen und vor allem jede mögliche Bedrohung vom Sowjetstaat abzuwenden. Daher, so haben ihr die Soldaten gesagt, befragen sie alle Gefangenen, um den jeweiligen Haftgrund zu bestimmen und zu klären, ob sie mit den Nazis kollaboriert haben. Die fliehende deutsche Wehrmacht gilt als Staatsfeind der Sowjetunion, und jeder, der irgendeine Verbindung zu ihr hat, ist per se ein Feind der Sowjets.

Ein Soldat betritt die Baracke. »Mitkommen«, sagt er und zeigt auf Cilka. Gleichzeitig packt eine Hand ihren rechten Arm und zieht sie auf die Beine. Mehrere Wochen sind vergangen, und sie hat viele Male mit angesehen, wie andere aus der Baracke zum Verhör gebracht wurden. Jetzt ist eben sie an der Reihe. Sie ist achtzehn Jahre alt, und sie kann nur hoffen, dass man ihre Lage versteht: Um zu überleben, hatte sie keine andere Wahl, als zu tun, was sie getan hat. Das oder den Tod. Sie kann nur hoffen, dass sie bald zurück darf in ihre Heimat, die Tschechoslowakei, dass es irgendwie vorwärtsgeht.

Als sie in das Gebäude geführt wird, das die Sowjets als Kommandozentrale nutzen, versucht Cilka, den vier Männern zuzulächeln, die am anderen Ende des Raums sitzen. Schließlich sind sie hier, um ihre Peiniger zu bestrafen, nicht sie. Es ist eine gute Zeit, es gibt nichts mehr zu verlieren. Ihr Lächeln wird nicht erwidert. Ihr fällt auf, dass die Uniformen sich leicht von denen der Soldaten draußen unterscheiden. Blaue Schulterstücke an den Jacken, und auf den Mützen, die vor ihnen auf dem Tisch liegen, ein Band im selben Blauton mit einem roten Streifen.

Schließlich lächelt ihr einer von ihnen doch zu und spricht sie in freundlichem Ton an.

»Sagen Sie uns bitte Ihren Namen.«

»Cecilia Klein.«

»Woher kommen Sie, Cecilia? Land und Stadt.«

»Ich komme aus Bardejov in der Tschechoslowakei.«

»Geburtstag?«

»17. März 1926.«

»Seit wann sind Sie hier?«

»Seit dem 23. April 1942, kurz nach meinem sechzehnten Geburtstag.«

Der Beamte stutzt, mustert sie.

»Das ist lange her.«

»Hier ist das eine Ewigkeit.«

»Was haben Sie seit April 1942 hier gemacht?«

»Überlebt.«

»Ja, aber wie haben Sie das angestellt?« Er legt den Kopf schief. »Sie sehen nicht ausgehungert aus.«

Cilka antwortet nicht, aber sie fährt sich mit der Hand ins Haar, das sie sich vor Wochen selbst abgeschnitten hat, als ihre Freundinnen weggebracht wurden.

»Haben Sie gearbeitet?«

»Meine Arbeit war, zu überleben.«

Die vier Männer wechseln Blicke. Einer von ihnen nimmt ein Blatt Papier und tut, als würde er es lesen, bevor er spricht.

»Wir haben hier einen Bericht über Sie, Cecilia Klein. Darin steht, dass Sie überlebt haben, indem Sie sich beim Feind prostituiert haben.«

Cilka bleibt stumm, schluckt, sieht von einem Mann zum anderen, versucht zu erraten, was sie damit sagen wollen, was für eine Antwort sie von ihr erwarten.

Jetzt redet ein anderer. »Die Frage ist ganz einfach. Hast du die Nazis gefickt?«

»Sie waren meine Feinde. Ich war hier eine Gefangene.«

»Aber hast du die Nazis gefickt? Unseren Informationen nach, ja.«

»Wie viele andere hier musste ich alles tun, was die Befehlshaber von mir wollten.«

Der erste Beamte steht auf. »Cecilia Klein, wir verlegen Sie fürs Erste nach Krakau; dort wird über Ihr weiteres Schicksal entschieden.« Er sieht ihr nicht mehr in die Augen.

»Nein«, entfährt es Cilka, während sie aufsteht. Das kann nicht wahr sein. »Das können Sie mir nicht antun! Ich bin ein Häftling hier.«

Einer der Männer, der bisher geschwiegen hat, fragt ganz ruhig: »Sprechen Sie Deutsch?«

»Ja, ein bisschen. Ich bin seit drei Jahren hier.«

»Und wie wir hören, noch viele weitere Sprachen, dabei kommen Sie aus der Tschechoslowakei.«

Cilka widerspricht nicht, hebt die Augenbrauen, versteht nicht, was das zur Sache tut. Sprachen hat sie in der Schule gelernt, andere hat sie im Alltag aufgeschnappt.

Die vier Männer wechseln wieder Blicke.

»Dass Sie mehrere Sprachen sprechen, deutet darauf hin, dass Sie ein Spion sein könnten und alles von hier an jeden weitergeben, der dafür bezahlt. Das werden wir in Krakau prüfen.«

»Sie können sich auf eine Verurteilung zur Zwangsarbeit gefasst machen«, bemerkt der erste Beamte.

Cilka braucht einen Moment, bis sie reagiert, und schon packt sie der Soldat, der sie hergebracht hat, am Arm, zerrt sie davon, während sie ihre Unschuld hinausschreit.

»Ich musste das tun, ich wurde vergewaltigt! Nein! Bitte!«

Doch die Soldaten reagieren nicht; es ist, als hörten sie sie nicht. Sie wenden sich der Nächsten zu.

Gefängnis Montelupich, Krakau, Juli 1945

Cilka hockt in der Ecke einer feuchten, stinkenden Zelle. Sie hat Mühe mitzuzählen, wie die Zeit vergeht. Tage, Wochen, Monate.

Sie spricht nicht mit den Frauen neben sich. Jede, die die Wärter beim Sprechen erwischen, wird hinausgeschafft und kommt mit blauen Flecken und zerrissenen Kleidern wieder. Still bleiben, klein bleiben, sagt sie sich, bis du weißt, was hier los ist und was man sagen und machen muss. Sie hat einen Streifen von ihrem Kleid abgerissen und ihn sich über Mund und Nase gebunden, um den Gestank von menschlichen Ausdünstungen, Kot und Verwesung zu lindern.

Eines Tages holen sie sie aus der Zelle. Sie ist so schwach vor Hunger und erschöpft von der ständigen Wachsamkeit, dass ihr die Gestalten der Wärter und die Mauern und Böden schwerelos vorkommen wie in einem Traum. Sie steht hinter anderen Gefangenen in einem Korridor Schlange, langsam geht es auf eine Tür zu. Kurz kann sie sich an eine warme, trockene Mauer lehnen. Sie heizen die Korridore für die Wärter, nicht aber die Zellen. Und obwohl es draußen jetzt warm sein muss, scheint das Gefängnis die Kälte der Nacht aufzusaugen und den ganzen Tag über nicht loszulassen.

Als Cilka an der Reihe ist, betritt sie einen Raum, in dem hinter einem Tisch ein Beamter sitzt; sein Gesicht wird von einer einzelnen Lampe grünlich beleuchtet. Die Posten an der Tür bedeuten ihr, vor den Tisch zu treten.

Der Beamte blickt auf sein Blatt Papier.

»Cecilia Klein?«

Sie blickt sich um. Sie ist mit den drei stämmigen Männern allein im Raum. »Ja?«

Wieder blickt er nach unten und liest von seinem Schriftstück vor. »Sie werden wegen Zusammenarbeit mit dem Feind verurteilt, als Prostituierte und außerdem als Spionin. Ihre Strafe lautet auf fünfzehn Jahre Zwangsarbeit.« Er unterschreibt den Bogen. »Unterschreiben Sie hier, dass Sie verstanden haben.«

Cilka hat jedes Wort verstanden. Er hat deutsch gesprochen, nicht russisch. Ist das etwa ein Trick, fragt sie sich. Sie spürt die Blicke der Männer an der Tür. Sie weiß, dass sie etwas tun muss. Offenbar bleibt ihr nichts anderes übrig, als das Einzige zu tun, was sie tun kann.

Er dreht das Blatt Papier um und zeigt auf eine gepunktete Linie. Darüber ist etwas in kyrillischen Buchstaben geschrieben. Wieder einmal steht sie vor derselben Alternative wie schon so oft in ihrem jungen Leben: entweder der schmale Pfad, der sich vor ihr öffnet, oder der Tod.

Der Beamte reicht ihr den Stift, dann sieht er gelangweilt zur Tür in Erwartung des Nächsten in der Schlange – er tut nur seine Arbeit.

Mit zitternden Fingern unterschreibt Cilka das Papier.

Erst als sie aus dem Gefängnis gebracht und auf einen Laster gestoßen wird, merkt sie, dass der Winter vorbei ist, der Frühling nie existiert hat, dass Sommer ist. Zwar ist die Wärme Balsam für ihren durchgefrorenen, ihren immer noch lebendigen Körper, doch das helle Licht tut ihr in den Augen weh. Noch bevor sie Gelegenheit hat, sich auf all das einzustellen, hält der Laster mit einem Ruck. Da, vor ihr, steht wieder ein Zug – ein rot angestrichener Viehwaggon.

KAPITEL 2

Ein Zug ins Arbeitslager
WorkutLag, Sibirien, 160 Kilometer
nördlich des Polarkreises, Juli 1945

Der Boden des Waggons ist mit Stroh ausgelegt, und jede Gefangene versucht, sich einen kleinen Fleck zum Sitzen zu sichern. Ältere Frauen jammern, Babys wimmern. Die Geräusche leidender Frauen – eigentlich hatte Cilka gehofft, sie müsste das nie wieder hören. Vier Stunden lang steht der Zug im Bahnhof, die Hitze macht den Raum zu einem Backofen. Der gemeinsame Wassereimer ist bald geleert. Die Schreie der Babys werden kläglich und trocken; die alten Frauen wiegen sich nur noch in Trance. Cilka hat sich an einer Wand niedergelassen und genießt den spärlichen Luftzug, der durch die schmalen Ritzen dringt. Von der Seite lehnt sich eine Frau an sie, und gegen ihre aufgestellten Knie drückt ein Rücken. Sie wehrt sich nicht. Wozu kämpfen um Platz, den es nicht gibt.

Cilka kann durch die Ritzen erkennen, dass es dunkel ist, als der Zug seine ersten ruckenden Bewegungen macht; die Maschinen haben Mühe, die lange Wagenreihe von Krakau wegzuschleppen, weg, so scheint es, von jeder Hoffnung, je wieder nach Hause zu kommen.

Nur einen Moment der Hoffnung hatte sie sich gegönnt, als sie *dort* in dieser Baracke saß und wartete. Wie hatte sie das wagen können. Bestrafung ist ihr Schicksal. Vielleicht verdient sie sie ja. Aber als der Zug Fahrt aufnimmt, schwört sie sich, dass sie niemals wieder an einem Ort wie Block 25 enden wird.

Es muss andere Möglichkeiten geben zu überleben, als Zeuge von so viel Tod zu werden.

Wird sie je erfahren, ob die Freundinnen, die zum Marsch aus dem Lager getrieben wurden, es in die Sicherheit geschafft haben? Sie müssen. Einen anderen Gedanken kann sie nicht ertragen.

Als das regelmäßige Rattern des Zugs die Kinder und Babys in den Schlaf gewiegt hat, dringt durch die Stille der Aufschrei einer jungen Mutter, die ein abgezehrtes Kind im Arm hält. Das Kind ist tot.

Cilka fragt sich, was die anderen Frauen getan haben, um hier zu enden. Sind sie auch Juden? Die meisten Frauen im Gefängnis waren keine, wie sie aus verschiedenen Gesprächsbrocken geschlossen hat. Sie fragt sich, wohin sie fahren. Wie durch ein Wunder nickt sie ein.

Der Zug bremst so plötzlich, dass die Insassen durcheinanderpurzeln. Köpfe schlagen an, Glieder werden gezerrt, die Leute schreien vor Schmerz. Cilka fängt sich ab, indem sie sich an der Frau festhält, die sich die ganze Nacht an sie gelehnt hat.

»Wir sind da«, sagt jemand. Aber wo ist »da«?

Weiter vorn am Zug hört Cilka das Rattern von Toren, aber sie hat das Gefühl, dass niemand aussteigt. Mit Schwung schiebt jemand ihr Wagentor auf. Wieder wird Cilka von hellem Sonnenlicht geblendet.

Draußen stehen zwei Männer. Einer reicht einen Eimer Wasser in ausgestreckte Hände. Der zweite Soldat wirft mehrere Brote herein, dann kracht das Tor wieder zu. Erneut sitzen sie im Halbdunkel. Ein Handgemenge, weil die Frauen sich um die Brote balgen. Für Cilka eine allzu bekannte Szene. Die Schreie werden lauter, bis endlich eine ältere Frau aufsteht, die Hände hebt, nichts sagt; aber auch im Halbdunkel füllt sie den Raum mit ihrer Kraft. Alle verstummen.

»Wir teilen«, sagt sie; in ihrer Stimme liegt Autorität. »Wie viele Laibe haben wir?« Fünf Hände gehen hoch und zeigen, wie viele Brote sie haben.

»Gebt zuerst den Kindern, und den Rest teilen wir. Wenn eine nichts abbekommt, ist sie nächstes Mal die Erste. Einverstanden?« Die Frauen mit dem Brot reißen kleine Stücke ab und reichen sie den Müttern. Cilka geht leer aus. Sie ist aufgewühlt. Sie weiß nicht, ob es die beste Idee ist, das Essen den Kindern zu geben, falls der Ort, an den sie fahren, so ist wie der, an dem sie war. Die reine Verschwendung. Sie weiß, dass es ein furchtbarer Gedanke ist.

Mehrere Stunden lang steht der Zug still. Die Frauen und Kinder verstummen wieder.

Diesmal zerreißt der Schrei eines Mädchens die Stille. Als ihre Nachbarinnen sie beruhigen und versuchen herauszufinden, was los ist, reckt sie schluchzend eine blutige Hand hoch. Cilka sieht sie im flimmernden Licht, das durch die Ritzen dringt.

»Ich sterbe.«

Die Frau direkt neben ihr sieht auf das Blut, das ihr Kleid befleckt.

»Sie hat ihre Regel«, sagt sie. »Alles in Ordnung, sie stirbt nicht.« Das Mädchen schluchzt weiter.

Das Mädchen an Cilkas Beinen – es ist etwas jünger und trägt ein ähnliches Kleid – richtet sich auf und ruft: »Wie heißt du?«

»Ana«, wimmert das Mädchen.

»Ana, ich bin Józia. Wir kümmern uns um dich«, sagt sie und blickt sich im Waggon um. »Oder?«

Die anderen nicken murmelnd.

Eine der Frauen nimmt das Gesicht des Mädchens zwischen die Hände und hält es vor ihres.

»Hattest du noch nie deine Regel?«

Das Mädchen schüttelt den Kopf. Die ältere Frau zieht sie zu sich an die Brust, wiegt sie, beruhigt sie. Cilka spürt eine merkwürdige Sehnsucht.

»Du stirbst nicht; du wirst eine Frau.«

Ein paar Frauen reißen schon Stoffstreifen vom Saum ihrer Kleider und reichen sie der Helferin.

Der Zug rumpelt vorwärts, Józia rutscht auf den Boden. Ihr entfährt ein kleines Kichern. Unwillkürlich kichert Cilka mit. Ihre Blicke kreuzen sich. Józia sieht ein bisschen aus wie ihre Freundin Gita. Dunkle Brauen und Wimpern, ein kleiner, hübscher Mund.

Viele Stunden später hält der Zug wieder. Wasser wird unsanft hereingeschoben, und Brot kommt angeflogen. Diesmal wird beim Halt genauer kontrolliert, und die junge Mutter muss ihr totes Baby an die Soldaten abgeben. Man muss sie mit Gewalt im Waggon zurückhalten, damit sie nicht ihrem Kind hinterherstürzt. Als sich das Tor krachend schließt, verstummt sie; die anderen helfen ihr in eine Ecke, wo sie sich ihrer Trauer überlässt.

Cilka sieht, wie genau das Mädchen, das an ihren Knien lehnt, seit sie den Zug bestiegen haben, das alles beobachtet, die Hand vor dem Mund. »Józia, richtig?«, fragt sie. Sie spricht Polnisch, die Sprache, die sie sie hat reden hören.

»Ja.« Langsam dreht Józia sich um, sodass sie Knie an Knie sitzen.

»Ich bin Cilka.«

Ihr Gespräch scheint Frauen um sie herum zu ermutigen. Cilka hört auch andere ihre Nachbarinnen nach dem Namen fragen, und bald wird überall im Waggon leise geflüstert. Sprachen werden identifiziert, Plätze getauscht, damit Landsleute nebeneinandersitzen können. Die Frauen erzählen sich gegenseitig ihre Geschichten. Einer Frau wurde vorgeworfen, sie habe mit den Deutschen kollaboriert, indem sie ihnen in ihrer polnischen Bäckerei Brot verkaufte. Eine andere wurde verhaftet, weil sie deutsche Propaganda übersetzte. Wieder eine andere wurde von den Nazis festgenommen, und da sie mit ihnen gemeinsam in Gefangenschaft geriet, wurde sie der Spionage für sie bezichtigt. Es ist unglaublich, aber es gibt lautes Gelächter – und Tränen –, während jede Frau zum Besten gibt, wie sie in diese missliche Lage geraten ist. Einige Frauen bestätigen, dass der Zug auf dem Weg zu einem Arbeitslager ist, aber wo es liegt, wissen sie nicht.

Józia erzählt Cilka, dass sie aus Krakau kommt und sechzehn Jahre alt ist. Cilka öffnet den Mund, um von sich zu berichten, aber ehe sie dazu kommt, erklärt eine Frau in der Nähe lautstark: »Ich weiß, warum sie hier ist.«

»Lass sie in Ruhe«, mahnt die kräftige ältere Frau, die dafür gesorgt hatte, dass das Brot geteilt wurde.

»Aber ich habe sie gesehen, im Pelzmantel mitten im Winter, während wir am Erfrieren waren.«

Cilka schweigt. Im Nacken spürt sie ein Brennen. Sie hebt den Kopf und sieht der Frau gerade in die Augen. Die Frau hält ihrem Blick nicht stand. Sie kommt ihr vage bekannt vor. War sie nicht auch eine der Langzeithäftlinge in Birkenau? Hatte sie nicht einen warmen, bequemen Arbeitsplatz im Verwaltungsgebäude?

»Und du, wenn du ihr Vorwürfe machst«, sagt die ältere Frau, »was bringt dich denn in diesen luxuriösen Zug auf Urlaubsfahrt?«

»Nichts, ich habe nichts getan«, grummelt die Frau leise.

»Wir haben alle nichts getan«, erklärt Józia zur Verteidigung ihrer neuen Freundin.

Mit zusammengebissenen Zähnen wendet sich Cilka von der Frau ab.

Sie spürt Józias freundlichen, tröstenden Blick auf ihrem Gesicht und wirft ihr ein schwaches Lächeln zu, bevor sie den Kopf zur Wand dreht. Sie schließt die

Augen und versucht, die plötzliche Erinnerung an Schwarzhuber abzublocken – den Schutzhaftlagerführer in Birkenau –, wie er in diesem kleinen Raum über ihr steht, sich den Gürtel aufschnallt, und hinter der Wand das Weinen von Frauen.

Beim nächsten Halt des Zuges bekommt Cilka ihre Ration Brot. Instinktiv isst sie nur die Hälfte davon und steckt sich den Rest in den Ausschnitt. Sie blickt sich um, fürchtet, jemand könnte es gesehen haben und versuchen, es ihr wegzunehmen. Wieder wendet sie das Gesicht der Wand zu, schließt die Augen.

Irgendwie schläft sie.

Als sie wieder wach wird, erschrickt sie, so nahe beugt sich Józia über sie. Józia streckt die Hand aus und berührt Cilkas kurz geschorene Haare. Cilka versucht, dem Reflex zu widerstehen, sie wegzuschieben.

»Ich mag deine Haare«, sagt die traurige, müde Stimme.

Entspannter reckt auch Cilka die Hand und fährt der Jüngeren über die Haarstoppeln.

»Ich mag deine auch.«

Cilka ist im Gefängnis frisch geschoren und entlaust worden. Für sie ist das eine vertraute Prozedur, denn sie hatte es *dort* so oft bei Gefangenen mitbekommen, aber für Józia dürfte sie wohl neu sein.

Um nur irgendwie das Thema zu wechseln, fragt sie: »Bist du mit jemandem zusammen hier?«

»Mit meiner Großmutter.«

Cilka folgt Józias Blick zu der älteren Frau, die sich

vorhin zu Wort gemeldet hat und immer noch einen Arm um Ana, das junge Mädchen, gelegt hat. Sie beobachtet sie beide genau. Kurz nicken sie einander zu.

»Vielleicht willst du näher zu ihr rücken«, sagt Cilka.

Dort, wo sie hinfahren, könnte es sein, dass die ältere Frau nicht lange durchhält.

»Sollte ich wohl. Vielleicht hat sie Angst.«

»Stimmt. Ich habe auch Angst«, sagt Cilka.

»Wirklich? Du wirkst gar nicht ängstlich.«

»Bin ich aber. Wenn du wieder reden willst, ich bin hier.«

Józia steigt vorsichtig über und um die anderen Frauen herum, die zwischen Cilka und ihrer Großmutter hocken. Cilka späht weiter durch die Lichtschlitze in der Wagenwand. Ein kleines Lächeln huscht ihr über das Gesicht, als sie sieht und spürt, wie die Frauen zur Seite rücken, um ihrer neuen Freundin Platz zu machen.

»Neun Tage, glaube ich. Ich zähle mit. Wie lange noch?«, murmelt Józia vor sich hin.

Im Waggon ist jetzt etwas mehr Platz. Cilka hat mitgezählt, wie viele gestorben sind, weil sie krank waren, verhungert oder verwundet von ihren früheren Verhören, wie viele Leichen hinausgetragen wurden, wenn der Zug für Brot und Wasser hielt. Elf Erwachsene, vier Kinder. Manchmal wird etwas Obst hereingeworfen mit dem trockenen Brot, das die Mütter ihren Kindern im eigenen Mund aufweichen.

Józia hat sich neben Cilka zusammengerollt, ihr Kopf

liegt auf Cilkas Schoß. Sie schläft unruhig. Cilka ahnt, was für Bilder ihr durch den Kopf jagen. Vor ein paar Tagen ist ihre Großmutter gestorben. Sie hatte so stark und mutig gewirkt, aber dann hatte sie zu husten angefangen. Es wurde immer schlimmer, irgendwann zitterte sie, schließlich verweigerte sie ihre Essensration. Und dann hörte sie auf zu husten.

Cilka sah Józia stumm am Wagentor stehen, als der Leichnam ihrer Großmutter grob zu den wartenden Posten hinuntergestoßen wurde. Es tat Cilka so weh, dass sie sich krümmte, keine Luft mehr bekam. Aber es kam kein Laut – und keine Tränen.

Auschwitz, 1942

Hunderte Mädchen werden an einem heißen Sommertag von Auschwitz nach Birkenau getrieben. Vier Kilometer. Ein langsamer, qualvoller Marsch für viele, die schlecht sitzende Stiefel tragen oder, schlimmer noch, gar keine Schuhe. Als sie durch das hoch aufragende Backsteintor treten, sehen sie Bauarbeiten für Baracken. Die Männer, die dort arbeiten, halten inne und starren die Neuankömmlinge entsetzt an. Cilka und ihre Schwester Magda sind seit etwa drei Monaten in Auschwitz, wo sie gemeinsam mit anderen slowakischen Mädchen arbeiten.

Von der großen Lagerstraße biegen sie in eine eingezäunte Zone ein, in der mehrere Baracken fertiggestellt, andere noch im Bau sind. Sie müssen anhalten und in der sengenden Sonne Schlange stehen; es kommt ihnen wie Stunden vor.

Von hinten hören sie Bewegung. Cilka blickt über die Schulter zum Eingang des Frauenlagers und sieht einen hochrangigen SS-Mann mit Gefolge an den Reihen von Mädchen entlanggehen. Die meisten Mädchen halten den Kopf gesenkt. Nicht so Cilka. Sie will sehen, wer sich so vor einer Gruppe unbewaffneter, wehrloser Mädchen schützen muss.

»Obersturmführer Schwarzhuber«, grüßt einer der Wachleute. »Sie überwachen heute die Selektion?«

»Ja.«

Der SS-Mann schreitet weiter die Schlange von Mädchen und Frauen ab. Vor Cilka und Magda bleibt er kurz stehen. Als er am Ende der Reihe angekommen ist, dreht er sich um und kommt zurück. Diesmal kann er die gesenkten Gesichter sehen. Hin und wieder hebt er mit seinem Schlagstock das Kinn eines Mädchens an.

Er kommt näher. Bleibt vor Cilka stehen, Magda ist hinter ihr. Er bewegt den Stock. Cilka kommt ihm zuvor und hebt das Kinn, sieht ihm direkt ins Gesicht. Wenn sie ihn auf sich aufmerksam macht, wird er ihre Schwester übersehen. Er greift nach ihrem linken Arm, studiert wohl die verblasste Nummer auf ihrer Haut. Cilka hört Magda hinter sich schwer atmen. Schwarzhuber lässt ihren Arm fallen, geht wieder an den Anfang der Schlange, und Cilka hört ihn mit dem SS-Mann neben ihm reden.

Wieder wurden sie sortiert. Links, rechts; klopfende Herzen, vor Angst verkrampfte Körper. Cilka und Magda wurden erwählt, noch einen Tag weiterzuleben. Jetzt stehen sie Schlange, um noch einmal schmerzhaft gezeichnet zu wer-

den – ihre Tätowierungen werden nachgefärbt, damit sie nie mehr verblassen. Sie stehen nahe beieinander, berühren sich aber nicht, obwohl sie nichts lieber tun würden, als einander beizustehen. Sie flüstern nur – Worte des Trosts, der Ungewissheit.

Cilka zählt, wie viele Mädchen vor ihr stehen. Fünf. Bald ist sie an der Reihe, dann Magda. Wieder wird sie jemandem ihren linken Arm hinhalten, der die undeutlichen blauen Zahlen in ihre Haut stechen wird. Ihre erste Markierung bekam sie vor drei Monaten bei ihrer Ankunft in Auschwitz, und jetzt wieder nach ihrer erneuten Selektion für das neue Lager, Auschwitz II – Birkenau. Sie erschaudert. Es ist Sommer, die Sonne brennt auf sie herab. Sie hat Angst vor dem Schmerz, der ihr bevorsteht. Beim ersten Mal hatte sie vor Entsetzen aufgeschrien. Diesmal nimmt sie sich fest vor zu schweigen. Zwar ist sie immer noch erst sechzehn, aber sie kann sich nicht länger wie ein Kind benehmen.

An den anderen Mädchen in der Schlange vorbei späht sie zum Tätowierer. Er sieht dem Mädchen, dessen Arm er hält, in die Augen. Sie sieht ihn einen Finger auf die Lippen legen, schsch. Er lächelt ihr zu. Er sieht zu Boden, als das Mädchen weitergeht, dann blickt er auf und sieht ihm nach. Er nimmt den Arm des nächsten Mädchens in der Reihe und sieht nicht mehr, wie das vorige Mädchen sich nach ihm umdreht.

Vier. Drei. Zwei. Eine. Jetzt ist sie an der Reihe. Kurz sieht sie aufmunternd zu Magda hinter sich, dann tritt sie vor. Sie steht vor dem Tätowierer, mit hängenden Armen. Er greift vorsichtig nach ihrem linken Arm und hebt ihn an. Zu ihrer eigenen Verwunderung zieht sie ihn zurück, fast

27

unbewusst, sodass er sie ansehen, ihr in die Augen blicken muss, in denen, sie weiß es, die Angst steht, die Abscheu davor, schon wieder verunstaltet zu werden.

»Es tut mir leid. Es tut mir so leid«, flüstert er ihr freundlich zu. »Bitte, gib mir deinen Arm.«

Sekunden vergehen. Er versucht nicht, sie anzufassen. Sie hebt den Arm und hält ihn ihm hin.

»Danke«, sagt er lautlos. »Es geht ganz schnell.«

Während ihr das Blut über den Arm tropft – allerdings weniger als letztes Mal –, flüstert Cilka: »Sei vorsichtig bei meiner Schwester«, bevor sie so langsam wie möglich weitergeht, damit Magda gleich aufholen kann. Neugierig hält sie nach dem Mädchen Ausschau, das vor ihr dran war. Sie blickt sich nach dem Tätowierer um. Er hat ihr nicht nachgesehen. Sie sieht das Mädchen, das fünf Plätze vor ihr gewesen war, vor Block 29 stehen und tritt zu ihm und den anderen, die auf ihre Einweisung in ihre »Wohnung« warten. Sie mustert das Mädchen. Selbst mit dem geschorenen Schädel und dem plumpen Kleid, das alles verbirgt, was sie vielleicht an Kurven hat oder einmal hatte, ist sie hübsch. Ihre großen, dunklen Augen zeigen nichts von der Verzweiflung, die Cilka schon so oft gesehen hat. Sie will dieses Mädchen kennenlernen, das den Tätowierer dazu gebracht hat, ihm nachzusehen. Bald kommt Magda nach, sie wimmert unter dem Schmerz der Tätowierung. Im Moment kann kein Wachmann sie sehen, und Cilka umklammert die Hand ihrer Schwester.

Als die Mädchen in Block 29 an diesem Abend ein bisschen Platz auf einer Pritsche finden, die sie mit mehreren anderen teilen müssen, und einander vorsichtig fragen, woher sie kommen, erfährt Cilka, dass das Mädchen Gita heißt. Sie kommt aus einem Dorf in der Slowakei, gar nicht sehr weit entfernt von Cilkas und Magdas Heimatstadt Bardejov. Gita stellt Cilka und Magda ihren Freundinnen Dana und Iwanka vor.

Am nächsten Tag nach dem Appell werden die Mädchen an ihre Arbeitsplätze geschickt. Cilka kommt nicht wie die anderen zur Arbeit ins Kanada, wo sie die Habseligkeiten, den Schmuck und die Erbstücke sortieren, die die Gefangenen nach Auschwitz mitbringen, und sie für den Versand nach Deutschland fertig machen. Aufgrund einer Sonderanweisung soll sie sich im Verwaltungsgebäude melden, wo sie arbeiten wird.

KAPITEL 3

WorkutLag, Sibirien

Es wird kälter. Nicht auf einen Schlag, eher nach und nach; sie spüren es in der Nacht, plötzlich merken Cilka und die anderen, dass sie sich eng aneinanderkuscheln. Sie tragen alle Sommerkleidung. Cilka weiß nicht, welcher Monat es ist, sie vermutet, August oder September, und sie weiß nicht, wohin sie fahren; allerdings wird bei den Halten russisch gesprochen.

Ein Tag geht in den anderen über. Krankheiten machen sich im Waggon breit. Schreckliche Hustenanfälle rauben den Frauen die wenige Energie, die sie noch haben. Die Wortwechsel werden seltener und kürzer. Bei den letzten paar Halten hatten Männer aus Mitleid mit der Ladung ihre eigenen *Kalsony*, wie sie sie nannten, ausgezogen und zu ihnen hineingeworfen. Cilka und Józia hatten diese weiten, noch warmen Unterhosen über ihre frierenden Beine gezogen und den Männern dankbar zugewinkt.

Drei Tage nach dem letzten Halt kommt der Zug quietschend zum Stehen, und die schweren Tore werden aufgeschoben. Vor ihnen liegt eine weite, leere Landschaft aus Morast und gelbgrünem Gras.

Diesmal werden sie nicht nur von einem oder zwei Posten begrüßt. Über die ganze Länge des Zuges verteilen sich Dutzende Uniformierte mit Gewehren.

»*Na wychod!*«, rufen sie. *Aussteigen!*

Während sich die Frauen auf die Füße rappeln und viele von ihnen zusammensacken, weil ihre Beine sie nicht mehr tragen, brüllen sie immer weiter.

Cilka und Józia treten zum ersten Mal seit Wochen nach draußen und stellen sich zu den anderen. Sie haken zwei ältere Frauen unter, die kaum stehen können. Keiner muss ihnen sagen, was sie tun sollen; vorn bildet sich eine Schlange, sie wissen, wohin es geht. In der Ferne sehen sie ein paar karge Gebäude über die weite, flache Ebene verteilt. Wieder ein Lager, denkt Cilka, umgeben vom Nichts. Doch der Himmel hier ist anders – ein unglaublich weites Graublau. Sie trotten mit den anderen vorwärts in Richtung der Bauten. Cilka versucht, die Waggons zu zählen, manche spucken Männer aus, manche Frauen und Kinder; Menschen jeden Alters in verschiedenen Stadien von Krankheit und Elend. Manche waren von Anfang an im Zug, andere sind unterwegs dazugekommen.

Für Cilka steht die Zeit still, als sie sich an einen früheren Marsch erinnert, den Marsch *dorthin*. Die Kolonne damals führte in ein Leben ohne ein bestimmtes Ende. Diesmal kennt sie das Ende der Frist, falls sie so lange überleben sollte. Fünfzehn Jahre. Wird die Arbeit erträglicher, wenn man ein Ende kennt? Kann man überhaupt an ein Ende glauben?

Kurz darauf steht Cilka vor einer korpulenten Frau in

einer dicken kakifarbenen Uniform. Ihre eigene Kleidung ist für dieses Wetter immer noch zu dünn. Sie müssen weit im Norden sein. Sie spürt kaum ihre Hände und Füße.

»*Imja, familija?*«, bellt die Frau Cilka an und prüft eine Liste auf einer einfachen Schreibunterlage. *Vorname, Nachname.*

»Cecilia Klein.«

Als ihr Name abgehakt ist, betritt Cilka mit den anderen einen breiten Betonbunker. Sofort geht ihr Blick an die Decke und sucht nach unheilvollen Duschköpfen. Wasser oder Gas? Die Erleichterung, nichts Bedrohliches zu sehen, macht ihr die Knie weich; sie muss sich an Józia festhalten.

»Alles in Ordnung?«, fragt Józia.

»Ja, ja, schon gut. Ich dachte, wir müssten vielleicht duschen.«

»Ich würde gern duschen – genau das bräuchten wir.«

Cilka zwingt sich zu einem Lächeln. Zwecklos zu erklären, was sie befürchtet hatte. Angesichts der Verblüffung auf den Gesichtern rundum ahnt sie, dass wohl erst wenige von ihnen schon etwas Ähnliches durchgemacht haben. Nur Überlebende von *dort* oder aus anderen Lagern tragen die Last des Wissens darüber, was ihnen womöglich allen bevorsteht.

Während sich der Raum füllt, treten mehrere männliche Wachen ein. »Ausziehen. Sofort.«

Frauen sehen sich hilflos um. In verschiedenen Sprachen wird geflüstert, und erst als mehrere langsam anfangen, ihre Kleider abzulegen, begreifen sie.

Cilka raunt Józia zu: »Du musst dich ausziehen.«

»Nein, Cilka. Das kann ich nicht, nicht vor Männern.«

Offenbar hat Józia im Gefängnis nur den Kopf rasiert bekommen und nicht den ganzen Rest. Cilka weiß, dass gleich sämtliche Haare an ihren Körpern geschoren werden.

»Hör zu. Du musst tun, was sie dir sagen.«

Cilka fängt an, die Knöpfe an Józias Kleid aufzuknöpfen. Józia schiebt verunsichert ihre Hand weg, blickt sich nach den anderen Frauen um, die zum Teil noch angezogen sind, zum Teil bereits nackt. Die meisten halten sich die Hände vor die Scham und über die Brüste. Langsam fängt Józia an, sich auszuziehen.

»Beeil dich«, sagt Cilka. »Lass deine Kleider einfach fallen.«

Cilka sieht auf zu den Männern an den Türen, die Kommandos brüllen. Bei ihrem Grinsen und Lästern wird ihr übel. Sie sieht auf das Häufchen Kleider zu ihren Füßen. Sie weiß, dass sie die Sachen nicht wiedersehen wird.

Die Männer an den Türen verschwinden, als vier andere Wachleute hereintreten, jeder mit einem dicken Schlauch in der Hand. Der enorme Druck des eiskalten Wasserstrahls trifft die Frauen mit voller Wucht, unter Heulen und Schreien werden sie niedergerissen, zu Haufen zusammengetrieben. Als der Chlorgeruch überhandnimmt, wird aus dem Geschrei ein Würgen und Husten.

Cilka wird an eine rissige Fliesenwand geschmettert,

an der sie sich den Arm aufschürft, während sie zu Boden geht. Sie sieht, wie die Wachleute genüsslich auf ältere, gebrechliche Frauen zielen, die sich ihnen fest entgegenzustemmen versuchen. Alle verlieren den Kampf. Cilka rollt sich wie ein Baby zusammen und bleibt in dieser Haltung, bis das Wasser abgestellt wird und die Wachen lachend abziehen.

Als die Frauen sich hochrappeln und zur Tür schlurfen, greifen manche nach einem tropfnassen Kleidungsstück, um sich zu bedecken. Beim Ausgang erhält jede ein dünnes graues Tuch, in das sie sich einwickelt. Barfuß auf dem kiesigen, kalten Boden gehen sie zum nächsten Betongebäude, das genauso aussieht wie das vorige.

Cilka sieht Józia vor sich und holt sie schnell ein.

»Geben sie uns jetzt neue Kleider?«, fragt Józia.

Sie wirkt abgespannt, zutiefst niedergeschlagen. Dabei wird es noch viel schlimmer kommen, denkt Cilka. Vielleicht kann sie sie für den Moment aufmuntern.

»Ich hoffe – Grau steht mir nicht besonders.« Cilka freut sich, als Józia den Mund zu einem kurzen Grinsen verzieht.

Grob werden sie in vier Reihen gedrängt; von innen dringt Protestgeschrei zu den Wartenden. Mehrere Frauen brechen schockiert aus der Reihe aus – sie werden zur Zielscheibe für die Wachen mit ihren Gewehren. Zwar schießen sie daneben, aber die Hast, in der die Frauen mit einem Satz in die Reihe zurückspringen, ist für die Uniformierten beste Unterhaltung.

Cilka spürt Józia neben sich zittern.

Als Cilka und Józia das Gebäude betreten, sehen sie, was mit den Frauen vor ihnen geschieht. Vier Männer stehen hinter vier Stühlen. Daneben mehrere kräftige Frauen, ebenfalls in kakifarbenen Uniformen.

Jetzt tritt die Frau vor ihr vor und muss sich auf einen Stuhl setzen. Die Haare der Frau werden grob zusammengerafft und mit einer großen Schere auf einmal abgeschnitten. Ohne Zeit zu verlieren, greift der Mann statt zur Schere jetzt zum Rasierer und schabt der Frau damit über den Schädel. Blut tropft ihr über Gesicht und Rücken. Eine der Frauen neben ihr wird auf die Füße gezerrt, muss sich umdrehen und einen Fuß auf den Stuhl stellen. Entsetzt sehen Józia und Cilka mit an, wie der Mann ihr ohne erkennbare Emotion und besondere Vorsicht die Scham rasiert. Als er zum Zeichen, dass er fertig ist, den Kopf hebt, schiebt die Wachfrau die Gefangene weg und winkt Józia heran.

Cilka wechselt schnell in die Nachbarschlange, damit sie als Nächste rasiert wird. So kann sie während dieser Demütigung wenigstens neben Józia stehen; sie selbst hat das alles schon mitgemacht. Gemeinsam gehen sie zu den Stühlen. Ohne Anweisung setzen sie sich. Cilka schaut so viel wie möglich zu Józia, steht ihr wortlos bei; es tut ihr in der Seele weh, die Tränen über ihre Wangen laufen zu sehen. Sie weiß, dass das junge Mädchen zum ersten Mal einer so brutalen Behandlung ausgesetzt ist.

Als die Köpfe geschoren sind, steht Józia zu langsam auf, und eine der Wachfrauen klatscht ihr mit dem Handrücken ins Gesicht, während sie auf die Füße gezerrt wird. Cilka stellt den Fuß auf den Stuhl und blickt dem Mann vor ihr in die Augen. Er reagiert mit einem dünnen, zahnlosen Lächeln, und sie weiß, dass sie einen Fehler gemacht hat.

Als Cilka und Józia weitergehen, bedeckt nur mit ihrem grauen Tuch, rinnt Cilka Blut über den Schenkel – ihre Strafe dafür, dass sie gewagt hat, tapfer zu sein. Józia muss sich übergeben; doch es kommen unter großem Würgen nur Galle und eine wässrige Flüssigkeit.

Sie folgen anderen durch einen langen Korridor.

»Was jetzt?«, schluchzt Józia.

»Ich weiß nicht. Aber egal, was kommt, streit nicht, kämpf nicht mit ihnen; versuch, unsichtbar zu sein, und tu, was dir gesagt wird.«

»Das rätst du mir? Einfach hinnehmen, egal was, alles hinnehmen?« Ihre Stimme wird lauter, Wut verdrängt die Scham.

»Józia, ich war schon einmal hier, vertrau mir.« Cilka seufzt. Doch gleichzeitig ist sie auch erleichtert über Józias Stärke und Trotz. Dieses Feuer wird sie an einem Ort wie diesem brauchen.

»Hat das etwas mit den Zahlen auf deinem Arm zu tun?«, fragt Józia.

Cilka sieht auf ihren linken Arm, der das Tuch über ihrem Körper hält – alle können ihre Tätowierung sehen.

»Ja, aber frag mich nie wieder danach.«

»Na gut«, sagt Józia. »Ich vertraue dir. Wenigstens schreit da vorn niemand, dann kann es so schlimm ja nicht sein, oder?«

»Hoffen wir, dass wir warme Kleider bekommen. Ich erfriere. Ich spüre meine Füße schon nicht mehr.« Cilka versucht, aufmunternd zu klingen.

Als sie am Ende des Korridors einen Raum betreten, liegen am Eingang Haufen von grauen Tüchern. Wieder stehen Wachfrauen mit ausdruckslosem Gesicht daneben. Dahinter hören sie männliche Stimmen.

»*Ty moja*«, *du gehörst mir*, hört Cilka einen Wachmann zu einer Frau direkt vor ihnen in der Schlange rufen. Die Frau dahinter, eine ältere, schlurft vor. Jetzt sind Cilka und Józia an der Reihe.

»Weiter mit dir, alte Hexe!«, schreit ein Posten die Frau an. Cilkas Herz rast. Was ist hier los?

»He, Boris, worauf wartest du?«

»Ich will sie erst mal sehen.«

Die Frau vor Cilka wendet sich mit einem mitleidigen Blick zu den jüngeren Mädchen um und flüstert: »Die Dreckskerle suchen sich aus, wen sie ficken wollen.« Sie betrachtet Cilka und Józia von oben bis unten. »Ihr werdet keine Probleme haben.«

»Was meint sie damit: Sie suchen uns aus?«, fragt Józia.

Cilka schüttelt ungläubig den Kopf. Geht das wirklich wieder von vorn los?

Sie wendet sich Józia zu, sieht ihr in die Augen. »Hör zu, Józia. Wenn einer der Männer dich aussucht, geh mit ihm.«

»Warum? Was will er von mir?«

»Er will deinen Körper.«

Hoffentlich kann sie ihr später erklären, dass er ihren

Körper haben kann und nichts weiter; ihren Kopf, ihr Herz, ihre Seele bleiben ihm verwehrt.

»Nein, nein, ich war noch nie bei einem Jungen. Cilka, bitte, verlang das nicht. Lieber würde ich sterben.«

»Nein, würdest du nicht. Du musst leben. Wir müssen leben. Hörst du? Verstehst du mich?«

»Nein, ich verstehe nicht. Ich habe nichts getan, ich dürfte gar nicht hier sein.«

»Bestimmt dürften die meisten von uns gar nicht hier sein, aber wir sind nun mal hier. Wenn ein einzelner Mann dich zu seinem Besitz erklärt, lassen die anderen dich in Ruhe. Verstehst du mich jetzt?«

Józias Gesicht ist angespannt, verstört. »Ich ... ich glaube, ja. Cilka, nicht wahr, du hast das schon einmal erlebt?«

»Halt den Kopf hoch, lass dir die Angst nicht anmerken.«

»Gerade eben hast du noch gesagt, ich soll unsichtbar sein.«

»Das war eben, jetzt ist jetzt; so schnell kann sich das ändern.«

Auch Cilka blickt zu den Männern auf.

Birkenau, Kommandantur, 1942

Cilka sitzt neben Gita, beide arbeiten eifrig, flüchtig begegnen sich ihre Blicke, sie lächeln sich kurz an. Cilka wurde bei der Selektion aus der Schlange geholt und für diese Arbeit bestimmt statt für das Kanada. Und sie ist dankbar, dass

auch Gita jetzt hier arbeitet. Aber hoffentlich kann sie ir-
gendwie auch Magda in die Wärme holen. Gitas Haare sind
immer noch kurz geschoren, aus irgendeinem Grund darf
Cilka ihre jedoch wachsen lassen. Strähnen fallen ihr über
Gesicht und Ohren.

Sie merkt nicht, wie zwei SS-Männer hinter sie treten;
ohne Vorwarnung fassen sie sie am Arm, reißen sie hoch. Als
sie aus dem Raum geführt wird, sieht sie sich mit einem fle-
henden Blick nach Gita um. Jedes Mal, wenn sie getrennt
werden, könnte es das letzte Mal sein, dass sie einander
sehen. Sie bekommt noch mit, wie eine Aufseherin zu Gita
tritt und ihr mit der Hand auf den Kopf schlägt.

Sie versucht, sich zu wehren, als sie nach draußen und
hinüber ins Frauenlager geschleift wird. Gegen die beiden
Posten kommt sie nicht an. Es ist ruhig im Lager – die
Frauen sind alle bei der Arbeit. Sie gehen an den Wohnbara-
cken der Frauen vorbei bis zu einem identischen Gebäude,
das aber von einer Backsteinmauer umgeben ist. Cilka stößt
sauer auf. Sie hat gehört, dass die Frauen hierher zum Ster-
ben kommen.

»Nein ... bitte ...«, stammelt sie. »Was ist los?«

Auf der unbefestigten Straße draußen parkt ein glänzen-
des Auto. Die Posten öffnen das Tor und betreten den Hof.
Einer der Posten klopft stramm an die Tür des linken Ge-
bäudes, und als die Tür aufgeht, stoßen sie sie hinein und
schlagen sie hinter ihr zu. Cilka liegt hingestreckt auf einem
unebenen Boden, und vor ihr, vor ganzen Reihen leerer ro-
her Holzpritschen, steht der Mann, den sie von der Selektion
her kennt, der ranghohe SS-Mann, Schwarzhuber.

Er ist ein imposanter Kerl, im Lager sieht man ihn selten.

Mit seinem Schlagstock klopft er auf seinen hohen Lederstiefel. Ausdruckslos starrt er auf eine Stelle über Cilkas Kopf. Sie richtet sich an der Tür auf, tastet nach der Klinke. Wie ein Blitz fliegt der Stock durch die Luft und trifft ihre Hand. Vor Schmerz schreit sie auf und gleitet zu Boden.

Schwarzhuber kommt zu ihr herüber und hebt seinen Stock auf. Er steht über ihr wie ein Riese. Schwer atmend glotzt er sie an.

»Du wohnst jetzt hier«, sagt er. »Steh auf.«

Sie rappelt sich auf die Füße.

»Komm mit.«

Er führt sie hinter eine Mauer zu einem kleinen Raum mit einem einzelnen Holzbett, auf dem eine Matratze liegt.

»Du weißt, dass jeder Block einen Blockältesten hat?«, fragt er.

»Ja.«

»Also, du wirst Blockälteste in Block 25.«

Cilka findet keine Worte, keinen Atem. Wie kann man von ihr – wie kann man von irgendwem – erwarten, Blockälteste in diesem Block zu werden? In dieser Baracke verbringen Frauen ihre letzten Stunden, bevor sie in die Gaskammer geschickt werden. Und wird sie je Magda oder Gita wiedersehen? Es ist der entsetzlichste Augenblick ihres Lebens.

»Du hast ziemliches Glück«, sagt Schwarzhuber.

Er nimmt seine Mütze ab, schleudert sie durch den Raum. Mit der anderen Hand schlägt er weiter kräftig mit dem Stock auf sein Bein. Bei jedem Schlag zuckt Cilka zusammen in Erwartung, selbst geprügelt zu werden. Mit dem Stock schiebt er ihr die Bluse hoch. Aha, denkt Cilka, deshalb *also. Mit zitternden Händen knöpft sie die beiden obersten Knöpfe auf. Dann legt er ihr den Stock unters Kinn. Seine Augen scheinen nichts zu sehen. Das hier ist ein Mann, dessen Seele längst tot ist, nur sein Körper noch nicht.*

Er streckt die Arme zur Seite, und Cilka interpretiert diese Geste als Aufforderung: »Zieh mich aus.« Sie tritt einen Schritt näher, bleibt auf Armlänge und fängt an, die vielen Knöpfe an seiner Jacke aufzuknöpfen. Ein Stockschlag auf den Rücken lässt sie schneller arbeiten. Er muss den Stock ablegen, damit sie ihm die Jacke abstreifen kann. Er nimmt sie ihr aus der Hand, wirft sie seiner Mütze nach. Das Unterhemd zieht er selbst aus. Langsam macht sich Cilka daran, seinen Gürtel und die darunterliegenden Knöpfe zu öffnen. Sie geht in die Hocke, zieht ihm die Stiefel von den Waden.

Als sie den zweiten los hat, verliert sie das Gleichgewicht, er stößt sie hart auf das Bett. Er hockt rittlings über ihr. Panisch versucht Cilka sich zu bedecken, bis er ihre Bluse aufreißt. Sie spürt seinen Handrücken auf ihrem Gesicht, als sie die Augen schließt und sich dem Unvermeidlichen fügt.

»Das sind die *Blatnyje*«, flüstert eine Wachfrau an der Zigarette vorbei, die ihr zwischen den Lippen klemmt.

Die Stimme holt Cilka zurück in die Gegenwart.

»Was?«

»Die Männer, vor denen ihr gleich Parade lauft. Das sind die *Blatnyje*, Sonderhäftlinge mit hoher Stellung im Lager.«

»Ach, keine Soldaten?«

»Nein, Gefangene wie ihr, sie sind schon lange hier

und arbeiten auf guten Posten bei der Lagerleitung. Aber die hier gehören gleichzeitig zur Kaste der Kriminellen. Da haben sie ihre eigene Rangordnung.«

Cilka versteht. Eine Hierarchie zwischen Alten und Neuen.

Sie betritt den Raum, Józia hinter ihr, beide nackt und zitternd. Sie hält inne, mustert das Spalier von Männern, zwischen denen sie durchgehen muss. Dutzende Augen ruhen auf ihr.

Der Mann, der in der rechten Reihe ganz vorn steht, tritt einen Schritt vor, und sie wendet sich um und sieht ihm in die Augen, keck taxiert sie ihn, kommt zu dem Schluss, dass er wohl der Anführer eines Clans ist. Nicht viel größer als sie, stämmig, ganz und gar nicht ausgehungert. Sie schätzt ihn auf kaum älter als Ende zwanzig, Anfang dreißig. Sie mustert sein Gesicht, sieht hinter die Körpersprache, die er ihr entgegenschleudert. Sein Gesicht verrät ihn. Traurige Augen. Aus irgendeinem Grund hat sie keine Angst vor ihm.

»Endlich«, tönt es irgendwo aus der Reihe der Männer.

»Hast dir verdammt Zeit gelassen, Boris.«

Boris streckt Cilka die Hand entgegen. Sie nimmt sie nicht, geht aber auf ihn zu. Mit einem Blick über die Schulter fordert sie Józia auf weiterzugehen.

»Hierher, Kleine«, sagt ein anderer Mann. Cilka betrachtet den Mann, der Józia angafft. Ein riesiger Kerl, aber mit Buckel. Seine Zunge schießt aus dem Mund heraus und wieder hinein, entblößt übel geschwärzte, kaputte Zähne. Er hat mehr ungestüme Energie als Boris.

Und Józia wird ausgesucht.

Cilka sieht zu dem Mann namens Boris.

»Wie heißt du?«, fragt er.

»Cilka.«

»Geh dir Kleider holen, ich komme zu dir, wenn ich dich brauche.«

Cilka geht weiter an den aufgereihten Männern entlang. Sie grinsen sie alle an, mehrere kommentieren ihre Haut, ihren Körper. Sie holt Józia ein, beide stehen sie wieder draußen, werden in einen anderen Betonbunker gescheucht.

Endlich wirft man ihnen Kleider zu. Ein Hemd ohne Knöpfe, Hosen in dem gröbsten Gewebe, das Cilka je zu spüren bekommen hat, ein schwerer Mantel, eine Mütze. Alles grau. Die kniehohen, viel zu großen Stiefel kommen ihr später zugute, als sie ihre Füße gegen die Kälte mit allen Lumpen umwickelt hat, die sie auftreiben konnte.

Angezogen verlassen sie den Bunker. Cilka schützt mit der Hand ihre Augen vor dem blendenden Sonnenlicht. Sie mustert das Lager, das einer Stadt gleicht. Da sind Baracken zum Schlafen, aber sie stehen nicht in Reihen wie in Birkenau. Sie haben verschiedene Formen und Größen. Hinter dem Gelände sieht sie einen kleinen Hügel, auf dem ein großes kranähnliches Gebilde aufragt. An dem Zaun, hinter dem sie eingeschlossen sind, stehen in Abständen Wachtürme, die aber längst nicht so bedrohlich wirken wie die, die sie aus der Vergangenheit kennt. Cilka taxiert aufmerksam den oberen Rand des Zauns. Keine Isolatoren, er scheint nicht elektrifiziert zu sein. Als ihr Blick hinter den Zaun auf die trostlos kahle Landschaft fällt, die sich bis an den Horizont erstreckt, wird ihr klar, dass man hier auch keine Elektrozäune braucht. Da draußen könnte man gar nicht überleben.

Sie trotten auf die Gebäude zu, die ihr Zuhause werden sollen, einfach nur der Vorderfrau nach, ohne zu wissen, wer sie führt oder den Weg weist; da schleicht sich eine Frau mit breitem, wettergegerbtem Gesicht heran. Obwohl die Sonne scheint, beißt der kalte Wind an jedem Stück unbedeckter Haut – sie sind so weit im Norden, dass auch jetzt im Spätsommer Schnee liegt. Die Frau trägt mehrere Schichten Mäntel, stabil wirkende Stiefel, ihre Mütze hat sie tief ins Gesicht gezogen und unter dem Kinn festgebunden. Sie schneidet Cilka und Józia Grimassen.

»So, ihr seid also die Glücklichen! Habt euch Männer angelacht, die euch beschützen sollen, wie man hört.«

Cilka senkt den Kopf, sie will sich nicht auf ein Gespräch mit ihr einlassen. Sie übersieht das Bein, das ihr gestellt wird, und schlägt mit den Händen in den Taschen der Länge nach auf den Boden.

Als Józia ihr die Hand reicht, um ihr aufzuhelfen, bekommt sie selbst einen Stoß in den Rücken und stürzt. Die beiden Mädchen liegen nebeneinander auf dem eiskalt-feuchten Boden.

»Bei mir bringen euch eure Blicke gar nichts. Jetzt bewegt euch, los.«

Cilka rappelt sich als Erste hoch. Józia liegt noch auf

dem Boden, nimmt schließlich Cilkas Hand und lässt sich aufhelfen.

Cilka wagt einen Blick in die Runde. Unter den Hunderten Frauen mit den gleichen Kleidern, den geschorenen Köpfen und den im Mantel verborgenen Gesichtern lässt sich unmöglich erkennen, wer mit ihnen im Waggon gewesen ist.

Während sie eine Baracke betreten, werden sie von der barschen Frau abgezählt. Cilka hat sie für eine Aufseherin gehalten, aber sie trägt keine Uniform, und als sie an ihr vorbeigeht, fällt Cilka die Nummer auf, die auf ihren Mantel und ihre Mütze aufgenäht ist. Wohl eine Art Blockälteste, denkt Cilka.

In dem Raum stehen an einer Seite Einzelbetten, in der Mitte ist ein Freiraum mit einem Ofen, der eine Art Wärme verbreitet. Die Frauen ganz vorn sind schon hingelaufen und drängen sich mit ausgestreckten Händen um ihn herum.

»Ich bin eure Brigadierin, und ihr gehört mir«, erklärt die Anführerin. »Ich heiße Antonina Karpowna. Anto-ni-na Kar-pow-na«, wiederholt sie langsam und zeigt mit dem Finger auf sich, damit allen klar wird, wie wichtig sie ist. »Gut, ihr glücklichen *Setschki*, ich hoffe, euch ist klar, dass ihr eine der besten Häftlingsbaracken im Lager habt.« Cilka glaubt ihr sofort. Keine Pritschen. Richtige Matratzen. Jede eine Decke. »Ihr organisiert euch selbst«, sagt die Brigadierin mit trockenem Grinsen und verlässt die Baracke.

»Was sind *Setschki?*«, flüstert Józia.

»Weiß nicht, aber etwas Gutes kann es nicht sein.«

Cilka zuckt mit den Schultern. »Wahrscheinlich heißt es Häftling oder so.«

Cilka sieht sich um. Bisher hat noch niemand ein Bett für sich beansprucht; die Frauen vor ihnen sind direkt auf den Ofen zugelaufen. Cilka fasst Józia am Arm und zieht sie ans hintere Ende des Raums.

»Warte, wir suchen uns erst Betten aus. Setz dich hier drauf.«

Cilka nimmt das letzte Bett und schiebt Józia auf das davor.

Beide untersuchen, worauf sie sitzen. Eine dünne graue Decke über einem verwaschenen Laken auf einer mit Sägemehl gefüllten Matratze.

Jetzt beeilen sich auch die anderen Frauen, sich ein Bett auszusuchen; sie schubsen und drängeln einander im Kampf um den Ort, an dem sie heute und wer weiß wie viele Nächte schlafen werden, solange sie eben überleben.

Wie sich zeigt, ist für jede ein Bett da. Mützen werden abgenommen und an die Stelle gelegt, wo das Kissen wäre, wenn sie eines bekommen hätten.

Cilka schaut auf die Ecke gegenüber von ihren Betten.

Zwei leere Eimer erwidern ihren Blick. Sie seufzt. Solange sie in dieser Baracke wohnt, werden die sie daran erinnern, wie sie nach dem scheinbar besten Schlafplatz gegiert hat. Sie hatte sich ein bisschen Privatsphäre erhofft: eine Wand auf der einen, Józia auf der anderen Seite. Alles Gute, jede Bequemlichkeit hat einen Haken. Das sollte sie inzwischen eigentlich wissen.

Jetzt, wo sie sich ihren Platz gesichert haben, stupst Cilka Józia an, und gemeinsam gehen sie, die Arme vorgestreckt, in Richtung Ofen. Cilka spürt, dass sie sich schon gleich am ersten Tag ein paar Feinde gemacht hat.

Eine stämmige, robuste Frau unbestimmten Alters stößt Józia in den Rücken. Sie stürzt, schlägt mit dem Gesicht auf dem harten Holzboden auf. Ihre Nase blutet.

Cilka hilft Józia auf die Beine, zieht ihr das Hemd ins Gesicht und über die Nase, stillt das Blut damit.

»Warum hast du das getan?«, fragt ein junges Mädchen.

»Pass auf, du Hure, sonst kriegst du dasselbe«, keift die Dicke ihr ins Gesicht.

Die anderen beobachten den Streit.

Cilka will reagieren, Józia verteidigen, aber sie muss noch herausfinden, wie hier alles läuft, wer diese Frauen sind, ob sie irgendwie alle miteinander auskommen können.

»Schon gut«, stammelt Józia zu dem Mädchen gewandt, das für sie eingestanden ist, eine schlanke junge Frau mit heller Haut und blauen Augen. »Danke.«

»Ist alles in Ordnung?«, fragt das Mädchen in russisch gefärbtem Polnisch. Sie fasst sich immer wieder an ihren eigenen geschorenen Kopf.

»Das wird schon wieder«, erwidert Cilka.

Das Mädchen mustert besorgt Józias Gesicht.

»Ich bin Natalja.«

Józia und Cilka stellen sich vor.

»Bist du Russin?«, fragt Józia.

»Ja, aber meine Familie hat in Polen gelebt. Erst jetzt soll das plötzlich kriminell sein.« Sie blickt kurz zu Boden. »Und ihr?«

Józias Gesicht sieht auf einmal ganz verknautscht aus. »Sie wollten wissen, wo meine Brüder sind. Und sie haben mir nicht geglaubt, als ich gesagt habe, ich weiß es nicht.«

»Schsch«, beschwichtigt Cilka sie leise.

»Es tut mir leid«, sagt Natalja. »Vielleicht sollten wir im Moment nicht darüber reden.«

»Oder überhaupt nie«, tönt die Stimme der stämmigen Frau von ihrem Bett; sie dreht ihnen den Rücken zu. »Das sind doch immer nur Abwandlungen von ein und derselben Jammergeschichte. Egal, ob wir etwas getan haben oder nicht, jedenfalls haben sie uns zu Volksfeinden erklärt, und hier sollen wir durch Arbeit umerzogen werden.«

Immer noch schaut sie niemanden an. Sie seufzt.

Im Ofen knistert das Feuer.

»Und was jetzt?«, fragt jemand.

Niemand weiß eine Antwort. Einige der Frauen gehen zurück zu ihrem Bett und verkriechen sich unter der Decke in ihre eigenen stillen Gedanken.

Cilka nimmt Józia am Arm und führt sie zu ihrem Bett. Sie schlägt die Decke auf und drängt das Mädchen, die Schuhe auszuziehen und sich hinzulegen. Ihre Nase blutet nicht mehr. Cilka geht zurück zum Ofen. Natalja legt gerade vorsichtig Kohle aus einem Eimer in die glühend heiße Öffnung; die Klappe öffnet und schließt sie mithilfe ihres Mantelsaums.

Cilka sieht auf den Kohlevorrat. »Das reicht nicht für die ganze Nacht«, sagt sie halb zu Natalja, halb zu sich selbst.

»Ich frage nach mehr«, flüstert Natalja. Sie hat rosige Wangen und feine Glieder, aber sie wirkt zäh. In ihren Augen erkennt man, dass sie glaubt, es wird sich alles finden. Cilka weiß, wie schnell dieser Glaube zerplatzen kann.

»Vielleicht warten wir einfach und sehen, was sie machen. Wenn man um nichts bittet, riskiert man weniger, geschlagen zu werden.«

»Sie werden uns doch wohl nicht erfrieren lassen«, erwidert Natalja mit den Händen auf den Hüften. Sie flüstert nicht mehr. Mehrere andere Frauen stützen sich in ihren Betten auf und lauschen dem Gespräch.

Cilka lässt den Blick über all die Gesichter schweifen, die ihr jetzt zugewandt sind. Sie erkennt nicht richtig, wie alt die Frauen sind, aber sie meint, Józia und sie sind bei den jüngsten. Sie erinnert sich, was sie erst vor Kurzem selbst gesagt hat. *Fall nicht auf, sei unsichtbar.*

»Und?«, fragt die Stämmige aus dem vorderen Teil der Baracke.

Alle Augen ruhen auf ihr.

»Ich weiß auch nicht mehr als ihr. Ich vermute nur. Aber ich glaube, wir sollten sparsam sein mit der Kohle, die wir noch haben, falls wir heute keine mehr bekommen.«

»Klingt logisch«, sagt eine andere Frau, streckt sich wieder auf dem Bett aus und wendet den Kopf ab.

Cilka geht langsam zurück zu ihrem Bett an der

Rückwand der Baracke. Der kleine Temperaturunterschied von der Raummitte bis ans Ende – es sind nur ein paar Meter – lässt Cilka noch einmal bedauern, dass sie bei der Bettenwahl die Privatsphäre der Wärme vorgezogen hat. Sie sieht nach Józia, die offenbar schläft, und legt sich selbst hin.

Noch immer ist es heller Tag. Cilka hat keine Ahnung, wie spät es ist. Sie sieht Natalja ans Feuer treten, das allmählich herunterbrennt, und ein bisschen Kohle in den Ofen schichten. Komisch, wie die Leute ganz von selbst in eine Rolle schlüpfen.

Irgendwann schläft sie ein, obwohl es immer noch hell ist, oder vielleicht auch wieder hell ... sie weiß es nicht.

Von einem lauten Scheppern schreckt Cilka hoch. Die Barackentür fliegt auf, und die Brigadierin Antonina Karpowna ist zurück.

»Aufstehen und raus, *Setschki*.« Sie kommandiert mit einer Kopfbewegung, die Hände bleiben tief in den Manteltaschen vergraben.

Cilka kennt dieses Spiel. Sie steht als Erste, rührt sich aber nicht von der Stelle, weil sie hofft, dass die aus dem vorderen Teil der Baracke zuerst hinausgehen. Sie weiß, dass es am sichersten ist, irgendwo in der Mitte der Reihe zu stehen. Sie hilft der wie betäubt wirkenden Józia auf die Beine und zieht die Decken auf ihren Betten gerade.

An der Hand führt sie Józia zügig aus der Baracke.

Sie sieht, wie aus den Baracken rundum andere Frauen strömen.

Wo waren sie, als wir angekommen sind? Die Frauen aus Cilkas Baracke drängen sich in einem wirren Haufen aneinander, bis sie merken, dass die anderen in ordentlichen Reihen laufen. Also bilden sie ebenfalls zwei Zehnerreihen.

Als ihre Baracke leer ist, schlurfen sie hinter den anderen her durch den zähen Morast auf ein größeres Gebäude zu. Der raue Stoff der neuen Kleider scheuert Cilkas Haut wund. Mücken stechen sie in den bloßen Nacken.

Ihr fallen die Blicke auf, sie sind voller Mitleid und zugleich voller Feindseligkeit. Verständlich. Wieder eine Baracke bewohnt, mehr Münder zu füttern, mehr Konkurrenten um die besten Arbeiten. Die Neuankömmlinge werden es wie immer sehr schwer haben, sich anzupassen und ihren Platz in der Hackordnung zu finden, bis sie nicht mehr die Neuesten sind. *Dort* gehörte sie zu den Alteingesessenen – sie und die anderen Mädchen aus der Slowakei, die überlebt hatten. Sie hatten alles mit angesehen. Sie waren am Leben geblieben. Sie fragt sich, wie sie und Józia wohl ihren Status verbessern können, ohne aufzufallen. Aber vielleicht ist sie ja wegen genau solcher Gedanken hier. Vielleicht hat sie die Zwangsarbeit ja verdient.

Sie betreten die Essensbaracke, reihen sich wie alle anderen ein, nehmen, was sie bekommen, finden Platz auf einer Bank. *Blick nach unten, nicht auffallen.*

Cilka bekommt einen Blechnapf in die Hand gedrückt. Sie mustert Józia. Ihre Nase ist geschwollen, es bilden sich Blutergüsse. Jemand schiebt sich durch die

Reihen, in ihrem Napf landet etwas, was entfernt einer Suppe ähnelt, darin undefinierbare weiße Klümpchen, ein Kanten altes Brot wird ihr zugeworfen. Józias Hände zittern so, dass sie beim Versuch, ihr Essen entgegenzunehmen, die Hälfte davon verschüttet. Suppe und Brot landen auf dem Boden. Langsam beugt Józia sich hinunter und hebt das Brot auf. Am liebsten würde Cilka sie anschreien. Hast du eine Ahnung, wie wertvoll diese kleinen Rationen sind!

Es gibt nicht genügend Tische und Bänke, dass alle sitzen können. Viele Frauen stehen an den Wänden und halten Ausschau, wo jemand fertig ist und einen Platz frei macht. Mehrere essen im Stehen, zu hungrig, um auf Tischmanieren zu achten.

Eine der Frauen aus Cilkas Baracke sieht einen frei gewordenen Platz und eilt darauf zu. Von der Frau neben der Lücke wird sie mit einem Knuff empfangen; ihr Napf fliegt hoch, der Inhalt verteilt sich auf den Boden und die Nebensitzenden.

»Wart ab, bis du dran bist, *Nowitschok!* Du hast dir noch nicht verdient, bei uns zu sitzen.«

Ein lehrreicher Blick auf die Hackordnung für die Neuankömmlinge. Genau wie in Birkenau, wo immer wieder ganze Schwärme von Neuen ankamen. Sie und Gita und die anderen slowakischen Mädchen waren von Tausenden übrig geblieben, sie hatten all ihre Freunde und Verwandten verloren. Und die Neuen verstanden nicht, konnten nicht verstehen, was sie an Leib und Seele durchgestanden hatten, was sie getan hatten, um zu überleben.

»Iss deine Suppe, dann dein Brot, oder behalt es für später«, sagt Cilka zu Józia. »Manchmal hebt man es besser auf, so wie im Zug – bis wir wissen, wie oft und wie viel wir zu essen bekommen.«

An den eingesunkenen Gesichtern mancher Frauen kann sie sehen, dass das weder regelmäßig geschieht noch besonders nahrhaft ist.

Die beiden Mädchen schlürfen langsam das bräunliche Gebräu. Wenigstens ist es heiß. Wirkliche Substanz hat es nicht. Józia bemerkt, dass andere am Tisch mit Löffeln Stückchen herauskratzen, die nach Kartoffeln oder gar Fisch aussehen.

»Sie haben uns keine Löffel gegeben.«

»Wahrscheinlich müssen wir uns die selbst besorgen«, sagt Cilka mit einem Blick auf die verbeulten Bestecke einiger der Älteren, »sowie wir die Möglichkeit haben.«

Bald werden Cilka und die anderen Neuankömmlinge von ihrer Brigadierin zusammengerufen. Antonina Karpowna führt die Frauen dicht gedrängt zu ihrer Baracke zurück.

Als alle da sind, gehen die Frauen unter Antoninas wachsamem Blick zu ihren Betten oder zum Ofen, um es sich so bequem wie möglich zu machen.

»Zukünftig werdet ihr, sobald ich hereinkomme, aufstehen und euch ans Ende eures Bettes stellen. Habe ich mich klar genug ausgedrückt?«

Die Frauen schrecken von ihrem Bett hoch und stellen sich eilig am Fußende in Habachtstellung.

»Und ihr werdet mir alle das Gesicht zuwenden. Die Anweisungen gebe ich nur einmal, und ich will eure

Augen sehen, damit ich weiß, dass ihr alle verstanden habt. Wer versteht, was ich sage?«

Schüchtern gehen ein paar Hände hoch, auch Cilka hebt ihre. Die Übrigen haben offenbar nur alles den anderen nachgemacht.

»Dann sagen die, die besser verstehen, es den anderen weiter, schnell.«

Sie wartet, während die Frauen Blicke wechseln und einige von ihnen übersetzen, was gesagt wurde; meist in andere slawische Sprachen.

»Nach folgenden Regeln werdet ihr, solange ihr hier seid, leben. Wir haben schon festgelegt, wann und wie ihr arbeitet, esst und schlaft. Um neun geht das Licht aus, obwohl man das im Sommer eigentlich nicht merkt ... Bis dahin habt ihr Zeit, um hier drinnen den Boden zu kehren, für den nächsten Tag Kohle zu holen, draußen vor der Baracke Schnee zu schippen, eure Kleidung auszubessern, was ihr eben für das Leben hier so braucht. Ich dulde nicht, dass es hier aussieht wie im Schweinestall – ich will vom Boden essen können. Verstanden? Den Weckruf hört ihr, den kann man nicht verschlafen. Zwei von euch leeren die Kübel, mir ist egal, wer das macht, aber erledigt wird es. Vorher bekommt keine etwas zu essen.«

Kein Wort ist zu hören, aber alle Köpfe nicken.

»Wenn ihr euch nicht daran haltet und vor allem wenn ihr euren Anteil an der Arbeit nicht erledigt – wenn ihr *meine* Brigade im Stich lasst –, kommt ihr ins Loch.« Sie rümpft die Nase. »Das Loch ist eine Einzelzelle im *Lagpunkt*. Eine feuchte, muffige Zelle, in der man sich nie ausstrecken kann, weder im Stehen noch im Sitzen oder Liegen. Es gibt keinen Ofen, und durch ein offenes Gitterfenster schneit es von draußen rein. Einen Kübel bekommt ihr nur, wenn ihr Glück habt, ansonsten gibt es im Boden ein stinkendes Loch. Ihr bekommt knapp ein Drittel der normalen Ration – und einen schwarzen, harten Kanten Brot. Verstanden?«

Wieder nicken die Köpfe. Cilka läuft es kalt den Rücken hinunter.

Aus einer Tasche, die ihr über die Schulter hängt, holt Antonina abgerissene Stoffstreifen und ein zerknülltes Stück Papier aus ihrer Manteltasche.

»Wenn ich euren Namen rufe, kommt ihr her und holt eure Nummer. Ihr kriegt zwei davon: Eine kommt an die Mütze, die andere an die oberste Kleiderschicht. Ihr dürft euch draußen nie blicken lassen, wenn nicht mindestens auf einem eurer Kleidungsstücke die Nummer zu erkennen ist.«

Die Namen werden aufgerufen, und die Frauen holen sich ihre beiden Streifen, auf die mit Farbe ihre Nummer gepinselt ist.

Wieder eine Nummer. Unbewusst reibt sich Cilka den linken Arm; verborgen unter dem Ärmel liegt ihre Identität von *dort*. Wie oft kann man einen Menschen vernichten, auslöschen? Als ihr Name aufgerufen wird, holt sie sich ihren Stofffetzen und inspiziert ihre neue Identität. 1-B494. Józia zeigt Cilka ihre. 1-B490.

»Näht die Nummern auf, und zwar heute Abend, jede von euch. Ich will sie morgen früh alle sehen.« Sie unterbricht sich, lässt Zeit für die Übersetzung, hält den verwirrten Blicken stand. »Wahrscheinlich werde ich ein paar interessante Stickarbeiten zu sehen bekommen, das sagt mir sehr viel über euch«, grinst sie.

Eine tapfere Stimme meldet sich. »Was nehmen wir als Nadel und Faden?«

Aus ihrer Tasche fischt die Brigadierin ein kleines Stück Stoff, in dem zwei Nadeln stecken. Sie wurden offenbar aus Draht zurechtgebogen und an einer Seite angespitzt. Sie reicht sie der nächststehenden Frau.

»Hier, behelft euch damit. Ich bin morgen wieder da. Morgen arbeitet ihr. Aufstehen um sechs.«

»Entschuldigung, woher bekommen wir Kohle?«, fragt Natalja.

»Find es selbst raus.«

Als die Tür hinter ihr zugeht, versammeln sich die Frauen um den Ofen. Cilka ist erleichtert, dass keine für ihre Fragen Prügel geerntet hat.

Józia schlägt vor: »Wenn wir rausgehen, sehen wir vielleicht die anderen, wie sie ihre Kohle holen; dann wissen wir, wo wir hinmüssen.«

»Macht ihr ruhig«, sagt die Stämmige, Elena, und lässt sich auf ihr Bett fallen. »Vielleicht ist das hier unser letzter freier Tag.«

»Ich komme mit«, sagt Cilka.

»Ich auch«, sagt Natalja. »Und ihr fangt solange mit dem Nähen an.«

»Jawohl, Herrin«, stößt Elena hervor.

Józia hat die übrigen Stücke Kohle neben den Ofen gelegt und nimmt den leeren Eimer.

Vorsichtig gehen die drei aus dem Raum und sehen

sich um. Es herrscht ein diffuses Dämmerlicht, und der Hof wird von Suchscheinwerfern beleuchtet. Es ist kalt. Zwischen den Baracken sehen sie hier und da Gefangene herumhuschen, und eine Gruppe junger Frauen eilt mit Eimern voller Kohle auf die Baracke neben ihnen zu.

»Hier entlang«, sagt Cilka.

Natalja stellt sich den Frauen in den Weg. »Könnt ihr uns bitte sagen, wo die Kohle ist?«

»Findet es selbst raus«, bekommt sie zur Antwort.

Natalja verdreht die Augen.

»Sie sind von hier gekommen«, sagt Józia und zeigt auf ein Haus. »Von irgendwo dahinter, kommt, wir schauen mal.«

Sie haben sich mit dem schweren Eimer abgewechselt, jetzt sind sie zurück in der Baracke. Natalja will ihn abstellen. Ihre Hand rutscht vom Griff, und die Kohle purzelt auf den Boden. Entschuldigend sieht sie zu den anderen Frauen hoch.

»Schon gut, ich kehre das auf«, meldet sich Józia.

Zwei Frauen nähen sich gerade ihre Nummern auf Mütze und Mantel.

»Woher habt ihr den Faden?«, fragt Natalja; Cilka lag dieselbe Frage auf der Zunge.

»Von unseren Hemden«, sagt die ältere Frau in einem holperigen Slowakisch und dann noch einmal auf Russisch. Sie dürfte die Älteste in der Baracke sein, ein Leben voller Arbeit und Plackerei klingt durch ihre schroffen Worte. Sie heißt Olga, erklärt sie.

Überall sieht Cilka, wie die Frauen sich vorsichtig Fäden von ihrem Hemdsaum ziehen.

»Beeilt euch. Was machst du so lange mit der Nadel, Olga?«, fragt Elena und beugt sich drohend zu der älteren Frau hinüber.

»Ich versuche, es ordentlich zu machen. Wenn du beim ersten Mal aufpasst, musst du es später nicht noch mal machen.«

»Gib mir jetzt die Nadel, du Schlampe. Deine Stickkünste kannst du ein andermal vorführen, aber nicht hier und jetzt.«

Elena streckt ungeduldig die Hand aus.

»Ich habe es fast«, sagt Olga ruhig. Cilka bewundert, wie sie mit der jähzornigen Elena umgeht, aber sie versteht auch das Bedürfnis loszuschimpfen, wenn nicht alles nach Plan läuft. Bestimmt ist das hier Elenas erstes Lager. Olga näht schneller, dann beißt sie mit den Zähnen den Faden ab und reicht die Nadel weiter. »Hier, *ty tučná krava.*«

Cilka unterdrückt ein Grinsen. Olga hat Elena gerade in reizendem Tonfall auf Slowakisch eine fette Kuh genannt. Sie zwinkert Cilka zu.

»Mein Vater war Slowake«, raunt sie.

Mürrisch mustert Elena die Nadel.

Cilka sitzt auf ihrem Bett und beobachtet Józia, die hilflos mit ihren Nummernstreifen herumspielt. Mit einem Schlag wirkt sie nicht mehr tapfer, sondern völlig hilflos.

»Gib her«, sagt sie.

Józia sieht gequält aus.

»Ein Tag nach dem anderen«, sagt Cilka. »In Ordnung?«

Józia nickt.

Cilka zupft sich vorsichtig Fäden aus dem Hemd. Als sie eine Nadel gereicht bekommt, näht sie schnell die Nummern auf Józias und ihre Kleider.

Jedes Mal, wenn sie die Nadel durch den Stoff sticht, spürt sie den Schmerz einer Nadel, die ihr in den linken Arm sticht. Noch eine Nummer. Noch so ein Ort. Sie verzieht das Gesicht.

Alles verloren zu haben. Durchzumachen, was sie durchgemacht hat, und dafür noch bestraft zu werden. Plötzlich fühlt sich die Nadel so schwer an wie ein Backstein. Wie kann sie noch weitermachen? Wie kann sie für den nächsten Feind schuften? Leben, um zu sehen, wie die Frauen rund um sie müde werden, hungern, abmagern, sterben. Aber sie – sie *wird* leben. Sie weiß nicht, warum sie sich dessen immer sicher war, warum sie spürt, dass sie durchhalten kann – immer weiter diese Nadel durchziehen, obwohl sie so schwer ist wie ein Backstein, immer weiter nähen, immer weiter tun, was sie tun muss –, aber sie kann. Langsam kommt Groll in ihr auf, eine heiße Wut. Und da fühlt die Nadel sich wieder leicht an. Leicht und flink. Dieses Feuer also hält sie in Gang. Doch zugleich ist es ein Fluch. Es lässt sie auffallen. Sie muss es in Schach halten, einhegen, steuern.

Um zu überleben.

KAPITEL 4

Sechs Uhr morgens. Ohrenbetäubend schlägt ein Hammer auf schepperndes Metall, sodass die Neuen im Arbeitslager von Workuta aus dem Schlaf hochschrecken. Antonina hatte recht – diesen Wecker kann man unmöglich verschlafen. Die Frauen haben die Nacht über abwechselnd Kohle in den Ofen nachgelegt, gerade so viel, dass er nicht ausgeht. Obwohl es fast die ganze Nacht über hell war, war der Boden bereift, als sie nach ihrem mageren Abendessen von der Essensbaracke zurück in ihre eigene gingen. Geschlafen haben sie alle in den Kleidern, die sie am Tag zuvor bekommen haben.

Die Tür fliegt auf, kalte Luft bläst herein. Antonina Karpowna steht auf der Schwelle, beobachtet, wie die Frauen ans Fußende ihres Bettes springen, ihr die Augen zuwenden. Sie nickt befriedigt.

Sie geht durch die Baracke und inspiziert die aufgenähten Nummern auf den Mänteln. Bei Elena bleibt sie stehen und zischt: »Das machst du heute Abend noch mal. Eine so schlampige Naht habe ich noch nie gesehen.«

Zurück an der Tür, wendet sie sich den beiden am nächsten stehenden Mädchen zu. »Holt die Kübel, ich zeige euch, wo ihr sie ausleert. Morgen nimmt eine von euch eine andere *Setschka* mit und zeigt es ihr, und so weiter, klar?«

Die beiden Mädchen laufen zu den Kübeln hinten in der Baracke, direkt gegenüber von Cilkas Bett.

Während Antonina und die beiden Mädchen mit den Eimern verschwinden, bleiben die anderen Frauen reglos stehen – niemand weiß, wohin. Als die Mädchen kreidebleich zurück sind, trägt Antonina den Frauen auf, zum Frühstück zur Essensbaracke zu gehen und um sieben Uhr zum Appell zurück zu sein.

Draußen bücken sich die beiden Mädchen, die die Kübel geleert haben, zu Boden und reiben mit den Händen durch den Reif, um sich den Gestank abzuwaschen.

Wenn das hier der Spätsommer ist, denkt Cilka, als sie mit Józia zur Essensbaracke stapft, und jetzt schon etwas Schnee liegt und die Luft wie Eis ist, dann ist keine von uns gefasst auf das, was noch kommt. Draußen zu arbeiten wird dann die reinste Hölle.

Das Frühstück ist ein zäher, fader Brei. Józia denkt daran, ihr kostbares Stück Brot weit in den Ärmel zu schieben. Wie gestern sind an den Tischen keine Plätze frei. Diesmal wissen die Neuen Bescheid und lehnen sich an die Wände.

Der Brei lässt sich definitiv nicht trinken. Die Frauen sehen sich um. Einige benutzen zwei Finger als Löffel. Das muss für den Moment reichen.

Appell. Für Cilka eine vertraute Situation. Sie hofft nur, dass es schnell geht, weil sie nur zwanzig sind. Dass diese Nacht keine verloren gegangen ist. Sie erinnert sich an eine Nacht, in der sie draußen in der Kälte stand – eine ganze Nacht –, bis eine Insassin gefunden war. Der Schmerz in den Knien, den Knöcheln. Und das war noch nicht einmal die schlimmste Nacht *dort*. Längst nicht. Antonina Karpowna ruft Namen auf. Namen. Ich bin keine Nummer. Aber ich habe ja schon eine. Cilka sieht auf ihren bedeckten Arm und auf die Nummer, die jetzt auf ihrem grauen, kratzigen Mantel prangt. Ich habe einen Namen. Laut meldet sie sich mit »ja!«, als er aufgerufen wird. Sie sollen sich in vier Fünferreihen aufstellen.

Gruppen von Frauen marschieren an ihnen vorbei, angeführt jeweils von einer Brigadierin. Von der anderen Seite des Lagers kommen auch Männergruppen. Cilka und ihre Baracke reihen sich bei ihnen ein und marschieren zum Lagertor, das aus der Zone hinausführt. Soweit Cilka bei der Ankunft gesehen hat, gibt es nur einen Eingang und einen Ausgang. Ansonsten spannt sich ein einfacher Stacheldraht. In Gruppen schwärmen die Männer und Frauen vorwärts.

Sie werden langsamer und bleiben kurz vor dem Ausgang stehen. Zum ersten Mal erleben sie das Ritual mit, mit dem es jeden Tag zur Arbeit geht. Als Antonina an der Reihe ist, sieht Cilka sie zu einem Wachmann oder Verwalter treten und ihm die Namensliste zeigen. Dann winkt Antonina die erste Reihe Frauen heran. Der Wachmann geht an der Reihe entlang, zählt, tastet sie grob ab, dann schiebt er sie weiter und wiederholt die Prozedur bei den drei anderen Reihen. Er nickt Antonina zu, die mit den Frauen weitergeht und sie hinter den anderen hermarschieren lässt. Sie folgen einer Bahnlinie, gelegentlich gehen sie auf den Gleisen in der Annahme, dass es sich darauf leichter laufen lässt, als wenn sie die Füße durch den zähen Morast ziehen, was ihnen schon die Kraft raubt, die sie doch für die Arbeit brauchen werden.

Unter den wachsamen Blicken der Wachleute trotten die Kolonnen von Männern und Frauen auf die riesigen Bergwerksanlagen zu, die vor ihnen aufragen. Es sieht aus wie ein schwarzer Berg mit einer Öffnung wie ein Höllenschlund. Neben kleinen, klapprigen Gebäuden türmen sich Haufen von Kohle. Oben am Eingang zum Schacht sehen sie das Rad, das die Kohle aus der Tiefe heraufbefördert. Als die Frauen näher kommen, sehen sie offene Güterwaggons.

Beim Bergwerk angekommen, scheren die Vordersten aus und gehen an ihre gewohnten Arbeitsplätze. Antonina übergibt die Neuen an einen Wachmann, bevor sie den Frauen aus den anderen Baracken folgt, die auch zu ihrer Brigade gehören.

Mit prüfendem Blick schiebt der Wachmann mehrere von ihnen auf eine Seite.

»He, Alexej«, ruft er, »komm dir die hier holen. Sehen aus, als könnten sie eine Hacke schwingen.«

Ein anderer Wachmann winkt den fünfzehn Frauen zu, ihnen zu folgen. Cilka, Józia und Natalja bleiben zurück. Der erste Wachmann mustert sie.

»Ich könnte nicht eine Hacke schwingen, wenn ihr neben mir rumhängt. Kommt mit.«

Sie laufen zu einem der Kohleberge; als sie dort sind, lässt der Kran gerade eine Ladung darauf fallen. Sie stehen in einer Wolke aus Staub und kleinen Splittern der harten, scharfkantigen Kohle.

»Holt euch einen Eimer und macht ihn voll. Dann tragt ihr ihn rüber zu den Waggons und schüttet ihn aus.« Er zeigt auf die Güterwaggons auf den Gleisen. Andere sind schon bei der Arbeit, und wieder müssen sie ihnen offenbar nur alles nachmachen.

Die Frauen nehmen sich einen Eimer und befüllen ihn mit Kohlebrocken.

»Macht lieber schneller, sonst gibt's Ärger«, sagt eine Frau. »Schaut her.«

Die Frau benutzt ihren leeren Eimer als Schaufel und befüllt ihn zur Hälfte. Dann stellt sie ihn auf und schippt ihn mit hohlen Händen bis oben hin voll. Mit unterschiedlichem Erfolg versuchen die Frauen, es ihr nachzutun. Alle füllen ihren Eimer, dann wollen sie ihn anheben. Aber keine von ihnen schafft es; er ist zu schwer.

»Nehmt ein bisschen was raus und macht ihn nur so voll, dass ihr ihn noch tragen könnt. Je länger ihr dabei seid, desto robuster werdet ihr«, wird ihnen geraten.

Cilka und Józia schaffen nur halb volle Eimer, was den Wachleuten an den Waggons sofort auffällt. Dabei ist das Tragen nur das eine, aber zum Schluss muss man sie auch noch hochheben und leeren.

Der für sie zuständige Wachmann späht in die halb leeren Eimer.

»Keine Pause heute, ihr Schlampen. Ihr müsst aufholen, kriegt mal den Hintern hoch.«

Immer wieder sieht Cilka, wie Antonina etwas in ein Notizbuch kritzelt, mit den Wachleuten spricht, für die Produktivität ihrer Brigade geradesteht.

Die Arbeit ist so zermürbend, dass Cilka, Józia und Natalja allmählich keuchen und stöhnen. Neidisch sehen sie zu, wie die anderen zehn Minuten lang die Eimer abstellen und Pause machen dürfen. Cilka tun Schultern, Nacken und Rücken weh. Als mehrere Stunden später eine Sirene ertönt, werden Eimer, Hacken und andere Werkzeuge an Ort und Stelle fallen gelassen. Männer und Frauen schleppen sich zur Bahnlinie hinüber, formieren sich gemeinsam mit den anderen Mitgliedern ihrer Brigade – den Insassen aus ihrer und aus den benachbarten Baracken. Sie stehen da und warten auf ihre Brigadiere und auf das Signal zum Losgehen.

Auf das Zeichen hin trotten sie schweigend wieder an den Gleisen entlang und bleiben vor dem Lagertor stehen. Antonina Karpowna reicht dem Verwaltungsmann ihr Stück Papier, und er zählt die Frauen ab. Hinter Antonina her schlurfen sie mit schmerzenden Gliedern zur Baracke; ein paar Glutnester glimmen noch im Ofen, geben aber keine Wärme ab. Natalja legt etwas Kohle nach und entfacht sie neu. Cilka staunt, dass sie überhaupt noch die Kraft hat, die Kohle auch nur anzuschauen, geschweige denn einen Kübel hochzuheben. Alle plumpsen auf ihre Betten und ziehen sich die Decke über den Kopf. Niemand spricht.

Ihr sogenanntes Abendessen später verleiht ihnen kein bisschen neue Kräfte. Als sie danach wieder in der Baracke zurück sind, schlüpfen viele ins Bett, andere drängen sich um den Ofen.

»Was schaust du so?«

Von ihrem Bett aus erkennt Cilka die Stimme. Es ist Elena.

»Jedenfalls nicht auf deine hässliche Fratze«, hört sie Natalja antworten.

Cilka stützt sich auf den Ellbogen und beobachtet, wie es mit dem Wortwechsel weitergeht.

»Ich bring dich um, du Schlampe, wenn du mir nicht aus den Augen gehst.«

»Lass mich in Ruhe, du fette Kuh! Lass uns alle in Ruhe«, erwidert Natalja herausfordernd und steht von ihrem Bett auf.

»Natalja, setz dich. Sie ist es nicht wert«, beschwichtigt Olga.

Elena zischt verächtlich.

Cilka ist völlig erschöpft. Sie versteht, warum alle so gereizt sind, sofort losschimpfen. Es wäre lebensgefährlich, die Wut an den Unterdrückern auszulassen – da sucht sie sich andere Kanäle. Sie fragt sich, wie alt Elena ist, was sie hinter sich hat. Vielleicht hat sie ja einfach noch gar nichts hinter sich. Wie Cilka, bevor sie *dorthin* kam. Sie war umgeben von Liebe, hatte zu essen, Kleider, alle erdenkliche Bequemlichkeit. Wenn das alles über Nacht verschwindet ... Keiner weiß, wie er darauf reagieren würde.

Sie muss aufhören zurückzudenken. Morgen ... morgen wird genauso wie heute, und der nächste Tag, und die nächste Woche, und für Cilka die nächsten fünfzehn Jahre.

Die Verzweiflung übermannt sie.

Auschwitz-Birkenau, 1943

In einen langen, warmen Mantel gehüllt steht Cilka im Schnee vor Block 25. Wie befürchtet wohnen darin Frauen, die ihre letzten Tage auf Erden verbringen; häufig sind sie zu krank, um sich auch nur zu rühren, in ihren Augen ist schon kein Leben mehr. Das also ist jetzt Cilkas Welt, und sie lebt darin, um zu überleben. Kapos in Kleidung wie der ihren bringen ihr Grüppchen von Frauen und Mädchen – ausgezehrte, gespenstische Gestalten, viele aufeinander gestützt. Jede Kapo erklärt den Frauen, die sie hergebracht hat, dass Cilka jetzt ihre Blockälteste ist und sie ihr in allem zu folgen haben. Draußen in der Kälte müssen sie auf einen SS-Mann warten, der den Appell abnimmt.

Cilka fühlt sich so leblos wie Schnee. Ihr Blick schweift über die knochigen, gekrümmten Körper, aber ihre Gefühle sind weit weg. Es fing an, als Schwarzhuber sie in diese winzige Stube vorn in Block 25 setzte und seine regelmäßigen Besuche begann. Sie fand heraus, dass sie einfach nur ein Haufen Glieder werden konnte, nur Knochen, Muskeln und Haut. Sie brauchte nichts zu tun. Es geschah einfach. Ein bisschen so wie damals, als Kind, wenn sie sich übel das Knie aufschürfte – auch wenn sie das Blut sah, dauerte es lange, bis sie den Schmerz wahrnahm.

Cilka steht stumm da, wartet nur, bis ihr gesagt wird, dass für heute alle Frauen, die in Block 25 kommen, da sind. Morgen, oder wenn die Nazis beschließen, dass sie Besseres zu tun haben, vielleicht übermorgen, schicken sie sie alle in die Gaskammer, die aussieht wie ein kleines weißes Haus. Und dort werden sie ermordet.

Ein höherrangiger SS-Mann kommt mit der letzten Gruppe von zehn Frauen. Sein Schlagstock saust durch die Luft und trifft willkürlich ahnungslose Frauen. Irgendetwas durchbricht Cilkas Erstarrung, sie läuft ihnen entgegen.

»Los, beeilt euch, ihr faulen, nichtsnutzigen Schlampen!«, bellt sie. »Ich hab sie«, sagt sie zu dem SS-Mann und tritt ihm in den Weg, als er gerade einem Mädchen auf den Kopf schlagen will. Cilka versetzt ihr einen heftigen Stoß, sodass sie mit dem Gesicht nach unten im Schnee landet.

»Hoch mit dir und ab zu den anderen!«, schreit sie sie an.

Der SS-Mann beobachtet das Ganze, nickt Cilka zu und geht. Er sieht nicht, wie Cilka sich bückt und dem Mädchen den Arm unter die Achsel schiebt, um ihm aufzuhelfen.

»Schnell, geh zu den anderen«, raunt sie ihr freundlicher zu.

Cilka sieht den SS-Mann zurückkommen und brüllt die Frauen an.

»Rein jetzt! Ich erfriere hier, weil ihr zu langsam seid und zu faul, euch zu bewegen. Los jetzt, los!«

Sie grinst dem SS-Mann ins Gesicht.

Sie folgt den Frauen nach drinnen und schließt die Tür.

Die Frauen haben Platz gefunden, um zu sitzen oder zu

liegen, obwohl es kaum Platz gibt. Manchmal schwappen sie über in den Hof, eingepfercht wie Tiere. Hagere Gesichter starren Cilka an – verängstigte, hilflose Blicke. Wie gern würde sie ihnen erklären: Wenn sie sie anschreit, bleibt die SS draußen.

Nichts kommt ihr über die Lippen.

Sie ist sechzehn. Wahrscheinlich die Jüngste hier im Raum. Und sie wird sie alle überleben.

Sie sieht eine Frau mit Erbrochenem auf der Wange. Der Hauch von Gefühl, den sie gerade zugelassen hat, ist wieder weggesperrt. Sie ist so glatt und hell wie der Schnee, wie die Wände. Als die Frauen anfangen, ihre Geräusche zu machen – sie jammern und weinen und schlagen mit den Händen gegen die Wände, sie beten und rufen die Namen ihrer Lieben und Verlorenen –, wendet Cilka sich ab, geht vorn in der Baracke in ihre Stube und legt sich hin.

Lang sind die Tage und grausam. Cilka muss Kraft aus Reserven schöpfen, die sie an sich gar nicht kannte. Cilka und Józia haben verschiedene Methoden durchprobiert, ihre Brotration über den Tag zu verteilen, um möglichst viel davon zu haben. Abends reden die Frauen oft vom Essen. Wenn das Gespräch auf die Familien, die Heimat kommt, dreht es sich oft um die gemeinsamen Mahlzeiten: Kohl und Pilze, Quark, Wurst, Piroggen, Obst. Cilka muss im Gedächtnis um Jahre zurückgehen, um sich zu beteiligen, und sie kämpft gegen den Neid, um wie viel näher diese Erinnerungen für die anderen Frauen sind.

Offenbar will keine allzu genau berichten, unter welchen Umständen sie verhaftet wurde, was zuletzt passiert ist, wo ihre Familie ist. Vielleicht ist den Frauen noch nicht klar, ob sie den anderen wirklich vertrauen können. Trotzdem bangen sie um ihre Lieben. Besonders Margarethe, eine junge Russin mit rundem Gesicht und Grübchen, die Cilka auf Anhieb mag, macht sich pausenlos Sorgen um ihren Mann. Józia denkt an ihre Brüder; und Olga weiß zwar, wo ihre Kinder sind, aber sie hat Angst, nichts von ihnen zu hören, nicht zu erfahren, ob es ihnen gut geht. Cilka denkt an alle, die sie verloren hat, aber nicht einmal ansatzweise kann sie davon sprechen.

Eines Nachts sagt Olga zu Cilka: »Klein … das ist doch ein ziemlich häufiger jüdischer Name, oder?«

Cilka nickt. »Ich glaube schon.« Sie steht auf. »Ich gehe Kohle holen.«

Als die Frauen Wochen später einmal von der Arbeit in ihre Behausung zurückkommen, erklärt Elena, morgen müsse zum zweiten Mal in Folge Natalja die Scheißkübel leeren. Eben ist der erste schwere Schnee gefallen, und Elena wickelt sich fester in ihren Mantel.

»Das mache ich«, sagt Józia. »Ich war schon länger nicht mehr dran.«

»Hier bestimme ich!« Elena richtet sich auf. »Ich sage, wer was macht.«

»Nein, sagst du nicht«, widersetzt sich Józia. »Keiner hat dich zum Bestimmer gemacht. Die Arbeit teilen wir.«

Cilka wundert sich, dass Elena nicht weiter streitet.

Sie verengt bloß die Augen, setzt sich und verkriecht sich in ihren Mantel.

Die Frauen stehen um den Ofen, lassen die wohltuende Wärme auf ihre schmerzenden Muskeln wirken, warten auf das metallische Scheppern, das die Essenszeit ankündigt.

Von hinten wird Józia heftig in den Rücken gestoßen.

Instinktiv reckt sie die Hand vor und sucht nach einer Stütze – sie landet auf dem Ofenrohr. Ihr Schrei hallt von den Wänden wider.

Józia hält den Arm von sich wie etwas, was sie abschütteln möchte. Tausend Gedanken schießen Cilka durch den Kopf, Bilder von kranken, verletzten Frauen und was ihnen bevorsteht. Nein, nicht Józia. Cilka packt sie, schiebt sie aus der Baracke, vergräbt ihre verbrannte Hand im Schnee, der jetzt schon flächig liegt. Józia stöhnt, fängt an, hörbar zu weinen.

»Still jetzt«, fährt Cilka sie an; es klingt rauer, als sie eigentlich wollte.

Ein paar Minuten später zieht sie die Hand aus dem Schnee und untersucht den Schaden. Die Handfläche und vier Finger an Józias rechter Hand sind feuerrot, der Daumen als einziger unversehrt.

Cilka drückt die Hand zurück in den Schnee und dreht Józias Gesicht zu sich her. Es ist aschfahl, so weiß wie der Boden.

»Bleib hier. Ich komme gleich wieder.«

Cilka stürmt nach drinnen, hält inne, starrt die Frauen an, die sich um den Ofen drängen.

Ein bekümmertes »Wie geht es ihr?« bleibt unbeantwortet.

»Wer war das? Wer hat sie gestoßen?« Cilka hatte nur gesehen, wie Józia plötzlich aus der Gruppe herausstolperte. Doch sie hat ihre Vermutung.

Die meisten Frauen sehen weg, aber Cilka fällt auf, dass Natalja auf die Schuldige schielt.

Cilka baut sich vor Elena auf, die gemütlich auf ihrem Bett sitzt.

Elena faucht Cilka an: »Ich könnte dich zu Kleinholz schlagen.«

Cilka begreift den Unterschied zwischen einer leeren Drohung – die Zurschaustellung von Kraft aus Hilflosigkeit – und der wahren Absicht, anderen zu schaden.

»Mich haben schon sehr viel schlimmere Leute als du fertigzumachen versucht«, sagt Cilka.

»Und ich habe gegen Männer gekämpft, die zehnmal so groß waren wie du«, gibt Elena zurück.

Die Frauen rundum weichen zurück, machen Platz für den bevorstehenden Kampf.

»Steh auf«, befiehlt Cilka. »Ich sag es nur noch ein Mal. Steh auf.«

Die beiden Frauen starren sich eine Zeit lang an, bevor Elena sich langsam erhebt, die Lippen zum Schmollmund verzogen wie ein Kind.

»Elena, ich nehme jetzt deine Decke zur Seite, das Laken darunter ist hoffentlich nicht verlaust, davon reiße ich das Ende ab. Du wirst mich nicht daran hindern. Verstanden?«

Elena schnauft, aber sie nickt langsam. Die anderen

Frauen haben den Raum wieder geschlossen, sie stehen jetzt hinter Cilka, die offenbar die Oberhand gewonnen hat.

Ohne Elena aus den Augen zu lassen, zieht Cilka die Decke vom Bett. Sie nimmt das Laken am Rand, führt es an den Mund und beißt mit den Zähnen einen Schlitz hinein; dann reißt sie mit den Händen einen Streifen ab.

»Danke, Elena. Du kannst dein Bett wieder machen.« Cilka geht zur Tür.

Dort steht Antonina Karpowna; den Arm an den Türrahmen gestützt, versperrt sie Cilka den Weg.

»Kriege ich Ärger mit euch?«, fragt sie.

»*Njet.*« Cilka antwortet auf Russisch.

Antonina lässt sie durch. Cilka tritt wieder nach draußen, wo Józia in der untergehenden Sonne im Schnee sitzt; sie zittert vor Schmerz und vor Kälte. Cilka wischt den Schnee von Józias verletzter Hand, dann wickelt sie den Streifen Stoff darum. Sie hilft Józia auf die Beine, legt ihr den Arm um die Schultern und führt sie nach drinnen. Es fühlt sich merkwürdig an, jemandem so nah zu sein. Der letzte Mensch, den sie freiwillig so angefasst hat, war Gita. Die Traube um den Ofen löst sich, um die beiden so nah wie möglich an die Wärme zu lassen.

Der Essensgong scheppert. Józia will nicht aus dem Bett. Cilka kämpft mit Frust, Wut und Hilflosigkeit. Beinahe lässt sie sie zurück. Dann denkt sie, wie viel schlimmer es wird, wenn Józia nichts isst und an Kraft verliert.

»Józia, komm.« Unter gutem Zureden hilft sie ihr auf. In der Essensbaracke reicht Cilka Józia ihren Napf

Suppe. Sie nimmt ihn in die linke Hand. Als ihr ein Stück hartes Brot zugeworfen wird, kann sie es nicht fangen; es fällt zu Boden.

Ein Wachmann sieht zu, wartet ab, was Cilka, die als Nächste in der Reihe steht, tut. Wenn sie ihr hilft, muss sie wohl mit einer Strafe rechnen. Wenn nicht, bekommt Józia weniger zu essen. Józia beugt sich hinunter, umklammert ihren Napf, schaut flehend zu Cilka auf. Die sieht ihr fest in die Augen und nimmt ihr eigenes Stück Brot zwischen die Zähne – ein stummer Rat. Józia stellt vorsichtig ihren Napf auf dem Boden ab, nimmt das Brot, steckt es sich zwischen die Zähne und geht mit ihrem Napf weiter.

Als sie einen Stehplatz außer Sichtweite des Wachmanns gefunden haben, nimmt Cilka das Brot aus Józias Mund und hilft ihr, es weit in den Ärmel ihres Mantels zu schieben.

Zurück in der Baracke, erkundigen sich alle gedämpft nach Józias Hand. Tapfer erklärt sie, es werde schon gehen. Cilka ist froh, dass das Essen ihr wieder Zuversicht gegeben hat.

Cilka sitzt auf dem Bett und sieht zu, wie am Fenster der Schnee schmilzt und Tränen gleich an der Scheibe hinunterrinnt. Sie lässt sich Józias verbrannte Hand zeigen. Vorsichtig wickelt sie den notdürftigen Verband ab; die unterste Lage klebt an der blasigen Haut. Józia steckt sich die andere Hand in den Mund, um nicht vor Schmerzen aufzuheulen.

»Sieht schon besser aus.« Cilka versucht, Józia mit

Worten zu trösten, an die sie selbst nicht glaubt. Sie weiß, wie wichtig es ist, nicht aufzugeben.

Natalja tritt zu ihnen und setzt sich neben Cilka. Sie mustert die Wunde.

»Ich werde morgen Antonina fragen, ob es hier ein Krankenhaus oder eine Krankenstation gibt. Wenn ja, können sie dir da helfen und einen sauberen Verband anlegen.«

Cilka weiß, dass jeder, der nicht zur Arbeit will, mit Ärger rechnen muss. Aber wenn Józias Hand nicht verheilt, wird es noch viel schlimmer. Sie nickt.

»Danke, Natalja«, sagt Cilka.

Sie verkriechen sich alle in ihre Betten. Die Dunkelheit hüllt sie ein, aber es wird immer noch früh hell, und Cilka fährt plötzlich mit klopfendem Herzen aus dem Schlaf hoch, bevor die Stille sie wieder einschlafen lässt.

Am nächsten Morgen sieht Antonina müde aus. Wortlos treibt sie sie zur Bewegung an. Natalja will sie gerade auf Józia ansprechen, fängt jedoch Cilkas Kopfschütteln auf. Beim Gehen flüstert Cilka: »Lass sie erst frühstücken, sonst vergisst sie es wieder.« Auch Antoninas Stimmung hat sie im Auge. Sie hat gelernt, in den Gesichtern der Oberen zu lesen, der Wachleute, der Menschen, die Macht über die anderen haben.

Als beim Appell alle Namen aufgerufen worden sind, sieht Natalja fragend zu Cilka hinüber. Cilka und Józia haben ihren Brei gegessen und ihr Stück Brot in die Ärmel geschoben. Auch Antonina hat ein bisschen mehr Farbe im Gesicht. Cilka nickt.

»Entschuldigung, Antonina Karpowna«, sagt Natalja. Cilka fällt auf, wie höflich sie sie mit Vor- und Nachnamen anspricht.

Die Brigadierin wendet sich zu Natalja um.

»Vielleicht hast du es gestern Abend gesehen, Józia hat sich an der rechten Hand verletzt. Gibt es eine Krankenstation, wo sie hingehen kann?«

»Wie ist das passiert?«, fragt Antonina.

Natalja scheint nicht herauslassen zu wollen, wer schuld ist. So hinterhältig die Sache war, sie wollen nicht, dass irgendwer dafür ins Loch muss, in die Strafzelle. Das würde Hunger bedeuten, Krankheit, vielleicht Wahnsinn. So wütend Cilka auch auf Elena ist – diese Feigheit obendrein, ein Stoß in den Rücken! –, aber sie gönnt ihr noch eine Chance.

Offenbar denkt Józia genauso.

»Ich bin neben dem Ofen gestolpert«, sagt Józia, »und habe mich mit der Hand abgestützt.«

Mit erhobenem Kinn winkt Antonina Józia zu sich.

Józia tritt zur Brigadierin, die verbundene Hand vorgereckt.

»Woher soll ich wissen, dass du dich nicht einfach nur vor der Arbeit drücken willst?«

Józia versteht. Sie fängt an, den Verband abzuwickeln. Sie weint vor Schmerz, als sie die letzte Lage löst und die wunde, blasige Hand freilegt.

Cilka tritt neben Józia – nicht weil sie auffallen will, sondern um ihr zu zeigen, dass sie bei ihr ist; um sie zu trösten. Antonina mustert die beiden von oben bis unten.

»Ihr *Setschki* taugt beide nicht viel, oder?« Sie nickt Cilka zu. »Bring sie rein. Ich komme gleich.«

Cilka ist überrascht. Besorgt. Aber sie tut, was ihr gesagt wird. Gemeinsam laufen sie zur Baracke zurück, Cilka wirft noch einen Blick zu den anderen, die zur Arbeit losziehen. Der Schnee wirbelt auf, hüllt sie ein, und sie sind nicht mehr zu sehen. Was hat sie nur getan?

Cilka und Józia gehen zum Ofen, Decken um den zitternden Körper gewickelt. Verzweifelt hofft Cilka, dass sie sich bald an das Klima gewöhnen werden. Es ist noch nicht einmal Winter. Da reißt sie ein eiskalter Luftzug aus ihren Gedanken. In der Tür steht Antonina.

Cilka stupst Józia an, und schnell gehen sie zur Tür und folgen Antonina nach draußen; Cilka achtet darauf, die Tür hinter sich gut zuzumachen.

Sie hat Antonina oft zusammen mit einer anderen Brigadierin gesehen, mit der sie eine Behausung in der Ansammlung der Baracken ihrer Brigade teilt; daher sind sie vermutlich gemeinsam für die Frauen zuständig. Oder vielleicht ist die andere Frau auch Antoninas Gehilfin. Jedenfalls übernimmt sie jetzt wohl die Führung der Brigade, während Antonina sich um sie beide kümmert.

Es ist zwar nicht weit zur Krankenstation, aber der Sturm macht das Vorankommen langsam und beschwerlich, weil der Schnee schon so hoch liegt, dass sie nicht mehr einfach darüber hinwegsteigen können. Anhand der Anzahl der zugehörigen Baracken – sie haben dieselben Ausmaße wie ihre eigene – versucht Cilka zu schätzen, wie groß das Krankenhaus ist. Die anderen, größeren Gebäude etwas abseits müssen der Verwaltung oder als Lagerhäuser dienen, aber äußerlich gibt es keinerlei Hinweise auf ihre Funktion. Auch das Krankenhaus, das Antonina ihnen zeigt, ist durch kein Zeichen als solches zu erkennen.

Vor der Tür steht ein Wachmann. Antoninas Augen sind kaum zu sehen, sie muss den Schal abnehmen, den sie sich um das Gesicht gewickelt hat, und ihm ins Ohr schreien. Cilka fragt sich, was er sich wohl hat zuschulden kommen lassen, dass er mit diesem Posten bestraft wurde. Er ist kaum besser dran als ein Gefangener, allerdings ist sein Quartier wahrscheinlich bequemer und sein Essen reichlicher. Sichtlich widerstrebend öffnet er die Tür und schiebt die Frauen grob hinein. Wahrscheinlich hat er Anweisung, ja keinen Schnee hineinzubringen.

Drinnen schlägt ihnen sofort die Wärme entgegen, und sie wickeln ihre Schals ab, Józia nur mit ihrer heilen Hand.

»Wartet hier«, trägt Antonina ihnen auf. Sie stehen direkt bei der Tür und sehen sich zögerlich in diesem ersten Raum um.

Es ist eine Art Wartesaal. Häftlinge, Männer und Frauen, besetzen die wenigen vorhandenen Stühle, andere kauern gekrümmt auf dem Boden, den Schmerz ins Gesicht geschrieben. Wieder andere liegen zusammengerollt da, schlafend, bewusstlos oder tot – genau ist das nicht zu erkennen. Mehrere stöhnen leise, das Geräusch geht einem durch und durch, zumal es Cilka nur allzu vertraut ist. Sie wendet den Blick ab, sieht hinauf zum Stalin-Porträt an der Wand.

Antonina steht am Empfangstisch vorn im Raum und spricht ganz ruhig mit der Matrone, die dahinter thront. Sie nickt und kommt zurück zu Cilka und Józia.

»Du bist Nummer 509, sie rufen dich auf.« Langsam wiederholt sie die Zahl auf Russisch: »*Pjatsot dewjat.*«

Ohne ein weiteres Wort tritt Antonina zur Tür hinaus und hinterlässt nur einen Schneewirbel, der schnell in die Pfütze auf dem Boden hineinschmilzt.

Cilka nimmt Józias Arm und führt sie zu einer Stelle, an der sie sich an die Wand setzen und anlehnen können. Erst als sie zu Boden gleiten, bemerkt Cilka, dass mehrere Köpfe sich heben und furchtsame Augen die Neuankömmlinge taxieren. Herrscht sogar hier eine Hierarchie? Cilka hält ihren Blicken stand. Sie wenden den Blick zuerst ab.

Cilka hört, wie ihre Nummer durch den Raum gebrüllt wird.

Sie schreckt aus dem Halbschlaf auf. »Letzter Aufruf!«, setzt die Matrone hinzu.

Noch ganz verwirrt stellt Cilka fest, dass Józia schläft, den Kopf auf Cilkas Beine gebettet.

»Hier! Wir kommen!«, ruft sie, so laut sie kann.

Sie rüttelt Józia wach, beide rappeln sich hoch und laufen schnell zum Empfangstisch mit der mürrischen Frau.

Sie steht da, drückt Józia eine Schreibunterlage in die Hand und geht zu einer Tür im hinteren Teil des Raums. Cilka und Józia folgen ihr.

Hinter der Tür gehen sie an Betten entlang, die in langen Reihen auf beiden Seiten stehen. Ein Krankensaal. Cilka mustert die Betten aus dem Augenwinkel. Die Laken sind weiß. Die Decken grau, aber wohl dicker als die in ihrer Baracke. Unter den Köpfen der Männer und Frauen stecken Kissen.

Hinten im Saal betreten sie einen Behandlungsbereich, der vom übrigen Raum abgetrennt ist. Der Geruch nach Desinfektionsmitteln schlägt ihnen entgegen.

Józia wird auf einen Stuhl neben einem Tisch bugsiert, der mit Fläschchen, Verbänden und medizinischen Instrumenten überladen ist.

Die Frau zeigt auf Józias Schreibunterlage und reicht Cilka einen Stift. Sie begreift, dass sie etwas ausfüllen müssen. Die Frau dreht sich um und verschwindet.

»Ich kann das«, flüstert Józia. »Ich kann schreiben.«

»Lass es mich machen«, erwidert Cilka.

Sie nimmt die Schreibunterlage, schiebt ein paar Instrumente zur Seite und legt sie auf den Tisch.

Und dann sieht sie, dass das Formular in kyrillischen Buchstaben gedruckt ist. Die Buchstaben sehen aus wie Tunnel und Tore, dazu merkwürdige Bögen und Schnörkel. Das hat sie schon sehr lange nicht mehr gelesen. So zu schreiben wird eine Herausforderung.

»Also los«, sagt sie. »Am Anfang kommt immer der Name. Wie heißt du mit Nachnamen, Józia?«

»Kotecka, Józefina Kotecka.«

Cilka schreibt, so gut sie kann, die Buchstaben hin; hoffentlich können die Ärzte es lesen.

»Gut; das hier dürfte der Geburtstag sein?«

»25. November 1928.«

»Und hier der Wohnort.«

»Ich habe keine Adresse mehr. Sie haben meinen Vater verhaftet, weil er einen Tag auf der Arbeit verpasst hatte. Er war Waldarbeiter, und er hat nach meinen Brüdern gesucht, weil sie seit drei Tagen nicht heimgekommen waren. Als Nächstes haben sie meine Mutter geholt. Meine Großmutter und ich hatten solche Angst, ganz allein zu Hause. Und dann sind sie gekommen und haben uns auch mitgenommen.« Józia schluckt. »Jetzt wohnt da niemand mehr aus meiner Familie.«

»Ich weiß, Józia.« Cilka legt Józia eine Hand auf die Schulter. Sie war im gleichen Alter, als auch ihr alle genommen wurden.

»Sie haben mich ins Gefängnis gesteckt.« Józia fängt an zu weinen. »Sie haben mich geschlagen, Cilka. Sie haben mich geschlagen und wollten wissen, wo meine Brüder sind. Ich habe gesagt, ich weiß nicht, aber sie wollten mir nicht glauben.«

Cilka nickt aufmerksam. Seltsam, wie und wann die Vergangenheit sich Luft macht. Nur ihre nicht. Sie könnte einfach keine Worte dafür finden.

»Und dann haben sie irgendwann meine Großmutter und mich auf einen Laster geladen und zum Bahnhof gebracht, und da habe ich dich kennengelernt.«

»Es tut mir leid, dass das alles jetzt hochkommt, Józia. Komm, wir machen …« Sie betrachtet das Formular.

»Nein, das ist schon in Ordnung«, sagt Józia. Sie sieht zu Cilka auf. »Erzählst du mir auch irgendwann, warum du hier bist? Ich weiß bloß, dass du Slowakin bist. Und diese Frau im Zug sagte, sie war mit dir irgendwo … Wurde deine Familie auch verhaftet?«

Cilkas Magen zieht sich zusammen.

»Vielleicht ein andermal.«

»Und du wusstest, wie man sich verhalten muss, als wir hierherkamen.« Józia hebt die Brauen; wie das alles zusammenhängt, ist ihr ein Rätsel.

Cilka geht nicht auf sie ein, studiert wieder betont konzentriert das Formular.

In diesem Augenblick hören sie jemanden hinter sich. Als sie sich umdrehen, steht da eine große, schlanke, gut aussehende Frau in weißem Arztkittel, ein Stethoskop um den Hals. Ihre goldblonden Zöpfe sind zu einem Kranz aufgesteckt, und in den Winkeln ihrer blauen Augen steht ein Lächeln.

Sie sieht sie offen an und spricht sie sofort auf Polnisch an, eine Sprache, die sie beide verstehen. »Womit kann ich helfen?« Einen Akzent wie ihren hat Cilka noch nie gehört.

Józia macht Anstalten aufzustehen.

»Nein, bleib sitzen. Ich nehme an, du bist die Patientin.«

Józia nickt.

»Und du bist …?«

»Ihre Freundin. Ich sollte bei ihr bleiben.«

»Habt ihr Schwierigkeiten mit dem Formular?«

»Wir sind gerade dabei«, sagt Cilka. Und dann entfährt ihr die Frage: »Woher wussten Sie, in welcher Sprache Sie uns ansprechen sollten?«

»Ich bin schon lange Lagerärztin, da habe ich beim Raten inzwischen ein ziemlich gutes Gespür.« Die Ärztin lächelt warm und herzlich, das erste freundliche Gesicht, dem Cilka seit ihrer Ankunft hier begegnet ist.

»Lass mich mal sehen«, sagt die Ärztin und nimmt Cilka die Schreibunterlage aus der Hand.

»Gut.«

Cilka wird rot.

»Dann füll es doch selbst weiter aus. Ich lese die Fragen vor.«

»Auf Russisch?«

»Kannst du denn Russisch?«

»Sprechen ja, aber Schreiben ist ein bisschen schwieriger.«

»Gut, dann mach auf Russisch weiter, ja? Je schneller du das lernst, desto mehr hast du hier davon. Welche Sprachen kannst du sonst noch?«

»Slowakisch, Tschechisch, Polnisch, Ungarisch und Deutsch.«

Die Ärztin nickt. »Beeindruckend.« Doch sie sagt es ganz ruhig. »Die nächste Frage auf dem Formular heißt: Grund für den Besuch im Krankenhaus.« Sie fragt auf Russisch.

Cilka schreibt etwas.

Die Ärztin sieht ihr über die Schulter.

»Hm, nicht schlecht. Aber frag doch erst mal die Patientin und schreib, was sie sagt.«

Cilka wird es heiß. Treibt die Ärztin gerade ein Spielchen mit ihr? Warum muss sie immer auffallen, egal, wie sehr sie sich einzureihen versucht? Sie befragt Józia auf Russisch. Hilflos sieht Józia sie an.

Cilka versucht, »Verbrennung an der Hand« in kyrillischen Buchstaben zu schreiben.

»Nicht übel«, kommentiert die Ärztin. »Gut, das reicht jetzt. Den Rest übernehme ich. Jetzt will ich mal die Patientin untersuchen.«

Józia streckt ihre Hand vor. Die Ärztin zieht sich einen Stuhl heran und fängt vorsichtig an, den Verband abzuwickeln.

»Wer hat dir das verbunden?«

»Cilka.«

Die Ärztin wendet sich zu Cilka um.

»Bist das du?«

»Ich habe ihr gleich als Erstes gesagt, sie soll es eine Zeit lang in den Schnee halten, dann habe ich nach etwas gesucht, womit ich es so gut wie möglich verbinden konnte.«

»Gut gemacht, Cilka. Jetzt sehen wir uns mal die Verletzung an.«

Als der Verband ab ist, dreht die Ärztin Józias Hand um und untersucht sie genau.

»Beweg mal die Finger.«

Józia versucht unter Schmerzen, die Finger zu bewegen, aber sie sind so geschwollen, dass nicht viel dabei herauskommt.

»Du hast Glück, dass jemand bei dir war, der wusste, dass man Verbrennungen sofort kühlen muss. Das hat dir viel Schlimmeres erspart. So hast du wohl eine Verbrennung ersten Grades an fünfzig Prozent der Handfläche und achtzig Prozent der vier Finger. Der Daumen sieht gut aus.« Sie blickt Józia ins Gesicht. »Du brauchst zwei Wochen lang täglich einen Verbandswechsel, und keine Arbeit, weder drinnen noch draußen.«

Sie wendet sich an Cilka. »Reich mir diese Tube da ... die, wo *Mas ot oschogow* draufsteht.« Brandsalbe.

Cilka reicht ihr die Salbe und dreht gleich den Deckel ab.

Vorsichtig trägt die Ärztin die Salbe auf.

»Jetzt schau auf dem Regal hinter dir nach einem breiten Verband.«

Cilka tut, was ihr gesagt wird, und reicht ihn ihr.

Gekonnt bandagiert die Ärztin Józias Hand; dann nimmt sie das Ende zwischen die Zähne, reißt es entzwei und verknotet die beiden neuen Enden, sodass der Verband gut hält.

»So, jetzt gib mir den Block und den Stift da vom Tisch. Ich schreibe wohl besser eine Notiz.«

Cilka sieht zu, wie sie schreibt, das Blatt zusammenfaltet und es Józia reicht.

»Ich habe bloß aufgeschrieben, was ich gerade gesagt habe. Du darfst weder drinnen noch draußen arbeiten und kommst mindestens zwei Wochen lang jeden Tag her zum Verbandswechsel. Dann sehen wir, wie die Hand verheilt.«

Jetzt wendet die Ärztin sich an Cilka. »Mich beeindruckt, wie gut du deiner Freundin geholfen hast, und du schreibst besser, als du meinst.« Sie mustert Cilka. »Du hast eine Begabung für Sprachen. Weißt du, wir sind hier im Krankenhaus unterbesetzt, bei all den Neuen im Lager. Möchtest du gern hier arbeiten?«

Cilka ist klar, welche Gelegenheit das ist. In einem Lager gibt es die schlechten Arbeiten – die Arbeit mit der Hand draußen – und die guten Arbeiten. *Dort* bedeutete eine »gute« Arbeit mehr Essen und mehr Wärme, bei Cilka allerdings auch ständigen, wiederholten Missbrauch, und sie hatte immer die allerschlimmsten Seiten des Lagers vor Augen. Blockälteste in Block 25 zu sein war eine Strafe, und obendrein hat sie das Gefühl, sich dafür noch rechtfertigen zu müssen. Dass sie überlebt hat. Dass sie Essen und Zigaretten gegen warme Kleidung getauscht hat. Während die Frauen kamen und gingen, um zu sterben. Kamen und gingen und kamen und gingen, ohne Ende.

Sie ist ratlos. Wieder fragt sie sich, warum sie immer auffällt. Sie sieht zu Józia hinüber, hat das Gefühl, wenn sie Ja sagt, betrügt sie ihre Freundin. Und all die anderen Frauen in der Baracke.

Józia sagt: »Natürlich macht sie das.«

Cilka schaut sie an. Józia nickt aufmunternd.

»Ich ...« Wenn sie Nein sagt, kommt sie dann ins Loch? Vielleicht könnte sie ja mit dieser Tätigkeit den Bedürftigsten mehr Essen zustecken oder es gegen Zigaretten, Stiefel, Mäntel für die anderen tauschen.

Die Ärztin scheint sich zu wundern. Cilka nimmt an, dass normalerweise niemand solch ein Angebot ablehnt.

»Ich glaube, ich kann nicht«, stammelt sie.

»Wie bitte?«, erwidert die Ärztin. »Arbeiten müssen wir alle.«

»Und ich arbeite gern im Bergwerk«, schiebt Cilka nach, aber sie merkt selbst, wie tonlos ihre Stimme klingt. Früher dachte sie, sie hätte mehr verdient oder etwas Besseres, aber sie weiß, dass das immer auch eine sehr bittere Kehrseite hat.

»Tja.« Die Ärztin zuckt mit den Schultern. »Dann würde ich sagen, du hilfst mir in den zwei Wochen, in denen Józia zur Behandlung herkommt, und danach entscheidest du.«

Józia redet Cilka mit einem eindringlichen Blick zu.

Langsam nickt Cilka.

»Ja, danke schön, Frau Doktor. Und wie sieht es mit Józia aus?«

»Über Józia denken wir in zwei Wochen nach. Bestimmt können wir eine passende Arbeit für sie finden. Jetzt schreibe ich erst mal eine Notiz für deine Brigadierin. Du kommst jeden Tag her und bringst Józia; sie geht nach dem Verbandswechsel zurück in die Baracke, und du bleibst hier und arbeitest.«

Die Ärztin kritzelt noch eine Notiz, reißt das Blatt vom Block und reicht es Cilka.

»Jetzt geht ihr beide zurück in die Baracke und ruht euch aus.«

»Entschuldigung, aber wie sollen wir Sie nennen?«

»Ich bin Doktor Kaldani, Jelena Georgijewna. Mir ist egal, was davon ihr sagt.«

»Danke, Jelena Georgijewna«, sagen die beiden Mädchen im Chor.

Sie gehen hinter ihr her durch den Krankensaal. Beim Wimmern und Klagen der Patienten stellen sich Cilkas Nackenhaare auf.

Sie wird tun, was ihr gesagt wird.

Sie durchqueren den Wartesaal, treten hinaus in die Kälte und stapfen zurück zu ihrer Baracke.

KAPITEL 5

»Ich weiß, dass dir kalt ist«, sagt Cilka zu Józia. »Aber lass uns die Kohle sparen, bis die anderen zurückkommen. Ich lege nur so viel nach, dass das Feuer nicht ausgeht.« Sie fragt sich, ob sie schon irgendwie auszugleichen versucht, dass sie es in den nächsten zwei Wochen wärmer haben wird als die anderen Frauen.

Cilka scheucht Józia auf ihr Bett, sagt ihr, sie soll sich gut in ihre Decke einwickeln. Sie selbst legt etwas Kohle in den Ofen, kriecht auch ins Bett und späht über den schmalen Spalt zu Józia hinüber. Sie mustert das Gesicht des jungen Mädchens. Es ist verzerrt vor Kälte, Angst, Schmerz und Verwirrung.

»Komm rüber.«

Cilka setzt sich auf und legt sich neben Józia; sie weiß, dass das ein Trost für sie ist.

Minuten später schlafen sie beide tief und fest.

Sie erwachen von einem eiskalten Luftzug und dem Schnauben der heimkehrenden Gefährtinnen. Die Frauen drängeln sich möglichst nah an den Ofen, ziehen nasse Stiefel aus und wackeln mit den Zehen.

»Sieh mal an, wer da den ganzen Tag im Bett rumlag«, meint Elena.

Alle Frauen wenden ihnen ihre rußigen Gesichter zu. Cilka spürt ihre Verärgerung, ihre Müdigkeit, ihren Neid.

Natalja kommt herüber. »Wie geht es ihrer Hand?«

Cilka schlüpft aus dem Bett, fasst unter die Decke und zieht Józias Hand heraus.

»Zwei Wochen lang muss jeden Tag der Verband gewechselt werden, sagt die Ärztin.«

»Heißt das, dass sie nicht arbeiten muss?«, ruft Hannah, eine drahtige Neue, die gerade mit Elena die Köpfe zusammengesteckt hatte, aus der Schar um den Ofen.

»Natürlich«, erwidert Cilka. »Sie kann nicht mal richtig essen. Wie sollte sie da arbeiten?«

»Aber *du* hast wenigstens keine Ausrede«, gibt Hannah zurück. »Morgen wieder einen Kohleeimer in der Hand, freust du dich schon?«

Elena stöhnt: »Ich bin so müde, ich will nur schlafen und nie wieder aufwachen.«

Bevor Cilka antworten kann, geht die Tür auf; Antonina steht im Raum.

Alle Blicke wandern zur Tür. Die Frauen hasten ans Ende ihrer Betten. Auch Józia rappelt sich hoch und stellt sich auf.

Antonina geht an den Frauen vorbei zu Józias und Cilkas Betten. Alle Blicke folgen ihr.

»Und?«

»Entschuldigung«, sagt Cilka, »kann ich die Notizen unter meinem Kopfkissen vorholen?«

Sie nickt.

Cilka reicht ihr die Zettel. Antonina liest zuerst den Bericht über Józia. Sie unterbricht sich, wirft einen Blick auf Józias Hand und nickt. Dann liest sie die zweite Notiz, blickt Cilka an, liest sie noch einmal.

»Du hast die besten Plätze im Haus ergattert. Glückwunsch.« Gedankenverloren gibt sie ihr die Notizen zurück. »Alle raus, aufstellen.«

Die Frauen eilen wieder nach draußen und stellen sich in zwei geraden Reihen auf. Sie folgen Antonina zur Essensbaracke. Das Abendessen steht an. Es fällt kein Schnee mehr, aber er liegt hoch auf dem Boden. Mühsam stapfen sie hindurch. Cilka hält den Kopf gesenkt, die Mütze tief im Gesicht. Doch Elena und Hannah rücken ihr zu Leibe.

»Sag schon, was in der Notiz steht«, faucht Elena durch ihren Schal.

Cilka bleibt stumm.

Und dann legt Natalja freundlicher nach: »Wir sind neugierig, Cilka ...«

»Also, zugesagt habe ich noch nicht«, erzählt Cilka, »aber sie brauchen Leute im Krankenhaus und wollen, dass ich dort arbeite.«

Elena reißt die Augen auf.

»Schwein gehabt!«

Hannah starrt Cilka an.

»Sie hat abgelehnt«, meldet sich Józia zu Wort. »Aber die Ärztin hat einfach entschieden, dass sie auf Probe bei ihr arbeiten soll.«

»Warum hast du nicht zugesagt?«, fragt Natalja.

»Angst vor Spritzen?« Cilka versucht, mit einem Witz die Situation zu entspannen. Olga, die von Weitem zugehört hat, grinst.

Józia erklärt: »Sie wollte nicht besser dran sein als wir – ehrlich, ich war dabei, als sie ablehnen wollte.«

»Das ist doch Wahnsinn«, sagt Natalja. »Jede von uns hätte Ja gesagt.«

Sie sind fast bei der Essensbaracke.

Cilka spürt, dass es ihnen allen klar wird, auch Elena und Hannah: dass sie jetzt Zugang zu besserem Essen haben wird, zu Wärme, zu allem möglichen Material. Und wieder befindet sich Cilka durch Zufall in einer Stellung mit mehr – ungewollter – Macht.

»Ich werde versuchen, Józias Verbände zu behalten, wenn sie gewechselt werden«, sagt sie. »Damit könnt ihr euch bei der Arbeit die Füße und die Köpfe einwickeln.«

»Das ist wohl das Mindeste«, zischt Elena.

In der Essensbaracke verteilen sich die Frauen und machen sich über ihre wässrige Suppe und das harte Brot her. Ihr fällt auf, dass Elena ständig zu ihr herüberschielt und mit Hannah flüstert.

Józia redet Cilka zu: »Das wird schon. Vielleicht finden wir alle eine gute Arbeit.« Ihr Blick verliert sich, wahrscheinlich stellt sie sich eine bessere Zukunft vor. Cilka ist froh, dass sie so zuversichtlich bleibt. Das wird sie weiterhin bei Kräften halten.

Um neun Uhr gehen die Lichter aus; die Frauen liegen längst im Bett.

Das Licht des Suchscheinwerfers dringt in die Baracke vor, zusammen mit einem Schwung Schnee. Die Tür steht offen. Mehrere Frauen heben den Kopf. Burschen und Männer, alte und junge, drängen in ihre Baracke. Viele der Frauen schreien auf und verstecken sich unter der Decke. *Wenn ihr mich nicht seht und ich euch nicht sehe, bin ich nicht da.*

»Wir dachten, wir lassen euch ein bisschen Eingewöhnungszeit«, erklärt der Mann, den Cilka als Boris erkennt – den, der sie ausgewählt hat. »Aber es ist verdammt kalt, und wir wollen uns ein bisschen aufwärmen. Wo bist du? Wo ist meine Schöne? Ich freue mich schon den ganzen Tag auf meinen Fick. Los, komm, zeig dich, dann kann's losgehen.«

Er durchquert langsam den Raum, zieht allen Frauen die Decke weg.

»Ich bin hier hinten!«, ruft Cilka.

»Was machst du da?«, kreischt Józia. »Cilka, was ist los? Ich habe Angst.«

Boris steht über Cilka und lächelt zu ihr hinunter.

»Cilka!«, schreit Józia.

»Halt's Maul, Schlampe, bevor ich es dir stopfe«, herrscht er Józia an.

»Schon gut, Józia, schon gut«, beschwichtigt Cilka sie, obwohl sie zittert.

»He, Wadim, hier ist deine, neben meiner!«, ruft Boris. »Komm sie dir holen.«

Kreischend versucht Józia, aus dem Bett zu fliehen.

Boris stößt sie unsanft zurück und hält sie fest, bis Wadim da ist.

Dann lässt er sich taumelnd auf Cilkas Bettkante fallen und fängt an, sich die Stiefel aufzuschnüren. Er hat eine Wodkafahne. Józia schluchzt leise, was Cilka das Herz zerreißt. Sie legt Boris eine Hand auf die Brust.

»Wenn du mich nur kurz mit ihr reden lässt, kann ich sie zur Ruhe bringen«, stammelt sie. Alle anderen Frauen schreien und fluchen, als sie geohrfeigt und auf ihre Betten geworfen werden; doch sie fühlt sich verantwortlich für Józia. Sie war dabei, als sie für das hier ausgewählt wurde. Sie muss alles tun, was sie kann, um sie zu schützen.

Boris zuckt gleichgültig die Schultern, was Cilka als Erlaubnis nimmt, Józia zu beruhigen. Wadim hat ihr die Hand auf den Mund gelegt und ist dabei, an ihren Kleidern herumzuzerren.

»Warte kurz«, sagt Cilka bestimmt. Überrascht hält er inne. »Józia, hör zu.« Cilka beugt sich zu ihr hinüber und redet ruhig auf sie ein. »Es tut mir leid … Du und ich, wir haben nichts in der Hand, damit das hier aufhört. Jedenfalls ist mir noch nichts eingefallen.« Sie schließt kurz die Lider. Die Zeit dehnt sich, wie immer, wenn Cilka leer wird. Nichts mehr als Glieder.

»Cilka, nein, wir können ihnen nicht …«

»Ich würde sie alle umbringen, wenn ich könnte«, raunt Cilka. Sie wendet sich an Wadim. »Bitte, sie ist an der Hand verletzt. Sei vorsichtig.« Und wieder zu Józia: »Józia, ich bin da.« Dabei weiß sie, dass sie nicht da ist. Nicht wirklich. »Es tut mir so leid …«

Fragend mustert sie Boris. »Sie ist noch ein Kind, kann er sie nicht in Ruhe lassen?«

»Das entscheide nicht ich. Aber Wadim mag sie jung. Ich übrigens auch. Du bist ja nicht viel älter als sie, oder?«

»Nein.«

Cilka fängt an, sich das Hemd aufzuknöpfen. Sie weiß, was zu tun ist. Das Kreischen der Frauen, das Brüllen der Männer, die entschlossen sind, sich zu holen, wofür sie gekommen sind, überwältigt sie. Kurz fragt Cilka sich, ob dieser Lärm nicht Wachleute herbeilocken wird, Retter. Es kommt niemand. Wahrscheinlich sind sie gerade mit demselben beschäftigt.

Als Boris mit seinen schwieligen Händen ihren Körper erkundet und für sich selbst kommentiert, schielt Cilka zu Józia hinüber. Im flackernden Licht des Ofens sieht sie, dass Józias Gesicht ihr zugewendet ist – in ihren Augen ein neuer Grad der Angst. Cilka streckt die Hand aus. Eine dick verbundene Hand legt sich in ihre. Hand in Hand, Józia unter stillen Tränen, lassen sie einander nicht aus den Augen, bis sie ihr Martyrium überstanden haben.

Als Boris wieder in Hose und Stiefel schlüpft, flüstert er Cilka zu: »Kein anderer rührt dich an. Und ich kann dafür sorgen, dass nur Wadim deine Freundin anfasst.«

»Dann tu das.«

»Los, Jungs, wenn ihr es bis jetzt noch nicht geschafft habt, fickt ihr heute keine mehr. Raus hier – lasst den Damen ihren Schönheitsschlaf!«, ruft Boris durch den Raum.

Das Ächzen unbefriedigter Männer mischt sich mit dem Gelächter und Grölen der Eroberer, bis es dem

Schluchzen der geschundenen, verstörten Frauen weicht. Keine redet. In der Luft bleibt nur der Gestank ungewaschener, versoffener Männer zurück.

Als der Gongschlag draußen die Gefangenen in einen neuen Tag treibt, stehen die Frauen langsam auf. Alle halten den Kopf gesenkt, keine schaut die anderen an. Niemand redet. Cilka wagt einen schnellen Blick zu Józia. Sie hat Rötungen und Schwellungen an der Wange und um ein Auge, da, wo Wadim sie hinuntergedrückt hat. Sie überlegt, ob sie etwas sagen soll, sich erkundigen, wie es ihr geht, ihr Gesicht genauer inspizieren, fragen, ob sie sonst noch verletzt ist. Józia wendet ihr den Rücken zu. Sie versteht.

Das Frühstück verläuft schweigend. Die Alten werfen den Neuen kurze Blicke zu, registrieren die blauen Flecke, wissen, was sie bedeuten. Sie ziehen sich in ihre eigene Scham zurück, dankbar, dass die frischen Leiber ihnen etwas Schonung verschaffen.

Als die anderen zur Arbeit aufbrechen, bleiben Cilka und Józia in der Baracke. Sie sollen erst losgehen, wenn Antonina zurück ist und sie zum Krankenhaus begleiten kann. Józia schlüpft wieder in ihr Bett und verbirgt das Gesicht in den Armen.

Der Ofen kühlt ab, an den Innenseiten der Fensterscheiben bildet sich eine Eisschicht. Zum Glück sind sie nur kurz zu zweit. Cilka kann die Spannung zwischen ihnen nicht ertragen.

Als sie den Wartesaal der Krankenstation betreten, nimmt Antonina sie mit zum Empfangstisch.

»Die hier soll hier arbeiten.« Sie zeigt auf Cilka, die das Wesentliche versteht. »Die andere muss bis heute Abend hierbleiben. Ich komme nicht extra her, um nur eine von ihnen zu holen.«

Die Frau am Empfang liest die Zettel, die sie ihr reicht.

»Kommt mit.« Sie winkt Cilka und Józia hinter sich her.

Durch den Krankensaal folgen sie ihr in den Behandlungsbereich. Józia setzt sich auf den zugewiesenen Stuhl, Cilka steht hinter ihr.

Die etwa zwölf Betten sind alle belegt, und auf Stühlen sitzen jene Patienten, die sich noch aufrecht halten können. Einige stöhnen vor sich hin. Die meisten sind Männer, aber es gibt auch ein paar Frauen. Cilka verlangt es sich ab, diese Leute zu mustern, versucht herauszufinden, wo sie verletzt sind oder was ihnen fehlen könnte. Bei vielen ist es ganz offensichtlich: Sie haben sichtbare Wunden, Blut quillt durch Stofffetzen, die als Bandagen oder Schlingen herhalten. Sie fühlt, wie die Leere über sie gleitet, kalt wie Schnee.

»Ah, ihr seid da.« Jelena Georgijewna kommt auf sie zu. Józia blickt hoch, bevor sie wieder auf den Boden vor sich starrt.

»Wie geht es dir heute? Wie sind die Schmerzen?«

Józia hebt gleichgültig die Schultern.

Die Ärztin sieht von Józia zu Cilka, die sich abwendet. Freundlich legt Jelena Józia die Finger unter das Kinn und hebt ihr Gesicht an. Die Schramme sieht schlimmer aus, die Kälte auf dem Weg hat sie weiter anschwellen lassen. Die Ärztin fährt mit den Fingern über die Stelle. Józia zuckt zusammen.

»Kannst du mir sagen, was passiert ist?«

Józia schiebt Jelenas Finger weg und senkt wieder den Blick.

»Sie ist schuld«, zischt Józia. »Sie hat mich dazu gebracht, dass ich mitmache. Sie behauptet, sie sei meine Freundin, aber sie hat nichts getan, um mir zu helfen, sie hat sie einfach gelassen ...«

»Gestern Abend waren Männer in unserer Baracke«, flüstert Cilka.

»Verstehe.« Jelena seufzt. »Bist du sonst noch irgendwo verletzt, Józia?«

Józia schüttelt den Kopf.

»Und du, Cilka?«

»Nein.«

»Natürlich nicht, sie hat sich ihm einfach überlassen, hat sich nicht gewehrt, nicht protestiert.«

Die Ärztin steht auf. »Bleibt hier. Ich versuche, ein Zimmer für euch beide zu finden, ich will euch genauer untersuchen.«

Cilka und Józia warten stumm. Cilka wundert sich über die Ärztin. Werden die Leute zur Arbeit in den Lagern verpflichtet? Oder machen sie das freiwillig? Sie kann sich nicht vorstellen, dass irgendjemand von sich aus hier sein möchte. Jelena kommt wieder, bringt sie ins Nachbarzimmer, dessen voriger Besitzer noch schimpft, er habe ein Anrecht auf ein Einzelzimmer, schließlich sei er ein hoher Wachmann und lasse sich nicht behandeln wie ein Häftling.

Auf dem Bett liegen noch das zerknitterte Laken und die Decke des Vorgängers, außerdem der Geruch eines ungewaschenen Mannes, Ausdünstungen von Alkohol und Zigaretten. Die beiden Mädchen sollen sich nebeneinander auf das Bett setzen.

»Hier gilt das Recht des Stärkeren, und das ist brutal ...«, beginnt die Ärztin.

»Ich weiß«, flüstert Cilka. Sie wendet sich zu Józia. »Józia, es tut mir leid, ich hätte dich warnen sollen, dir sagen, was du zu erwarten hast, dir helfen zu verstehen ...«

»Du lagst einfach nur da. Du ... du hast mich auch noch angeschaut. Cilka, wie konntest du?«

Cilka kann immer noch nichts empfinden, aber sie merkt undeutlich, dass sie zu zittern begonnen hat, ihre Knie hüpfen auf und ab. Sie presst die Hände darauf.

»Bestimmt hatte sie keine andere Wahl«, erwidert Jelena.

»Sie hätte es wenigstens versuchen können; eine Freundin hätte es wenigstens versucht.« Józias Stimme wird schwächer und erstirbt.

Immer finden Leute, sie hätte etwas anders machen sollen. Aber am schwersten ist es, das von einer zu hören, die sie vorsichtig an sich herangelassen hat. »Ich habe einfach gehofft, dass es nicht passiert«, raunt Cilka tonlos. »Ich wusste, irgendwann passiert es, aber ich wusste nicht, wann, und ich habe einfach gehofft, dass es nie passiert.«

Es tut ihr ehrlich leid, aber zugleich weiß sie nicht, was sie hätte tun sollen, tun können.

Offenbar spürt die Ärztin die Spannung zwischen ihnen. »Jetzt will ich erst mal Józia untersuchen, den Verband wechseln, und dann muss ich dich für die Arbeit hier einweisen, Cilka.«

Cilka gleitet vom Bett. »Soll ich draußen warten?«

Jelena sieht fragend zu Józia.

»Kannst bleiben«, brummt sie, immer noch abweisend.

Cilka sieht weg, ihre Hände ineinander verkrampft, und versucht, das Zittern zu bändigen, während Józia untersucht wird.

Bardejov, Tschechoslowakei, 1940

Es ist ein leuchtender Frühlingstag; Cilka und ihre Schwester gehen über eine Straße in ihrer Heimatstadt Bardejov. Magda lächelt den beiden Jungen zu, die ihnen entgegenkommen. Sie ist zwei Jahre älter als Cilka, und Cilka bewundert ihren Gang, ihre zarten Handgelenke mit der Armbanduhr, die in der Sonne glitzert, ihre sich sacht wiegenden Hüften.

»Die beiden mögen dich«, sagt Cilka. »Welcher gefällt dir besser?«

»Das sind doch nur Jungs«, erwidert Magda.

Die Jungen bauen sich vor Cilka und Magda auf, zwingen die Mädchen, entweder stehen zu bleiben oder ihnen auszuweichen. Magda bleibt stehen, Cilka mit ihr.

»Hallo, László, Jaro«, sagt Magda.

»Was ist denn das für ein hübsches Ding da bei dir?«, fragt László und mustert Cilka von oben bis unten.

»Das ist meine Schwester, meine kleine Schwester. Hör auf, sie anzustarren«, faucht Magda.

»Kein Junge, kein Mann wird aufhören wollen, sie anzustarren.« László grinst.

Cilka hat ein merkwürdiges Flattern im Bauch. Sie sieht zu Boden.

»Komm, Cilka, wir gehen.« Magda nimmt Cilkas Hand und zieht sie weg.

»He, Cilka, lass deine Schwester und komm zu mir!«, ruft László ihr nach.

Magda umklammert Cilkas Arm.

»Au! Hör auf, lass mich. Was hast du denn?« Cilka schüttelt ihre Hand ab.

»Du bist erst vierzehn, Cilka«, zischt Magda zurück.

»Ich weiß, wie alt ich bin«, erwidert Cilka herausfordernd. »Er sieht ziemlich gut aus. Wie gut kennst du ihn?«

Magda bleibt stehen, geht mit ihrem Gesicht ganz nah an Cilkas.

»Du spinnst, Cilka. Du bist noch ein Kind. Er ist ... tja, er ist noch kein Mann, aber ein Junge ist er auch nicht mehr. Du musst aufpassen.«

Cilka verschränkt die Arme vor der Brust. »Das heißt, ich darf nie mit einem Jungen reden, meinst du das?«

»Nein, das meine ich nicht. Eines Tages, wenn du groß bist, verstehst du ...«

»Was verstehe ich? Was verstehst du schon von Jungs? Ich habe dich noch nie mit einem allein gesehen.«

Magda schaut weg, eine dunkle Wolke verdüstert ihr hübsches Gesicht. Noch nie hat Cilka sie so gesehen, diese Schatten in ihren Augen.

»Magda, ist alles in Ordnung?«

»Komm, wir kaufen fertig ein und sehen zu, dass wir vor der Sperrstunde zu Hause sind.«

»Nein, warum können wir nicht draußen bleiben? Ich will mich nicht an eine so idiotische Regel halten. Wir haben doch nichts verbrochen.«

»Du kannst so kindisch sein, Cilka. Willst du, dass Papa Ärger bekommt, weil du nicht tust, was man dir sagt? Das sieht dir so ähnlich, immer nur an dich denken. Diesmal, Schwesterchen, tust du, was ich dir sage, und wir sind vor der Sperrstunde zu Hause.«

»Und was, wenn nicht? Was machen sie dann mit uns?«

Cilka bleibt auf der warmen, duftenden Straße stehen. Was konnte ihnen an so einem Frühlingstag schon passieren?

»Die Deutschen? Das willst du lieber nicht wissen.«

»Wie viel schlimmer kann es denn noch werden?«

»Cilka, bitte, nur dieses Mal: Glaub mir, wir müssen tun, was Papa will.«

Cilka und Józia folgen der Ärztin Jelena Georgijewna ans Ende des Krankensaals und werden zwei russischen Schwestern vorgestellt, Raissa Fjodorowna und Ljuba Lukjanowna. Die beiden sollen Cilka beibringen, was man über die Ablage von Patientenakten wissen muss, über das Verfassen von Patientenberichten und die Verordnung von Medikamenten. Raissa ist groß und erstaunlich blass mit breiten, vollen Lippen; Ljuba ist kleiner, hat mandelförmige Augen und hervorstehende Wangenknochen. Beide haben lange, schwarze Haare, sind also keine Häftlinge. Wieder fragt sich Cilka, ob sie freiwillig hier sind oder zu diesem Arbeitseinsatz verpflichtet wurden. Cilkas und Józias Haare sind noch sehr kurz, sie kräuseln sich leicht in der feuchten Luft hier. Auch Raissa und Ljuba sprechen diverse Sprachen, und Cilka erfährt, dass sie in den zwei Wochen ihre Hauptansprechpartnerinnen sein werden. Józia soll sich in die Zimmerecke setzen und bis abends warten.

Cilka wird zwei weiteren Ärzten vorgestellt mit dem Hinweis, sie befinde sich in der Ausbildung und solle lernen, direkt in der Patientenakte festzuhalten, was sie bei der Untersuchung feststellten. Cilka fällt auf, wie sie sie mustern, und ihnen scheint zu gefallen, was sie sehen. Kalt läuft es ihr den Rücken hinunter. Ist es hier genauso gefährlich wie in Baracke 29? Wirklich zeigen wird sich das erst mit der Zeit.

Józia sitzt auf dem Boden, verborgen hinter dem großen Schreibtisch mit vier Bürostühlen. Eine der Frauen bietet ihr einen Stuhl an, aber sie lehnt dankend ab. Schon bald ist sie eingeschlafen. Müde. Traumatisiert. Unter Schock. Eine Kombination von allem.

Cilka lernt schnell. Sie begreift, in welcher Form und in welcher Reihenfolge die passenden Bemerkungen für den jeweiligen Patienten sorgfältig in der Akte festgehalten werden. In einem kleinen Raum an der Rückwand des Krankensaals bekommt sie das Lager mit den Medikamenten gezeigt, die sie richtig wird aufschreiben oder holen gehen müssen. Sie soll dortbleiben und sich einprägen, wie sie heißen und buchstabiert werden; sie merkt sich gleich die jeweilige Wirkung dazu.

Als Raissa sie zur Essenspause aus dem Arzneilager abholt, bittet Cilka sie zu überprüfen, was sie sich selbst beigebracht hat. Raissa ist höchst beeindruckt von Cilkas fast akzentfreier Aussprache.

Eine andere Schwester betritt den Raum und fragt vorwurfsvoll, was sie da tun. Ohne eine Erklärung abzuwarten, schickt sie sie aus dem Raum.

Cilka versteht die Rangordnung noch nicht, aber ihr wird klar, dass sie hier wie überall wird lernen müssen, wem sie vertrauen kann und wem sie besser aus dem Weg geht.

Als sie sich an den Schreibtisch setzt, bekommt sie einen Blechteller hingeschoben, auf dem ein Brötchen, eine Kartoffel und ein Häufchen Bohnen liegen.

»Ist das für mich?«, fragt sie.

»Ja, iss nur«, redet Raissa ihr zu. »Wir können alles essen, was die Patienten übrig lassen. Das sind die Reste. Viele von ihnen sind zu krank zum Essen.«

»Brauchen sie das nicht, um gesund zu werden?«

»Manche werden nicht gesund, und zwingen können wir sie auch nicht. Wenn wir es in die Küche zurückgäben, würden die gefräßigen Schweine dort es nur selbst aufessen oder verkaufen.« Raissas Lippen werden zu einer schmalen Linie.

Plötzlich fühlt sich Cilkas Magen sehr klein an. Es wäre nicht das erste Mal, dass sie die Ration eines Toten essen würde.

»Kann ich es mit meiner Freundin teilen?«

»Wenn du willst.« Raissa zuckt mit den Schultern.

Cilka nimmt den Teller und setzt sich neben Józia an

die Wand. Sanft rüttelt sie sie wach. Im Aufsetzen sieht Józia sich um, weiß nicht, wo sie ist.

»Hier, iss davon.«

»Ich will dein Essen nicht. Ich will gar nichts von dir.« Józia sinkt an die Wand zurück und schließt die Augen.

Cilka zerteilt das Brötchen und legt eine Hälfte vor Józia auf den Boden.

Ljuba, die zweite Schwester, setzt sich neben sie.

»Wir sind froh, Hilfe zu bekommen.«

»Oh … Ich weiß nicht, ob ich schon eine große Hilfe bin.«

»Aber bald. Raissa sagt, du lernst schnell und kannst die Namen der Medikamente schon besser aussprechen als sie.«

»Sprachen liegen mir.«

»Sehr gut. Wenn du anfängst, selbst Akten zu schreiben, darfst du dir nicht den kleinsten Fehler erlauben. Meistens ist es nicht so wichtig, aber manchmal werden wir überprüft, und wir bekommen alle Ärger, wenn sie Schreibfehler finden oder Lücken.«

»Ich will niemandem Ärger machen. Kann ich dir zeigen, was ich schreibe, bevor es in die Akte kommt?«

»Natürlich – genau das wollte ich vorschlagen. Raissa und ich zeigen dir alles und lesen zur Kontrolle, und ich glaube, Jelena Georgijewna mag dich, dann klappt das schon.« Sie wirft einen Blick auf die Uhr an der Wand. »Wir müssen wieder an die Arbeit.«

Cilka mustert Józia und das ungegessene Stück Brot. Es ist gut, denkt sie, dass Józia ihre Situation nicht einfach hinnimmt. Auch das ist eine Art Stärke. Trotzdem tut Cilka der plötzliche Abstand zu ihr weh.

Als Cilka und Józia an diesem Nachmittag in ihre Baracke zurückbegleitet werden – die anderen sind noch nicht zurück –, finden sie sie in totaler Unordnung vor. Von allen Betten wurden Laken und Decken heruntergerissen, die Betten selbst oft umgekippt. Die wenigen Habseligkeiten der Frauen liegen in Häufchen auf dem Barackenboden.

Józia, Cilka und Antonina betrachten das Chaos vom Türrahmen aus.

»Hm, sieht aus, als wäre Klawdija Arsenjewna hier gewesen«, sagt Antonina.

Cilka geht hinein und fragt ruhig: »Dürfen wir aufräumen?«

»Ihr könnt eure eigenen Betten machen.«

Antonina stützt die Hände in die Hüften, und Cilka fällt auf, wie stark sie ist, obwohl sie nicht groß ist. An Armen, Brust und Beinen sieht man ihre hervortretenden Muskeln.

»Und bei den anderen? Können wir nicht alles machen, solange du die anderen abholst?«

»Wahrscheinlich ist es besser, wenn sie selbst sehen, was manchmal ohne Vorwarnung los ist.«

»Aber warum? Warum hat das jemand getan?«

»Klawdija Arsenjewna ist die Oberaufseherin für diese Baracke und die größere Brigade; sie sucht nach Dingen, die ihr nicht haben dürft.«

»Uns wurde doch alles abgenommen; wie sollten

wir etwas haben, was wir nicht haben dürfen?«, fragt Józia.

»Das weiß sie auch. Es ist eine Warnung. Und vielleicht macht sie das, weil sie von deiner neuen Arbeit erfahren hat, Cilka. Du hast jetzt Zugang zu mehr Dingen als die anderen. Wenn sie etwas findet, was ihr nicht gefällt, kannst du dich auf das Loch gefasst machen.«

Antonina macht kehrt und verlässt die Baracke. Die Tür lässt sie offen stehen, die eiskalte Luft bläst herein. Józia schließt sie. Aber was könnte Klawdija finden, was ihr nicht gefällt? Cilka denkt nach. Etwas Privatbesitz dürfen sie offenbar haben. Aber die Regeln hier ändern sich von einem Tag auf den anderen. Und obwohl dieses Lager einen anderen Zweck hat als das Lager *dort* – sie sollen für die Sowjetunion arbeiten und nicht ermordet werden, nur weil sie Juden sind –, wird Cilka klar, dass sie unter diesen Bedingungen, mit andauernder Vergewaltigung, der ständigen Bedrohung durch Misshandlung oder das Loch, von einem grausam unmenschlichen Ort an den nächsten geraten ist.

Sie geht zum Ofen und versucht, ihn wieder zum Leben zu erwecken, indem sie vorsichtig kleine Bröckchen Kohlestaub aus dem Eimer auf die Glut legt. Was sollen sie nur mit dem Durcheinander im Raum tun, fragt sie sich.

»Ich glaube, sie hat recht«, meint sie schließlich zu Józia. »Am besten lassen wir es so, dass die anderen es sehen; wir können ihnen ausrichten, was Antonina gesagt hat.«

Józia ignoriert sie und geht zu ihrem Bett, versucht, es mit ihrer einen Hand aufzurichten.

»Komm, ich helfe dir«, bietet Cilka an.

»Deine Hilfe brauche ich nicht.«

»Meinetwegen«, schnauzt Cilka zurück und wendet den Blick ab.

Als sie sich schließlich wieder umdreht, sieht sie, dass Józia sich unter ihrer Decke verkrochen hat und ihr den Rücken zukehrt.

Es ist dunkel geworden; der Ofen verströmt so viel Wärme, wie Cilka nur aus ihm herausbekommen kann, als die Tür aufgeht und die anderen Frauen hereinstolpern. Die einzige Glühbirne wirft unheimliche Schatten auf das Chaos, und anfangs erkennen die Frauen kaum, wohin sie da geraten sind. Erst als jede vor ihrem Bett steht, wird es allmählich klar. Mehrere von ihnen gehen auf Cilka los, die am Ofen wartet.

»Verdammt, was habt ihr nur angerichtet?«

Cilka ist betroffen, dass sie Józia und ihr die Schuld geben wollen.

»Nein, wir waren das nicht.« Sie kämpft gegen den Drang an, Elena anzuschreien. »Schau, mein Bett sieht genauso aus. Es war schon so, als wir kamen.«

»Und wer war es dann?«, fragt Hannah.

»Eine Wachfrau, sie heißt Klawdija Arsenjewna. Das hat Antonina gesagt.«

»Und warum?«

Cilka erklärt es rasch.

Hannah ist blass geworden. »O nein.«

»Was ist?«, fragt Elena.

Hannah wühlt in ihrem Laken, der Decke und der Matratze, sie sucht etwas.

Plötzlich versetzt Elena ihr einen harten Schlag. »Es war doch nur ein Stück Brot, Hannah!«

Hannah schluchzt auf. »Das habe ich dir aufgehoben.«

Die anderen Frauen sehen weg, sind sehr damit beschäftigt, ihre Betten wieder herzurichten, und warten auf den Essensgong.

Nach dem Essen kommen sie in die Baracke zurück, aber sie scheuen sich, ins Bett zu gehen; man merkt es daran, wie schleppend sie noch die ungeliebtesten Arbeiten verrichten. Im helleren Licht der Essensbaracke hat Cilka auf den Gesichtern einiger Frauen noch andere Verletzungen gesehen, und eine ließ schlaff den Arm herunterhängen, offenbar schmerzte ihr das Handgelenk.

Józia geht Cilka immer noch aus dem Weg, sie redet lieber mit Natalja. Dieser Knacks in ihrer Freundschaft muss allen auffallen, aber keine sagt etwas.

»Meint ihr, sie kommen wieder?«, flüstert Olga. Sie führt Nadel und Faden durch ein kleines Stück Stoff, obwohl ihre Finger steif sind vor Anstrengung und Kälte. Mehrmals wird sie ihre Stiche vor dem Schlafengehen wieder auftrennen und noch ordentlicher ausführen.

Niemand wagt eine Antwort.

Als das Licht ausgeht, wirft der Scheinwerfer von

draußen einen Schatten, der durch den Raum und über die Balken tanzt wie Schneegestöber. Langsam verkriechen sich die Frauen in ihre Betten. Sie haben längst gelernt, dass sie so gut ausgeruht sein müssen wie möglich, um die Plackerei des kommenden Tages durchstehen zu können.

KAPITEL 6

Die zwei Wochen, in denen Józias Hand behandelt wird, vergehen schnell. Unter Jelena Georgijewnas Pflege heilt sie so gut aus, dass Józia längst wieder normal arbeiten könnte. Die Kälte nimmt zu, die Dunkelheit ebenfalls. Die Frauen in Baracke 29 haben einander kennengelernt, sich zumindest aneinander gewöhnt. Freundschaften sind entstanden, haben sich verlagert, umgebildet. Auch Kämpfe wurden ausgetragen. Józia bleibt auf Abstand, und Cilka nimmt es hin. Sie begreift, dass ihre Tätigkeit im Krankenhaus sie ihren Barackengenossinnen vielleicht dauerhaft entfremden wird. Wahrscheinlich sollte sie diese Arbeit annehmen und damit ihr Überleben sichern. Mit den Reaktionen der anderen muss sie sich eben abfinden. Einige, wie Olga und Margarethe, freuen sich mit ihr und verlassen sich schon auf Essenszulagen, auf Verbandsmaterial und Stoff zum Wärmen. Offen ablehnend hat sich bisher nur Elena gezeigt. Doch auch sie hat Cilka bisher lediglich unwirsch angefaucht, ist aber nicht handgreiflich geworden. Abends kommen immer noch die Männer zu ihnen. Die Frauen werden vergewaltigt, missbraucht, verletzt. Dazu kommen weitere Demütigungen. Zwei wurden für Vergehen ins Loch gesteckt; Hannah etwa, Elenas Klette, einfach nur dafür, dass sie die Aufseherin Klawdija Arsenjewna schief angesehen hatte. Als sie zurückkam, brachte sie tagelang kein einziges Wort heraus.

Jelena verstreicht Salbe auf Józias Hand, bevor sie sie in ihren Schoß zurücklegt. Józia hält den Blick gesenkt.

»Es tut mir leid, Józia, es ist gut verheilt. Ich kann die Hand nicht mehr verbinden. Das würde ihr sogar schaden, sie braucht jetzt Luft zum Atmen.«

Józia sieht sich im Raum um, ihr Blick bleibt an Cilka hängen, die neben der Ärztin steht.

Jelena merkt das. »Es tut mir wirklich leid, Józia. Ich würde dich hierbehalten, wenn ich könnte, aber sie lassen nur eine begrenzte Zahl Häftlinge bei uns arbeiten.« Sie wirkt ehrlich bekümmert. Cilka weiß aus diesen zwei Wochen, dass Jelena ein guter Mensch ist und immer das Beste für alle tut, aber auch harte Entscheidungen treffen muss. Vor den Ärztekollegen darf sie zum Beispiel nicht allzu freundlich zu den Häftlingspatienten sein, weil ihr das als Begünstigung von Konterrevolutionären, Spionen, Kriminellen ausgelegt würde. Cilka gegenüber kann es immerhin noch als Arbeitsanweisung durchgehen. Raissa und Ljuba tarnen sich genauso. Aber es fällt Cilka doch auf, dass auch sie am liebsten ganz leise mit ihr reden, außer Hörweite der anderen.

Sie hat im Krankensaal andere Häftlinge gesehen, die als Krankenschwestern und Pfleger arbeiten, und mit ihnen wird meistens höflich, knapp und ohne Umschweife gesprochen.

»Wenn sich etwas ändert, sage ich Antonina Karpowna, sie soll dich herbringen. Versprochen.«

»Jelena Georgijewna«, meldet sich Cilka, »bitte, kann sie nicht irgendwie doch hierbleiben?«

»Wir müssen sehr vorsichtig sein, Cilka.« Jelena blickt sich um. »Die Verwaltung hat etwas gegen Drückeberger.«

Cilka schaut zu Józia. »Tut mir leid.«

Józia fährt sie an: »Könnt ihr bitte alle mal damit aufhören – es tut euch leid, dass ich meine Hand wieder verwenden kann? Das ist doch lächerlich. Wir sollten froh sein. Froh und glücklich.« Über ihr Gesicht rinnen die Tränen.

Józias Tonfall lässt Ljuba aufmerken. »Ist alles in Ordnung?«

Józia zeigt Ljuba ihre Hand.

»Das ist ja gut verheilt.«

Józia lacht kurz auf. »Ja, Ljuba, es ist gut verheilt, und ich bin glücklich, dass ich wieder beide Hände benutzen kann.«

Sie steht auf, wickelt sich eng in ihren Mantel und wendet sich zur Tür. »Ich kann los.«

Als Cilka ihr die Tür öffnet, drängt ein großer Mann herein, ein Blatt Papier in der Hand. Er rempelt sie an der Schulter an.

»Entschuldigung«, sagt er mit einem betroffenen

Blick, während er weitereilt. Er hat dunkelbraune Augen in einem bleichen, eleganten Gesicht. Cilka ist Höflichkeit von einem Mann nicht gewohnt, sie antwortet nicht, sieht ihm aber kurz in die Augen, bevor er sich am Schreibtisch seiner Arbeit zuwendet. Er trägt Häftlingskleidung. Als sie mit Józia durch die Tür geht, betrachtet Cilka noch einmal den Rücken des Mannes.

Die anderen Frauen reagieren am Abend unterschiedlich auf den Anblick von Józias nicht mehr verbundener Hand. Froh. Gleichgültig. Ein paar freuen sich, dass jetzt wieder eine mehr mithilft, die Kohle vom Schacht zu den Förderwagen zu schleppen, die sie zu den Zügen und dann ins Land hinaustransportieren.

Im Dunkeln. Im Schnee.

Beim Abendessen nimmt Józia ganz demonstrativ ihr Stück Brot in die eine und ihren Blechnapf in die andere Hand. Sie bietet sich an, Kohle holen zu gehen, schnappt sich einen Eimer und will aus der Tür. Doch Natalja hält sie auf, sie soll lieber ein paar Tage warten – nicht dass sie stolpert und ihren kostbaren Wärmevorrat verschüttet.

Als an diesem Abend die Männer über die Baracke herfallen, stellt auch Wadim fest, dass die Hand nicht mehr verbunden ist. Er fragt Józia danach. Streichelt sie. Küsst sie. Cilka hört absichtlich weg. Mit so offener Zärtlichkeit behandeln diese Männer einen nur, um selbst in besserem Licht dazustehen, damit man sich ihnen vielleicht weiter öffnet. Das Ganze bleibt egoistisch, ein bloßer Trick.

KAPITEL 7

Schwerfällig schleppt sich Cilka am nächsten Morgen durch das Scheinwerferlicht zum Krankenhaus. Sie hat vor, Jelena noch einmal zu sagen, dass sie ihr zwar für diese Gelegenheit sehr dankbar ist, aber doch lieber zurückkehrt zur Bergwerksarbeit, zum Graben oder Bauen – irgendetwas, was genauso anstrengend ist wie die Arbeit, zu der ihre Barackengenossinnen verdonnert werden.

Heute Morgen hat sie Józia nachgesehen, wie sie eng an Natalja geschmiegt vom Lager loszog. Die beiden sind sich noch einmal nähergekommen. In Cilka bohrte der Stachel der Eifersucht. Als Józia ihr gestern zwar zaghaft, aber doch zutraulich ihre verheilte Hand zeigte, hatte sie gehofft, dass sie wieder zu ihrer alten Nähe finden würden.

Dabei ist auch die Arbeit im Krankenhaus eine Herausforderung und sehr anstrengend, obwohl sie zum Glück im Haus zu verrichten ist. Sie muss nicht nur auf Russisch sprechen und schreiben und sich in die ganz eigene Moral, die Beziehungen und Hierarchien der

Krankenstation einfinden; vor allem muss sie die uner-
warteten Reaktionen ihres Körpers auf den Umgang
mit den Kranken und Sterbenden in den Griff
bekommen. Bisher konnte sie – so hofft sie zumindest –
verbergen, was das bei ihr auslöst, aber Raissa fand es
neulich schon eine Bemerkung wert, wie wenig zimper-
lich Cilka doch ist. Dass sie Blut und Knochen und Verwesung sehen kann, ohne je zurückzuschrecken. Raissa
selbst, die nach ihrer Ausbildung hierhergeschickt
wurde, wie Cilka jetzt weiß, hat Monate gebraucht, um
sich an den Anblick von Körpern in all diesen Stadien
von Krankheit, Verletzung und Unterernährung zu gewöhnen. Cilka gefiel gar nicht die Mischung aus Abscheu und Faszination in Raissas Gesichtsausdruck. Sie
hat mit den Schultern gezuckt, sich abgewandt und tonlos geseufzt: »Manche von uns sind wohl einfach so.«

Doch zugleich lenkt diese Arbeit sie auch von ihren
Sorgen ab. Immer gibt es ein neues Problem zu lösen,
etwas dazuzulernen. Wenn sie weiter hier arbeiten
würde, wäre es fast wie ein Leben, eine Möglichkeit, die
Erinnerungen an die Vergangenheit und das Grauen
der Gegenwart zu verdrängen.

Jelena ist beschäftigt, als Cilka hereinkommt, aber
Ljuba und Raissa merken ihr an, wie sie hadert, und tun
alles, um sie abzulenken. Cilka ist ihnen dankbar dafür.

»Komm mal mit.« Ljuba winkt Cilka zu einem Arzt,
der neben einem Bett steht. Sie hat ihn schon im Krankensaal arbeiten sehen und wurde ihm auch vorgestellt – Juri Petrowitsch heißt er.

Der Patient ist bewusstlos und schwer verletzt, der

Kopfverband ist blutgetränkt. Cilka steht stumm hinter dem Arzt und der Schwester und sieht genau hin, wie die Visite verläuft.

Am Fußende wird die Decke vom Bett gezogen. Fest wird eine Nadel in die Ferse eines seiner bleichen, leblosen Füße gerammt; aus der Wunde spritzt Blut auf das Laken. Der Mann zeigt keinerlei Reaktion. Der Arzt wendet sich an Cilka, reicht ihr eine Schreibunterlage, vorbei an Ljuba. Ljuba nickt ihr aufmunternd zu und bleibt neben ihr stehen.

»Keine Reaktion nach Nadelstich am Fuß.«

Mit einem Blick auf die Wanduhr am Ende des Saals notiert Cilka zunächst die genaue Uhrzeit und hält dann die Diagnose fest. Ljuba hilft ihr flüsternd weiter, sobald sie zögert. Cilka konzentriert sich.

Der blutende Fuß wird wieder zugedeckt, der Arzt tritt ans Kopfende und öffnet dem Patienten unsanft das rechte Auge, dann bedeckt er sein Gesicht.

»Pupillen starr und geweitet«, schreibt Cilka als Nächstes.

»Schwacher Puls, unregelmäßig.«

Juri Petrowitsch wendet sich zu Cilka um und fragt ruhig: »Weißt du, wie man am Hals den Puls fühlt?«

»Ja«, erwidert Cilka selbstsicher.

»Gut, gut, dann zeig mal.«

Cilka hebt die Decke vom Gesicht des Mannes, wie sie es bei anderen beobachtet hat. Unterhalb des Kiefers legt sie ihm zwei Finger an und drückt etwas. Sie spürt das Flattern eines schwachen Herzschlags.

»Kontrollier das alle fünfzehn Minuten, und wenn du

nichts mehr spürst, stellst du seinen Tod fest und sagst dem Träger Bescheid. Den Zeitpunkt musst du unbedingt in der Akte festhalten.«

»Ja, Juri Petrowitsch, wird gemacht.«

Er wendet sich an Ljuba. »Sie lernt schnell, vielleicht sollten wir sie nehmen. Sie teilen uns einfach zu wenig Krankenschwestern zu, um nach den Patienten zu sehen, die uns die Betten belegen, weil sie zu lange zum Sterben brauchen. Du zeichnest ab, wenn sie den Todeszeitpunkt notiert hat.« Er nickt Cilka und Ljuba zu, dann geht er in einen anderen Teil des Krankensaals.

»Ich muss zu einem anderen Patienten«, sagt Ljuba. »Du schaffst das hier.« Und weg ist sie.

Cilka behält die Uhr im Auge, rechnet genau aus, wann fünfzehn Minuten vergangen sind, seit sie »schwacher Puls, unregelmäßig« notiert hat. Sie steht immer noch neben dem Bett, als Jelena zu ihr tritt. Nachdem sie erklärt hat, was sie da tut, lächelt Jelena sie aufmunternd an. »Du musst nicht neben dem Bett stehen und warten. Du kannst ruhig etwas anderes machen – du musst nur hin und wieder herkommen, und es macht nichts, wenn es nicht exakt fünfzehn Minuten sind, ja?«

»Oh, danke … Ich dachte, ich muss hier stehen bleiben, bis er tot ist.«

»Du hast wirklich keine Angst vor dem Tod, oder?«

Cilka lässt den Kopf hängen, während ihr sekundenlang der Anblick von einem Haufen ausgezehrter Körper vor Augen steht. Ihr verzweifeltes letztes Röcheln. Der Geruch. »Nein, den habe ich schon zur Genüge erlebt.« Wie von selbst ist ihr das herausgerutscht.

»Das tut mir leid.« Jelena hält inne. »Wie alt bist du noch mal?«

»Neunzehn.«

Jelena hebt die Brauen. »Irgendwann, wenn du dich dem gewachsen fühlst, kannst du mir gern davon erzählen.«

Noch bevor Cilka antworten kann, ist Jelena gegangen.

Bei ihrer dritten Kontrolle bei dem Sterbenden – der Häftling hatte bei der Arbeit draußen einen Unfall – notiert Cilka die Uhrzeit und die Worte »kein Puls«. Sie nimmt sich kurz Zeit und zwingt sich, dem Mann, den sie gerade für tot erklärt hat, ins Gesicht zu sehen. In der Akte blättert sie nach vorn und sucht seinen Namen.

Als sie sich vorbeugt, um ihm das Gesicht zu bedecken, murmelt sie: »Iwan Detotschkin – *Alav ha-schalom.*« Friede sei mit ihm. Schon sehr lange hat sie diese Worte nicht mehr ausgesprochen.

Auschwitz-Birkenau, Sommer 1943

»Was hat er gesagt? Wir wollen jedes Wort hören, und hat er dich dabei angeschaut? Erzähl, Gita, erzähl schon.«

Cilka sitzt auf dem Gras vor Block 25, zusammen mit ihren Freundinnen Gita und Dana. Magda liegt drinnen. Es ist Sonntagnachmittag, Sommer, und kein Wind treibt die Aschewolken aus dem nahen Krematorium in ihre Richtung. Cilka hat als Blockälteste eine gewisse Bewegungsfreiheit, aber Lale ist der einzige männliche Häftling, den sie je

im Frauenlager gesehen haben. *Heute Morgen war er aufgetaucht. Die Mädchen wussten, was sie tun mussten, um
für ihre Freunde das Risiko zu senken – Gita und Lale um-
ringen, ihnen gerade so viel Raum geben, dass sie sich im
Flüsterton unterhalten konnten. Cilka hat genau aufgepasst
und ein paar Brocken aufgeschnappt; jetzt will sie die Einzelheiten.*

*»Er hat mich nach meiner Familie gefragt«, gibt Gita
zurück.*

»Und was hast du gesagt?«, fragt Cilka.

*»Ich wollte es ihm nicht erzählen. Ich glaube, er hat es
verstanden. Dann hat er mir von seiner erzählt.«*

»Und? Hat er Geschwister?«, fragt Dana.

»Er hat einen älteren Bruder, Max ...«

*»Ein schöner Name. Max.« Cilka setzt eine überschwäng-
liche Stimme auf wie ein kleines Mädchen.*

*»Tut mir leid, Cilka, Max ist verheiratet und hat schon
zwei kleine Jungen«, klärt Gita sie auf.*

»Ach so, na, egal. Was hat er noch gesagt?«

*»Er hat auch eine Schwester. Sie heißt Goldie und ist
Schneiderin. Ich habe gespürt, dass er seine Mutter und seine
Schwester wirklich liebt. Gut, oder?«*

*»Sehr gut, Gita. Es ist gut, jemanden zu lieben, der an
den anderen Frauen in seinem Leben hängt«, bestätigt
Dana, die für ihr Alter sehr reif ist.*

*»Wer hat hier von Verliebtsein geredet?«, entgegnet ihr
Gita.*

*»Gita liebt Lale ...« Cilkas Singsang lässt sie im Sonnen-
schein und angesichts ihrer Freundschaft kurz all das Grauen
vergessen, das sie umgibt.*

»Hört auf«, sagt Gita, aber sie lächelt.

Erschöpft vor Hoffnung liegen die drei jungen Frauen auf dem Gras und schließen die Augen, lassen sich von der Wärme der Sonne forttragen von dem Ort, an dem sie sich befinden.

Als Cilka am selben Nachmittag ihren Mantel anzieht und sich gerade wappnet, um aus der Wärme des Krankenhauses in die Eiseskälte draußen zu treten, fällt ihr Blick auf Jelena.

»Jelena Georgijewna, ich muss mit Ihnen reden ...«

»Cilka! Gerade habe ich dich gesucht. Ja, reden wir.«

Bevor Cilka etwas sagen kann, fährt Jelena fort: »Meine Kollegen sind beeindruckt von dir. Sie fragen, ob du schon einmal als Krankenschwester gearbeitet hast.«

»Nein, das wissen Sie doch ... Ich war nie Krankenschwester.«

»Das habe ich ihnen auch gesagt. Wir haben uns über dich unterhalten und wollten dir vorschlagen, dass wir dich ausbilden.«

Cilka kommt kaum mit Denken nach.

»Ich ... Wie soll das gehen? Ich bin als Häftling hier.«

»Wie soll man Krankenpflege besser lernen als in der Praxis? Ich bin deine Lehrerin. Bestimmt helfen die anderen Schwestern mit, sie sind froh, wenn noch jemand mit anpackt. Was meinst du?«

»Ich weiß nicht ... Jelena Georgijewna. Ich weiß nicht, ob ich hierhergehöre.«

Jelena legt ihr eine Hand auf die Schulter. Cilka versucht, bei diesem engen Körperkontakt nicht zusammenzuzucken.

»Ich weiß, dass du da unsicher bist, Cilka. Aber du bist gut, und wir wollen deine Hilfe. Denkst du wenigstens darüber nach?«

Jelena lächelt warm, wie eine Schwester. Cilka schluckt. Sie kann es kaum ertragen. Sie brennt vor Schuldgefühlen. Sie denkt an ihre Barackengenossinnen, wie sie hereinkommen, sich um den Ofen drängen, nasse Stofflappen von ihren durchgefrorenen Füßen wickeln, stöhnen. Aber dann denkt sie auch an Olgas Gesicht, wenn sie ihr von dem echten Tee reicht, den sie gerade auf dem Ofen aufgebrüht hat. Es ist eine furchtbare Entscheidung, und sie weiß nicht, warum sie schon wieder so auffallen muss.

»Darf ich fragen, Jelena Georgijewna, warum Sie hier sind?«

»Du meinst, was ich angestellt habe, um hier nach Workuta geschickt zu werden?«

Cilka nickt kaum merklich.

»Ob du es glaubst oder nicht, Cilka, ich habe mich freiwillig gemeldet.« Sie spricht leiser. »Meine Familie hat immer an ein … höheres Gut geglaubt.« Mit dem Kinn weist sie zum Himmel. Über Religion zu sprechen ist verboten, aber Cilka versteht. »Meine Eltern haben ihr Leben lang anderen geholfen. Mein Vater ist dabei sogar umgekommen, als er ein Feuer löschen wollte. Ich versuche, sie zu ehren, indem ich ihre Mission fortsetze.«

»Das ist so gut von Ihnen«, sagt Cilka überwältigt.

»Allerdings«, schiebt Jelena mit erhobenen Augenbrauen nach, »muss ich zugeben, dass ich einigermaßen überzeugt war vom Projekt der Sowjetunion – ›Mutter Heimat ruft‹ und diese Dinge –, aber es ist etwas ganz anderes, wirklich hier zu *sein*.«

Ihr Blick geht über die Schulter zu den Kranken in den Betten hinter ihnen.

»Ich höre jetzt besser auf«, sagt sie und verzieht ihr Gesicht wieder zu einem Lächeln.

»Danke, Jelena Georgijewna, dass Sie es mir erzählt haben. Und ich hoffe nur, dass die Frauen in meiner Baracke auch bessere Arbeit finden. Und zwar bald.«

»Das verstehe ich. Ich hoffe es auch«, erwidert Jelena. »Bis morgen.«

Jelena nimmt die Hand von Cilkas Schulter und will gehen. Cilka sieht ihr in die Augen.

»Noch etwas, Cilka?«

»Józia – könnte Józia nicht meine Schreibarbeit übernehmen?«

Jelena überlegt kurz. »Im Moment nicht. Vielleicht wenn wir dich ganz als Krankenschwester einsetzen können. Aber kann Józia das überhaupt lernen …?«

»Ich helfe ihr. Sie schafft das.« Es ist trotzdem riskant, denkt Cilka. Wenn Józia die Inhalte, die Sprache nicht so schnell aufschnappt wie sie selbst, muss sie dann mit Bestrafung rechnen? Womöglich eine schlimmere Strafe, als wieder draußen arbeiten zu müssen?

»Wir werden sehen«, sagt Jelena und wendet sich ab.

KAPITEL 8

Lange Tage und Nächte nichts als Dunkelheit. Die
Temperaturen sinken tiefer, als Cilka es je erlebt hat.
Sie arbeitet weiter im Krankenhaus, im Nacken immer
das Schuldgefühl, das sie zu mindern versucht, indem sie den Frauen in der Baracke heimlich Essen zu-
steckt. Brot, Gemüse, Margarine. Echten Tee. Nur so
viel, wie sie am selben Abend essen, falls Klawdija Arsenjewna wieder schnüffeln kommen sollte. Die größte
Portion in der Baracke geht jeden Abend an Antonina
Karpowna.

Alles, was Cilka in den nächsten Monaten im Krankenhaus gezeigt bekommt, saugt sie auf wie ein
Schwamm. Sie wird so gut im Spritzengeben, dass die
Patienten nach ihr verlangen. Oft warten sie, bis sie
endlich Zeit hat, sich um sie zu kümmern. Dass sie
Schmerzen lindert und nicht verschlimmert, ist für
Cilka ein Wunder. Immer wenn der Krankensaal über-
füllt ist mit verzweifelten, halb erfrorenen Patienten,
ruft sie sich ins Gedächtnis, dass sie nicht mehr tun
kann, als sie schafft. Und nach wie vor überkommt sie

häufig die Leere, funktioniert sie nur automatisch, wie eine Maschine. Jelena merkt das und fordert sie auf, Pausen zu machen, aber wenn sie vierundzwanzig Stunden am Tag in der Krankenstation bleiben könnte, hätte Cilka wohl nichts dagegen.

Wenn sie abends in die Baracke zurückkehrt, ringt sie mit widersprüchlichen Gefühlen. Sie will »ihre« Patienten nicht allein lassen; aber sie muss auch Józia und die anderen Frauen sehen und wissen, dass sie wieder einen Tag geschafft haben mit Schleppen, Schaufeln, Heben, Hacken, während die Tränen vom eiskalten Wind ihnen den Stoff durchnässen, mit dem sie sich die Gesichter umwickelt haben. Sie bricht früher auf als die anderen und kommt später zurück, so muss sie nicht faul herumsitzen, während die Frauen ihre schmerzenden Glieder ein- und auspacken.

Und dann sind da noch die ständigen nächtlichen Männerbesuche. Die Frauen sind im Lager immer in der Unterzahl, sie haben sehr wenige »freie Nächte«, immer wieder kommen andere Männer in die Baracke. Cilka und Józia stehen als Boris' und Wadims »Lagergattinnen« unter einem gewissen Schutz, die Vergewaltigung durch andere bleibt ihnen erspart, doch die Schreie ihrer Barackengenossinnen müssen sie trotzdem mit anhören. Eines Abends beklagt sich Józia bei Cilka, dass Wadim nicht kommt; sie ist eifersüchtig, dass er andere Frauen hat und sie ihr vorzieht. Cilka findet das schwer erträglich. Sie möchte Józia nicht vorschreiben, was sie fühlen soll – sie weiß, dass jede Frau, jedes Mädchen auf diesen Missbrauch ganz unterschiedlich reagiert. Doch sie an ihrer Stelle, erklärt sie ihr, wäre nur erleichtert, wenn er wegbleibt.

Nach fünf Tagen tauchen Boris und Wadim in der Baracke auf. Józia springt auf, tritt Wadim schreiend entgegen, macht ihm eine laute Eifersuchtsszene. Wadim ohrfeigt sie, dann stößt er sie grob aufs Bett. Cilka ist entsetzt – ist Józia dabei, den Verstand zu verlieren? Sie will nicht, dass sie ihr Leben aufs Spiel setzt. Am liebsten würde sie Wadim selbst verprügeln, so kocht sie innerlich vor Wut, aber stattdessen mahnt sie später Józia nur zur Vorsicht. Es fühlt sich falsch an, unpassend, aber sie weiß nicht, was sie sonst tun sollte. In den nächsten Tagen schneidet Józia sie, lässt sich vor den anderen über Cilkas bequemes Leben in der Krankenstation aus. Das Tauwetter in ihrer Beziehung ist wieder eisigem Frost gewichen. Eines Abends ruft Elena Józia zu, sie soll endlich erwachsen werden – sie alle profitieren von den Zulagen, die Cilka aus dem Krankenhaus zu ihnen schmuggelt. Inzwischen ist sie eine Expertin darin, das übrig gebliebene Essen der Patienten in ihren Kleidern zu verstecken.

Es stimmt, jeden Abend, wenn sie heimkommt, leert sie auf der Bettkante ihre Tasche aus und verteilt schnell das Essen, sodass niemand anders das übernimmt und sich womöglich den Vorwurf zuzieht, ungleiche Portionen zu machen; sobald die Frauen sich darauf stürzen, wendet sie sich ab. Wenn Antonina nicht da ist, steckt sie ihre Portion zurück in die Tasche – eine schwere Überwindung angesichts der hungrigen Augen.

Zuschauen kann sie deshalb nicht, weil es so schlimm

ist, die knochigen Finger der Frauen nach dem Essen greifen zu sehen. Ihre rissigen, verkrusteten Lippen. Ihre geäderten Lider, die sich schließen, während sie so lange wie möglich genussvoll das Essen zerkauen.

Überrascht lächelt Cilka Elena kurz an, weil sie ihr beigesprungen ist. Trotzdem tun Józias Worte weh. Ja, Cilka hat unglaubliches Glück. Und doch steht sie zugleich unter einem Fluch. Wenn sie wüssten, wo sie all die Jahre verbracht hat, in denen die anderen noch jede Menge Essen und Trinken und Wärme hatten. Während sie noch Familien hatten und ein Zuhause.

Weiterhin ist Elena für Cilka schwer einzuschätzen. Sie ist jähzornig, oft gedankenlos – unterschiedslos schreit sie wirklich jeden an –, aber gelegentlich auch mitfühlend und zärtlich, wenn gerade niemand aufpasst. Auch sie versucht zu überleben, denkt Cilka oft. Dafür gibt es nicht nur einen Weg.

Elenas Freundin Hannah hat nach ihrer Zeit im Loch wieder zu reden begonnen, aber sie ist weiterhin sehr abweisend. Die beiden Frauen kennen sich, so hat Cilka inzwischen herausgefunden, aus dem Widerstand – der Polnischen Heimatarmee. Dort bekämpften sie die Nazis *und* die Sowjets. Ihr Mut schüchtert Cilka ein. Und lässt sie noch mehr davor zurückschrecken, aus ihrer Vergangenheit zu erzählen.

Am nächsten Tag reicht Józia Cilka zwei kleine Frühlingsblumen, die sie auf dem Heimweg vom Bergwerk gepflückt hat. Leuchtend violette Blüten mit rotschwarzer Mitte. Zartgrüne Blätter umgeben die filigrane Blüte. Cilka hat sie auch beim Krankenhaus durch den Schnee spitzen sehen: ein Zeichen, dass der Frühling naht. Der Gedanke, dass der ständige Frost, der beißende Wind und der dichte Schnee vielleicht bald nachlassen könnten, lässt die Hoffnung keimen, dass die Zeiten für sie alle bald vielleicht ein bisschen einfacher werden.

Cilka versucht, in Józias Geste nicht zu viel hineinzulegen. Dabei hat sie zum ersten Mal, seit sie hier ist, einen Kloß im Hals, als müsste sie gleich weinen. Sie schluckt. Die Blumen kommen in einen verbeulten Napf, inzwischen der stolze Besitz jeder Frau in der Baracke. Sie haben alle gelernt zu stehlen, was nicht niet- und nagelfest ist, Becher aus der Essensbaracke herauszuschmuggeln; ein kleiner Tisch mit zerbrochenem Bein, der aus einer Kommandantenbaracke ausgemustert wurde, wurde mit Bauholz notdürftig ausgebessert; auf dem Ofen steht ein ramponierter Kessel mit ständig kochendem Wasser. Antonina weiß das übrig gebliebene Essen, das Cilka aus dem Krankenhaus mitbringt, so zu schätzen, dass sie diese »Extras« geflissentlich übersieht. Und zu der Schmuggelware, nach der Klawdija sucht, gehören diese Gegenstände offenbar nicht. Die Baracke wird mit der Zeit fast schon gemütlich. Olga, die Stickerin, die es geschafft hat, die Nadeln vom ersten Abend nicht zurückzugeben, hat mehreren anderen ihr Handwerk beigebracht. Aus Fäden vom Ende der Laken wurden hübsche Borten geklöppelt, die jetzt die Mützen zieren. Cilka zweigt weiterhin gebrauchte Verbände ab, kocht sie aus und schenkt sie der

Stickgruppe. An mehreren Schals, mit denen die Frauen ihre Köpfe umwickeln, prangen zarte Spitzenränder.

Bei ihren monatlichen Besuchen im Badehaus geben die Frauen ihre Spitzenschals mit den übrigen Kleidern zur Entlausung ab, während sie sich schnell mit einem Bröckchen Seife über den Körper fahren und sich mit köstlich warmem Wasser aus einer Wanne abspülen. Ihre Scham wurde nach dem ersten Mal nicht erneut rasiert, auch ihre Haare dürfen sie wieder wachsen lassen, außer sie haben Läuse. Die meisten Frauen säbeln sich beim Baden die Haare kurz. Cilka lässt ihre etwas länger wachsen. Die Kleider kommen wieder, warm und steif hängen sie an einer Stange, und sie müssen sie sich schnell schnappen, bevor sie rücksichtslos auf den Boden geworfen werden. Manchmal verschaffen sich die Frauen mit spitzeren Ellbogen einen neuen Schal oder einen wärmeren Mantel, und so breitet sich die Spitzenverzierung in der Brigade allmählich weiter aus.

Der Frühling ist angenehm, aber zu kurz. Der Schnee, der fast seit Cilkas Ankunft lag, taut bei den steigenden Temperaturen schnell weg. Jetzt scheint die Sonne, spiegelt sich in den Hügeln.

Als der Sommer kommt, schrumpfen die Nächte, bis es eines Tages gar nicht mehr dunkel wird. Die Scheinwerfer im Hof werden nur noch gebraucht, wenn es sehr bedeckt ist. Einige Frauen in der Baracke, die weiter aus dem Süden kommen, werden panisch – die langen Tage scheinen ihnen widernatürlich. Wenn jetzt die Männer in die Baracke kommen, müssen die Frauen sie anschauen. Manche Frauen halten sich nicht mit Kommentaren zurück, beschimpfen sie als hässliche Schweine und werden für diesen Übermut hart bestraft.

Manche finden kaum Schlaf, weil sie im hellen Tageslicht die Augen nicht zubekommen. Manchen geht das Temperament über, es kommt zu verbalen und auch körperlichen Auseinandersetzungen.

Als Jelena Cilka einmal bei einem Nickerchen überrascht, fragt sie, wie Cilka mit den weißen Nächten zurechtkommt.

»Den was?«, fragt Cilka.

»Den weißen Nächten. Wir haben jetzt eine Zeit lang jeden Tag vierundzwanzig Stunden Tageslicht. Das steckt jeder unterschiedlich gut weg.«

»Ich kann nicht schlafen, und wenn doch, dann nur in ganz kurzen Abschnitten.«

»Und die anderen in deiner Baracke?«

»Bei manchen geht es, bei den meisten nicht. Wegen jeder Kleinigkeit gibt es Streit. Wie schaffen Sie das?« Vielleicht gibt es ja in den Dienstunterkünften, wo Jelena schläft, richtige Vorhänge.

»Der erste Sommer ist der schlimmste. Jedenfalls für viele. Manche Leute gewöhnen sich nie daran und kämpfen jedes Jahr; manche werden ganz einfach verrückt. Sie stecken den Schlafmangel nicht weg, den veränderten Körperrhythmus – irgendetwas macht das mit ihrem Kopf.«

Cilka findet Jelenas Umgang damit ziemlich entspannt. »Kann das mir auch passieren?«

»Du schaffst das, Cilka.« Cilka hat sich immer noch

nicht an Jelenas unverbrüchliches Vertrauen in sie gewöhnt. »Du musst dir eine Augenbinde machen und deinen Körper nach und nach eingewöhnen. Sag das auch den anderen. In der Wäschekammer findest du sicher ein paar alte Decken. Mach eine Pause, hol dir eine Schere und schneide für jede Frau einen Streifen ab. Zumindest anbieten kannst du es ihnen.«

Das lässt Cilka sich nicht zweimal sagen. In der Wäschekammer probiert sie Decken und andere Stoffe, bis sie das angenehmste Material für eine Kopfbinde findet. Nicht zu kratzig, nicht zu muffig. Sie schneidet zwanzig Streifen zurecht und steckt sie sich in die Kleider. Unglaublich, dass sie sogar eine Schere zur Verfügung hat. In der Baracke schneiden sie manchmal mit einem noch glühenden Holzspan.

Es ist ein Sonntag, sie hatten nur einen halben Tag zu arbeiten. Abends verteilt Cilka die Augenbinden, und die Frauen machen sich bettfertig, obwohl es noch taghell ist. Von draußen dringen Stimmen herein. Sie machen sich auf Männerbesuch gefasst, aber die Tür bleibt zu. Die Stimmen reden weiter. Mehrere Frauen steigen aus dem Bett und spähen vorsichtig nach draußen. Als Elena die Tür aufmacht, wird das Stimmengewirr lauter.

»Was ist los?«, ruft Cilka.

»Da sind Leute, sie spazieren einfach herum und reden; es sieht aus wie ein Fest!«

Sie springen alle aus den Betten und laufen zur Tür und zu den Fenstern. Sie drängeln sich, um hinauszusehen. Langsam wagen sie sich nach draußen.

»Was ist los?«, fragt Elena eine Gruppe Frauen, die plappernd vorbeikommen.

»Nichts. Warum?«

»Warum seid ihr mitten in der Nacht hier draußen?«

»Es ist noch nicht mitten in der Nacht, und wir sind draußen, weil wir es können. Ist das euer erster Sommer?«, fragt eine der Frauen.

Elena nickt. »Die meisten von uns sind angekommen, als der letzte Sommer gerade vorbei war.«

»Wenn ihr noch Kraft dazu habt, kann man ruhig eine Zeit lang draußen verbringen, ohne dass jemand danebensteht und einen zum Schuften zwingt.«

»Ich dachte, das dürfen wir nicht.«

»Quatsch. Im Winter bleibt man drinnen, weil es draußen zu kalt und zu dunkel ist. Hier könnte ich ja ein Buch lesen, wenn ich eines hätte – warum soll man sich das entgehen lassen? Lange wird es nicht dauern.«

Die Frauen schlendern weiter.

»Ich dachte ...«, stammelt Józia.

»Das ist wohl wieder etwas, was unsere liebe Antonina Karpowna uns verschwiegen hat«, stellt Elena fest. »Kommt, wir gehen spazieren und besichtigen mal richtig unser Gefängnis.«

Zum ersten Mal seit Langem sieht Cilka ein paar lächelnde Gesichter. Trotz ihrer Erschöpfung von der Arbeitswoche spazieren sie, teils Arm in Arm, nach draußen. Wahrscheinlich, schätzt Cilka, gibt es das nur sonntags, wenn sie mit dem halben freien Tag etwas weniger ausgelaugt sind. Die Gefangenen schauen in den Himmel, sehen die düsteren Kohleberge am Horizont. Sie atmen die frische Luft, die ihr Feind ist, wenn sie ihnen im Winter die Kehlen wund macht und in den Lungen brennt. Auf der freien Fläche zwischen Männer- und Frauenlager sehen sie zum ersten Mal männliche Gefangene, die ihnen nichts Böses wollen. Einige erwidern ihre lächelnden Blicke mit kindischem Kichern. Irgendwie so ähnlich muss sich Freiheit anfühlen.

»Komm mit, Cilka. Wir müssen sie finden«, quiekt Józia aufgeregt.

»Wen denn?«

Cilka wundert sich, welches Gesicht ihr als Erstes einfällt: das des Boten, dem sie damals im Krankenhaus begegnet ist, der braunäugige Mann, der so höflich zu ihr war, als er sie versehentlich angerempelt hatte. Sie haben seitdem kein Wort gewechselt, nur hin und wieder nickt er ihr zu.

»Wadim und Boris natürlich. Wir suchen sie und gehen mit ihnen spazieren. Wird das nicht wunderbar, nur herumzuspazieren und mit ihnen zu reden, sie kennenzulernen, nicht nur zu …«

»Ich will nicht Boris suchen. Können wir nicht einfach nur zu zweit sein? Wir brauchen sie doch gar nicht, Józia.« Immer wieder bemüht sich Cilka, Józia ihre Naivität nachzusehen, ihr Bedürfnis nach einer echten Beziehung, aber sie ärgert sich doch jedes Mal darüber.

»Ich *will* aber Wadim sehen. Kommst du mit, oder soll ich allein gehen?«, erwidert Józia bockig.

»Keine Lust«, lässt Cilka sie abblitzen.

»Tja, wenn das deine Gefühle sind …« Józia stapft davon. Cilka sieht ihr nach, bevor sie selbst weitergeht.

Cilka ist von dieser Freiheit überfordert – sie ist so ungewohnt. Immer wieder späht sie zum Zaun mit den Wachtürmen, sucht nach Wachleuten, die sie womöglich gleich mit ihren Gewehren niedermähen. So ausgeliefert waren sie *dort*. Und hier? Sie kennt die Regeln noch nicht. Als eine der Ersten kehrt sie zurück in Baracke 29, ihr Fleckchen Sicherheit. Geduldig wartet sie, bis alle wieder da sind, vor allem Józia – es tut ihr leid, dass sie sie allein gelassen hat; sie geht erst schlafen, als alle zurück sind. Dann legt sie ihre Augenbinde an. Die Frauen flüstern noch lange weiter, dieses kleine Stück Freiheit gibt ihnen einen Hauch von Befriedigung.

Acht Wochen lang steht die Sonne ununterbrochen am Himmel. Allmählich entspannt sich Cilka und beteiligt sich an den sonntäglichen Lagerspaziergängen. Gemeinsam mit den anderen Frauen aus der Baracke erforscht sie die Zone. Zum Schutz vor den Mücken bedecken sie immer den ganzen Körper und wickeln sich Tücher um den Kopf. Sie versucht, Józia zu überzeugen, dass sie nicht Wadim suchen und mit ihm Zeit verbringen muss, dass er nicht ihre Zukunft ist.

Eines Tages geht plötzlich Hannah neben Cilka her, zieht sie mit einem festen Griff direkt über dem Ellbogen von Józia weg. So aus der Nähe riecht Cilka ihre muffigen Kleider, ihr fettiges Haar.

»Was willst du?«, fragt Cilka.

»Weißt du, im Krieg haben Leute wie Elena und ich im Widerstand gegen alle Unterdrücker gearbeitet – Nazis, Sowjets …«

»Ich weiß. Du bist eine Heldin.«

»Während andere sich einfach ergeben und die Beine breit gemacht haben, ja das sogar ausgenutzt und zugesehen haben, wie alle anderen verreckt sind.« Hannah packt noch fester zu. Cilka wird übel. Hannah geht weiter, zwingt Cilka, Schritt zu halten.

»Ich weiß nicht, wovon du redest«, stammelt Cilka.

»Ich sage nicht, von wem ich es habe … aber du hast da ein hässliches Geheimnis vor uns.«

Cilka schluckt, spürt Angst und Wut. Es muss diese Frau im Zug gewesen sein, die auch *dort* gewesen ist.

»Dann stimmt es also, was diese Frau gesagt hat? Es schien ihr schwer auf der Seele zu liegen. Und sie wirkte nicht so, als würde sie sich in diese Welt zurücksehnen.«

»Ich habe dir nichts zu sagen.«

Cilka hat einen mitfühlenden Gedanken für die Frau, die wie sie *dort* überlebt hat, nur um hier zu landen. Und schlimmer noch: Vielleicht würde sie nie mehr hier wegkommen.

»Dann stimmt es also. Du bist nur eine gemeine Hure, die sich holt, was sie will, indem sie mit dem Abschaum der Menschheit ins Bett geht. Soso.«

»Du kannst mir nicht wehtun, Hannah. Versuch's gar nicht erst«, erwidert Cilka mit einem festen Blick.

»Ich wette, du willst nicht, dass deine Freundinnen das erfahren. Soll ich dein Geheimnis für mich behalten?«

»Rutsch mir doch den Buckel runter. Es ist mir völlig egal, was du machst oder sagst.« Cilka blufft, um das Geheimnis vor Hannah herunterzuspielen. Doch bestimmt spürt Hannah mit ihrem harten Griff ihre zitternden Glieder.

»Ich kann es für mich behalten, aber das hat einen Preis …«

»Wie oft kommen Männer in die Baracke und vergewaltigen dich, Hannah?«

Hannah antwortet nicht. Sie zieht die Stirn in Falten, schnauft.

»Ich kann dich nicht hören«, hakt Cilka lauter nach. »Einer, mehrere Männer … Wie viele verschiedene Männer haben dich vergewaltigt, seit wir hier sind?«

»So ist das eben hier.«

»Ja, so ist das eben hier. So war das *dort* auch. Ich wurde abgesondert, damit keiner sehen konnte, wie die Wachleute sich *beschmutzten*. Weißt du, wie das ist? Für dich und deine Familie und deine Freunde, für ein ganzes Volk – so als Schlachtvieh behandelt zu werden?«

Mit unbewegter Miene sieht Hannah zur Seite.

»Und hat diese Person, die angeblich so viel über mich weiß, auch gesagt, warum *sie* hier ist?«, fragt Cilka.

»Ja, das hat sie ausgespuckt. Die Russen meinten, sie mögen keine Leute, die ungefragt von anderen erzählen, deshalb haben sie sie hergeschickt. Anscheinend wart ihr am Ende alle schwach, jeder zog über die anderen her.«

»Niemand kann über uns urteilen«, stößt Cilka zwischen den Zähnen hervor. »Du hast keine Ahnung, wie es war. Es gab nur zwei Möglichkeiten: zu überleben oder zu sterben.«

Hannah schmunzelt leise. Innerlich tobt Cilka vor Wut. Eigentlich sollte sie längst daran gewöhnt sein – dass die Leute Hierarchien von Gut und Böse aufstellen und entscheiden, wo man hingehört.

»Das ist aber noch nicht alles, oder?«, fragt Hannah. Cilka sieht sie an.

»Willst du wirklich, dass ich den anderen – Józia, Natalja, Olga, Elena – erzähle, was du im Todesblock gemacht hast?«

Cilka versucht, sich nichts anmerken zu lassen.

»Das dachte ich mir«, fährt Hannah fort. »Bald sage ich dir, was ich brauche, und du wirst es mir geben.« Sie geht, quer über das Gras mit den sumpfigen Flecken.

Cilka sieht hinüber zu den Frauen, die im Kreis zusammenstehen und ihre seltene Freizeit genießen. Józia dreht sich um, lächelt Cilka zu. Cilka zwingt sich zurückzulächeln. Sie will nicht innerlich *dorthin* zurück; sie will jeden Tag nehmen und ihn hinter sich bringen, so gut es geht, gemeinsam mit ihren neuen Freundinnen. Sie will nicht, dass Hannah ihr das kaputt macht. Ihr Magen verkrampft sich.

Viel zu früh gibt es schon wieder Bodenfrost. Zäh und feucht geht die Luft durch die Kehlen. Seit einem Jahr ist Cilka jetzt hier. Die Tücher werden weggelegt, die Mützen und dicken Mäntel unter den Matratzen hervorgeholt, wo sie die letzten zwei Monate gelegen haben.

Hannah hat offenbar noch nicht entschieden, welches ihr »Preis« für das Schweigen ist. Allerdings erinnert sie Cilka häufig mit Blicken oder Gesten an das, was sie weiß. Meistens versucht Cilka, die Angst zu verdrängen, dass die Frauen etwas herausfinden könnten.

Schnell wird der Herbst zum Winter. Der Regen durchnässt den Boden und die Stimmung. Es gibt keine Abendspaziergänge mehr, und die Frauen gewöhnen sich nur schwer daran, wieder nur unter sich zu sein.

Der Regen gefriert zu Graupel, der Graupel zu Schnee. Es ist andauernd dunkel.

Mit Hannahs Wissen darin fühlt sich die Baracke klein und eng an.

KAPITEL 9

Ein Tag, um Pläne zu schmieden. Ein Tag, um nach vorn zu denken. Für die meisten Menschen, nicht aber für Cilka.

Zum ersten Mal schreibt sie in eine Patientenakte die neue Jahreszahl: 1. Januar 1947.

Gute Fortschritte, Entlassung voraussichtlich morgen.

Sie hört die Worte des Arztes, schreibt sie nieder, zwingt sich zu einem Lächeln für den Mann, der vor ihr im Bett liegt, mit Tränen in den Augen.

»Bitte, nur noch ein bisschen. Kann ich nicht noch ein bisschen bleiben? Zwei oder drei Tage. Ich bin noch so schwach.«

Der Arzt mustert den Patienten mitleidslos. Er wendet sich an Cilka: »Was meinst du, Cilka? Sollen wir diesen beschissenen Simulanten einem notleidenden Mitgefangenen ein Bett wegnehmen lassen? Oder ihn morgen mit einem Tritt in seinen jämmerlichen Arsch hier rausbefördern?«

Cilka kennt inzwischen das Spielchen, in das einige Ärzte sie hineinziehen. Sie bestimmen zu lassen, ob ein

139

Patient weitere vierundzwanzig Stunden in einem warmen Krankenhausbett mit nahrhafter Kost bleiben darf oder nicht. Außerdem weiß sie, welche Ärzte vielleicht ihrem Vorschlag folgen, einen Patienten noch einen Tag zu behalten, und welche dann genau das Gegenteil tun.

Dieser Arzt pflichtet Cilka meistens bei. Vorsichtig verschafft sie Kranken und Invaliden tageweise Aufschub, was sie in ihrem alten Leben nie gekonnt hätte. Obwohl an all diesen Orten immer gilt: entweder der eine oder der andere. Behagen für einen, Essen für einen. Nichts ist gerecht.

»Es ist Neujahrstag. Wenn man es so sieht…« Sie schielt auf die Akte, die sie in der Hand hält. »Georgi Jaroslawowitsch würde von einem weiteren Tag bei uns sicher profitieren. Soll ich das in der Akte so verbessern: ›Entlassung übermorgen‹?«

»Verbesser das.« Der Arzt wendet sich ab.

Cilka sieht auf zu dem Wandplakat über dem Bett. Ein lächelnder Arbeiter auf einem sonnigen Feld. *Freiheit durch ehrliche Arbeit.*

Sie verbessert die Akte.

»Danke, Cilka Klein, danke, danke. Du bist ein Engel des Himmels.«

Cilka zwinkert ihm zu. Diesmal ist ihr Lächeln echt. »Schon gut, Georgi Jaroslawowitsch, du weißt, ich kümmere mich um dich.«

Als sie zurück an den Schreibtisch kommt, um Georgis Akte abzulegen und eine andere zu holen, wartet dort Jelena. Sie hat das Spielchen beobachtet.

»Cilka, ich habe gute Neuigkeiten.«

Wieder lächelt Cilka. Sie traut sich fast nicht zu fragen, welche. Sie wartet.

»Ich habe mit dem Klinikchef gesprochen und ihn überzeugt, dass du jetzt als Krankenschwester zu betrachten bist.«

»Wirklich? Das ist wunderbar, vielen, vielen Dank!« Trotzdem fühlt Cilka sich leer und gefühllos. Dank ihrer Stellung kann sie das Leben ihrer Barackengenossinnen etwas aufbessern, aber sie würde so gern noch mehr tun. Hinter Jelena, hinter dem vereisten Fenster, liegt sausende Dunkelheit. »Ich weiß nicht, was ich noch sagen soll.«

»Mir brauchst du nicht zu danken. Gearbeitet hast schließlich du – damit verdienst auch du die Anerkennung.«

Tief in ihr nagt etwas. Ein Gefühl wie Scham. Würde Jelena genauso denken, wenn sie alles von ihrer Vergangenheit wüsste?

»Ich werde Sie nicht enttäuschen«, sagt sie.

»Das weiß ich. Und Cilka, eines noch.« Sie reicht Cilka eine Notiz. »Gib das heute Abend Antonina Karpowna. Ich fordere Józia an, damit sie ab morgen als Schreibkraft hier arbeitet. Sie übernimmt ein paar von deinen bisherigen Aufgaben, damit du mehr Zeit für die Pflege hast.«

Mit zitternden Fingern nimmt Cilka die Notiz entgegen und wendet sich ab, um sich zu beruhigen. *Endlich.* Seit sie im Krankenhaus ist, bemüht sie sich darum. Sie stopft die Notiz in die Tasche ihrer Krankenhausschürze; dankend nickt sie und packt eine Akte, mit der sie besonders flink zu einem anderen Patienten eilt.

Zum ersten Mal seit Langem ist Cilka vor den anderen zurück in der Baracke. Sie geht in dem engen Raum auf und ab, die Nase noch rot von der Kälte auf dem Weg; sie wartet auf Józia, auf Antonina, um ihre Neuigkeiten loszuwerden. Nicht dass sie jetzt Krankenschwester ist, versetzt sie in solche Erregung; vielmehr ist es die Aussicht, dass Józia nicht mehr draußen arbeiten muss, sondern in der Sicherheit und Wärme des Krankenhauses. Sie weiß, dass das auch ein Stück weit egoistisch ist – sie will Józia näher bei sich haben. Damit sie sie beschützen kann.

Als die Frauen in die Baracke kommen, bringen sie Angst mit, ja Panik. Cilkas erster Gedanke ist Hannah und das, was sie weiß – oder zu wissen meint. Hat sie es den Frauen erzählt, werden sie jetzt über sie herfallen? Doch nein, es geht um etwas völlig anderes. Eine der Frauen heult und stöhnt. Zwei andere stützen sie, jede fasst sie unter einen Arm, während die Frau sich vor Schmerzen krümmt. Die anderen plappern aufgeregt durcheinander, jede redet drauflos, ohne dass jemand zuhört oder das Kommando übernimmt.

Cilka packt Elena am Arm und zieht sie zu sich heran. Jetzt erkennt sie, dass die stöhnende Frau Natalja ist, das blonde Haar klebt ihr an der schweißbedeckten Stirn.

»Was ist los mit ihr?«

Antonina ist mit hereingekommen. Als sie Natalja auf ihr Bett gelegt haben, treten sie zur Seite, und die Brigadierin mustert sie.

»Wie weit?«, fragt Antonina.

Eingeschüchtert von Schmerz und Angst schüttelt Natalja den Kopf. »Ich weiß nicht.« Sie trägt noch den Schal am Hals. Behindert von ihren Handschuhen klammert sie sich daran fest.

»Wochen oder Monate?«

»Monate, fünf oder sechs, ich weiß nicht! Helft mir, bitte, helft mir.«

»Was ist los mit ihr?«, fragt Cilka noch einmal Elena.

»Sie blutet, und sie ist schwanger. Wahrscheinlich kommt das Baby.«

Antonina blickt auf und sieht Cilka einen Schritt zurückweichen.

»Hierher«, sagt sie. »Du arbeitest im Krankenhaus – du übernimmst das. Die anderen machen sich fertig zum Essen.«

Cilka macht den Mund auf, um zu widersprechen, überlegt es sich aber anders. Sie hat keine Ahnung von Entbindungen, aber sie möchte für Natalja da sein.

»Entschuldigung, Antonina Karpowna, können Józia und Elena mir helfen? Ich habe hier eine Notiz von der Ärztin, Jelena Georgijewna.«

Cilka faltet den Zettel auf und reicht ihn Antonina. Sie liest ihn, wendet sich zu Józia um und brummt tonlos: »Soso, wieder eine, die einen Preis gewinnt, Glückwunsch.« Sie sieht wieder zu Cilka. »Die beiden können bei dir bleiben. Ich lasse ein paar Handtücher und Laken bringen. Die anderen, raus mit euch.« Sie wickelt sich wieder den Schal über den Mund, nur ihre Augen sind noch zu sehen.

Bevor die Frauen zur Essensbaracke gehen, fragt Cilka: »Hat irgendwer von euch schon ein Baby bekommen oder bei einer Geburt geholfen?«

Die Brigadierin sieht in die Runde, schiebt den Schal noch einmal weg. »Und?«

»Ich habe oft bei Kühen geholfen, aber nie bei Menschen«, erklärt Margarethe nüchtern.

»Dann kannst du auch bleiben.«

Als Natalja erneut aufschreit, wenden sie sich wieder ihr zu. Die sanfte, hübsche Natalja, denkt Cilka. Józia kniet sich neben sie, streicht ihr das nasse blonde Haar aus der Stirn.

»Wie schlimm blutest du?«, fragt Cilka.

»Sehr stark, als ich bei der Arbeit auf der Latrine war. Hilf mir, Cilka, bitte, rette mein Baby.«

Sie will das Baby, bemerkt Cilka. Etwas in Cilka begreift: Würde das ihr passieren, würde vielleicht auch sie so einen Lebenswillen verspüren. Doch ihr wird das nicht passieren. Ihr Körper, glaubt sie, kann nicht schwanger werden.

Józia sieht flehentlich zu Cilka. »Weißt du, was wir tun müssen?«

Cilka bleibt ungerührt, ernst. »Wir tun alles, was wir können, Natalja. Wir müssen dich ausziehen, damit wir sehen, wie es um dich steht, in Ordnung?«

Fünfzehn dick eingepackte Frauen drängen zur Tür, nur weg hier, nur nicht diese Tragödie mit ansehen. Cilka, Józia, Elena und Margarethe kümmern sich um Natalja, so gut sie können.

Ein Wachmann bringt zwei Handtücher und zwei

Laken. Als er Nataljas Schreie hört, wirft er sie nur wortlos in die Baracke.

Während die übrigen Frauen zu Abend essen, bringt Natalja einen Jungen zur Welt. Er tut nicht einen Schrei; er rührt sich nicht. Cilka nimmt eines der Handtücher, wickelt seinen kleinen Körper hinein und legt ihn Natalja in die Arme. Die vier Frauen stehen ihr bei, während sie sich in den Schlaf weint, ihren Sohn fest an die Brust gedrückt in dieser einzigen gemeinsamen Nacht. Józia bleibt die ganze Zeit an ihrer Seite.

Am nächsten Morgen befiehlt Antonina Elena und Margarethe, bei Natalja zu bleiben. Cilka und Józia sollen das Baby nehmen und zur Arbeit ins Krankenhaus gehen. Józia sieht besorgt aus.

»Wir kümmern uns um Natalja, Józia«, beruhigt sie Elena.

Der Mutter das tote Baby aus dem Arm zu nehmen ist mit das Schwerste, was Cilka in ihren zwanzig Lebensjahren getan hat.

Sie sind im Krankenhaus. Józia findet sich nur langsam ein. Cilka ist länger damit beschäftigt, ihr alles zu zeigen und dann doch selbst zu erledigen, als Patienten zu pflegen. Doch sie gibt nicht auf, und Jelena drückt ein Auge zu, während Józia langsam zu unterscheiden lernt, welche Informationen vom Arzt in der Patientenakte stehen müssen und was nur ein Kommentar ist, der nicht festzuhalten ist. Sie spricht inzwischen gut Russisch, aber sie kämpft mit der kyrillischen Schrift, mit den Namen und der Schreibweise der Medikamente. Sie hat

Angst vor den Ärzten und Schwestern und unterbricht lieber Cilka in ihrer Arbeit, statt zu bitten, dass man die Anweisungen für sie wiederholt.

Cilka dagegen tut sich bei jeder Aufgabe hervor. Besonders gut ist sie beim Blutabnehmen; wenn sie Wunden nähen muss, kommt sie zwar nicht an Olga und die anderen Stickerinnen heran, aber ihre erfahreneren Kolleginnen nicken anerkennend. Mühelos verbindet sie die praktische Hilfe für die Patienten mit seelischer Unterstützung.

Józia ist dankbar und freundlicher zu Cilka; wenn Boris und Wadim nicht da waren, flüstert sie abends in der Baracke mit ihr. Sie ist ängstlich, überfordert. »Wie soll ich das lernen? Wie schaffe ich das?«

Cilka hat manchmal nicht genug Energie, um sie zu trösten, obwohl sie das Beste für sie will. Sie weiß nur, dass alles womöglich sogar noch schlimmer wird, dass sie jeden Moment so nehmen müssen, wie er kommt.

Als sie eines Tages von der Arbeit zurückkommen, ist Natalja weg. Antonina Karpowna verweigert ihnen die Auskunft, und Cilka weiß, dass das nichts Gutes verheißt. Wenn eine Frau ins Loch musste, erfahren sie das, weil die anderen gewarnt sein sollen. Sofort hat Cilka wieder die Bilder von *dort* im Kopf, Frauen, die in die Elektrozäune sprangen, weil sie lieber schnell sterben wollten, als im Lager die Hölle auf Erden durchzumachen oder in die Gaskammer geschickt zu werden, die ihnen allen ständig drohte. Cilka fühlt die Leere kommen, kalt und glatt wie Schnee, und sie will nur noch ins Bett. Aber sie weiß, was Natalja Józia bedeutet hat. So setzt sie sich zu ihr und bietet ihr schweigend eine Hand zum Halten, bis sie einschläft.

Der Winter scheint gnadenlos, er verzehrt alles in seiner frostklirrenden Finsternis – und doch werden aus Wochen Monate. Die Jahreszeiten wechseln von einem Extrem ins andere, wieder spitzen kleine Blumen durch den tauenden Schnee. In der Baracke wird das Licht gelöscht, die Sonne steht ständig hoch am Himmel.

Ein zweiter Sommer ist da, mit seinen weißen Nächten.

In der Baracke ergeben sich außer Nataljas Weggang noch weitere Veränderungen. Zwei Frauen aus der ersten Belegung geraten in ein Handgemenge. Als ein Wachmann versucht dazwischenzugehen, bekommt er einen Hieb ab. Die Frauen kommen ins Loch und kehren nicht zurück. Drei ukrainische Neuankömmlinge schlafen stattdessen in ihren Betten. Olga, Elena, Margarethe und Hannah bleiben.

An den Barackenwänden hängen die Handarbeiten der Frauen. Wenn ein Stück sich in der feuchten Luft auflöst, wird es schnell ersetzt. Die Spitzen schmücken die Mantelkragen der Frauen, Kleider, Taschensäume, Mützen und Schals. Es ist die schüchterne Einforderung einer Identität, einer Weiblichkeit, Ausdruck von etwas anderem als nur einem funktionierenden Körper, der jeden Tag zur Arbeit gezwungen wird.

Monatelang konnte Cilka es vermeiden, mit Hannah allein zu sein – bis zu einem Abend auf dem Rückweg von der Essensbaracke. Cilka lässt Józia vorausgehen, erklärt, sie werde gleich nachkommen.

»Ist alles in Ordnung mit dir?« Józia wirft einen fragenden Seitenblick auf Hannah.

»Ja klar«, beruhigt Cilka sie mit einem gezwungenen Lächeln.

Schulterzuckend geht Józia weiter und lässt Cilka bei Hannah stehen.

Cilka holt tief Luft.

Zu ihrer Überraschung taxiert Hannah sie nicht mit einschüchternden Blicken, sondern zieht eher selbst den Kopf ein. Sie leckt sich die trockenen Lippen, ihre Augen schießen unruhig von rechts nach links.

»Im Krankenhaus ...«, setzt sie an, »habt ihr doch Schmerzmittel, oder?«

»Schon, aber nur ziemlich wenig. Wir geben sie nur, wenn es nicht anders geht.«

»Du musst mir welche besorgen«, sagt Hannah. Ihre Augen flackern wie bei einem gehetzten Tier.

»Es gibt nicht genügend ...«, wendet Cilka ein.

»Du weißt, was sonst passiert«, knurrt Hannah und bohrt Cilka die Finger in den Arm, bis es wehtut. »Wenn du mir nicht regelmäßig welche mitbringst, sage ich allen da drinnen« – sie nickt in Richtung Baracke – »dass du nicht nur die Nazis gefickt hast, sondern auch wie ein Todesengel im Pelzmantel dastandest und tatenlos zugeschaut hast, wie deine Leute zu Tausenden vor deinen Augen umgebracht wurden.«

Trotz des milden Wetters gefriert Cilka innerlich zu Eis. Sie fängt an zu zittern. Sie möchte Hannah erklären: *Ich war sechzehn! Ich habe mir nichts ausgesucht, weder dort noch hier. Ich bin einfach nur am Leben geblieben.* Aber es kommen keine Worte. Und sie weiß auch, dass sie ihren Barackengenossinnen hohl vorkommen und vergeblich sein würden. Dass sie es nicht mehr in ihrer Nähe aushalten könnten. Dass sie selbst sich verflucht fühlen würde, verkehrt. Sie will nicht für Hannah Medikamente stehlen, die andere Patienten dringend brauchen. Aber sie kann auch nicht ihre Freunde verlieren – ihren einzigen Beistand. Und wenn auch Jelena vom Todesblock erfährt? Raissa und Ljuba? Sie könnte sie verlieren, und ihre Arbeit dazu. Dann könnte sie ihren Barackengenossinnen keine Sonderrationen mehr mitbringen, die ihnen Kraft für ihre zermürbende Arbeit geben. Alles würde in sich zusammenstürzen.

Hannahs Gesicht verrät, dass sie Cilkas Gedanken liest.

»Ich werde sehen, was ich tun kann«, gibt Cilka matt nach.

Als sie in die Baracke zurückwill, sich hinlegen und versuchen, diese Zwangslage und alles, was damit zusammenhängt, zu verdrängen, hört sie ihren Namen rufen.

»Cilka, Cilka!« Es ist Boris.

Sie dreht sich um, als der untersetzte, rotgesichtige Russe auf sie zuhüpft. Wie soll sie gerade jetzt auch noch mit ihm fertigwerden? Ihre Beziehung hat sich nach und nach gewandelt. Er gesteht Cilka oft seine Zuneigung. Sie zwingt sich, ihm dasselbe zu sagen, zu ihrer eigenen Sicherheit, obwohl sie es nie so meint. Wenn er zu Besuch kommt, will er sehr häufig nur gehalten werden, kuscheln. Er erzählt ihr von seiner Kindheit, in der er nur Ablehnung erfahren hat, nie Liebe und Trost wohlmeinender Eltern. Er tut ihr leid. Sie fragt sich, ob sie für Männer überhaupt etwas anderes empfinden kann als Angst oder Mitleid. Ihre eigene Kindheit war voller Liebe, ihre Eltern umsorgten sie, interessierten sich für das, was sie sagte, hatten die dickköpfige, eigenwillige Tochter gern, die sie erzogen. Die Reste dieses Familiengefühls, dieser Geborgenheit sind noch fest in ihr verankert, keiner kann sie zerstören. Ihr Vater war ein guter Mensch. Es muss noch andere Männer wie ihren Vater geben. Wie Gitas Lale. Auch gegen alle Wahrscheinlichkeit ist Liebe möglich. Vielleicht bloß nicht für sie.

Wieder fällt ihr der Bote ein, dem sie manchmal im Krankenhaus begegnet. Seine freundlichen dunklen Augen. Aber kann man sich auf äußere Freundlichkeit überhaupt verlassen? Sie weiß nicht einmal, wie er heißt. Und das ist auch besser so.

»Komm mit«, fordert Boris sie bestimmt auf. Sie weiß nicht, was passiert, wenn sie sich weigert. Sie geht mit ihm. Er bringt sie in einen Teil des Lagers, den sie und die anderen immer meiden, einen Ort voller Männer, die oft streiten, immer kämpfen.

Boris erklärt ihr, er wolle sie ein paar Freunden vorstellen. Prahlen also will er mit ihr. Zum ersten Mal seit ihrer Ankunft in Workuta hat Cilka wirklich Angst. Sie weiß, dass Boris im Lager ein mächtiger *Blatnoj* ist, aber die widerwärtigen Kommentare der Männer, die sie anglotzen und im Vorbeigehen nach ihr grapschen, lassen sie bezweifeln, ob er sie wirklich schützen kann. Einer der anderen hat eine junge Frau bei sich und vögelt sie brutal vor den Augen aller seiner Kameraden. Als Boris aufgefordert wird, er solle seine Männlichkeit unter Beweis stellen und Cilka genauso nehmen, reißt sie sich von ihm los und läuft davon. Boris holt sie ein, beteuert, so etwas würde er nie tun. Aus ganzem Herzen entschuldigt er sich – und bestätigt damit, was sie befürchtet hat. Er liebt sie. Doch wie kann er sie lieben, wenn er sie gar nicht kennt? Er kennt ja nur ihren Körper: Gesicht, Haare, Gliedmaßen.

Als sie sich von den anderen entfernen, folgen ihnen die Schreie des Mädchens.

Cilka fleht Boris an, sie in ihre Baracke zurückzulassen. Sie will allein sein. Sie wird bleich und starr. Das hat nichts mit ihm zu tun, versichert sie ihm, versucht, sich ihre Angst nicht anmerken zu lassen; sie braucht einfach Zeit für sich.

Als sie endlich allein auf ihrem Bett liegt, die Augen zur Wand, findet sie trotz der Augenbinde nicht in den Schlaf. Absurde Bilder flirren ihr durch den Kopf. Ein SS-Wachmann, das Gewehr mit Spitze geschmückt; Gita und Józia neben einem Haufen Kohlesplitter im Gras, wo sie nach einem vierblättrigen Kleeblatt suchen, lachend die Köpfe zusammenstecken, während Cilka von Weitem zusieht; Jelena, die Cilkas Mutter vom Laster wegführt, während andere Frauen hineingestopft werden, alles fast schon Leichen kurz vor dem Tod; Boris in einer SS-Offiziersuniform, in den ausgestreckten Armen tote Blumen als Geschenk für sie. Still schluchzt sie um ihre hoffnungslos verlorene Zukunft, um die Menschen, die sie nie bevölkern werden.

Auschwitz-Birkenau, 1944

Cilka tritt vor Block 25. Vier SS-Wachleute stehen vor dem Laster direkt vor den Toren der Backsteinmauer; er wartet auf die Frauen, die die vergangene Nacht in ihrem Block verbracht haben, um sie dem Tod zu übergeben. Langsam strömen die Frauen aus dem Tor wie wandelnde Gerippe. Cilka drängt sich zwischen ihnen hindurch zu den zwei am nächsten stehenden SS-Leuten.

»Zwei sind über Nacht gestorben. Soll ich sie für den Lei-chenwagen rausbringen lassen?«

Einer der Männer nickt.

Cilka hält die vier nächsten Frauen auf.

»Los, wieder rein, bringt die beiden raus, die sich vor der Gaskammer gedrückt haben«, keift sie.

Die vier Frauen gehen wieder in die Baracke. Cilka folgt ihnen, zieht die Tür zu, ohne sie ganz zu schließen.

»Hier, ich helfe euch«, sagt sie. Die Frauen mustern sie misstrauisch. Cilka hebt die Brauen. »Sie hätten euch die Gewehre in den Bauch gerammt und euch reingetrieben, wenn ich euch nicht zuerst angeschnauzt hätte.«

Die Frauen begreifen, nicken. Eine der beiden Toten liegt auf einer der oberen Pritschen. Cilka klettert hinauf und schiebt sie, so sacht sie kann, in die Arme von zwei der wartenden Frauen. Der Körper wiegt nichts. Cilka klettert herunter und hilft, sie ihnen richtig in die dürren Arme zu legen, dann zupft sie die spärlichen Kleider der Frau zurecht, um ihr im Tod wenigstens ein bisschen Würde zu geben.

Als die beiden toten Frauen draußen sind, sieht Cilka dem Laster nach. Hier steht sie, umgeben vom Piepsen und Kratzen hungriger Ratten. Gleich wird sie hineingehen und ihre sauberen Nylonstrümpfe anziehen, die sie gegen Brot eingetauscht hat. Wenn er zu Besuch kommt, mag er sie sauber. Und sie muss ihn um einen Gefallen bitten, für ihre Freundin Gita, wegen des Mannes, den sie liebt. Cilka findet, »Liebe« ist ein merkwürdiges Wort – es schwirrt ihr im Kopf umher, doch es lässt sich nirgendwo nieder. Aber wenn Gita es fühlen kann, wird Cilka tun, was sie kann, um das zu erhalten. Bevor sie nach drinnen geht, schielt sie kurz zu den Gaskammern und Krematorien hinüber. Als sie hier in dieser Hölle anfing, ließ sie dann immer ein Stoßgebet los. Doch jetzt kommen keine Worte mehr.

Cilka liegt in ihrer Baracke. Die Erinnerungen müssen verschwinden, sie muss jetzt schlafen.

Dreizehn Jahre liegen noch vor ihr.

KAPITEL 10

Schreie eines Kindes. Patienten und Belegschaft schrecken hoch, als die Tür zum Krankensaal aufgerissen wird und eine Frau mit einem kleinen Mädchen im Arm hereinstürmt. Gesicht und Kleid des Kindes sind mit Blut beschmiert; der linke Arm hängt ganz verdreht herunter. Die zwei Wachleute dahinter rufen lauthals nach einem Arzt.

Cilka sieht Jelena auf die Frau zulaufen. Sie ist gut gekleidet, warmer Mantel, Mütze; keine Gefangene. Jelena legt ihr den Arm um die Schultern und führt sie quer durch den Krankensaal. Als sie an Cilka vorbeikommt, winkt sie sie heran.

Cilka folgt der Gruppe mit dem immer noch schreienden Kind. Im Behandlungsraum nimmt Jelena vorsichtig das Kind und setzt es auf die Liege; das Kind wird schlaff, die Schreie werden zu einem Wimmern.

»Bitte, helfen Sie ihr!«, fleht die Mutter.

»Wie heißt sie?«, fragt Jelena ruhig.

»Katja.«

»Und Sie?«

»Ich bin Maria Danilowna, ihre Mutter.«

»Sie sind Frau und Tochter von Kommandant Alexej Demjanowitsch Kuchtikow«, schiebt einer der Wachleute nach. »Das Personalkrankenhaus ist überlastet, weil die Station umgebaut wird, deshalb sind wir direkt hierhergekommen.«

Jelena nickt. Sie fragt die Mutter: »Was ist passiert?«

»Sie ist hinter ihrem Bruder her auf das Dach von unserem Haus geklettert und runtergefallen.«

Jelena wendet sich an Cilka. »Hol feuchte Tücher und hilf mir, das Blut abzuwischen, damit ich sehen kann, wie schwer die Verletzungen sind.«

Auf einem Stuhl neben einer Waschschüssel liegen ein paar Handtücher. Zwei davon taucht Cilka ins Wasser ein. Keine Zeit, das Wasser zu wärmen, es muss mit kaltem gehen. Ein Tuch reicht sie Jelena, und gemeinsam wischen sie dem kleinen Mädchen das Blut aus dem Gesicht. Der nasse, kalte Stoff scheint ihre Lebenskräfte zu wecken, sie fängt wieder an zu schreien.

»Bitte, helfen Sie meiner *Malyschka*, bitte!«, schluchzt Maria.

»Wir helfen ihr ja«, beruhigt Jelena sie. »Wir müssen das Blut abwischen, damit wir sehen können, wo sie verletzt ist. Vorsicht mit dem Arm, Cilka, er ist gebrochen, wir müssen ihn gleich einrichten.«

Mit einem Blick auf den Arm, der neben ihr von der Liege hängt, tritt Cilka einen Schritt zur Seite, um nicht daranzustoßen. Sie beugt sich zu Katja hinunter und redet ihr gut zu, sie wird ihr nicht wehtun, sie muss nur ihr Gesicht abwaschen. Katja wimmert, außerdem zittert sie jetzt am ganzen Körper.

»Schnell, deck sie zu. Sie darf nicht auskühlen.« Cilka nimmt eine Decke vom Fußende der Liege. Sie faltet sie einmal zusammen und legt sie vorsichtig über Katja; wieder erklärt sie ihr dabei im Flüsterton jede ihrer Bewegungen.

»Ich sehe die Wunde, hier auf meiner Seite am Kopf – eine ziemliche Schnittwunde. Mach weiter ihr Gesicht sauber, Cilka. Ich hole etwas Material.«

Jelena legt den Rand eines Handtuchs über Katjas rechte Kopfhälfte und bedeckt ihr rechtes Auge.

Maria tritt Jelena in den Weg. »Sie können nicht weg, Sie sind doch die Ärztin. Schicken Sie sie.«

Cilkas Herz rast. Irgendwann heute muss sie sowieso ins Arzneilager zu den Medikamenten und dem Material für die Krankenstation – obwohl sie Angst hat vor ihrem eigenen Plan.

»Sie weiß nicht, was ich brauche. Ich bin gleich zurück. Katja und auch Sie, Maria Danilowna, sind bei Cilka solange in guten Händen.«

Jelena verlässt den Raum.

»Vielleicht möchten Sie ihr die Hand halten«, schlägt Cilka vor. Maria nickt und nimmt Katjas heile Hand.

Cilka befeuchtet ein sauberes Tuch.

Als Jelena zurückkommt, spricht Cilka gerade mit Katja.

»Katja, ich heiße Cilka Klein. Doktor Kaldani und ich kümmern uns um dich. Verstehst du?«

Sie antwortet mit einem kleinen Ächzen.

»Braves Kind. Kannst du mir sagen, wo es wehtut? Wir wissen von Kopf und Arm, aber tut es sonst noch wo weh?«

»Mein … mein Bein«, stammelt Katja.

»In Ordnung. Und sonst noch?«

»Der Kopf. Mama, Mama!«

»Ich bin hier, meine *Malyschka*, ich bin hier. Du bist so tapfer; es wird alles wieder gut.«

Jelena stellt das Tablett, das sie mitgebracht hat, auf den Nachttisch. Von unten her hebt sie vorsichtig die Decke an und mustert Katjas Beine. Sie stecken in dicken Strümpfen und wirken unverletzt.

»Cilka, hilf mir, ihr die Strümpfe auszuziehen, damit wir ihre Beine untersuchen können.«

Der Schmerz in Katjas Beinen ist jedenfalls nicht so schlimm, dass sie reagiert, als Jelena und Cilka ihr jede einen Stiefel und einen Strumpf ausziehen. Jelena untersucht die Beine. Das rechte Knie weist Anzeichen einer Schwellung und beginnende blaue Flecken auf. Vorsichtig bewegt Jelena es; Katja reagiert nicht.

»Ich glaube, das ist nichts Ernstes. Kümmern wir uns wieder um den Kopf.«

»Und der Arm?«, fragt Cilka.

»Gleich. Du machst das wirklich gut, Cilka; gut, dass du sie nach anderen Verletzungen gefragt hast. Allerdings antworten so kleine Kinder oft gar nicht. Dann muss man alles selbst finden: also bravo. Entschuldigen Sie, Maria Danilowna, wie alt ist Katja?«

»Beinahe vier.«

»Ein goldiges Alter.« Es ist unklar, ob Jelena das zu sich selbst sagt oder zu Maria.

Jelena nimmt das Tuch von Katjas Kopf. Die Wunde blutet nicht mehr, aber die Ränder sehen böse aus. Sie hört Maria nach Luft schnappen.

Jelena gibt Desinfektionsmittel auf einen Wattebausch und drückt ihn vorsichtig auf die Wunde. Cilka bemüht sich weiter, Katja das Blut aus den Haaren zu waschen.

»Du hast so schönes Haar, Katja. Passt gut zu deinem hübschen Gesicht.«

»Sprich weiter mit ihr, Cilka. Maria Danilowna, Folgendes. Ich kann Katjas Verletzungen nicht versorgen, wenn sie wach ist. Ich gebe ihr gleich eine Betäubungsspritze, dann kann ich sie genauer untersuchen; danach werden wir in einem sterileren Raum die Kopfwunde nähen und uns um ihren Arm kümmern. Er ist zwischen Ellbogen und Handgelenk gebrochen, und bevor wir ihn eingipsen, müssen wir den Bruch einrichten. Verstehen Sie?«

»Ich glaube, ja. Aber müssen Sie sie wirklich betäuben? Und wenn sie nicht wieder aufwacht? Man hört doch, dass Leute von Ärzten eingeschläfert werden und nie mehr aufwachen.«

»Sie muss schlafen, Maria Danilowna, Sie müssen mir vertrauen.«

»Woher kommen Sie? Wo haben Sie studiert?«, fragt Maria, und hinter ihrer Beherrschung spürt Cilka die Angst.

»Aus Georgien, und da habe ich auch studiert.«

»Ich bin auch aus Georgien – da gibt es gute Krankenhäuser.«

»Ein andermal müssen wir uns ausführlicher unterhalten, aber im Moment muss ich mich um Katja kümmern.« Jelena bleibt ruhig. »Wollen Sie ihr sagen, dass sie jetzt eine Spritze bekommt und einschläft, oder soll ich das machen?«

Maria sieht zu Cilka. »Am besten sie. Offenbar kann sie Katja beruhigen.«

Obwohl Cilka zugehört hat, sieht sie fragend zu Jelena auf, was genau sie sagen soll, um dem Kind nicht unnötig Angst einzujagen. Sie streichelt ihr über die Wange und erklärt, was ihr bevorsteht. Katja zuckt nicht einmal, als Jelena das Betäubungsmittel spritzt, und Cilka und sie beobachten, wie Katjas Lider zuerst flattern und dann zufallen.

Als Jelena sich vergewissert hat, dass Katja tief schläft, nimmt sie die Decke ab und macht sich daran, die Kleider wegzuschneiden. Eine Schicht nach der anderen landet auf dem Boden. Als sie nur noch in Hemd und Höschen daliegt, erinnert sich Cilka an die beiden Wachposten.

»Gehen Sie raus«, befiehlt sie ihnen bestimmt.

Sie brauchen keine zweite Aufforderung.

Als hinter ihnen die Tür zugeht, hören sie laute Rufe im Krankensaal. »Wo ist sie, wo ist meine *Malyschka*, Katja?«

»Mein Mann«, flüstert Maria. Cilka kann sehen, wie die Erleichterung darüber auf ihrem Gesicht einem Ausdruck von Angst weicht. Maria tritt von der Liege zurück.

Mit Schwung geht die Tür auf, und Kommandant

Alexej Demjanowitsch Kuchtikow stürmt in den Raum. Hinter ihm hastet ein hochrangiger Arzt herein und kreischt: »Alexej Demjanowitsch, Alexej Demjanowitsch, ich bin hier zuständig!«

Der Kommandant tritt an die Liege und sieht den verletzten, blutbeschmierten Körper seiner Tochter. Er blickt zu seiner Frau.

»Was ist passiert, Mascha?«

»Aljoscha …«

Jelena kommt Maria zu Hilfe. »Sie hat nur gespielt, Alexej Demjanowitsch, da ist sie gestürzt. Es sieht schlimmer aus, als es ist. Ich habe sie betäubt, damit ich sie behandeln kann, aber ich kann Ihnen versichern, dass alles gut wird.«

Der Kommandant hört zu, ohne sie zu unterbrechen, aber der Arzt hinter ihm mischt sich ein.

»Alexej Demjanowitsch, ich bin hier zuständig. Es tut mir sehr leid, aber ich wusste nicht, dass Ihre Tochter hier ist.« Er wendet sich an Jelena und schreit: »Keiner hat mir gesagt, dass die Tochter des Kommandanten hier ist! Das übernehme jetzt ich.«

Respektvoll tritt Maria vor ihren Mann. »Diese beiden Engel haben unser Mädchen versorgt. Lass sie fertig machen, was sie angefangen haben.«

Alexej sieht seine Frau an. »Und dir geht es gut?«

»Entschuldigen Sie«, dröhnt der Arzt. »Ich bin der erfahrenste Arzt hier, es ist mein Pflicht, Ihre Tochter zu behandeln, Alexej Demjanowitsch.«

Ohne einen Blick für ihn erwidert der Kommandant: »Wenn meine Frau sagt, sie vertraut diesen beiden, dann werden sie Katja versorgen, und ich danke ihnen dafür.«

Er wendet sich an Jelena. »Sie sind die Ärztin?«

»Ja, Alexej Demjanowitsch. Ich bin Jelena Georgijewna, oder Doktor Kaldani.«

Jetzt spricht er Cilka an: »Und Sie, die Krankenschwester?«

»Sie ist nicht mal Schwester, sie ist …«, wirft der Arzt ein.

»Eine Schwester in Ausbildung, Alexej Demjanowitsch, aber eine sehr gute«, erklärt Jelena.

Der Kommandant fährt vorsichtig mit der Hand durch Katjas stumpfes, blutiges Haar. Er beugt sich hinunter und küsst sie vorsichtig auf die Wange.

»Ich gehe jetzt wieder in mein Büro und lasse sie in Ihren Händen. Wenn Sie fertig sind, bekomme ich einen Bericht, dann organisiere ich, wo sie bleiben soll; hier jedenfalls nicht. Maria, Liebes, du bleibst hier.«

»Ich wollte auch nicht weg.«

Cilka und Maria folgen Jelena, die Katja auf der Liege in den Operationssaal schiebt. In diesem Teil des Krankenhauses war Cilka noch nie. Den Bereich hinter der Tür des Krankensaals hat sie immer als verbotenes Terrain wahrgenommen. Ein kurzer Flur führt zu zwei kleinen Vorzimmern, die in einen etwas größeren Raum mit einer großen Deckenleuchte münden. Cilka hat in Auschwitz von solchen Räumen gehört. Ihr wird kalt, ihr Atem beschleunigt sich.

»Alles in Ordnung, Cilka«, raunt Jelena ihr zu. »Hier operieren wir. Jetzt komm, ich brauche deine Hilfe.«

Während Jelena Katjas Kopfwunde näht und bandagiert, den Bruch einrichtet und den Arm eingipst und die Schürfungen an den Beinen und am übrigen Körper untersucht und für harmlos befindet, steht Cilka bei Maria. Als die Knochen in Katjas Arm mit einem Knirschen wieder gerade gerückt werden, verbirgt Maria den Kopf an Cilkas Schulter. Cilka holt kurz Luft, dann legt sie lose den Arm um die gequälte Mutter.

Im Aufwachraum steht Cilka neben dem Stuhl, während Maria neben ihrer Tochter sitzt und den Kopf aufs Bett gelegt hat. Als Katja weinend erwacht, tröstet die Mutter sie, und Cilka geht schnell Jelena holen.

Jelena vergewissert sich, dass Katja die Behandlung gut überstanden hat. Das Mädchen sieht Cilka staunend an, als wüsste es nicht, wer sie ist.

»Hallo, Katja, ich bin Cilka.«

Katja erkennt die Stimme; ein flüchtiges Lächeln erscheint auf ihren Lippen.

»Das sind die beiden Engel, die dich versorgt haben«, erklärt Maria ihrer Tochter.

Mit einem offenen und einem vom Kopfverband halb verdeckten Auge mustert Katja weiterhin Cilka, der diese unverhohlene Neugier unangenehm ist. Jetzt, wo alles vorbei ist, merkt sie viel bewusster, wie klein das Kind ist, wie verletzlich – es hätte auch einiges schiefgehen können.

»Draußen wartet ein Wagen, der das Mädchen nach Hause bringen soll«, hören sie einen Wachmann von der Tür her sagen. Cilka ist froh, dass sie den laufenden Motor nicht hört: Dieses Geräusch kommt in ihren

Albträumen vor, so oft hat sie es von ihrem Zimmer in Block 25 aus mit angehört – der Todeswagen in Erwartung seiner Mitfahrer. Zwei Männer kommen mit einer Trage herein. Jelena hebt Katja darauf; vorsichtig platziert sie ihren gebrochenen Arm auf dem kleinen Körper. Dann wird der zarte Körper noch mit mehreren Decken geschützt.

Als die Männer die Trage anheben und zur Tür gehen, wendet sich Maria zu Cilka um.

»Wenn ich irgendetwas für Sie tun kann, fragen Sie bitte. Ich meine das ganz ernst.«

»Danke«, erwidert Cilka. *Freiheit.* Eine unmögliche Bitte, das weiß sie. »Danke, dass ich mich um Katja kümmern durfte.«

»Ich würde niemand anderen an meine Kinder oder mich selbst heranlassen als Sie und Jelena Georgijewna.« Sie lächelt.

Cilka erwidert das Lächeln.

»Auf Wiedersehen«, sagt Maria.

Als sie geht, mustert Cilka die elegante Frau, mit der sie die letzten paar Stunden verbracht hat. Den feinen Spitzenkragen an ihrem Kleid, das silberne Medaillon an einer Kette um ihren Hals. Den farbigen Gürtel, der ihr Kleid um die schmale Taille zusammenhält, und die glänzenden Schnallen an den Schuhen. Seit Jahren hat sie keine so gut angezogene Frau mehr gesehen. Bilder von ihrer Mutter steigen in ihr hoch, sie war ähnlich gekleidet. Eine schöne Erinnerung. Nur dass sie danach an das Ende ihrer Mutter denken muss. Und das ist unerträglich.

Erst in der letzten Stunde ihrer Schicht findet Cilka einen Grund, um ins Arzneilager zu gehen. Sie nimmt eine Schachtel Tabletten, schiebt sie in die zusätzliche Rocktasche, in der sie normalerweise Essen für die Baracke transportiert. Nur eine Schachtel, denkt sie. Sie kann sich einfach nicht dazu durchringen, diesen relativen Frieden – diese Stellung, diese Freunde – zu gefährden.

Als sie nach ihrer Schicht ins Freie kommt, wirft sie einen schnellen Blick hinüber zum Verwaltungsgebäude. Sie sieht den Boten, den höflichen Mann mit den braunen Augen, im Scheinwerferlicht über das Gras gehen. Er führt eine Zigarette an die Lippen, bleibt kurz stehen, schließt die Augen und inhaliert. Trotz der vielen Kleiderschichten, trotz Schal und Mütze und der warmen Stiefel strahlt er eine gewisse Eleganz aus in der Art, wie er genüsslich den Rauch inhaliert, in den Rauchkringeln über ihm und den im Handschuh steckenden Fingern vor seinem Mund. Cilka spürt, wie sich etwas in ihr verändert.

Sie geht weiter.

KAPITEL 11

Name: Stepan Adamowitsch Skliar.

Datum: 14. September 1947. Todeszeitpunkt: 10:44.

Cilka zieht die Decke über Stepans Kopf, geht zum Schreibtisch und blättert langsam seine Akte durch. Bei ein paar neueren Einträgen stutzt sie, liest weiter.

Ukrainischer Häftling, eingeliefert vor drei Tagen mit Magenschmerzen. Kein Befund bei der Untersuchung. Abwarten. Alter: 37 Jahre.

Sie sucht nach dem Therapieplan. Es gibt keinen. Untersuchungen: keine. Schmerzbehandlung: gelegentlich.

Gleich neben ihr sitzt ein Arzt. Sie reicht ihm die Akte.

»Ich habe den Todeszeitpunkt für diesen Patienten notiert, Gleb Witaljewitsch.«

»Danke, leg sie hierher.« Er zeigt auf einen Stapel.

»Wenn Sie gleich unterschreiben, kann ich sie sofort ablegen.«

Der Arzt nimmt ihr die Akte aus der Hand und blättert sie schnell durch. Er kritzelt etwas auf die Titelseite und reicht sie ihr zurück.

»Danke, dann lege ich sie ab.«

Als sie dem Arzt den Rücken zugewandt hat, besieht sich Cilka den Eintrag. Die unleserliche Unterschrift des Arztes neben ihrer Notiz. Dann die Worte: »Todesursache: unbekannt«.

Cilka sieht noch einmal zu dem Arzt hinüber. Ihr fällt auf, wie wenig er in all die Akten einträgt, er liest nicht einmal die vorigen Einträge, und der Stapel, der vor ihm lag, als sie herkam, besteht schon nur noch aus drei oder vier Akten.

Ihr Unmut wächst, und so bemerkt Cilka nicht, dass Jelena auf sie zukommt, bis sie ihr in den Weg tritt.

»Ist irgendetwas los, Cilka?«

Cilka überlegt einen Moment, was sie antworten soll.

»Warum legt ihr euch für ein paar Leute ins Zeug, um sie zu retten, und für andere nicht? Wie entscheidet ihr, wer leben soll und wer sterben?«

Jelena legt die Stirn in Falten. »Wir versuchen, alle zu retten.«

»Sie ja, aber das tun nicht alle Ärzte hier.«

Jelena nimmt Cilka die Akte aus der Hand und überfliegt die letzten Einträge.

»Hm, ich verstehe, was du meinst. Vielleicht wurden ja Untersuchungen durchgeführt, aber nicht eingetragen.«

»Das könnte sein, aber ich glaube es nicht.«

Jelena sieht Cilka mahnend an. »Sei vorsichtig, Cilka. Die Verwaltung braucht arbeitsfähige Menschen; der Vorwurf, jemand würde absichtlich verhindern, dass die Kranken gesund werden, um der Mutter Heimat zu dienen, wiegt schwerer, als dir vielleicht klar ist.«

Ziemlich energisch nimmt Cilka ihr die Akte wieder aus der Hand.

In dem kleinen Archivraum tritt sie vor das gerade geöffnete Fach, um Stepans Akte abzulegen. Sie nimmt die letzten beiden Akten heraus und überfliegt sie schnell. Beide Todesursachen kommen ihr mit ihrem ungeschulten Blick plausibel vor. Sie wird ihre Gedanken lieber für sich behalten und sich Jelenas Rat, nicht herumzuschnüffeln, zu Herzen nehmen. Schließlich macht sie ja bei den Patienten auch nicht immer alles richtig. Zwar bemüht sie sich rechtschaffen, aber hin und wieder verschwindet eben auch eine Schachtel Tabletten in ihrer Rocktasche.

»Bist du gläubig?«, fragt Jelena eines Tages, als sie mit Cilka bei einem bewusstlosen Patienten steht, nach dem gerade Gleb Witaljewitsch gesehen hat. Draußen ist es dunkel, es schneit.

»Nein«, erwidert Cilka schnell, obwohl es nicht ganz stimmt. »Warum?«

»Tja …« Sie flüstert. Cilka erinnert sich: In der Sowjetunion redet man nicht über Religion. Über keine. »Um diese Zeit feiern einige Religionen … Ich habe mich gefragt, ob dir das etwas bedeutet.«

»Nein, tut es nicht.« Cilka sieht hinunter auf den Patienten. Dieses Thema berührt noch sehr viel mehr in ihr. Die Vernichtung ihres Volks. Wie schwer es ist, so zu glauben, wie sie es einst konnte. »Und Sie?«

»In Georgien war das immer eine Zeit für die ganze Familie, es gab ein gemeinsames Festessen und Musik …«

Zum ersten Mal erkennt Cilka in Jelenas Augen wirklich Traurigkeit, Sehnsucht. Sonst ist sie immer direkt, praktisch, ganz im Moment. »Bist du nur keine … Christin?«

»Nein, keine Christin.«

»Darf ich fragen – von einer anderen Religion?«

Cilka schweigt einen Augenblick zu lang.

»Schon in Ordnung. Du brauchst nicht zu antworten. Du weißt, wann immer du darüber reden möchtest, wo du herkommst … du sollst wissen, dass ich dich nicht verurteilen werde.«

Cilka lächelt sie an. »Vor langer Zeit hat meine Familie auch gefeiert … um diese Jahreszeit. Auch mit Essen, viel Essen, Kerzen, Segenswünschen und Liedern …« Sie sieht sich um, fürchtet, jemand könnte ihr lauschen. »Aber die Erinnerungen tun mir weh.«

Tief in ihrem Inneren, ja wie aus Instinkt, fällt Cilka noch immer oft auf Gebete zurück. Ihre Religion ist fest mit ihrer Kindheit verknüpft, ihrer Familie, mit Bräuchen und Halt. Mit einer anderen Zeit. Sie gehört ein Stück weit zu ihr. Doch jetzt ist ihr Glaube schwer erschüttert. Es ist kein Leichtes, weiter zu glauben, wenn Taten nicht gerecht belohnt oder bestraft werden, wenn die Ereignisse anscheinend rein dem Zufall überlassen sind, das Leben dem Chaos.

»Ich verstehe«, sagt Jelena warmherzig.

»Ich frage mich, ob irgendwer heute eine Kerze für diesen armen Kerl anzündet«, sagt Cilka, um von sich selbst abzulenken.

»Hoffen wir es«, seufzt Jelena. »Für all diese armen Teufel. Aber das hast du jetzt nicht gehört.«

Cilka nickt und tritt einen Schritt von dem Bett weg; dann wendet sie sich noch einmal zu Jelena um.

»Wenn ich jemals über meine Vergangenheit rede, dann gern mit Ihnen.«

Sie staunt selbst über ihre Worte. Das wäre viel zu riskant und viel zu schwierig. Und selbst wenn Jelena – sie ist immerhin der mitfühlendste Mensch, dem Cilka je begegnet ist – damit zurechtkäme, was wäre, wenn sie es weitersagen würde? Nicht einmal die Patienten im Krankenhaus würden sie dann mehr an ihrer Seite dulden. Jemanden, der so viel Sterben mit angesehen hat.

»Wann auch immer du so weit bist, komm zu mir«, gibt Jelena zurück.

Im Krankensaal ist es einen Moment lang ungewöhnlich ruhig. Cilka steht am Fenster und schaut zu, wie der Schnee über den blauschwarzen Himmel wirbelt. Sie schließt die Augen und sieht ihre Familie um den Tisch sitzen. Ihr geliebter Vater beim Rezitieren des Segens, das Entzünden der Menora, die ungetrübte Freude, zusammen zu sein. Sie kann die Latkes riechen und schmecken, die frittierten Kartoffelküchlein, die sie die nächsten acht Tage lang essen werden. Sie erinnert sich, wie aufgeregt sie war, als sie als junges Mädchen zum ersten Mal eine Kerze entzünden durfte. Wie oft sie ihren Vater angebettelt hat, die erste anzünden zu dürfen. Dass sie sich nie mit seiner Antwort zufriedengab, das sei Aufgabe des Mannes im Haus. Dann die Erinnerung, wie er nachgab, sagte, sie komme an Mut und Entschlossenheit jedem Jungen gleich, und wenn es ihr

Familiengeheimnis bleibe, dürfe sie die erste Kerze entzünden. Dann fällt ihr ein, wann das war. Das letzte Mal, als sie mit ihrer Familie zusammensaß, um Chanukka zu feiern.

»*Chanukka sameach*«, flüstert sie sich selbst zu. »Frohes Chanukka, meine Familie: Ocko, Mamička. Magda.«

Bardejov, Tschechoslowakei, 1942

»Alles Gute zum Geburtstag. Pack den neuen Mantel ein, den Mama und Papa dir geschenkt haben, Cilka. Vielleicht brauchst du ihn«, flüstert Magda, während sie beide einen kleinen Koffer packen.

»Wohin fahren wir?«

»Nach Poprad. Da müssen wir den Zug nach Bratislava nehmen.«

»Und Mama und Papa?«

»Sie bringen uns zum Bahnhof, und wir sehen sie, wenn wir wieder heimkommen. Wir müssen tapfer sein, Schwesterchen, Mama und Papa beschützen, indem wir für die Deutschen arbeiten.«

»Ich bin immer tapfer«, erklärt Cilka fest.

»Ja, stimmt, aber morgen beim Abschied musst du besonders tapfer sein. Wir bleiben zusammen und … und du kannst auf mich aufpassen.« Magda zwinkert ihrer kleinen Schwester zu.

Cilka legt ihre besten Kleider in den Koffer.

Sie wird ihre Familie stolz machen.

Viel zu lange hat Cilka das alles zurückgehalten. Ist es die Dunkelheit oder die Stille oder Jelenas mitfühlender Gesichtsausdruck, aber sie muss schnell hinüber in die Wäscherei. Mit klopfendem Herzen schließt sie die Tür hinter sich und sinkt zu Boden, vergräbt das Gesicht in einem Haufen schmutziger Wäsche, damit niemand ihr Schluchzen hören kann.

Sie hat keine Ahnung, wie lange sie da gekauert hat. Schließlich rappelt sie sich auf, streicht die Kleider glatt, wischt mit den Fingern über die Augen, damit es nicht auffällt, dass sie geweint hat. Sie muss zurück zur Arbeit.

Sie holt tief Luft und macht die Tür auf. Als sie den Raum verlässt, hört sie …

»Da bist du ja. Ich suche dich.«

Cilka reckt die Schultern. Da baut sich der Arzt vor ihr auf, den sie verachtet, weil er so herablassend und mitleidslos mit seinen Patienten umgeht: Gleb Witaljewitsch. Schon oft hat sie sich gefragt, ob man die Überlebensrate seiner Patienten mit anderen Ärzten vergleichen könnte. Sie weiß, dass er mit Abstand am schlechtesten abschneiden würde.

»Schau an Bett neun nach dem Todeszeitpunkt. Ich gehe kurz weg. Unterschreiben kann ich morgen.«

Sie sieht ihm nach. *Ich weiß Bescheid über dich*, denkt sie und schleudert stumme Pfeile auf seinen Rücken.

Bett neun ist der bewusstlose arme Teufel am Fenster. Cilka beugt sich vor und fühlt ihm routiniert den Puls am Hals. Entsetzt stellt sie fest, dass sie ein starkes, gesundes Pochen spürt… Sie öffnet sein rechtes

Augenlid, sieht die winzige Pupille, ein Flackern darin. Mit einem Blick über die Schulter stellt sie fest, dass Jelena und die beiden anderen Schwestern beschäftigt sind. In der Schreibstube sieht sie Józias Rücken.

Die Akte des Mannes liegt am Fuß des Bettes. Als sie danach greifen will, hält sie kurz inne, zieht die Decken weg und legt seine Füße frei. Sie fährt mit dem Fingernagel über seinen rechten Fuß. Er zuckt. Sie liest seine Akte.

Eine einzige Zeile. Name: Isaak Iwanowitsch Kusnezow. 24. Dezember 1947. Bewusstlos im Bett aufgefunden, keine Reaktionen, ins Krankenhaus gebracht. Nicht zu behandeln.

Isaak. Ein jüdischer Name. Cilka versucht, ihren Atem unter Kontrolle zu behalten. Nein. Nein. Nicht heute, nicht dieser Mann. Sie wird nicht danebensitzen und ihm beim Sterben zusehen, wenn noch irgendetwas getan werden kann, um ihn zu retten.

Aus dem Arzneilager holt Cilka das Medikament, das sie schon oft benutzt hat, um es bewusstlosen Patienten unter die Nase zu halten. Eine stinkende Substanz, oft hat sie gedacht, damit könnte man Tote auferwecken. Sacht tätschelt sie sein Gesicht, ruft seinen Namen. Ein kleines Ächzen kommt über seine Lippen. Sie hält ihm den mit der Substanz getränkten Stoff dicht unter die Nase. Drückt ihm ein paar Sekunden die Nase zu, lässt wieder los. Nach dem kurzen Sauerstoffmangel blähen sich seine Nasenflügel, er holt tief Luft. Die Reaktion kommt sofort: Er schlägt die Augen auf, ringt nach Atem, würgt. Sie legt ihn vorsichtig auf die Seite. Beruhigend flüstert sie ihm ins Ohr, als er die Augen hebt und sie ansieht.

In diesem Moment kommt Józia und bietet ihre Hilfe an.

»Ist Jelena Georgijewna verfügbar?«, fragt Cilka.

Mit einem besorgten Blick streckt Józia Cilka die Hand entgegen. »Cilka, ist alles in Ordnung?«

Cilka hat den Moment in der Wäscherei schon vergessen, fühlt sich nur müde, erschöpft.

»Ja, Józia. Ich brauche nur Hilfe bei diesem Mann.«

Józia sieht sich um. »Ich hole sie«, sagt sie.

Cilka ist froh, dass sie und Józia sich wieder nähergekommen sind. Józia war still und zurückhaltend, ja verschlossen, noch lange nach Nataljas Tod. Doch irgendwann fing es an, ihr Spaß zu machen, gemeinsam mit Cilka Essen in die Baracke zu schmuggeln, besonders seit Winteranfang. Bisher ist dabei alles gut gegangen, und manchmal muss Cilka sich selbst zur Vorsicht mahnen. Meistens lassen die Frauen nicht den kleinsten Krümel übrig. Aber wenn die Aufseherin Klawdija Arsenjewna im falschen Moment in der Tür stünde, könnte das für Cilka und Józia das Loch oder Schlimmeres bedeuten. Und dann ist da noch Hannah, deren Tabletten schnell von einer Tasche in die andere wandern, bevor Hannah sie nachts vermutlich irgendwo einnäht – vielleicht in ihre Matratze.

Kurze Zeit später kommt Józia mit Jelena zurück.

Cilka erzählt – dass sie den Patienten beobachten und den Todeszeitpunkt festhalten sollte, aber festgestellt hat, dass nicht einmal der Versuch unternommen wurde herauszufinden, warum er überhaupt hier ist. Dass sie selbst ein paar Tests gemacht und einen stabilen Puls und gute Reflexe konstatiert hat. Dass er mit dem Riechwasser wieder zu Bewusstsein gekommen ist.

Jelena hört konzentriert zu. Liest den einzigen Eintrag in seiner Akte.

Sie holt lautstark Luft. »Da hast du dich ziemlich weit vorgewagt, Cilka. Gleb Witaljewitsch wird das nicht gefallen.«

»Aber ...«

»Ich persönlich glaube, dass du das Richtige getan hast, ich werde mir den Patienten ansehen, aber ich kann nicht garantieren, dass das für dich keine Folgen hat. Weißt du noch, was ich dir gesagt habe? Jetzt geht ihr. Beide. Ihr seid fertig für heute, wir sehen uns morgen.«

»Sie werden doch keinen Ärger bekommen, oder?«, fragt Cilka.

»Nein. Ich werde versuchen, es so aussehen zu lassen, als wäre er von selbst aufgewacht«, beruhigt Jelena sie.

Cilka sieht auf den verwirrten Mann im Bett hinunter.

»Es wird schon wieder, Isaak. Morgen komme ich wieder.«

Cilka und Józia gehen ihre Mäntel holen, ihre Schals, ihre Mützen.

In dieser Nacht findet Cilka kaum Schlaf. Wie kann es ein Problem sein, einen Menschen zu retten? Warum kommt sie in ihrem Leben immer wieder an den Punkt, wo sie mit dem Tod anderer zu tun hat? Warum kann sie, selbst wenn sie es will, nichts daran ändern? Ist es richtig, sich je an einen anderen Menschen zu hängen – Józia? Jelena? Sie sind immer in Gefahr.

Als Cilka am nächsten Morgen im Krankensaal ankommt, empfangen sie Gleb Witaljewitsch und ein massiger, brutal wirkender *Blatnoj*.

»Ich will, dass sie hier verschwindet!«, brüllt er Cilka entgegen.

Der *Blatnoj* geht auf sie zu.

»Sie ist eine aufdringliche, gestörte *Setschka*, die hier nichts Ordentliches zustande bringt. Im Bergwerk könnte sie sich viel nützlicher machen.«

Jelena und die anderen Kollegen hören der Schimpftirade schweigend zu. Cilka wirft einen bittenden Blick zu Jelena. Sie schüttelt den Kopf: nichts zu machen. Józia steht dicht hinter Cilka, bietet ihr stumme Unterstützung.

Der *Blatnoj* packt Cilka am Arm und treibt sie zur Tür.

»Mir passiert schon nichts!«, ruft Cilka zu Józia hinüber.

»Sie geht«, konstatiert Gleb Witaljewitsch. »Ihr anderen, zurück an die Arbeit.«

Cilka wirft einen Blick auf Bett neun und sieht, dass Isaak aufrecht sitzt. Sie lächelt ihn kurz an, dann wird sie aus dem Krankensaal gedrängt. Der *Blatnoj* bleibt ihr bis zu ihrer Baracke auf den Fersen.

KAPITEL 12

Beim Appell am nächsten Morgen lässt Józia die Augen nicht von Cilka, dann sieht sie zu Antonina Karpowna, als Klawdija Arsenjewna ihre Namen brüllt. Sie stehen in knöcheltiefem Schnee. Cilka erwidert Józias fragenden Blick unter der Spitzenborte an ihrer Mütze. Als Józia sich wieder Antonina zuwendet, wirft der Scheinwerfer ein Schattenmuster auf ihre bleiche Wange. Cilka weiß: Józia fragt sich, wann sie Antonina endlich sagt, dass sie sie einer anderen Arbeitsbrigade zuordnen muss. Als Józia sich von der Baracke Richtung Krankenhaus aufmacht, geht Cilka neben ihr her.

»Was machst du, Cilka? Du kannst nicht mehr kommen.« Józia ist aufgewühlt. Cilka hat ihren Barackengenossinnen gestern nicht erzählt, warum sie früher zurück war; sie hat getan, als wäre sie krank.

»Ich dachte, du warst gestern nur noch nicht bereit, es allen zu sagen – aber dass du versuchen willst zurückzukommen!«

»Ich werde kämpfen«, erklärt Cilka. »Ich habe nichts Falsches getan, ich habe ein Recht auf meine Arbeit.«

Sie staunt über sich selbst, aber in der Nacht ist ihr etwas klar geworden. Sie will den Tod, der sie von allen Seiten belauert, nicht mehr als unvermeidlich hinnehmen.

»Dann kommst du ins Loch! Bitte, Cilka, geh zurück. Tu das nicht.«

»Mir passiert nichts, Józia. Ich brauche nur deine Hilfe.«

»Das kann ich nicht. *Ich* will nicht wieder im Bergwerk arbeiten, da würde ich sterben. Bitte, Cilka.«

»Nur eines. Ich warte draußen. Du gehst rein und suchst Jelena Georgijewna, bittest sie, rauszukommen und mit mir zu reden. Das ist alles. Ich gehe nicht mit dir ins Krankenhaus. Außer der Ärztin weiß keiner, dass ich hier bin.«

»Und wenn sie nicht da ist? Oder beschäftigt?«

»Ich warte eine Zeit lang, und wenn sie nicht rauskommt, gehe ich in die Baracke zurück und überlege mir etwas anderes.«

Ihr Verhältnis zu Antonina Karpowna ist inzwischen ziemlich gut, schließlich hat sie sie genau wie die anderen in der Baracke mit Krankenhausessen gepäppelt; sie hat also etwas bei ihr gut. Jedenfalls solange Antonina auch Klawdija Arsenjewna bei Laune hält.

Cilka lässt Józia ein paar Schritte Vorsprung. Als sie das Krankenhaus betritt, lehnt Cilka sich an die Mauer und ist ausnahmsweise froh, dass das Schneegestöber ihre Konturen verwischt. Sie behält die Tür im Auge.

Endlich geht sie auf. Zwei Männer stapfen an ihr

vorbei, ohne sie zu bemerken. Sie wartet. Sie schaut. Die Zeit vergeht.

Die Tür bleibt zu.

Zurück in der Baracke, wirft Cilka sich auf ihr Bett, schlägt mit den Fäusten auf die dünne Matratze ein, schreit ihre Wut auf sich hinaus, dass sie eine Arbeit verspielt hat, die ihr Sicherheit bot und ihren Barackengenossinnen zusätzliches Essen. Sie schläft ein, das Gesicht vergraben, hat keine Kraft mehr, keine Gefühle.

Ein harter Schlag auf den Hinterkopf holt Cilka zurück ins Hier und Jetzt.

Klawdija Arsenjewna hat sich vor ihr aufgebaut, die Hand zu einem weiteren Schlag erhoben.

»Was tust du hier? Los, auf die Beine!«, brüllt sie.

Cilka krabbelt ans Fußende, rappelt sich hoch, und mit gesenktem Blick starrt sie auf den Fuß, der in einem bedrohlichen Rhythmus auf den Holzboden klopft.

»Ich sagte: Was tust du hier mitten am Tag? Antworte, *Setschka.*«

»I… ich arbeite im Krankenhaus, aber da werde ich heute nicht gebraucht«, stammelt Cilka. Sie versucht, Zeit zu gewinnen, bevor sie ihre Entlassung gestehen muss.

»Und da dachtest du, du könntest heute einfach im Bett bleiben? In einer gemütlichen, warmen Baracke, während alle anderen draußen schuften?«

Dabei ist der Ofen fast kalt, in der Baracke ist es kaum wärmer als draußen. Cilka trägt immer noch Mantel und Mütze.

»Nein, ich wusste nur nicht, was ich tun sollte, als ich

heute Morgen aus dem Krankenhaus kam, deshalb bin ich hergekommen.«

»Na, dann will ich dir mal Arbeit geben.«

»Jawohl, Klawdija Arsenjewna.«

Klawdija zerrt Decke und Matratze von Cilkas Bett und wirft sie in die Mitte des Raums.

»Und jetzt du.«

»Entschuldigung, was soll ich tun?«

»Wirf alles Bettzeug auf einen Haufen. Wenn die anderen kommen, dann kannst du ihnen erklären, dass *du* ihr gemütliches Zuhause zum Saustall gemacht hast. Die Folgen trägst du. Los jetzt.«

Schnell landet Józias Bettzeug auch in der Mitte des Raums. Dann das nächste, das übernächste, bis der ganze Barackenboden von Matratzen und Decken übersät ist. Klawdija stellt sich an den Ofen und betrachtet die Szene befriedigt.

Als das letzte Bett abgeräumt ist, sieht Cilka zu Klawdija und erwartet weitere Anweisungen.

Klawdija geht nach hinten zu Cilkas Bettzeug und trampelt mit den Füßen darauf herum – sie sucht nach etwas Unerlaubtem. Einem Brief, irgendetwas, was in die Baracke geschmuggelt wurde.

Neben Cilkas Bett kickt Klawdija das Laken hoch, das offensichtlich aus Józias Bett stammt; dann hebt sie es auf und studiert ein Stück Stoff, das wohl auf das Laken aufgenäht worden ist.

»Was ist das?«, fährt sie Cilka an.

Mit einem Satz ist Cilka da und mustert ebenfalls das Laken mit dem aufgenähten Stück Stoff. Darauf stehen

Worte in kyrillischer Schrift – die Namen von Medikamenten.

»Wer schläft hier?«, fragt Klawdija und weist auf Józias Bett.

Cilka antwortet nicht.

Klawdija starrt sie an. »Du bleibst hier in diesem Saustall sitzen, bis die anderen zurück sind; ich komme dann auch wieder. Vergiss nicht, ihnen zu sagen, dass das hier alles du warst.« Ihr Finger weist in die Runde. »Das hast du besser hingekriegt, als ich es gekonnt hätte«, fügt sie schnaubend hinzu. »Das sieht hier ganz genauso aus, wenn ich wiederkomme, also komm gar nicht erst auf den Gedanken, hier aufzuräumen. Sag Antonina Karpowna, sie soll auch hier sein, wenn ich wiederkomme.«

Zur Strafe für ihre eigene Dummheit rollt Cilka sich auf den Holzlatten ihres Bettes zusammen.

Ein eiskalter Luftzug kündigt an, dass die Frauen zurückkommen, und gleich dahinter Józia. Langsam steigen sie über das herausgerissene Bettzeug hinweg, fassungslos, dass ihre kleine Privatsphäre schon wieder so verletzt wurde.

»Antonina Karpowna«, ruft Cilka, als die Brigadierin gerade die Tür hinter sich zuziehen möchte. »Bitte, Antonina Karpowna, Klawdija Arsenjewna möchte, dass du bleibst, bis sie wieder da ist.«

»Können wir unsere Betten machen?«, fragt eine der Frauen.

»Nein. Und ich muss euch etwas sagen.«

Alle Blicke richten sich auf Cilka.

»Das hier war nicht die Aufseherin, sondern ich.«

»Warum denn?«, fragt Elena.

»Natürlich weil Klawdija das wollte.« Józia springt Cilka bei.

»Stimmt das?«, fragt Elena.

»Ich war es trotzdem«, erwidert Cilka.

Sie schielt zu Hannah hinüber, die mit hochrotem Kopf die Kanten ihrer Matratze abtastet – offenbar sind ihre Tabletten noch da.

Antonina geht zu Cilka.

»Was soll das alles? Warum warst du nicht bei der Arbeit?«

»Tja …« Cilka ringt darum, dass ihr die Stimme nicht wegbricht.

Zu ihrer Erleichterung geht die Tür auf, und Klawdija stapft herein. In der Uniform sieht sie riesig aus. Mit einem gemeinen Grinsen blickt sie in die Runde.

»Räumt hier auf, ihr faulen Schlampen.« Sie winkt Antonina zu und geht mit ihr nach hinten, wo Józia gerade Matratze und Laken aufs Bett zurückgelegt hat. Neben dem Bett bleiben sie stehen. Józia hält inne. Cilka steht neben ihrem ungemachten Lager.

»Ist das deines?«, fragt Klawdija Józia.

»Jawohl, Klawdija Arsenjewna.«

Klawdija reißt das Laken von der Matratze und dreht es um, sodass das aufgenähte Stück Stoff zu sehen ist. Sie zeigt die Schrift Antonina und fragt: »Was ist das?«

Antonina starrt auf das Laken.

»Ich weiß nicht. Ich habe nichts …«

»Tut mir leid, Józia, du hast das falsche Laken erwischt. Das ist meines«, stößt Cilka hervor.

Alle sehen jetzt zu, wie Cilka den Arm ausstreckt und Klawdija das Laken aus der Hand nimmt.

»Das sind die Namen von Medikamenten, die wir im Krankenhaus benutzen. Ich habe geübt, wie man sie schreibt. Ich wollte in den Patientenakten keine Fehler machen.«

»Cilka, nein«, fällt ihr Józia ins Wort.

»Schon gut, Józia, es tut mir leid, dass du mein Laken erwischt hast. Bitte, Klawdija Arsenjewna, es ist meines, Sie müssen mich bestrafen.«

Klawdija fährt Antonina an: »Du bist für diese Baracke verantwortlich. Was hast du dazu zu sagen? Wann hast du hier das letzte Mal inspiziert?«

»Das war erst heute, am Morgen, als ich zurück war«, sagt Cilka. »Bevor Sie kamen. Antonina Karpowna konnte davon gar nichts wissen. Sie hat unsere Betten erst gestern inspiziert.«

»Stimmt das?« Klawdija sieht Antonina scharf an.

»Ich habe das vorher nicht gesehen«, erwidert Antonina und sieht Cilka besorgt an.

»Cilka, nein …«, jammert Józia.

»Schon gut, Józia, mach dein Bett. Es geht schon.«

Cilka wird am Arm gepackt und aus der Baracke bugsiert.

Cilka kauert auf dem Steinboden einer winzigen Zelle. Sie ist nur in Unterwäsche. Sie zittert so stark, dass sie sich an Hüfte und Schultern Schrammen holt. Vor ihrer

Nase erhebt sich eine klamme Wand, die nach Schimmel riecht. Durch ein vergittertes Fenster auf Schulterhöhe dringt Wasser herein.

Ohne irgendein Zeitgefühl wiegt sie sich in den Schlaf, fleht sie die Leere herbei. Sie erwacht von Albträumen, schreit, schlägt um sich, trifft mit allen Gliedern auf die kalten, harten Mauern. Sie zittert noch mehr, schürft sich überall am Körper auf.

Manchmal wirft eine Hand einen Kanten Schwarzbrot herein, manchmal wird ein Napf Suppe hereingeschoben, die kaum dicker ist als Wasser.

Der Kübel in der Ecke stinkt; er wird selten geleert.

Wenn sie von ihren Albträumen aufwacht, flüchtet Cilka sich in die Leere. Manchmal aber bleibt sie nicht. Es ist zu still, und ihr Kopf fühlt sich an wie in einem Schraubstock. Hunger, Durst, Schmerzen, Kälte.

Wieder und wieder sieht sie ihre Mutter vor sich, ihre Hand, die ihrer entgleitet, als der Todeswagen davonfährt.

Die Gesichter anderer Frauen. Geschorene Köpfe, eingesunkene Wangen. Sie hatten alle einen Namen. Sie hatten alle eine Nummer.

Die Bilder bröckeln, brennen. Das Weinen der Frauen durchdringt die Stille. Oder vielleicht ist es auch sie, die weint. So genau weiß sie das nicht mehr.

Irgendwann kommt ein Mann herein. Ein verschwommenes Gesicht. Gleb Witaljewitsch. Cilka ist zu schwach, um zu protestieren, als er ihren Arm nimmt, ihr den Puls fühlt.

»Stark. Weiter so«, sagt der Arzt.

Nein. Ein wilder, wütender Schrei steigt in ihr hoch. Sie hockt auf dem Boden, brüllt. Er schließt die Tür. Ihre Nägel kratzen den Schimmel von den Wänden. Sie schreit weiter.

Vielleicht hat alles genau hierhingeführt. Aber alles das durchzumachen, um hier zu enden? *Nein.* Etwas in ihr bringt sie dazu, sich zu beruhigen, wieder auf Distanz zu gehen. *Überlass dich nicht dem Wahnsinn.*

Sie wird überleben, das weiß sie. Sie kann alles überleben.

Das laute Quietschen der sich öffnenden Tür.

»Hoch, raus mit dir«, schnaubt ein verschwommenes Gesicht.

Unfähig zu gehen, krabbelt sie durch die offene Tür aus dem Loch.

Das grelle Licht der tief stehenden Sonne auf dem Schnee blendet sie, sie kann nicht sehen, wer auf sie einschimpft, aber dann erkennt sie die Stimme. Klawdija Arsenjewna tritt sie in die Seite. Sie duckt sich zusammen, wird aber an den Haaren auf die Füße gezerrt. Halb geschleift, halb selbst stolpernd erreicht Cilka ihre Baracke, als die anderen gerade von ihren verschiedenen Arbeitsplätzen zurückkehren.

Die Frauen aus Baracke 29 sehen hinunter auf Cilkas dürren, gebrochenen Körper auf dem Boden. Klawdija ruft ihnen zu, sie sollen ihr helfen, aber sie wartet nur darauf, jede, die es versucht, zu ohrfeigen. Cilka kriecht durch die Baracke bis zu ihrem Bett und zieht sich mühsam hinauf. Die Matratze fühlt sich fast unerträglich weich an.

»Jede, die sonst noch unerlaubte Dinge hat, kommt doppelt so lange ins Loch.« Beim Gehen lässt sie die Tür offen stehen, streift Antonina beim Vorbeigehen mit einem eiskalten Blick.

Antonina schließt die Tür und hastet zu Cilka. Józia hat bereits die Arme um sie gelegt, schluchzend wiegt sie sie und flüstert: »Es tut mir leid, es tut mir so leid.« Cilka spürt, wo jeder ihrer Knochen auf die Haut trifft, auf Gewebe, auf die anderen Körper, das Bett.

Die Frauen versammeln sich um sie, sie wollen hören, was Cilka zu erzählen hat. Sie ist nicht die Erste von ihnen, die im Loch war, aber sie ist die Erste, die für das Fehlverhalten einer anderen bestraft wurde.

»Hat jemand etwas Gutes zu essen für sie?«, fragt Antonina. »Elena, setz den Kessel auf und koch ihr Tee.«

Sie wendet sich an Cilka. »Kannst du dich aufsetzen? Komm, ich helfe dir.«

Elena kümmert sich um den Tee.

Cilka lässt sich von Antonina hochhelfen und an die Wand lehnen. Józia gibt ihr ein großes Stück Brot, alle sind dankbar, dass Antonina nie etwas dagegen hatte, dass Essen in die Baracke kommt, schließlich profitiert auch sie vom übrig gebliebenen Patientenessen. Antonina tauscht dieses Essen oft für Klawdija ein. Die heimliche Lagerhierarchie funktioniert nach obskuren Regeln. Es ist das Vorrecht der Wachmannschaften und mit ihnen der Brigadiere, die Regeln willkürlich zu dehnen oder zu verschärfen, je nachdem, was gerade wem nützt.

Cilka knabbert an dem Brot, und bald hält sie eine Tasse starken Tee in der Hand.

»Glaubst du, du schaffst es in die Essensbaracke?«, fragt Antonina.

»Nein, es geht schon. Ich will nur in einem Bett schlafen.«

»Ich sorge dafür, dass Józia dir etwas bringt. Die anderen, raus zum Essen.«

»Kann ich nicht bei ihr bleiben?«, fragt Józia.

»Du musst mit den anderen gehen, essen und Cilka etwas mitbringen.«

Während die Frauen sich auf den Weg zur Tür machen, ziehen sie sich weitere Schichten Kleider über. Hannah ist die Letzte. Sie steht an der Tür und sieht sich nach Cilka um.

»Ich weiß, was du getan hast«, sagt sie.

»Du weißt gar nichts«, erwidert Cilka matt.

»Nein, ich meine, mit Józia.« Sie seufzt. »Aber denk bloß nicht, damit wärst du bei mir aus dem Schneider.«

Cilka schweigt.

»Ich hätte ihnen alles erzählen können, während du da drin warst.«

Cilka dreht sich weg, versucht, die Stimme auszublenden.

»Dann wärst du zurückgekommen und wärst von allen geschnitten worden. Du hilfst den Leuten doch nur, damit du dich besser fühlst, nachdem du auf der Seite des Bösen gestanden hast.« Sie zögert. »Du hast Glück, ich habe eine andere Quelle gefunden für … meine Bedürfnisse. Für den Moment. Aber du wirst weiterhin alles tun, was ich von dir verlange. Sonst sage ich es ihnen.«

Sie schließt die Tür.

Am nächsten Morgen kämpft Cilka sich mühsam aus dem Bett; zunächst knicken ihr die Beine weg. Józia bringt ihr aus der Essensbaracke Frühstück mit. Antonina lässt sie zum Appell in der Baracke, hakt ihren Namen trotzdem ab.

Als die Frauen sich zur Arbeit aufmachen, humpelt Cilka zu ihnen hinaus, obwohl sie nicht weiß, wohin sie soll.

»Józia, nimm sie mit ins Krankenhaus. Ich glaube, sie braucht einen Arzt«, sagt Antonina.

Cilka schielt zu Józia. Sie will es Antonina nicht sagen, aber ihr ist der Gedanke gekommen, dass der Arzt, der sie gefeuert hat, Gleb Witaljewitsch, vielleicht irgendwie mit der Aufseherin Klawdija Arsenjewna unter einer Decke steckt. Dass er ihr geflüstert hat, dass Cilka in der Baracke ist und sie sie noch härter bestrafen soll.

Es scheint ihr gefährlich, im Krankenhaus aufzutauchen, wo Józia doch schon beim letzten Mal nicht unter vier Augen mit Jelena reden konnte, als Cilka draußen gewartet hat. Doch in der Baracke kann sie auch nicht bleiben, um sich nicht schon wieder Drückebergerei vorwerfen zu lassen, und im Bergwerk arbeiten kann sie erst recht nicht – dazu fehlt ihr die Kraft. Sie wird sich doch im Krankenhaus vorstellen müssen und hoffen, dass Józia und sie an Jelena geraten und nicht an Gleb.

Diesmal lässt Józia Cilka sich im Wartesaal an eine Wand lehnen und geht weiter in den Krankensaal. Cilka hat ihre Mütze tief ins Gesicht gezogen. Bald kommen mehrere Kolleginnen gelaufen und helfen ihr auf einen Stuhl.

»Holt Jelena!«, ruft Raissa in die Runde.

»Ich bin schon da.« Jelena schiebt sich zu Cilka vor.

»Hallo.« Cilka zwingt sich zu lächeln.

»Komm mit«, drängt Jelena sanft und hilft ihr auf die Füße. »Gleb Witaljewitsch ist noch nicht da.« Sie gehen durch den Krankensaal ins Arzneilager. Dort setzt Jelena sie auf den einzigen Stuhl und untersucht oberflächlich Cilkas Gesicht und Hände, fährt ihr sacht über das schmutzige Gesicht.

»Wir machen dich sauber, und dann sehe ich mir das genauer an. Wie fühlst du dich?«

»Steif, wund, ausgelaugt. Mir tun Knochen und Muskeln weh, von denen ich gar nichts wusste, aber es geht schon. Ich habe es überlebt.«

Gleichzeitig fühlt sie sich unwohl in diesem Raum, aus dem sie wiederholt Medikamente entwendet hat.

»Es tut mir so leid, dass das passiert ist, Cilka.« Jelenas Augen glänzen vor Mitleid. »Wir sind ihm alle ausgesetzt, aber ich wünschte …«

»Ist nicht so wichtig«, erwidert Cilka.

»Was machen wir nur mit dir?« Jelena seufzt.

»Können Sie mir nicht wieder meine Arbeit geben? Sie wissen doch, dass ich richtig gehandelt habe.«

»Es spielt keine Rolle, was ich weiß, ich kann dich nicht wieder hier reinlassen«, erklärt Jelena bedauernd.

»Und wo kann ich sonst arbeiten? Ich möchte Menschen helfen. Und für das Bergwerk habe ich im Moment nicht genug Kraft.«

Jelena sieht weg, überlegt. Cilka wartet.

»Ein Kollege von mir arbeitet auf der Geburtsstation hinter uns. Ich weiß nicht, ob sie wen brauchen, Cilka, und ich will dir keine falschen Hoffnungen machen ...«

Eine Geburtsstation, hier im Lager? Natürlich braucht es das, denkt Cilka. Aber was passiert danach mit den Kindern? Darüber sollte sie im Moment vielleicht besser nicht nachdenken.

»Ich gehe überallhin, wo ich helfen kann.«

»Ich frage ihn«, verspricht Jelena. »Hast du irgendwie Erfahrung mit Geburten?«

Sofort steht Cilka die Nacht vor Augen, in der sie Nataljas frühgeborenen, toten Sohn in Händen hielt. Ihr Gefühl von Nutzlosigkeit.

»Ich habe hier einmal bei einer Geburt geholfen.«

»Richtig, ich erinnere mich. Du hast den Leichnam hergebracht. Ich kann nichts versprechen, aber ich frage ihn.«

»Danke, danke. Ich werde Sie nicht enttäuschen.«

»Ich kann dich heute nicht hierbehalten. Du musst wohl oder übel zurück in die Baracke. Vielleicht reicht eine Notiz nicht aus, aber ich schicke einen Boten, der in der Verwaltung Bescheid sagt. Er kann dich auch nach Hause begleiten. Warte hier.«

Benommen lehnt Cilka den Kopf an ein Regal. Sie braucht diese Arbeit. Wie dankbar sie Jelena ist, dass sie immer zu helfen versucht.

Die Tür geht auf, und Jelena kommt mit dem Boten herein. Als Cilka aufsieht, wird ihr ein weiteres Mal schwindelig. Es ist der Mann mit den braunen Augen. Freundlich lächelnd nimmt er Jelenas Anweisungen entgegen. Er sieht sie an, nickt, dann greift er nach Cilkas Oberarm. Er hilft ihr vom Stuhl auf und öffnet die Tür.

Draußen stützt er sie weiter mit festem Griff, bleibt aber höflich auf Abstand, während sie in leichtem Schneegestöber auf die Baracken zugehen. Woher kommt er? Warum ist er hier? Warum will sie das überhaupt wissen?

»Du heißt Cilka Klein?«, fragt er.

»Ja«, erwidert sie. Kurz sieht sie zu seinem Gesicht auf. Er blickt nach vorn, Schnee benetzt sein Gesicht, seine Lider. Sie erkennt seinen Akzent.

»Du bist Tscheche«, sagt sie.

»Ja.« Er bleibt stehen, sieht sie an.

»Wie heißt du?« Sie wechselt ins Tschechische, und er lacht fröhlich auf, seine Augen werden hell.

»Alexandr Petrik.«

Bevor sie weitergehen, lässt er kurz ihren Arm los, um sich eine Zigarette anzuzünden. Als er die Augen schließt, um den Rauch zu inhalieren, mustert Cilka sein Gesicht – die dunklen Brauen, seine Lippen, den kantigen Kiefer über dem Schal. Er öffnet die Augen, sie sieht schnell weg.

Er nimmt wieder ihren Arm, und sie lehnt sich etwas weiter auf seine Seite.

Sie sind an der Baracke, und obwohl Cilka erschöpft ist und sich hinlegen muss, kommt es ihr zu früh vor.

Er öffnet ihr die Tür, sie geht hinein. Er bleibt draußen.

»Dann werde ich mal wieder meine Botengänge fortsetzen«, sagt er. »Und ich … hoffe, dich bald wiederzusehen, Cilka Klein.«

Wieder bleiben Cilka die Worte im Hals stecken. Sie nickt ihm zu, dann lässt sie die Tür zufallen.

Am nächsten Morgen geht Cilka mit Józia zum Krankenhaus. Als sie dort sind, kommt Jelena heraus und fasst Cilka am Arm.

»Komm mit.«

Mit gesenkten Köpfen kämpfen sie sich langsam durch einen Schneesturm. Die Flocken treffen wie Pfeile auf die frei liegenden Stellen an Cilkas Haut. Kaum sichtbar liegen hinter dem Hauptgebäude des Krankenhauses mehrere kleinere Baracken. Jelena führt sie zu einer davon, sie gehen hinein.

Ein Mann in weißem Kittel, ein Stethoskop um den Hals, erwartet sie.

»Cilka, das ist Doktor Labadse, Petre Dawidowitsch. Wir haben zusammen in Georgien studiert, und er ist so nett, es mit dir zu versuchen. Danke, Petre Dawidowitsch. Cilka lernt schnell, die Patienten lieben sie.«

»Wenn du sie empfiehlst, Jelena Georgijewna, verlasse ich mich darauf.«

Cilka bleibt stumm, aus Angst, sie könnte etwas Falsches sagen.

»Pass auf dich auf, Cilka, und tu, was dir gesagt wird«, sagt Jelena eindringlich. »Tu nichts auf eigene Verantwortung.«

Jelena winkt zum Abschied, und Cilka ist allein mit Petre.

»Nimm die Mütze ab, du kannst sie hinter dir an den Haken hängen, und komm mit.«

Eine Tür führt in einen kleinen Krankensaal. Cilka hört die Schreie der gebärenden Mütter, bevor sie sie sieht.

An beiden Seiten stehen je sechs Betten. Sieben davon sind belegt, eines von einer Mutter mit einem Neugeborenen, dessen zartes Wimmern kaum durch die Schmerzensschreie der anderen Frauen dringt.

Schnell und effizient bewegen sich zwei Krankenschwestern zwischen den Frauen hin und her; drei von ihnen liegen mit aufgestellten Beinen da, die Geburt steht unmittelbar bevor.

»Willkommen in unserer Welt«, sagt der Arzt. »An manchen Tagen haben wir ein oder zwei Geburten, und manchmal ist alles belegt, und die Gebärenden müssen auf dem Boden liegen. Das lässt sich nicht vorhersagen.«

»Sind diese Frauen alle Gefangene?«, fragt Cilka.

»Ja«, bestätigt der Arzt.

»Wie viele Schwestern arbeiten hier jeden Tag?«

»Zwei, mit dir also drei, aber eine von den beiden wechselt wahrscheinlich in die Nachtschicht.« Cilka spürt ihre Erleichterung. Da wurde also Platz für sie geschaffen. »Ich weiß nicht, warum Babys unbedingt nachts auf die Welt kommen wollen, aber die meisten tun es. Hast du schon Frauen entbunden?«

»Ja, aber erst einmal, eine Totgeburt in unserer Baracke.«

Er nickt. »Egal, du lernst das. Wirklich viel musst du nicht tun, nur das Baby auffangen«, erklärt er augenzwinkernd. »Pressen müssen die Frauen selbst. Ich brauche dich vor allem dafür, nach Anzeichen von Problemen Ausschau zu halten – wenn ein Kopf zu groß ist, die Wehen nicht fortschreiten, wie sie sollten, dann musst du mir oder einem anderen Arzt Bescheid sagen.«

»Wie viele Ärzte arbeiten hier?«

»Nur wir beide, einer tags, einer nachts, im Wechsel. Komm, wir sehen mal an Bett zwei.«

Die Frau in Bett zwei hat ihre gespreizten Beine aufgestellt, ihr Gesicht ist von Schweiß und Tränen überströmt, sie wimmert leise.

»Sehr gut so, es ist fast geschafft.« Er mustert sie genauer. »Es dauert nicht mehr lange.«

Cilka beugt sich zu der Frau.

»Hallo, ich bin Cilka Klein.« Da sie keinen Vatersnamen hat, mit dem man sich auf Russisch normalerweise begrüßt, stellt Cilka sich oft mit Vor- und Nachnamen vor, um nicht zu distanziert zu wirken. »Wie heißt du?«

»Aaaaah …«, stöhnt sie. »Niiiina Romano…wa.«

»Hast du schon ein Kind, Nina Romanowa?«

»Drei. Drei Jungen.«

»Herr Doktor! Schnell, hier!«, ruft jemand vom anderen Ende des Raums.

»Bleib du hier und hilf Nina Romanowa, sie weiß, was sie tut. Wenn das Baby da ist, rufst du mich.«

Damit eilt er zu der Schwester, die ihn gerufen hat. Cilka sieht, dass sie einen Säugling an den Beinen hält, der ganz leblos aussieht. Sie beobachtet weiter, wie der Arzt das Kind nimmt, ihm einen kräftigen Klaps auf den Po gibt und ihm einen Finger in den Mund steckt. Das Kleine hustet, und ein lebhafter Schrei füllt den Raum.

»Wunderbar!« Petre strahlt. »Ein neuer Bürger für unseren ruhmreichen Staat!«

Cilka weiß nicht, ob er das nur zum Spaß sagt oder ob er es wirklich so meint.

Sie konzentriert sich wieder auf Nina. Mit der Ecke eines Lakens tupft sie ihr über das Gesicht. Vergeblich. Sie sieht sich um, entdeckt an der hinteren Wand eine Waschschüssel, daneben einen kleinen Stapel Handtücher. Schnell tunkt sie ein Tuch ein und wischt vorsichtig über Ninas Gesicht, streicht ihr die nassen Haare aus der Stirn.

»Es kommt, es kommt!«, schreit Nina.

Cilka wagt sich ans Fußende vor und sieht fasziniert zu, wie mit einem Mal der Kopf da ist.

»Herr Doktor – Petre Dawidowitsch!«, schreit sie.

»Cilka, du sollst Bescheid sagen, wenn das Kind da ist. Ich bin hier voll beschäftigt.«

»Zieh es raus!«, ruft Nina.

Cilka sieht auf ihre Hände, knochig und schwach sind sie, und auf das Baby, von dem jetzt eine Schulter und ein Arm zu sehen sind. Sie schiebt die Ärmel hoch und greift mit einer Hand nach dem Ärmchen, mit der anderen nach dem Kopf. Als sie spürt, dass Nina presst, zieht sie vorsichtig an dem glitschigen Körper. Mit einer letzten Anstrengung kommt das Baby ganz heraus; es liegt zwischen den Beinen der Mutter und in Cilkas Händen, umgeben von einer Lache aus Blut und Wasser.

»Es ist da, es ist da!«, jubiliert Cilka.

Ruhig und sicher kommt die Stimme des Arztes vom anderen Ende des Raums. »Heb es auf und gib ihm einen Klaps – du musst das Baby zum Schreien bringen, damit es atmet!«

Als Cilka das Kind aufhebt, fängt es ganz ohne Hilfe zu schreien an.

»Gut gemacht – genau das wollen wir hören!«, ruft der Arzt. »Ich komme sofort. Wickel das Kind ein und gib es Nina.«

»Was ist es denn?«, fragt Nina zaghaft.

Cilka blickt auf das Baby, dann zum Arzt, der sie weiter im Blick hat.

»Du kannst es ihr ruhig sagen.«

Cilka wickelt das Baby in das dafür vorgesehene Tuch. Sie reicht es Nina und verkündet: »Ein Mädchen, ein hübsches kleines Mädchen.«

Schluchzend vor Glück hält Nina ihre Tochter im Arm. Cilka sieht zu, kämpft gegen die aufsteigenden Tränen, beißt sich auf die Lippen – so überwältigend ist die Szene. Nina mustert das Gesicht ihres Kindes, dann entblößt sie die Brust und schiebt das Kleine umstandslos auf eine Brustwarze. Das Baby reagiert zuerst nicht, scheint sich zu wehren, doch dann saugt es sich fest, und staunend sieht Cilka den kleinen Kiefer arbeiten.

Nun tritt der Arzt hinzu.

»Gut gemacht. Wäre Nina eine Erstgebärende, dann wüsste sie vielleicht nicht, dass sie das Kind so schnell wie möglich an die Brust legen muss. Dann müsstest du ihr helfen. Verstehst du?«

»Ja.«

»Hol noch ein paar Handtücher. Nina ist noch nicht fertig – gleich kommt die Nachgeburt, und wenn das Kind saugt, geht das umso schneller.«

»Was ich alles noch lernen muss!«, murmelt Cilka, während sie ein paar Tücher holen geht.

Als Nina die Nachgeburt ausgestoßen hat, trägt der Arzt sie in einer Schüssel weg, die er unter dem Bett hervorgeholt hat.

»Mach sie sauber«, ordnet er im Gehen an.

Eine der anderen Schwestern kommt herüber und zeigt Cilka, wie die frisch entbundene Mutter zu versorgen ist. Sie und die andere Kollegin, erklärt die Schwester, kommen mit den übrigen Patientinnen gut klar, Cilka soll eine Zeit lang bei Nina und dem Säugling bleiben und aufpassen, dass ihr Zustand sich nicht verändert.

Cilka hilft Nina, sich aufzusetzen und ihr Kind von Kopf bis Fuß zu begutachten. Sie hat noch keinen Namen parat und fragt Cilka nach einem Vorschlag. Ihr fällt sofort einer ein.

»Wie wäre es mit Gisela – oder kurz Gita?«

Die neugeborene Gita kommt in Cilkas Arme, und Cilka ist überwältigt davon, wie klein sie ist, wie sie duftet. Als sie sie zurückgeben will, ist Nina vor Erschöpfung fest eingeschlafen.

»Hol dir einen Stuhl und setz dich zu ihr«, ermuntert sie die Schwester, die sich als Tatjana Filippowna vorgestellt hat. Cilka ist dankbar. Ihr tut immer noch alles weh. »So oft haben wir nicht Gelegenheit, die Babys zu knuddeln, die Mütter hängen sehr an ihnen. Jedenfalls die, die sie wollten. Viele geben sie aber auch nur zu gern ab und gönnen ihnen dann keinen Blick mehr.«

Der Gedanke bricht Cilka das Herz, aber zugleich versteht sie es. Welche Mutter kann die Vorstellung ertragen, wie das Leben eines Kindes in diesem Lager aussähe, oder auch ihr eigenes Leben, wenn sie versuchen würde, es zu beschützen?

»Nina kommt bald nebenan auf die Kinderstation«, fährt Tatjana fort.

Auf Ninas Bettkante sitzend, liebkost Cilka die kleine Gita und beobachtet unterdessen die beiden Schwestern und den Arzt bei der Arbeit. Mit großer Ruhe gehen sie von einer Gebärenden zur anderen, ermutigen sie, reden ihr gut zu.

Da kommt eine Aufseherin, um Nina und das Baby abzuholen, und Cilka ist traurig. Sie hilft Nina in den Mantel, wickelt das Kind mit ein, hilft der wankenden jungen Mutter zur Tür – und weg ist sie.

Wenn sie darüber nachdenkt, hat sie noch nie im Leben ein gesundes Neugeborenes im Arm gehalten.

Sie wagt gar nicht zu hoffen, dass ihr Fluch durchbrochen ist. Dass sie in Zukunft womöglich neuem Leben auf die Welt helfen könnte, statt das Sterben mit ansehen zu müssen.

»Und jetzt machst du sauber und bereitest das Bett für die Nächste vor«, sagt Tatjana. »Komm, ich zeige dir

Eimer und Wasser. Frische Wäsche können wir nicht immer bieten, aber wir nehmen das, was am wenigsten schmutzig ist.«

»Gibt es dafür keine Putzfrauen?«, fragt Cilka.

Eigentlich schreckt sie vor Arbeit nicht zurück, aber im Moment hat sie kaum noch Kräfte übrig.

Tatjana lacht. »Doch, dich. Die Putzfrau bist du. Oder findest du, das soll der Arzt übernehmen?«

»Natürlich nicht.« Cilka schmunzelt – sie arbeitet ja gern. Sie beißt die Zähne zusammen und nimmt sich vor, dankbar zu sein.

Cilka macht die Betten von Nina und zwei anderen Entbundenen. Tatjana und ihre Kollegin Swetlana Romonowna konzentrieren sich auf die anderen Patientinnen, und mit letzter Kraft putzt Cilka hinter ihnen her, um ihren Eifer zu demonstrieren. Jede Patientin verschwindet mit ihrem Säugling in eine geheimnisvolle »Baracke nebenan«.

»Wen haben wir denn da?«

Zwei neue Schwestern betreten den Raum.

Cilka sieht von ihrem Lappen auf, lehnt sich auf den Schrubber. »Hallo, ich bin Cilka Klein. Ich arbeite ab sofort hier.«

»Als Putzfrau, wie ich sehe. Genau das brauchten wir«, erwidert die eine.

»Na ja, eigentlich bin ich Krankenschwester…« Sie versucht, nicht zu stammeln. »Ich helfe nur Tatjana Filippowna beim Saubermachen.«

»Ach, Tatjana, hast du dir eine Sklavin angeschafft.«

»Vergiss es, du armselige Haubenlerche«, erwidert Tatjana.

Cilka weiß nicht recht, ob die beiden scherzen oder es ernst meinen. Die vulgäre Feigenhand, die Tatjana gezeigt bekommt, beseitigt jeden Zweifel.

»Tja, Sklavin, nächste Woche haben wir Tagesschicht; dann werden wir ja sehen, wie gut du putzt.« Die beiden Neuen schlendern hinüber zu den Schreibtischen vorn im Raum, setzen sich entspannt hin, reden und kichern. Keiner braucht Cilka zu sagen, dass sie über sie herziehen, so eindeutig sind ihre abfälligen Gesten. Das verleiht diesem erstaunlichen, fröhlichen Tag nun doch noch einen üblen Beigeschmack.

Tatjana hat ein gutes Wort für sie. »Du bist eben eine Gefangene. Wir ausgebildeten Schwestern müssen Tag- und Nachtschicht machen. Leider wirst du jede zweite Woche mit diesen beiden Zicken arbeiten müssen. Lass dich nicht zu sehr von ihnen herumkommandieren, du sollst hier als Schwester arbeiten.«

»Danke. Ich weiß jetzt schon, dass ich mich auf jede andere zweite Woche freuen werde.«

»Die Schicht ist aus«, lenkt Tatjana ab. »Komm, hol deinen Mantel und geh zu deiner Baracke. Wir sehen uns morgen.«

»Gute Nacht.«

Mit gemischten Gefühlen, aber erleichtert, dass die Schicht geschafft ist, wickelt Cilka sich in ihren Mantel und tritt hinaus in die eiskalte Luft. In der Tasche tastet sie nach der Notiz, mit der Petre Antonina über ihre neue Stelle informiert.

In dieser Nacht berichtet Cilka allen, die es hören wollen – Józia, Olga, Elena –, von ihrem Tag und ihrer neuen Aufgabe als Hebamme. Hannah liegt zwar mit dem Rücken zu ihnen auf dem Bett, aber Cilka spürt, dass sie ebenfalls zuhört. Ausschweifend schildert sie Gitas Geburt, spart nicht an Ausschmückungen – das Baby kam mit so viel Schwung, dass es auf dem Boden gelandet wäre, wenn sie es nicht aufgefangen hätte. Sie erklärt sich zur Geburtsexpertin und erzählt ihnen, wie hilfsbereit die beiden Schwestern waren und wie umsichtig der Arzt. Die beiden Nachtschwestern, mit denen sie die nächste Woche verbringen muss, verschweigt sie dagegen.

Fragen, wohin die Entbundenen gekommen sind und ob und wie lange sie bei ihren Kindern bleiben dürfen, wischt sie beiseite. Das weiß sie noch nicht. Und am liebsten will sie es auch gar nicht wissen.

Laut Elena werden die Kinder den Müttern angeblich weggenommen, damit diese wieder arbeiten können.

»Das werde ich bald rausfinden«, verspricht Cilka.

Cilka hat das gleiche Essen bekommen wie die anderen Schwestern, eine doppelt so große Brotration wie ihre Mitgefangenen, die sie zum Teilen mit in die Baracke schmuggeln konnte. Sie ist froh, dass sie sich damit wieder nützlich machen kann, sonst würden die Schuldgefühle, dass sie schon wieder eine Drinnen-Arbeit ergattert hat, sie erdrücken.

Außerdem ist Cilka dankbar, dass die Arbeit sie so in Beschlag nehmen wird, dass sie gar keine Zeit hat, über

Alexandr Petrik nachzudenken, den Tschechen, der als Bote arbeitet. Das wäre nämlich nicht gut für sie.

Als Cilka ins Bett geht, kommt Józia und legt sich dicht neben sie. Sie schluchzt: »Es tut mir so leid mit dem Laken, Cilka. Dass du dafür ins Loch musstest.«

»Bitte, Józia, hör auf damit. Es ist vorbei. Können wir wieder Freunde sein?«

»Du bist meine liebste Freundin«, erwidert Józia.

»Na dann, Liebste, verzieh dich aus meinem Bett und lass mich ein bisschen schlafen.«

Auschwitz-Birkenau, 1942

Cilka starrt auf eine Fliege an der kalten Betonwand ihres Zimmers in Block 25. Er ist heute nicht gekommen.

Frauen und Mädchen schleppen sich in die Baracke und suchen eine Stelle, um zum letzten Mal ihren Kopf niederzulegen. Seufzend steht sie auf und öffnet die Tür, sieht die gespenstischen Gestalten an sich vorüberziehen, die Arme hat sie um den Körper geschlagen.

Eine Frau, der zwei andere in die Baracke helfen, dreht sich zu Cilka um – graubraune Haarstoppeln, dunkle Ringe unter den Augen, eingesunkene Wangen. Cilka braucht einen Moment, bis sie sie erkennt.

»Mama!«, schreit sie auf.

Mit einem Satz ist Cilka bei den dreien, packt die Frau in der Mitte.

»Mein Baby, meine süße dievča!«, entfährt es der Frau.

Die beiden anderen Frauen sind so abwesend, so stumpf,

dass sie dem Wiedersehen gar keine Aufmerksamkeit schenken.

Cilka hilft ihrer Mutter in ihre Stube und auf das Bett. Lange Zeit sitzen sie da, halten einander, sagen kein Wort.

Blechernes Klappern und laute Kommandos rufen Cilka ins Jetzt zurück. Die Abendrationen sind da. Vorsichtig löst Cilka die Umarmung, geht zu den Trägern, die wässrigen Kaffee und kleine Zuteilungen hartes Brot bringen.

Sie ruft die Frauen herbei, damit sie einen Happen essen. Aus Erfahrung weiß sie, dass die, die noch stark genug sind, das auch tun. Die anderen sind schon zu weit weg.

Zurück in ihrem Zimmer, stellt sie die Portion für ihre Mutter auf dem Boden ab und versucht, sie an der Wand aufzurichten. Als das nicht geht, hält sie ihr ein kleines Stück Brot an die Lippen, redet ihr zu, den Mund aufzumachen. Ihre Mutter wendet den Kopf ab.

»Nimm du es, Liebling. Du brauchst es mehr als ich.«

»Nein, Mama, ich kann mir mehr besorgen«, entgegnet Cilka. »Bitte, du musst wieder zu Kräften kommen, du musst essen.«

»Deine Haare …«, murmelt ihre Mutter. Sie sind immer noch da, stecken hinter ihren Ohren, fallen ihr über die Schultern. Die Mutter hebt die Hand, fährt mit den Fingern hindurch, wie früher, als Cilka ein Kind war.

Cilka hält ihrer Mutter Brot vor den Mund, und sie öffnet ihn, lässt sich von Cilka füttern. Sie richtet sich etwas auf, trinkt von dem widerlichen Gebräu, das Cilka ihr an die Lippen hält.

Cilka legt ihre Mutter aufs Bett.

»Ich komme gleich wieder, bleib einfach hier und ruh dich aus.«

»Wohin willst du? Geh nicht weg.«

»Bitte, Mama, es dauert nicht lang, ich muss zu jemandem ...«

»Uns kann keiner helfen, bitte bleib hier. Wir haben so wenig Zeit.«

»Deshalb muss ich ja zu jemandem, damit wir mehr Zeit haben. Ich lasse nicht zu, dass sie dich mitnehmen.«

Cilka ist an der Tür.

»Cilka, nein.« Die Stimme ist erstaunlich fest.

Cilka setzt sich wieder ans Bett, wiegt den Kopf ihrer Mutter in den Armen. »Es gibt jemanden, der uns helfen kann, jemanden, der dich in einen anderen Block verlegen kann, wo du wieder auf die Beine kommen kannst, und wir sehen uns und sind zusammen. Bitte, Mama, lass mich mit ihm reden.«

»Nein, Liebling, meine Kleine. Bleib bei mir, hier und jetzt. Es gibt hier keine Gewissheiten. Lass uns diese Nacht zusammen verbringen. Ich weiß, was mich morgen erwartet. Ich habe keine Angst.«

»Ich kann nicht zulassen, dass sie dich mitnehmen, Mama. Du und Magda, ihr seid alles, was ich habe.«

»Magda, mein Liebling! Lebt sie?«

»Ja, Mama.«

»Oh, Dank sei Haschem. Ihr müsst aufeinander aufpassen, so gut ihr könnt.«

»Und auf dich, Mama, auf dich muss ich auch aufpassen.«

Cilkas Mutter windet sich aus den Armen ihrer Tochter. »Schau mich doch an. Ich bin krank, halb tot. Das kannst du nicht mehr aufhalten.«

Cilka streichelt das Gesicht ihrer Mutter, küsst ihr den geschorenen Kopf. Ihre Tränen vermischen sich, tropfen gemeinsam auf das Bett.

»Was ist mit Papa, Mama? War er bei dir?«

»Ach, Liebling, wir wurden getrennt. Er war nicht gut dran...«

Es ist Cilka, als würde sie in Wellen von Traurigkeit und Verzweiflung ertrinken. »Nein, Mama. Nein.«

»Leg dich zu mir«, bittet ihre Mutter sanft. »Und morgen früh küsst du mich zum Abschied. Ich werde dich behüten.«

»Ich kann nicht. Ich kann dich nicht gehen lassen«, schluchzt Cilka.

»Du musst. Das entscheidest nicht du.«

»Halt mich. Halt mich fest, Mama.«

Cilkas Mutter legt die Arme um ihre Tochter, zieht sie mit aller Kraft aufs Bett herunter. Die beiden verschmelzen zu einer Person.

»Eines Tages, so Haschem will«, sagt ihre Mutter und liebkost Cilkas Wangen, »wirst du die Liebe eines Kindes erfahren. Dann weißt du, was ich für dich empfinde.«

Cilka vergräbt das Gesicht am Hals ihrer Mutter.

»Ich liebe dich, Mama.«

Die Sonne ist kaum aufgegangen, als Cilka, ihre Mutter und die anderen Frauen in Block 25 von brüllenden SS-Leuten und bellenden Hunden geweckt werden.

»Raus, raus, alle raus!«

Cilkas Kopf liegt an der Schulter ihrer Mutter, als sie langsam die Stube verlassen und mit den anderen auf die wartenden Laster zugehen.

Wer zu langsam ist oder sonst wie vor den letzten Schritten auf die Laster zurückschreckt, bekommt die Schlagstöcke zu spüren. Cilka hält inne. Ein Wachmann hat den Stock in Richtung ihrer Mutter erhoben.

»Wag's bloß nicht!«, herrscht sie ihn an.

Der Stock geht hinunter, als Cilkas Mutter die allerletzten Schritte geht. Cilka hängt immer noch an ihrem Arm.

»Mama, nein, steig nicht auf den Laster!«

Die Wachleute sehen reglos zu, wie Cilkas Mutter sich von ihrer Tochter losmacht, sie auf beide Wangen küsst, auf die Lippen, ihr mit den Fingern durch das Haar fährt. Ein letztes Mal. Dann greift sie die Hände, die ihr vom Laster aus entgegengestreckt werden, um ihr hochzuhelfen. Cilka spürt auf dem Gesicht noch die Lippen ihrer Mutter. Als der Laster anfährt, sinkt sie zu Boden. Ein Wachmann hält ihr die Hand hin, sie stößt sie von sich. Der Laster fährt davon.

KAPITEL 13

»He, du da.«

Mit einem gezwungenen Lächeln wendet sich Cilka der Stimme zu. Das Weitere überlässt sie der Kollegin.

»Komm mal her.«

Cilka tritt an das Bett, an dem die Schwester steht. Alle Plätze sind belegt. Wenn Cilka sich je nützlich machen kann, dann heute. Sie lächelt die junge Mutter mit ihrem nur Stunden alten Baby an.

»Wir brauchen dieses Bett, aber es kommt keiner, um sie nach nebenan zu bringen. Das musst jetzt du übernehmen.«

»Ich hole bloß eben meinen Mantel.« Obwohl inzwischen Frühling ist, ist es draußen noch frostig.

»Das dauert zu lang; schaff sie bloß weg hier.«

»Aber wohin ...«

Die junge Mutter zupft an Cilkas Rock.

»Schon gut, ich weiß, wo wir hinmüssen. Ich war da schon mal.«

Die Patientin ist bereits angezogen, ihr Baby in eine Decke gewickelt. Cilka hilft ihr in den Mantel, das Baby auf ihrem Bauch. Mit dem Blick sucht die Frau nach der Schwester, sieht sie nirgends. Da nimmt sie die Decke von ihrem Bett, Cilka soll sich darin einwickeln. Die Patientin führt sie durch eine Hintertür.

Das Gebäude, auf das sie zugehen, ist nur fünfzig oder sechzig Meter entfernt. Ihre Füße knirschen auf dem bereiften Gras. Sie hören das Weinen, Plappern und Schreien kleiner Kinder, bevor sie die Tür aufmachen. Drinnen empfängt Cilka das Chaos. Ein paar Kinderbetten an einer Wand, kleine Matratzen – eher Matten – verteilt auf dem Boden. Drei Pflegerinnen für geschätzt zwanzig Babys und Kleinkinder.

»Wir müssen uns hier anmelden und dann durch die Tür da hinten in den Schlafsaal, wo ich mein Bett habe.«

»Und das Haus ist wieder voll!«, ruft eine der Pflegerinnen, während sie auf sie zukommt. »Ach, hallo, Anna Anatoljewna. Du mal wieder.«

»Ich habe dein bezauberndes Gesicht vermisst, weißt du. Wie geht's, Irina Igorewna, isst du immer noch kleine Kinder zum Frühstück?«

»Ja, Anja, natürlich, warum beehrst du uns denn wieder?«

Dass sie den Spitznamen verwendet, verrät Cilka, dass die beiden einander gut kennen.

»Mir hat eines dieser hässlichen Schweine in die Augen geschaut, tja, da hatte ich eben noch einen Braten in der Röhre. Diesmal wirst du dich ordentlich darum kümmern, sonst schick ich dir das hässliche Schwein von Vater.«

»Ja, ja, das hör ich nicht zum ersten Mal. Was ist es diesmal?«

»Wieder ein Mädchen. Wieder ein Opfer für die gute Sache.«

»Hast du ihr diesmal einen Namen gegeben?«

»Das hast du letztes Mal so großartig gemacht, mach du es. Gib ihr einen starken Namen. Sie wird stark sein müssen, wenn sie dieses Horrorhaus überleben will.«

Cilka sieht sich um und versucht zu begreifen, was das alles zu bedeuten hat. Die beiden anderen Pflegerinnen stehen je mit einem Kleinkind, das sie auf der Hüfte wiegen, da und unterhalten sich. Die brüllenden Kinder scheinen sie gar nicht wahrzunehmen, die Kleinen, die sich um eine zerschlissene Decke prügeln. Mehrere haben keine Windeln an; der Gestank ist überwältigend.

Die junge Mutter schickt sich an, das Neugeborene abzugeben.

»Kümmer dich noch ein bisschen selbst um sie«, winkt Irina Igorewna ab. »Sie wird dich schon nicht beißen, oder vielleicht doch, wenn ihr klar wird, wer ihre Mama ist.«

Sie sieht zu Cilka und fragt mit erhobenem Kinn: »Und wer bist du?«

»Eine Schwester. Ich sollte sie herbringen.«

»Alles klar. Sie weiß schon, was hier läuft – du kannst gehen.«

Doch genau das kann Cilka noch nicht. »Entschuldigung«, fragt sie, »wie viele Babys habt ihr denn hier?«

»Höchstens zwanzig; wir haben drüben nur zwanzig Betten für die Mütter.«

»Und wie lange dürfen sie hierbleiben? Ein paar sehen gar nicht mehr nach Babys aus.«

»Bist wohl neu hier, was? Tja, *Prinzessa*, hör zu. Wenn Anja zum Beispiel noch einen Bastard produziert, kann sie hierbleiben, bis ihr Kind zwei ist, dann kommt sie zurück in eine allgemeine Baracke, um sich wieder bumsen zu lassen, und dann geht es von vorn los.«

»Dann muss sie also nicht arbeiten? Bloß hierbleiben und sich um ihr Kind kümmern?«

»Siehst du hier etwa irgendwelche Mütter? Na? Nein. Anja geht gleich rüber und kümmert sich vier Wochen lang um ihr Baby, dann bringt sie es jeden Morgen hierher und geht arbeiten wie all die anderen armen Säue.«

»Und ihr drei kümmert euch tagsüber um die Kinder.«

»Bist wohl 'ne ganz Schlaue, was? Bist ganz von allein draufgekommen, oder?«

»Tut mir leid, ich wollte niemanden beleidigen«, beschwichtigt Cilka. Sie will nicht schon wieder jemanden gegen sich aufbringen. »Ich hatte einfach keine Ahnung, das ist alles.«

Die Frau schaut ein bisschen freundlicher.

»Und gibt es noch mehr solche Baracken?«

»Wenn du's genau wissen willst, die meisten Neuen kommen mit ihren Müttern in die große Einheit weiter unten an der Straße, im RetschLag«, erklärt Irina Igorewna. »Du bist ja ganz schön neugierig.«

»Darf ich mich kurz umsehen?«

»Tu dir keinen Zwang an. Ich hab zu tun, kann hier

nicht den ganzen Tag rumstehen und plaudern. Anja, raus mit dir.«

Die junge Mutter bedankt sich bei Cilka. »Wir sehen uns.«

»Anna Anatoljewna«, wagt Cilka sich vor. »Ich glaube ... Józefina – Józia wäre ein hübscher Name.«

Die Frau zuckt mit den Schultern. »In Ordnung, mach, was du willst. Dann nehm ich mal die kleine Józia und leg mich lang.«

Ein kleiner Junge kommt zu Cilka gekrabbelt, plumpst auf einen ihrer Füße und starrt zu ihr hinauf. Cilka bückt sich und hebt ihn hoch. Seine kleinen Finger fahren ihr in den Mund, die Augen und in die Nasenlöcher. Kichernd kitzelt sie ihn am Bauch. Er reagiert nicht, will ihr weiter die Finger in die Nase stecken.

Den Jungen auf der Hüfte, geht Cilka durch den Raum und mustert die anderen Kinder. Bei einem kleinen Baby, das auf dem Boden auf einer Matte liegt und an die Decke starrt, bleibt sie stehen. Sie wackelt mit dem Kopf, um es auf sich aufmerksam zu machen; nur ein winziges Zucken des Kopfes zeigt, dass es sie wahrgenommen hat. Cilka setzt den Jungen auf den Boden und fasst das Baby an; es ist heiß, obwohl der Raum längst nicht genug geheizt ist. Sie nimmt einen seiner Arme und lässt ihn fallen. Das Baby versucht nicht einmal, den Aufprall am Boden abzufedern.

Cilka ruft zu den Pflegerinnen: »Entschuldigung, dieses Baby ist krank, irgendwas stimmt nicht mit ihm.«

Eine der Pflegerinnen kommt herüber.

»Ja, ist schon seit ein paar Tagen so.«

»Hat sich das ein Arzt angeschaut?«

»Ärzte kommen hier nicht her, Süße. Entweder schaffen die Kleinen es selbst oder gar nicht. Dieses hier wahrscheinlich eher gar nicht.«

Noch einmal betrachtet Cilka die winzige Gestalt, den großen Kopf, die eingesunkenen Wangen, die hervorstehenden Rippen.

Sie hat genug gesehen.

»Danke«, stammelt sie aufs Geratewohl und geht.

Als Cilka in die Entbindungsstation zurückkommt, empfängt sie Petre.

»Hallo. Wo warst du?«

»Nebenan – in der Kinderstation. Mit Anna Anatoljewna und ihrem Baby.«

Mehr sagt Cilka nicht; sie will nur weg von ihm, weg von den Bildern, die sie gerade gesehen hat, sich mit Putzarbeit ablenken.

»Und wie fandest du unsere Kinderstation?«

»Sind Sie manchmal dort?«, stößt sie hervor.

»Nein, meine Aufgabe ist die Geburtshilfe hier. Warum fragst du?«

»Weil einige der Babys, die Sie hier gesund entbinden, drüben auf dem Boden liegen, krank sind, halb tot.«

»Und du weißt, dass sie halb tot sind?«

»Ich habe es selbst gesehen. Die Pflegerinnen dort – ich weiß nicht, wie man sie nennt, Krankenschwestern sind es nicht –, sie scheinen sich kaum für die Kinder zu interessieren. Sie sagen, nur die starken überleben, aber vielleicht sind sie ja einfach nur krank. Sie könnten leben, wenn sie versorgt und behandelt würden.«

»Schon gut, Cilka, beruhige dich. Wollen wir vielleicht ein andermal darüber reden?«

»Und wann?«

»Wenn nicht so viel zu tun ist.«

»Morgen?«

»Wenn nicht so viel zu tun ist«, wiederholt Petre. »Und jetzt schnell zurück an die Arbeit.«

Mehrere Wochen vergehen. Langsam lässt der Frost nach, die Tage werden länger. Cilka kommt es vor, als würde Petre ihr aus dem Weg gehen. Sie ringt mit sich. Die Lektion, dass sie sich nicht in die Angelegenheiten der Ärzte einzumischen hat, hat sie gelernt, und das Nachbargebäude mit den vernachlässigten Kindern erwähnt sie nie wieder. Aber zu schaffen macht es ihr doch. Das Wissen, dass man etwas tun könnte. Sie musste das schon einmal hinnehmen. Und dasselbe jetzt wieder?

Eines Tages hat sie Schicht mit Tatjana, nur eine Patientin liegt in den Wehen. Petre kommt herein, sieht sich die Frau an. Er beobachtet Cilka, die den Verwaltungsbereich aufräumt, Akten ordnet, Einträge prüft; lauter Dinge, für die nur Zeit ist, wenn nicht so viel los ist. Petre nimmt sich einen Stuhl und wendet sich an Cilka: »Was ist jetzt mit den Babys in der Kinderstation?«

»Ich … ich hätte nicht davon anfangen sollen, das geht mich ja gar nichts an.« Sie beißt die Zähne zusammen.

»Stimmt.« Sein Gesicht mit buschigen Augenbrauen und Schnurrbart verrät rein gar nichts. »Weißt du, ich habe mit Jelena Georgijewna über dich gesprochen. Sie fragt die ganze Zeit nach dir.«

»Wirklich? Wie geht es ihr?« Cilka spürt einen Druck auf der Brust. Sie gesteht sich nicht ein, dass sie jemanden oder etwas vermisst, bis ihr Körper sie daran erinnert.

»Gut. Sie ist viel beschäftigt. Ich habe ihr erzählt, was du von den Babys gesagt hast.«

»Und, wie fand sie das?«

»Sie hat gelacht und meinte, das ist typisch Cilka, versucht, alles gut zu machen.«

»Nun ja, es ist nur … Sie kümmern sich gut um die Mütter, sorgen dafür, dass sie gesunde Babys bekommen, und dann werden sie da rübergeschickt, und keiner kümmert sich mehr.«

»Die Mütter aber sicher doch.«

»Ja, natürlich, aber sie arbeiten ja den ganzen Tag und kehren erst abends in die Kinderstation zurück. Wie sollen sie da je an einen Arzt kommen, damit er ihre Kinder untersucht?«

»Das ist absolut richtig. Aber der Staat kümmert sich ja auch, zumindest sollte er das. Schließlich sind diese Babys unsere künftigen Arbeiter.«

Das ist wirklich absurd hier, denkt Cilka. So wie der Umstand, dass die Arbeiter weniger zu essen bekommen, wenn die Produktivität sinkt – als Strafe. Da draußen gibt es immer noch mehr Menschen, die man verhaften kann, um die Toten zu ersetzen. Aber natürlich ist nicht daran zu denken, das alles laut zu sagen.

»Heute ist es ja ziemlich ruhig hier. Wie wäre es, wenn wir beide in die Kinderstation gehen, und ich sehe mir die Babys an, die deiner Meinung nach einen Arzt brauchen?«, schlägt Petre vor.

»Ich gehe nur meinen Mantel holen.«

Petre lacht, schlüpft ebenfalls in seinen Mantel und folgt Cilka nach draußen.

Doch sobald er die Kinderstation betritt, vergeht ihm das Lachen. Drei Pflegerinnen hocken beisammen und schlürfen dampfenden Tee. Babys und Kleinkinder liegen auf dem Boden; einige krabbeln lethargisch im Kreis herum. Ungläubig sieht er sich um.

»Du schon wieder!«, ruft Irina Igorewna, bevor sie merkt, dass Cilka nicht allein ist. Sie stellt ihre Tasse ab und kommt zu ihnen.

»Das hier ist Petre Dawidowitsch, der Frauenarzt«, sagt Cilka. »Er kommt, um sich die Kinder anzuschauen, falls welche vielleicht ärztliche Betreuung brauchen.«

Die Frau wischt sich die schmutzigen Finger an ihrem Kleid ab und reicht ihm die Hand.

»Irina Igorewna, ich leite diese Station.«

Petre nimmt ihre Hand nicht.

»Gut, dass Sie sich vorstellen. Ich sehe mir ein paar von diesen Babys an. Zeigen Sie mir mal die Tabellen mit den Ernährungsplänen.«

»Also, Tabellen haben wir nicht. Wir geben ihnen, was wir haben, wann wir können; es ist nie genug für alle da, deshalb geben wir es den Kräftigsten. Die schreien am lautesten«, kichert sie.

Petre geht zum ersten Baby; schlaff liegt es auf einer

Decke; es trägt einen dünnen Kittel und hat eingesunkene Augen. Als er es hochnimmt, reagiert es nicht. Er trägt es zu dem Tisch, an dem die drei Frauen saßen, schiebt ihre Tassen weg, legt das Kind vorsichtig ab und fängt an, es zu untersuchen. Cilka steht neben ihm.

»Wie alt ist dieses Kind?«

Die drei Frauen tauschen stumme Blicke, keine will reden.

»Irina Igorewna, ich fragte, wie alt ist dieses Kind?«

»Ich weiß es nicht, wir kümmern uns nur tagsüber um sie, solange die Mütter arbeiten, es sind zu viele, die können wir nicht alle kennen – wir sind schließlich nur zu dritt.« Sie weist mit der Hand auf ihre Kolleginnen.

»Dieses Kind ist halb verhungert. Wann haben Sie es zuletzt gefüttert?«

»Vor ein paar Stunden haben wir ihm wohl etwas angeboten, aber ich glaube, es wollte nichts«, erwidert Irina.

»Cilka, leg es in ein Bettchen.«

Cilka nimmt den kleinen Jungen und legt ihn vorsichtig in ein Bett. Petre holt sich das nächste Kind und untersucht es. Den Pflegerinnen stellt er keine Fragen mehr. Cilka bekommt das nächste Baby gereicht.

Schließlich hat er alle kränkelnden Kinder kurz untersucht, sieben liegen still in zwei Betten.

»Sie beide« – Petre zeigt auf die beiden anderen Pflegerinnen – »nehmen Ihre Mäntel, wickeln jeweils zwei der Babys darin ein und kommen mit. Cilka, kannst du bitte auch zwei nehmen?« Er nimmt das siebte Kind, schiebt es sich in den Mantel und stapft zur Tür, Cilka und die Pflegerinnen hinter sich.

Zurück in der Geburtsstation, lässt er drei Babys auf ein Bett legen, vier auf ein anderes. Mit einer Handbewegung entlässt er die Pflegerinnen, die gar nicht schnell genug verschwinden können.

Tatjana und Swetlana stehen an den Betten und mustern die Babys.

»Du lieber Himmel, was ist denn mit denen los?«, entfährt es Swetlana.

»Weiß irgendwer von euch, wie wir an Milch kommen?«, fragt Petre.

»Ich treibe welche auf. Kümmert euch um sie, ich komme gleich wieder.« Tatjana holt ihren Mantel und zieht los.

»Swetlana, sieh zu, dass du Doktor Jelena Georgijewna findest, und bitte sie herzukommen.«

»Und was kann ich tun?«, fragt Cilka.

»Eigentlich hast du schon genug getan.« Er lacht kurz auf. »Hol ein paar leere Patientenblätter und schreib auf, was ich zu jedem dieser armen Dinger sage. Wir wissen ja nicht mal ihre Namen, da werden wir sie nummerieren müssen.«

Als Cilka an der einzigen Patientin im Raum vorbeigeht und mit Papier und Stiften zurückkommt, ruft die Frau leise: »Was ist da drüben los?«

»Alles in Ordnung, nur ein paar kranke Babys. Keine Angst, wir kümmern uns um sie.«

Petre wickelt gerade das erste Baby wieder ein, das er untersucht hat.

»Baby eins«, sagt er. »Männlich. Schwere Unterernährung, Fieber, infizierte Wanzenbisse, Verdacht auf
Taubheit. Vier bis sechs Monate alt, schwer zu sagen.«

Schnell schreibt Cilka die Bemerkungen unter den
Eintrag »Baby 1«. Mit einem dickeren Stift zeichnet sie
dem Baby vorsichtig eine Eins auf die Stirn, zwingt sich,
die Erinnerung an ihre eigene dauerhafte Nummerie-
rung zu verdrängen.

Die Tür geht auf, jemand ruft: »Ach, Cilka, was hast
du schon wieder getan?«

Jelena und Swetlana sind da. Gleich danach kommt
Tatjana gelaufen, in der Hand eine Kiste mit Baby-
flaschen, jede halb voll mit Muttermilch.

Petre erklärt Jelena, was die Situation ist. Sie holt sich
sofort ein Kind und zieht es aus, um es zu untersuchen.

»Führ sie als Nummer drei, Cilka, Nummer zwei habe
ich«, ruft Petre.

Tatjana und Swetlana gehen die Milch aufwärmen,
indem sie sie in eine Schüssel mit warmem Wasser halten. Jelena warnt, nicht zu viel auf einmal zu verfüttern;
die Babys brauchen kleine Mengen, aber mehrmals,
wenn sie sich erholen sollen.

Abends erscheinen auf der Station plötzlich sieben
verängstigte Mütter auf der Suche nach ihren Kindern.
Petre und Jelena reden mit ihnen, beruhigen sie, sie
würden für den Zustand, in dem ihre Kinder seien, nicht
verantwortlich gemacht. Sie sollen diese Nacht hierbleiben, sie bekommen zu essen, und die Schwestern zeigen
ihnen, wie sie stündlich ihre Babys stillen sollen – immer in kleinen Mengen.

Zum Schichtwechsel erscheinen die anderen Schwestern. Tatjana schickt sie weg, sie wird über Nacht hierbleiben. Cilka fragt, ob sie auch bleiben darf.

Innerhalb der nächsten Wochen wird die Kinderstation umorganisiert. Die drei Frauen verschwinden, stattdessen kommen Pflegerinnen, die Petre und Tatjana ausgesucht haben. Für jedes Baby wird eine Akte angelegt. Petre beauftragt Cilka, einmal pro Woche in der Kinderstation nachzusehen, ob ein Kind ärztliche Betreuung braucht. Petre glaubt zwar, dass dem System an diesen Kindern als künftigen Arbeitern gelegen ist, aber Cilka befürchtet, dass die Verwaltung sie derzeit vor allem als Last empfindet, weil sie Ressourcen verbrauchen. Daher schließt sie nicht aus, dass sie alle bestraft werden; aber gleichzeitig weiß sie, dass sie darum kämpfen wird, diesen Kindern das Leben zu retten.

Als Cilka eines Nachts im Bett liegt, obwohl die Sonne noch hoch am Himmel steht, fragt sie Józia: »Meinst du, das ist meine Berufung?«

»Was meinst du?«, fragt Józia.

Cilka tut sich schwer, ihre Gedanken auszusprechen. Wer weiß, was sonst noch alles mit hochkommt, aus ihr herausdrängt. Józia sieht sie erwartungsvoll an. »Selbst werde ich keine Mutter werden, aber vielleicht kann ich anderen helfen, die es werden können?«

Józia bricht in Tränen aus.

»Cilka, weißt du, ich glaube, ich bin schwanger.«

KAPITEL 14

Während die anderen Frauen schnarchen, schiebt Cilka sich leise aus dem Bett. Sie schlägt Józias Decke zurück und fährt mit der Hand sacht über den fülligen Körper unter mehreren Kleiderschichten. Dann zieht sie ihrer Freundin die Decke wieder unters Kinn.

»Wann dachtest du das erste Mal daran?«, fragt sie.

»Ich weiß nicht, vor einem Monat? Wer hat in dieser gottverlassenen Welt schon ein Gefühl für die Zeit?«

»Józia, ich habe gespürt, wie das Baby sich bewegt hat. Du bist schon ziemlich weit. Warum hast du nicht früher etwas gesagt?«

Schluchzend verbirgt Józia das Gesicht in der Decke.

»Ich habe Angst, Cilka, ich habe Angst. Schrei mich nicht an.«

»Psst, leise. Die, die schreit, bin nicht ich.«

»Was soll ich nur machen?« Józia schielt hinüber zu dem Bett, das früher Natalja gehörte. »Du musst mir helfen, Cilka.«

»Du bekommst ein Baby, und ich bin bei dir. Morgen

müssen wir Antonina Bescheid sagen. Es ist bestimmt zu riskant für dich, mit Kranken zu arbeiten.«

»Und die anderen?«

»Die merken es schon selbst. Keine Angst, wir werden dir alle helfen.« Cilka versucht, Józia voller Hoffnung und Wärme anzusehen. »Du wirst Mama!«

»Und was ist mit Wadim? Soll ich es ihm sagen? Was glaubst du, wie er das findet?«

»Mich wundert, dass er es noch nicht selbst gemerkt hat«, überlegt Cilka. »Er hat doch sicher gemerkt, dass du zunimmst.«

»Er meinte nur, ich werde fett. Er ist so blöd – er käme nie auf den Gedanken.«

»Ja, wahrscheinlich hast du recht, aber du musst es ihm sagen. Nächstes Mal, wenn er kommt.«

»Und wenn er …«

»Sag es ihm einfach. Über seine Reaktion machen wir uns Gedanken, wenn wir sie haben. Dir ist schon klar, dass sie euch nicht einfach fortziehen und ein glückliches Familienleben führen lassen, oder?«

»Vielleicht ja doch.«

»Ganz sicher nicht.«

Am nächsten Morgen wird Cilka nach dem Appell mit Józia bei Antonina vorstellig.

»Sie ist schwanger.«

»Ach ja? Wie konnte das denn passieren?«, kommentiert Antonina verächtlich.

Cilka beschließt, die Bemerkung zu ignorieren. Józia sieht zu Boden. Beschämt, gedemütigt.

»Fünfter Monat, würde ich sagen«, erklärt Cilka der Brigadierin.

»Das will ich selbst sehen. Mach den Mantel auf.«

Józia öffnet ihren Mantel; sie zittert im Wind und aus Angst vor diesem öffentlichen Verhör. Grob tastet Antonina den sichtbaren Babybauch ab. Fährt ihr um die Taille, drückt sie von oben bis unten ab.

Józia quiekt vor Schmerzen. »Hör auf, du tust mir weh.«

»Ich will nur sicher sein, dass du dir keine Lumpen reingesteckt hast; da wärst du nicht die Erste.«

Cilka schiebt die Hand der Brigadierin weg. »Das reicht jetzt. Zufrieden?«

»Geht an die Arbeit. Und diese Schlampe hier kann auch gehen, es gibt keinen Grund, weshalb sie ihre einfache Arbeit nicht weitermachen sollte. Ich werde Klawdija Arsenjewna Bescheid sagen müssen. Gefallen wird es ihr nicht.«

Cilka und Józia laufen eilig zum Krankenhaus.

»Es macht mir nichts aus zu arbeiten, so anstrengend ist das nicht; es ist nur schwierig für den Kopf, aber es lenkt mich tagsüber ab; nachts dagegen ...«

An diesem Abend dreht sich alles um Józia. Die Frauen wollen das Baby in ihrem Bauch spüren; ein paar Glückliche werden mit einem kleinen Tritt belohnt. »Das ist genauso wie bei mir mit meinen Jungen«, sagt Olga – ihre Augen lächeln, aber es stehen Tränen darin.

Jemand erinnert an Natalja, die einzige andere Schwangere in der Baracke, und an ihr tragisches Ende.

Olga bemerkt Józias Reaktion, als die Sprache auf Natalja kommt, und wechselt schnell das Thema. Sie könnten doch alle gemeinsam Kleider für Józias Baby nähen, schlägt sie vor. Sofort wird sie mit Entwürfen beauftragt; Laken werden inspiziert, um festzustellen, wer ein paar Dezimeter davon hergeben kann, und die Stickerinnen sind begeistert, etwas Sinnvolles für ein neues Leben zu erschaffen.

Hannah sitzt abseits der Gruppe und beobachtet das Treiben mit abschätzigen Blicken.

»Wo nehmt ihr nur alle die Energie her«, fragt sie, »euch selbst etwas vorzumachen?«

»Hannah«, fährt Olga sie an, »in der Nacht ein bisschen Hoffnung zu finden ist keine Schwäche.«

Hannah schüttelt den Kopf. »Zum Beispiel einen hübschen Pelzmantel, na, Cilka?«

Alle blicken auf Cilka. Ihre Wangen glühen, ein bitterer Geschmack steigt ihr in die Kehle. Ihr fällt keine Antwort ein – weder Erklärung noch Widerrede. Sie hustet, räuspert sich.

»Eigentlich hat Hannah recht«, räumt Józia ein und legt den Stoffstreifen ab, den sie in der Hand hält. »Es ist dumm zu vergessen, wo wir sind.«

»Das finde ich nicht«, widerspricht Olga und trennt entschlossen ein Stück Faden heraus. »Ich glaube, es hilft uns durchzuhalten.«

Erst gut eine Woche später kommt Wadim wieder. Als er anfängt, Józia mit seinen Pranken zu befummeln, unterbricht sie ihn.

»Ich muss dir etwas sagen.«

»Ich will jetzt gerade nicht reden.«

»Ich bekomme ein Kind von dir«, stößt sie hervor.

Cilka hat den Kopf von Boris abgewendet, um dem Gespräch zuzuhören.

»Was ist los?«, fragt Boris.

»Nichts, psst.«

»Was hast du da gesagt?«, knurrt Wadim.

»Ich bekomme ein Kind, ein Kind von dir.«

»Ich dachte, du wirst einfach nur fett.«

»Nein.«

»Ich will aber keinen Rotzbengel. Verdammt, was willst du eigentlich damit erreichen, ein Kind zu bekommen?«

»Das warst schließlich du. Ich habe nicht darum gebeten.«

»Und woher soll ich wissen, dass es wirklich von mir ist?«

Józia stößt ihn schreiend von sich: »Weil du mich zu deinem Eigentum erklärt hast, weißt du noch? Kein anderer darf mich anrühren, weißt du noch? Jetzt raus mit dir, raus, raus!«

Józias Schreie verklingen zu einem Wimmern.

Wadim taumelt vom Bett, hüpft herum, um seine Kleider einzusammeln. Alle Männer im Raum tasten verstört nach ihren Hosen und ziehen sich zurück.

»So würde ich nie mit dir reden«, sagt Boris zu Cilka und schiebt ihr eine Haarsträhne aus den Augen. »Ich wäre so glücklich, wenn du ein Kind von mir bekämst.«

Dazu wird es nicht kommen, Boris, denkt sie, aber sie

sagt ihm bloß, dass es Zeit zum Gehen ist. Cilka war noch nie schwanger. Lange hatte *dort* ihre Regel ausgesetzt wie bei so vielen anderen Frauen, und auch jetzt kommt sie nur sehr unregelmäßig. Mangelernährung, Traumatisierung, sie weiß nicht recht. Vielleicht gibt es kein Zurück mehr.

»Ist gut, ich gehe, aber ich denke weiter an dich.«

Im Dunkeln tasten die Frauen sich zu Józias Bett, stehen ihr bei, umarmen sie. Mit ihrem schwarzen Humor, den sie in den letzten Jahren entwickelt haben, erzählen sie sich gegenseitig, was die Männer, die zu ihnen kommen, alles für Schwächen haben und wie sie wohl als Väter wären. Józia merkt, dass ihr Schluchzen immer wieder in Lachen umschlägt. Cilka spürt eine keimende Zuneigung zu diesen Frauen mit ihren hohlen Wangen und dem Lächeln voller Zahnlücken – dieses Gefühl kannte sie immer nur ganz kurz, bevor es im Verlust endete. Bei ihrer Schwester. Bei Gita. Sie vergräbt das Gefühl tief in ihrem Inneren, wo nichts ihm etwas anhaben kann.

In den nächsten Wochen schwankt Józias Laune beständig. Morgens wacht sie auf, geht aufgekratzt mit den anderen zum Frühstück und zum Appell und freut sich auf die Arbeit, wo die Ärzte und Schwestern sie nach ihrem Befinden fragen. Abends tut ihr alles weh, und sie ist so schlapp, dass sie kaum ein Wort herausbringt, einfach auf dem Bett liegt und oft nicht zum Essen mitgeht. Anfangs hatte sie sich sehr gefreut über all die Kleidchen, die die Frauen ihr nähten; jetzt wirft sie kaum noch einen Blick darauf.

Cilka und Elena reden freundlich auf Józia ein, um herauszufinden, ob die Stimmungsschwankungen mit ihrer Angst vor der bevorstehenden Geburt zu tun haben. Doch das Einzige, was sie herauslässt, betrifft Wadim. Wie soll sie je ihrem Kind von seinem Vater erzählen? Sie trösten sie, so gut es geht, versprechen ihr, immer bei ihr und dem Baby zu sein. Dabei wissen sie alle, dass dieses Versprechen schwer zu halten ist. Immerhin lassen solche Worte sie durchhalten, weitermachen.

Als Józia bereits im achten Monat ist, erwacht Cilka eines Nachts vom Schlagen der Barackentür. Sie sieht auf Józias Bett. Es ist leer. Viele Nächte lang hat sie auf ihre schlafende Freundin geschaut, auf ihr selbst im Schlaf verhärmtes, verstörtes Gesicht, ihren wachsenden Bauch unter der Decke.

Erschrocken tastet sie das Bett ab – Józia ist tatsächlich weg. Da spürt sie etwas Weiches, ein Kleidungsstück. Draußen sind es deutlich unter null Grad. Sie setzt sich auf, nimmt den Mantel und mehrere weitere Kleidungsstücke daneben.

Cilka schiebt die Füße in die Stiefel und schleicht an den Betten vorbei bis zu Elenas Lager. Vorsichtig rüttelt sie sie wach und fordert sie auf, sich schnell anzuziehen. Die beiden Frauen wickeln sich hastig Kopf, Gesicht und Hände ein und verlassen die Baracke.

Tatsächlich herrscht draußen klirrende Kälte, und es fällt ein bisschen Schnee. Durch alle Kleiderschichten fährt ihnen der schneidende Wind bis in die Knochen. Die Suchscheinwerfer zeichnen gespenstische Schatten um ihre huschenden Gestalten. Bloße Fußspuren führen durch den Schnee von ihrer Baracke weg. Mit knirschenden Schritten folgen sie ihnen.

Hinter der Essensbaracke finden sie Józia. Nackt, bewusstlos, kaum atmend liegt sie zusammengekauert am Lagerzaun. Cilka erschrickt – *nein!* Und dann spürt sie, wie die Leere nach ihr greift.

»Was machen wir mit ihr? Vielleicht ist sie tot«, flüstert Elena.

Cilka beugt sich hinunter und wickelt Józia in den mitgebrachten Mantel.

»Wir müssen sie in die Baracke bringen und aufwärmen. Józia, was hast du dir nur gedacht?«, ruft Cilka.

Sie hebt ihre Freundin an den Schultern an; Elena nimmt die Beine. Gemeinsam stolpern sie denselben Weg zurück in die sichere Baracke.

Vergeblich versuchen sie, keinen Lärm zu machen; die übrigen Frauen wachen auf und fragen, was los ist. In knappen Worten erklärt Elena es ihnen und spannt alle zur Mithilfe ein. Cilka hat es offenbar fürs Erste die Sprache verschlagen. Die Frauen tun, was sie können. Zwei von ihnen massieren Józia die Füße, zwei andere die Hände. Cilka legt ein Ohr auf Józias Bauch, bittet um einen Augenblick Ruhe, horcht.

Es pocht, stark und laut und regelmäßig.

»Sie lebt, und das Baby auch«, sagt Cilka.

Elena schüttelt den Kopf. »Noch eine Minute da draußen und ... Cilka, zum Glück hast du gemerkt, dass sie weg war.«

»Kommt, wir müssen sie schnell aufwärmen.« Cilka nimmt einen Becher warmes Wasser, öffnet Józias

Mund und flößt ihr einen Schluck davon ein. Die anderen legen mehrere Decken auf sie. Allmählich fängt sie zu röcheln an, es klingt kehlig und tief. Elena gibt ihr kleine Klapse ins Gesicht.

»Ich habe mal gesehen, wie jemand das bei einem Bewusstlosen gemacht hat«, erklärt sie.

Im Dunkeln können sie nicht erkennen, ob Józia langsam die Augen öffnet. Cilka spürt, dass sie wacher wird, und redet sacht auf sie ein. Als sie über Józias Gesicht fährt, spürt sie dort Tränen.

»Es ist alles gut, Józia, wir haben dich.« Cilka muss sich bemühen, freundlich zu klingen. Ein Teil von ihr ist wütend, ohnmächtig bis fast zum Schwindel. Zu viele nackte Leichen hat sie schon im Schnee liegen sehen. Ohne eine andere Wahl als aufzugeben. Doch Józia hat eine andere Wahl. Vielleicht hat sie ihr nicht genügend geholfen, das so zu sehen. »Józia, es wird alles gut. Wir lassen nicht zu, dass dir etwas zustößt.«

Bei dem vielen Zuspruch muss Józia noch mehr weinen. »Es tut mir leid«, stammelt sie tränenerstickt. »Es tut mir so leid. Ich schaffe das nicht.«

»Doch, du schaffst das«, erwidert Cilka bestimmt. »Du schaffst es. Du musst.«

»Natürlich schaffst du das, Józia«, pflichtet Elena bei, und die anderen Frauen fallen mit ein, klopfen ihr auf die Schulter.

Cilka sagt: »Jetzt wird es schon gehen. Nehmt eure Decken zurück und schlaft noch ein bisschen. Ich bleibe die restliche Nacht bei ihr.« Sie wird sich an sie schmiegen, trotz ihrer schwindenden Wut. Sie wird ihr geben, was sie braucht. Sie wird sie festhalten. Sie wird ihr zeigen, dass sie nicht am Ende ist. »Danke euch allen«, sagt Cilka. »Wir müssen zusammenhalten, außer uns haben wir nichts.«

Viele der Frauen umarmen Józia und Cilka, bevor sie wieder in ihre Betten steigen, ob der Schlaf noch einmal kommen mag oder nicht. Cilka erwidert diese Freundschaftsbekundungen nicht, aber tief im Inneren ist sie von Dankbarkeit erfüllt.

Cilka schiebt Józia zur Seite und steigt zu ihr ins Bett. Die Arme um Józias dicken Bauch gelegt, bettet sie den Kopf an ihren und summt ihr leise ins Ohr. Bald schläft Józia ein. Nicht so Cilka, die immer noch wach liegt, als das Scheppern in der Dunkelheit zum Aufstehen ruft.

Nach dem Appell informiert Cilka Antonina, dass Józia Wehen hat und vorsichtshalber mit auf die Entbindungsstation kommen sollte, falls das Baby kommt. Antonina scheint Cilkas dauernde Wünsche einigermaßen sattzuhaben, doch sie sagt nichts, und das interpretiert Cilka als Erlaubnis, Józia mitzunehmen. Am Abend wird sie der Brigadierin eine Extraportion Tee oder Brot mitbringen müssen, oder sie muss die Folgen tragen.

Petre untersucht Józia. »Dem Baby geht es gut«, sagt er. »Es hat einen starken Herzschlag, aber es ist noch nicht geburtsreif.«

Józia hatte den ganzen Morgen über noch kein Wort gesagt, aber auf dem Weg zum Krankenhaus klammerte sie sich die ganze Zeit an Cilkas Arm. Sie will, dass das Baby endlich kommt, erklärt sie dem Arzt. Petre spürt, dass noch mehr dahintersteckt, und weist ihr ein Bett zum Ausruhen an.

Cilka ist dankbar. Es gibt keine Anzeichen von Erfrierungen, weil sie sie so schnell gefunden haben, aber Józia hat die ganze Nacht gezittert und braucht jetzt Ruhe und Wärme. Petre nimmt Cilka zur Seite und fragt, was sonst noch mit Józia los ist. Bei seiner Freundlichkeit riskiert sie, ihm von den Ereignissen der letzten Nacht zu berichten. Eindringlich betont sie, dass Józia kein Drückeberger, sondern wirklich in schwerer Bedrängnis ist.

Józia schläft den ganzen Tag hindurch. Bei Schichtende erklärt Petre, er werde Józia im Auge behalten, schließlich könne das Baby jederzeit kommen. Er reicht Cilka eine Notiz für Antonina, dass Józia zur Beobachtung täglich im Krankenhaus vorstellig werden muss, bis das Kind geboren ist. Cilka steckt die Notiz in die Tasche, zusammen mit dem Brot, das sie aufgespart hat. Ihr selbst knurrt der Magen. Sie hat heute nicht genug gegessen, und die Müdigkeit macht sie noch hungriger – doch sie muss die Brigadierin bei Laune halten.

In den nächsten drei Wochen schläft Józia auf der Entbindungsstation und hilft auch dort aus. Sie hält jungen Frauen die Hand, während sie in den Wehen liegen und pressen. Cilka sieht, dass die Arbeit in dieser Station Józia genauso hilft, wie sie ihr geholfen hat. Zwar fürchtet sie sich immer noch vor dem, was ihr bevorsteht; aber sie vertraut Cilka an, dass sie jetzt zuversichtlicher ist und sich allmählich freut, ihr Baby kennenzulernen, es im Arm zu halten und zu spüren, was sie auf den Gesichtern so vieler hagerer, erschöpfter, zerschlagener Frauen gesehen hat, wenn sie zum ersten Mal ihr Kind betrachteten. Cilka lernt langsam, wieder zu lächeln, merkt, wie stark sie an Nacken und Schultern verspannt war – nicht von der Kälte, sondern von der ständigen Angst, Józia könnte doch noch aufgeben. Cilka selbst weiß nicht, woher ihr eigenes Durchhaltevermögen stammt, aus welcher inneren Quelle sie es seit jeher schöpft. Sie wollte nie sterben, egal, wie schrecklich das Leben war.

Am ersten Chanukkatag setzen bei Józia die Wehen ein. Es wird eine lange, mühselige Geburt; Cilka, Petre und Tatjana stehen ihr bei. Insgeheim ruft sich Cilka die Lieder und Segenswünsche dieser Jahreszeit ins Gedächtnis, den Trost und die Freude. In diesem kleinen, begrenzten Umfeld ihres neues Lebens tut die Erinnerung weniger weh.

Sie erhält die Erlaubnis, auch nach Schichtende bei Józia zu bleiben. Punkt Mitternacht bringt Józia ein winziges, schreiendes, goldiges Mädchen zur Welt.

Als Mutter und Kind sauber sind und auf der Station Ruhe eingekehrt ist, fragt Cilka: »Hast du dir schon einen Namen überlegt?«

»Ja.« Józia sieht ihrer Freundin in die Augen. »Ich nenne sie Natja Cilka. Ist es dir recht, wenn sie mit zweitem Namen nach dir benannt ist?«

Józia reicht Cilka das Baby.

»Hallo, kleine Natja«, flüstert Cilka. »Es ist eine Ehre für mich, dass du meinen Namen trägst.« Ungebremst überfallen Cilka zahllose Gedanken. Wie gefährlich, wie unabsehbar der Weg für dieses winzige neue Lebewesen werden kann. »Heute beginnt die Geschichte deines Lebens, Natja. Ich hoffe für dich, dass du dein eigenes Leben wirst führen können, unterstützt von deiner Mama und allen, die dich lieben. Da draußen gibt es eine bessere Welt. Ich habe sie gesehen. Ich erinnere mich daran.«

Cilka sieht zu Józia auf und merkt, dass sie dank der Kleinen ihrer Freundin etwas mitteilen konnte, was sie direkt nicht über die Lippen gebracht hätte. Sie reicht ihr das Baby zurück und küsst beide auf die Stirn.

Nachdem er Natja genau untersucht hat, erklärt Petre am nächsten Morgen, er habe noch nie ein so gesundes und hübsches Neugeborenes gesehen – und er hat schon viele gesehen. Józia strahlt.

Später am Tag bringt Cilka Józia und Natja nach nebenan in die Kinderstation, wo sie die nächsten beiden Jahre wohnen werden. Was danach passiert, bleibt völlig ungewiss. Cilka hat inzwischen von den Schwestern gehört, dass die Kleinkinder mit zwei Jahren in Kinderheime verschickt werden, aber davon erzählt sie Józia nichts. Sie wird es selbst schon früh genug erfahren. Zwei Jahre sind hier eine lange Zeit, und Cilka ist entschlossen, irgendwie dafür zu sorgen, dass die beiden zusammenbleiben können.

Nachdem Cilka am Abend den anderen Frauen in allen Details von der Geburt berichtet hat, wird ihnen allmählich klar, dass sie Józia jetzt kaum mehr sehen werden. In wenigen Tagen wird eine Fremde in ihrem Bett schlafen. Die Babykleider, die sie mit so viel Liebe genäht haben, soll Cilka ihr in einem dicken Bündel mitbringen. Außerdem versprechen sie, die kleine Natja auch weiterhin einzukleiden, je größer sie wird; und da es ja ein kleines Mädchen ist, brauchen sie an Spitzenborten nicht zu sparen.

Seit Józia fort ist, erlaubt Cilka sich einen schüchternen Gedanken an Alexandr, den Boten; sein Gesicht tröstet sie. Ob sie je wieder mit ihm zu tun haben wird? Sie hofft es.

Als Cilka und die anderen am nächsten Tag in ihre Baracke kommen, liegt eine Schlafende in Józias Bett. Als sie merkt, wie sie angestarrt wird, zuckt sie zusammen und fährt hoch.

»Ich bin Anastassja Orlowna«, stellt sie sich mit klarer, heller Stimme vor.

Elena tritt zu ihr, mustert sie ausgiebig. Blaue Flecken im Gesicht der Neuen zeugen von wiederholten Prügeln. Die älteren sind blaulila, die neueren noch schwarz. Das rechte Auge ist halb zugeschwollen.

»Wie alt bist du?«, fragt Elena.

»Sechzehn.«

Die Frauen drängen sich um das Bett, um ihre neue Barackengenossin genauer zu beäugen; sie versucht nicht, ihre Verletzungen zu verheimlichen; herausfordernd hält sie den Kopf hoch und den Rücken gerade.

Olga drückt sie sanft aufs Bett zurück. »Was ist mit dir passiert?«

»Meinst du, weshalb ich überhaupt hier bin? Oder jetzt vor Kurzem?«

»Beides«, erwidert Olga.

»Wir wurden beim Stehlen in der Bäckerei erwischt.«

»Was heißt ›wir‹? Wie viele wart ihr?«

Anastassja schneidet eine grimmige Grimasse.»Sechs. Eine ganze Zeit lang ging es gut.«

»Und was war gut daran?«

»Der Kitzel, das Brot aus dem Ofen zu stibitzen, direkt vor der Nase von dem Dreckskerl, der es gebacken hat.«

»Warum habt ihr gestohlen?«, fragt Elena. Normalerweise stecken sie politische Gefangene und Diebe nicht zusammen, aber offenbar sind die Regeln in Workuta in dieser Hinsicht etwas aufgeweicht. Je nachdem, wo ein Bett frei ist, vermutet Cilka.

»Weil zwar in der großen, weiten Sowjetunion angeblich alle ihren gerechten Anteil bekommen – aber die Kinder hungern trotzdem. Warum sonst?«

»Da hast du also mit deinen Freunden …«

»Ja, wir waren eine Bande älterer Kinder – ein oder zwei von uns haben den Bäcker abgelenkt, und derweil sind die anderen rein und haben was zu essen geholt. Einmal hatten wir Kaviar, aber die Kinder mochten das nicht. Ich auch nicht.«

»Was?«, ruft Hannah frustriert aus. »Was ich dafür nicht geben würde …«

»Und deine blauen Flecken, woher hast du die?«, fragt Elena.

»Ich könnte sagen, ich bin die Treppe runtergefallen.«

»Das könntest du«, erwidert Elena. »Aber hier bist du ja nicht im Verhör.«

»Spione gibt es überall«, erklärt Anastassja. »Aber ja,

tut mir leid, ich komme gerade aus dem Gefängnis, da haben sie mich und Michail gefoltert, wir beide wurden als Einzige geschnappt. Die Polizei wusste, dass wir eigentlich mehr waren, und wollte Namen haben. Ich habe keine rausgelassen.«

»Daher die blauen Flecken«, schließt Elena.

»Ja. Aber seid ihr mal ganz still. Ihr seht alle aus, als hättet ihr seit einem Jahr keinen Kanten Brot mehr bekommen. Und erst recht kein Gemüse.«

Elena beugt sich absichtlich ganz nah über sie, sodass Anastassja einen ganzen Schwall ihres unterernährten, fauligen Atems abbekommt. »Ob du es glaubst oder nicht, Süße, wir haben noch Glück hier.«

Der Essensgong unterbricht sie.

»Kannst du gehen?«, fragt Olga.

»Ja, langsam.«

Olga hilft Anastassja auf die Füße, knöpft ihr den Mantel zu, stellt ihren Kragen auf. Anastassja zieht die Mütze über. Gemeinsam mit den anderen schleppen sie sich zur Essensbaracke.

Sechzehn, denkt Cilka. Wieder eine junge, trotzige Frau, die durch die Schinderei gebrochen wird. Aber Elena hat recht. Bei ihnen ist der Horror ein kleines bisschen erträglicher als bei anderen Frauen. Diese Baracke, die Sonderrationen Essen und Stoff, und sie haben einen Kessel zum Wasserkochen! Das Problem wird sein, Anastassja zu helfen, das so hinzunehmen, besonders nach ihrem ersten Männerbesuch.

KAPITEL 15

»Sie hat mich angelächelt!« Begeistert erzählt Cilka von dem Besuch bei der kleinen Natja. »Sie hat gegluckst, hat mich angeschaut und gelächelt.« *Es hat mir das Herz zerrissen.*

»Nimmt sie denn zu, ist sie gesund?«, will Elena wissen.

»Ja, beides. Ich glaube, sie ist der Liebling der Pflegerinnen, aber ich muss aufpassen, dass sie ihr nicht das Mittagessen von einem anderen Baby geben.«

Cilka sieht in die schmalen Gesichter ihrer Barackengenossinnen, auf die aufgesprungenen Lippen, die dunklen Ringe unter ihren Augen. Die hervorstehenden Schlüsselbeine. Sie ist froh, dass sie sie etwas ablenken kann – etwas Warmes, woran sie denken und sich festhalten können an den schweren, langen Tagen draußen im Winter.

»Damit kennst du dich ja aus, Cilka. Anderen das Essen wegzunehmen«, bemerkt Hannah.

Cilkas Magen zieht sich zusammen.

»Hör auf, Hannah«, erwidert Elena. »Wer hat dir

schon mehr vom eigenen Essen gegeben als sonst jemand hier?«

»Sie kann es sich eben auch leisten.«

»Du jetzt auch, schließlich hat dein neuer ›Gatte‹ dir eine Arbeit in der Essensbaracke verschafft.«

»Ich werde meine ganze Portion selbst aufessen, denn ich habe im Widerstand gegen diese Schweine gearbeitet, und gegen die Nazis. Anders als ein paar andere hier.« Ihr Blick geht zu Cilka.

»Halt endlich das Maul, Hannah«, fährt Elena sie an. »Mit deinen Attacken auf die einzige Jüdin hier benimmst du dich genau wie die Deutschen, gegen die du gekämpft hast.«

Hannah protestiert empört. Cilkas Herz rast. Da überkommt sie die Leere.

»Sie ...« Hannah zeigt auf Cilka. Doch dann hält sie inne, lächelt gezwungen. »Ich könnte euch alles erzählen, was sie getan hat, um ihr erbärmliches kleines Leben zu retten.«

»Kein Leben ist erbärmlich«, gibt Elena zurück.

Cilka ist übel.

»Weißt du, wie es Józia geht?«, fragt Olga, um die Spannung zu lösen. Ihre Finger schießen mit der Nadel hin und her, sie bestickt ein neues Kleidchen.

Cilka findet ihre Stimme wieder. »Ich habe sie länger nicht gesehen, seit sie sie wieder zur Arbeit geschickt haben, als Natja vier Wochen alt war. Angeblich geht es ihr gut; sie arbeitet in der Verwaltung, und sie stillt das Baby selbst, anscheinend hat sie viel Milch.«

»Wahrscheinlich wird die kleine Natja deshalb so fett.«

»Ich habe nie behauptet, dass sie fett wird. Höchstens pummelig.« Cilka versucht zu lächeln.

»Bitte sag ihr irgendwie schöne Grüße«, trägt Olga ihr auf. »Vielleicht kann eine von den Pflegerinnen es ausrichten.«

»Das mache ich«, nickt Cilka. »Sie weiß, wie viele Gedanken ihr euch alle macht.« Ihr Blick fällt auf Hannah. »Aber ich bitte die Pflegerinnen, es ihr weiterzusagen.«

»Und was passiert, wenn …«, flüstert Elena.

»Denk nicht darüber nach«, beruhigt Cilka sie. »Zwei Jahre sind eine lange Zeit.« Doch in Wirklichkeit kann auch Cilka den Gedanken an die Trennung kaum ertragen. Sie weiß zu viel von dem Schmerz, wenn Mutter und Tochter gewaltsam getrennt werden. Sie weiß zu viel über ganze Familien, die zerrissen werden, entmenschlicht, ermordet. Sie kann den Gedanken nicht zulassen, was Józia und Natja bevorsteht oder was aus Józia werden mag, wenn Natja ihr weggenommen wird.

»Glaubst du, wir können sie und das Baby irgendwie zu Gesicht bekommen, also, nur eine Minute oder so?«, fragt Olga.

»Vielleicht im Sommer«, schlägt Elena vor.

»Das ist eine gute Idee. Wenn es wärmer wird und wir sonntags draußen sein können. Wie schön – so haben wir etwas, worauf wir uns freuen können«, meint Olga.

Hannah schnaubt. »Ihr seid einfach unbelehrbar.«

Auch die anderen Frauen freuen sich sichtlich, irgendwann das Baby sehen zu können. An ihren abwesenden Blicken erkennt Cilka, dass sie träumen, sich vorstellen, wie sie ein Baby im Arm halten. Cilka weiß, dass mehrere von ihnen Kinder haben, die auf sie warten, auch Olga. Sie redet nicht oft von ihnen, aber wenn sie ihre seltenen Briefe bekommt, reicht sie sie manchmal herum, damit die anderen sehen, wie ihre beiden Jungen, die bei ihrer Tante leben, sich entwickeln. Oft ist sie danach tagelang schweigsam, von Gefühlen überwältigt; wahrscheinlich malt sie sich jedes kleine Detail aus, von dem ihre Schwester im Brief berichtet hat.

Bevor Mond und Sterne verschwinden und die weißen Nächte wiederkehren, wütet im Lager eine Typhusepidemie. Die Wohnbaracke gleich neben dem Krankenhaus wird geleert und als Infektionsstation genutzt.

Als Cilka nach einer Geburt in der Waschküche die Laken auswäscht, tritt Petre neben sie. Sie hat ihn an diesem Ort noch nie gesehen und macht sich sofort auf schlechte Neuigkeiten gefasst. Er lehnt sich an die Tür und betrachtet sie.

»Reden Sie schon«, stößt sie hervor.

»Wir ...«

»Wer ist ›wir‹?«, unterbricht sie ihn.

»Entschuldigung, einige der anderen Ärzte, mit denen du gearbeitet hast, hier und in der normalen Krankenstation. Wir wissen, dass du eine Zeit lang in einem anderen Gefängnis warst, in einem anderen Lager, und dass du dort vielleicht mit Typhus in Kontakt gekommen bist.«

Er starrt auf den Boden.

»Soll ich das bestätigen oder abstreiten?«, fragt sie, zugleich erschrocken und unendlich müde.

»Stimmt es?«

»Dass ich mit Typhus in Kontakt gekommen bin? Ja.«

Auschwitz-Birkenau, Winter 1943

Seit dem Tod ihrer Mutter verbringt Cilka weniger Zeit auf dem Gelände, zu sehr fürchtet sie, Frauen kurz vor dem Ende zu sehen, Frauen, die bald in den Tod geschickt werden. Die bald zu ihr kommen, für die sie nur ja keine Gefühle entwickeln darf. Doch ihre Mutter hat ihr gesagt, sie soll sich um Magda kümmern. Und das will sie jetzt tun.

Aber ihre starke, gutmütige Schwester ist genauso verletzlich wie alle anderen.

Außer ihren Freundinnen machen die meisten Frauen neuerdings einen großen Bogen um Cilka. Manche spucken ihr vor die Füße, wenn sie ihr begegnen, überdecken sie mit den schlimmsten Flüchen. An ihr klebt der Tod. Und die SS.

Eines Sonntagnachmittags hat sie sich gezwungen, nach draußen zu gehen, nach Magda zu sehen. Gemeinsam mit Gita sitzt sie bei Gitas und Magdas Block, nicht weit vom Eingang. Sie bringt es noch nicht über sich hineinzugehen, denn Magda liegt schon den ganzen Tag herum, und Gita macht sich Sorgen.

Gita erzählt ruhig von ihrem letzten heimlichen Zusammentreffen mit Lale. Er ist neben ihr hergegangen, als sie aus dem Verwaltungsgebäude kam und langsam zu ihrem

Block schlenderte. Sie sagten nichts, wechselten nur verstohlene Blicke, die tausend Worte sprachen.

Plötzlich dringen durch die Stille hysterische Schreie. Es beginnt im Block, wird lauter, dann kommt ein Mädchen herausgerannt. Cilka und Gita sehen auf; beide erkennen sie sie, sind mit einem Satz bei ihr; sie läuft auf den Rand des Frauenlagers zu, dahin, wo es gefährlich ist.

»Dana, Dana!«, rufen sie beide.

Sie holen sie ein, fassen sie jede an einem Arm, und Dana bricht schluchzend zusammen.

»Nein, Cilka, nein ...«

Cilka erschrickt.

»Was denn, Dana? Was ist denn?«

»Was ist passiert?«, fragt Gita.

Langsam hebt Dana ihre rot geränderten Augen zu Cilka. Darin stehen Tränen. »Sie war so geschwächt, es war Typhus ... Sie hat es verheimlicht, damit du dir keine ... Und dann ging alles so schnell.«

»Nein, Dana, bitte, nicht Magda.« Cilka umklammert Danas Arm. Bitte, bitte, nicht auch noch meine Schwester.

Dana nickt langsam. »Es tut mir so leid, Cilka.«

Ein stechender Schmerz läuft durch Cilkas ganzen Körper und bis in den Kopf. Sie beugt sich vornüber und würgt, spürt Arme, die sie stützen, ihr aufhelfen. Leise weint neben ihr Gita.

»Cilka«, sagt Dana mit tränenerstickter Stimme. »Sie hat mir noch heute Morgen gesagt, wie sehr sie dich liebt. Wie tapfer du bist. Sie war sicher, dass du hier rauskommst.«

Cilka lässt sich von Dana und Gita halten, wie sie sie ge-

*halten hat, als sie ihre Angehörigen verloren. Das haben sie
alle gemeinsam – sinnlose Verluste.*

»Ich muss sie sehen«, sagt Cilka.

*Ihre Freundinnen begleiten sie in die Baracke und helfen
ihr auf die Pritsche gegenüber von Magdas Leiche. Cilka
will weinen und klagen, aber was herauskommt, ist eher ein
gellender Wutschrei. Und dann, gleich nachdem es aus ihr
herausgebrochen ist, zieht es sich wieder zurück. Ihre Tränen
versiegen. Zitternd starrt sie auf Magda, aber sie fühlt sich
leer. Lange bleibt sie so sitzen, und ihre Freundinnen harren
neben ihr aus. Dann steht sie auf, schließt ihrer Schwester
die Augen, drückt beiden Freundinnen die Hände und verlässt die Baracke.*

»Warst du krank? Hattest du Symptome?«

»Nein.« Cilka ist wie benommen.

»Dann bist du wahrscheinlich immun; das heißt, du
kannst mit der Krankheit in Kontakt kommen, ohne
Symptome zu entwickeln oder selbst krank zu werden.
Verstehst du?«

»Ja, ich verstehe. Warum wollen Sie das wissen?«

Er tritt von einem Fuß auf den anderen.

»Wir brauchen Schwestern für die Infektionsstation,
da häufen sich gerade die Typhusfälle; wir brauchen
Schwestern wie dich, die sich bei der Arbeit nicht anstecken.«

»Ist das alles?«, fragt sie mit einer merkwürdigen
Mischung aus Angst und Erleichterung.

Er wirkt erstaunt. »Was dachtest du, was wir mit dir
vorhaben?«

»Ich weiß nicht ... mir den Erreger spritzen und sehen, wie ich reagiere?«

Petres Miene verrät Entsetzen. Sprachlos wendet er den Blick ab.

»Ich mache das«, stößt sie eilig hervor. »Ich arbeite auf der Station; hier werde ich an vielen Tagen eigentlich gar nicht gebraucht. Aber wenn Sie trotzdem Ersatz für mich brauchen, dann bitte ... In meiner Baracke sind viele fähige Frauen.«

Er nickt, obwohl er gar nicht richtig zuhört. »Ich glaube, Jelena Georgijewna hat recht mit ihrer Vermutung, wo du herkommst.«

»Ich komme aus der Slowakei.«

Kopfschüttelnd seufzt er über diese halbe Antwort. »Dass du denkst, wir würden an dir oder sonst an jemandem auf diese Weise herumexperimentieren.«

»Ist ja egal.« Cilka spürt die Panik aufsteigen. »Ich meinte das gar nicht so. Wann soll ich anfangen?«

»Gleich morgen. Ich sage Bescheid, dass du kommst.«

Als Cilka fertig geputzt hat, läuft sie schnell zur Kinderstation nebenan. Natja rutscht auf dem Boden herum, versucht, eine Stoffpuppe zu erwischen. Sie strahlt über das ganze Gesichtchen, als sie ihren Namen hört. Cilka schwingt sie in die Luft, dann hält sie sie fest im Arm und flüstert ihr Koseworte ins Ohr und das Versprechen, so bald wie möglich wiederzukommen.

Sie hofft, dass das keine Lüge ist.

Cilka erhält einen weißen Kittel, eine Gesichtsmaske und dicke Gummihandschuhe, als sie die Infektionsstation betritt. Während der Kittel in ihrem Rücken zugebunden wird, sieht sie sich im Krankensaal um und versucht, das Gesehene zu verarbeiten. In jedem Bett liegt mindestens ein Patient, in manchen zwei; andere liegen auf dem blanken Boden, bedeckt nur mit einem schmutzigen Laken oder einer Decke. Sie versucht, ihren Atem zu beruhigen.

Die Schwester, die sie einkleidet, stellt sich als Sonja Donatowa vor.

»Hier sieht es nach Arbeit aus«, sagt Cilka. »Bitte sag mir, was ich tun soll.«

»Ich freue mich, dass du hier bist, Cilka. Komm mit, wir machen gerade Visite. Die anderen stelle ich dir später vor.«

»Können wir nicht mehr Betten hier reinstellen? Dann müssten keine Patienten auf dem Boden liegen.«

»Die hoffnungslosen Fälle legen wir auf den Boden, der ist leichter zu reinigen als eine Matratze. Du wirst dich daran gewöhnen.« Cilka spürt einen Stich im Magen. Körper auf dem Boden, ganz unten, ohne Hoffnung auf einen weiteren Tag. Da ist er also wieder. Ihr Fluch.

Cilka beobachtet, wie zwei Schwestern vorsichtig einen Patienten aus einem Bett heben und ihn daneben auf den Boden legen. Sie schnappt auf, wie eine von ihnen sagt: »Nur noch ein paar Stunden zum Totenschein.« Sie stecken eine Decke unter seinem ausgezehrten, zitternden Körper fest, schreiben einen Vermerk in seine Akte und legen diese an seine Füße. Cilka seufzt, während ihr Körper langsam gefühllos wird, zu Eis erstarrt.

Mit Sonja tritt sie an ein Bett, auf dem eine fantasierende Frau schreiend um sich schlägt. Sonja tunkt ein kleines Tuch in eine Wasserschüssel und versucht, es ihr auf die Stirn zu legen. An Armen und Oberkörper fängt sie sich mehrere Schläge ein.

»Hilf mir, sie zu beruhigen. Nimm eine Hand und halt sie fest.«

Cilka greift nach einem Arm und stemmt sich mit ihrem Gewicht darauf. Sonja stellt den anderen Arm ruhig und versucht mit der freien Hand, der Frau schlecht und recht das nasse Tuch aufs Gesicht zu legen.

»Sie kam erst gestern rein. Sie ist noch jung und hat wirklich schnell angefangen zu fantasieren. Wenn wir sie abkühlen und das Fieber senken können, hat sie eine Chance zu überleben.«

»Können wir nicht ein bisschen Schnee oder Eis holen und ihr auf die Haut legen?«

»Könnten wir, ja, so lassen sich Patienten schnell abkühlen – aber das wäre womöglich zu schnell, ein Schock für den Körper. Nein, ich fürchte, wir müssen es zwar zügig machen, aber nicht ganz so dramatisch.«

»Tut mir leid, das wusste ich nicht.«

»Nein, das war ein guter Vorschlag, nur eben nicht der richtige. Keiner erwartet, dass du von Anfang an alles weißt – oder hast du etwa schon früher hier gearbeitet?«

Das nicht, aber das Endstadium von Typhus hat sie trotzdem schon oft genug miterlebt. Und was danach kommt, auch.

»Ich komme aus der Entbindungsstation. Beantwortet das deine Frage?«

Sonja lacht. »Dann erwartet wirklich keiner, dass du dich mit der Behandlung von Typhus auskennst – ich würde mich auch nicht als Krankenschwester zu erkennen geben, wenn eine Frau mit Presswehen zu mir käme; ganz schön heftig, zwei Patienten auf einmal.«

Das kühle Tuch zeigt seine Wirkung; die Patientin beruhigt sich langsam, die fahrigen Handbewegungen klingen ab. Ging es Magda in ihren letzten Stunden genauso? Cilka fragt sich, ob Gita sie mit den vierblättrigen Kleeblättern vielleicht ablenken, ihr diese entsetzlichen Bilder ersparen wollte.

»Ich denke, du kommst jetzt allein mit ihr klar. Mach immer wieder das Tuch feucht und wisch ihr über Kopf und Gesicht, Arme und Beine; wenn du den Schweiß abtupfst, kühlt sie leichter ab. Ich sehe derweil nach einer anderen. Wenn du Hilfe brauchst, ruf einfach.«

Während Sonja weitergeht, spült Cilka das Tuch in der Schüssel mit dem tatsächlich sehr kalten Wasser aus – es schwimmen sogar ein paar Eisklümpchen darin. Sie macht sich daran, die Frau zu waschen, redet ihr dabei gut zu. Diese Stimme benutzt Cilka offenbar automatisch, egal, was sie fühlt – oder nicht fühlt –, wenn sie einen Patienten versorgt. Eine leise Stimme, ein Säuseln, das über den momentanen Schmerz hinausweist. Vielleicht beruhigt sie damit ja auch sich selbst.

Schon bald badet der Körper der Frau nicht mehr in Schweiß, dafür hat sie nun überall Gänsehaut; sie zittert vor Kälte und schlägt sich die Arme um den Körper. Instinktiv greift Cilka nach der Decke auf dem Boden und wickelt sie fest ein. Sie sieht sich nach Sonja um.

»Sonja Donatowa, jetzt hat sie Schüttelfrost. Ich habe sie zugedeckt. Was soll ich jetzt machen?«

»Lass sie und such dir einen anderen Patienten zum Abkühlen.«

»Wo finde ich denn Handtücher?«

»Ist was nicht in Ordnung mit dem, das du hast?«

»Nein, aber … das habe ich ja gerade bei der Frau verwendet.«

»Den Luxus von frischen Tüchern für jeden Patienten haben wir nicht, Cilka.« Sonja wirkt betroffen. »Nimm das Tuch, das du hast, für den nächsten Patienten, und auch die Wasserschüssel. Wenn du neues Wasser brauchst, da hinten ist ein Spülbecken.«

Am Ende des Tages hat Cilka sechs Patienten sterben und vierzehn neue Patienten ankommen sehen. Zweimal sind dick vermummte Ärzte in den Krankensaal gekommen, haben sich umgesehen und mit den verantwortlichen Schwestern gesprochen. Cilka ist klar, dass dieser Krankensaal ausschließlich von den Schwestern betreut wird. Die Ärzte sind an der Behandlung nicht beteiligt. Sie kommen wegen der Statistik, wie viele Eingänge, wie viele Abgänge, tot oder lebendig.

Wenn sie abends in ihre Baracke zurückkehrt, ist Cilka völlig ausgelaugt. Sie verbringt ihre Tage damit, fiebrige Patienten zu kühlen oder aufzuwärmen; Männer und Frauen vom Bett auf den Boden zu verlagern, wenn klar ist, dass sie nicht überleben werden; mit anzupacken, wenn verstorbene Patienten nach draußen gebracht werden, wo andere sie unauffällig wegtransportieren. Am Körper trägt sie die blauen Flecken, die ihr fantasierende Patienten beibringen, während sie sie zu versorgen versucht.

Sie lernt alles über die Krankheit, was man nur wissen kann: Sie erkennt die verschiedenen Stadien, diagnostiziert schwerere innere Blutungen und Atemnot, die wahrscheinlich zum Tod führen werden. Niemand kann ihr erklären, warum einige Patienten am Oberkörper einen hässlichen Ausschlag bekommen und andere nicht oder warum dieses Symptom nicht unbedingt ein Zeichen für einen schlechten Ausgang ist.

Beim ersten Aufkeimen der Frühlingsblumen und einsetzendem Tauwetter nimmt die Zahl der neuen Patienten auf der Station von Tag zu Tag ab. Cilka und ihre Kolleginnen kümmern sich jetzt um jeweils nur wenige Patienten, lassen ihnen die Aufmerksamkeit zuteil werden, die sie gern auch all ihren Vorgängern gewidmet hätten.

Eines Tages steht Jelena im Krankensaal. Cilka wird es warm ums Herz, als sie das vertraute Gesicht der Ärztin wiedersieht.

»Wie geht es dir?«, fragt Jelena herzlich. Blonde Strähnen spitzen aus ihren Zöpfen und umrahmen ihr Gesicht wie ein Heiligenschein.

»Ich bin müde, sehr müde, und sehr froh, Sie zu sehen.«

»Du und die anderen Schwestern, ihr habt wirklich Großartiges geleistet. Ihr habt viele Leben gerettet, anderen in ihren letzten Stunden beigestanden.«

Cilka versucht, die Worte in sich aufzunehmen. Immer noch hat sie das Gefühl, sie müsste weiterhasten, noch mehr tun.

»Ich … Wir haben getan, was wir konnten. Es wäre gut gewesen, wenn wir mehr Medikamente gehabt hätten.«

»Ja, ich weiß, hier gibt es nie genug Medikamente. Es ist immer eine schwere Entscheidung, wer welche bekommt und wer nicht.«

»Verstehe.« Wieder einmal überkommt Cilka die Scham für die gestohlenen Schmerzmittel.

»So, mein Mädchen, die Frage lautet: Was willst du jetzt machen?«

»Sie meinen, ich kann mir das aussuchen?«

»Ja, richtig. Petre nimmt dich ab morgen wieder auf der Entbindungsstation. Allerdings arbeitet deine Freundin Olga auch ganz gern dort.« Cilka versteht, was Jelena damit andeutet: Wenn sie zurückgeht, verliert Olga wohl ihre privilegierte Arbeit. »Und ich dachte, vielleicht möchtest du wieder zurück zu mir in die allgemeine Station kommen?«

»Aber …«

»Gleb Witaljewitsch ist weg. Er wurde vor ein paar Wochen versetzt. Die Verwaltung hat sich endlich mit seiner Sterbestatistik beschäftigt und im Interesse der Produktivität befunden, dass er besser woanders sein sollte.« Sie lächelt.

»Und wo?«, fragt Cilka.

»Ich weiß es nicht, und es ist mir auch egal. Ich bin nur froh, dass er nicht mehr bei uns ist. Das heißt also, du kannst zurück auf meine Station. Natürlich nur, wenn du möchtest.«

»Ich arbeite wirklich gern bei Petre Dawidowitsch und helfe Babys auf die Welt.«

Jelena nickt verständnisvoll.

»Trotzdem würde ich gern zurück zu Ihnen und den anderen Ärzten, ich glaube, da kann ich mehr bewirken, wenn das geht.«

Jelena umarmt sie. Cilka wird steif, legt unsicher eine Hand auf Jelenas Rücken, dann zieht sie sich zurück.

»Natürlich geht das!«, ruft Jelena. »Genau das will ich ja; du bist wirklich ein großer Gewinn. Petre Dawidowitsch wird es mir allerdings sehr übel nehmen, dass ich dich ihm wegnehme.«

»Er ist ein guter Arzt. Richten Sie ihm bitte aus, dass ich sehr froh bin über alles, was er für mich getan und mir beigebracht hat.«

»Das mache ich. Jetzt geh in deine Baracke, und ich will dich zwei Tage lang nicht sehen.« Sie nimmt Stift und Papier aus der Tasche und schreibt eine Notiz. »Ruh dich ein bisschen aus. Bei allem, was du hier in den letzten Monaten geleistet hast, musst du völlig erschöpft sein.«

»Ja, das stimmt. Danke.«

Cilka sieht nach draußen ins helle Licht. Sie denkt an den bevorstehenden kurzen Sommer. »Jelena Georgijewna?«

»Ja?«

»Sie wissen doch, dass Józia ein kleines Mädchen bekommen hat.«

»Ja, das habe ich gehört, und anscheinend geht es Mutter und Tochter gut.«

»Ich möchte die kleine Natja so gern besuchen. Oder ist das zu gefährlich, könnte ich sie mit Typhus anstecken?«

»Ich würde die nächsten zwei Wochen nicht zu ihr gehen, so lange dauert die Inkubationszeit – vielleicht sogar drei Wochen, um ganz sicher zu sein.«

»Drei Wochen kann ich noch warten, aber nicht einen Tag länger.«

KAPITEL 16

»Als wärst du nie weggewesen. Schön, dass du wieder da bist!«, begrüßt Raissa sie auf der allgemeinen Station.

»Wurde auch Zeit, dass du aufkreuzt«, ruft Ljuba von der anderen Seite des Raums. »Werd den Mantel los und hilf uns!«

»Habt ihr beiden hier nie geputzt, seit ich weg bin? Ich könnte schwören, dass dieses schmutzige Tuch vor einem Jahr auch schon hier lag.«

»So lange schon?«, fragt Raissa.

»Jedenfalls lange genug«, erwidert Cilka.

Das Stöhnen des Patienten, den Ljuba gerade versorgt, lenkt sie ab.

»Ist alles in Ordnung?«, fragt Cilka.

»Komm, wir haben jede Menge Arbeit für dich«, erklärt Raissa. »In einem Bergwerksstollen gab es gestern eine Explosion, es gab einige Tote, und wir haben hier mehrere Schwerverletzte. Ein paar wurden operiert, zweien wurden Gliedmaßen amputiert.«

»Sag mir einfach, wohin ich soll.«

»Geh Ljuba helfen. Der arme Kerl hat schwere Verbrennungen, sie versucht, ihm die Verbände zu wechseln; wir haben ihm etwas gegen den Schmerz gegeben, aber das hilft ihm kaum.«

Cilka zwingt sich zu einem Lächeln, als sie neben Ljuba zu dem Mann tritt, dessen Arme und Oberkörper bandagiert sind; sein Gesicht ist rot verbrannt, er weint ohne Tränen.

»Sag mir, was ich machen soll«, bittet sie Ljuba.

»Cilka, das hier ist Jakub. Wir müssen die Verbände an deinen Armen wechseln, nicht wahr, Jakub? Schließlich wollen wir nicht, dass sich die Wunden entzünden.«

»Hallo, Jakub, das ist ein polnischer Name, oder?«

Obwohl ihm jede Bewegung sichtlich wehtut, nickt Jakub.

»Ljuba, ist es in Ordnung, wenn ich mit Jakub polnisch spreche?«

Sie nickt. »Vielleicht kannst du ihm am anderen Arm den Verband wechseln, während ihr in alten Zeiten schwelgt.«

»Ich komme aus der Slowakei, aber ich … kenne Polen. Ich wollte gerade fragen, was du hier treibst, aber das sparen wir uns für ein andermal auf.«

Vorsichtig wickelt Cilka den Verband an Jakubs linkem Arm ab, während sie mit ihm plaudert wie mit einem lange nicht mehr gesehenen Freund. Als der Arm frei liegt, sieht sie das Ausmaß der Verbrennungen. Ljuba reicht ihr einen frischen Verband, der mit einer schmierigen Substanz getränkt ist.

Cilka fragt: »Wie kommt es, dass der Arm schwerer verbrannt ist als die Hand? Wie kann das sein?«

»Jakubs Kleider haben Feuer gefangen; die Verbrennungen unter den Kleidern sind schwerer, weil es da länger gebrannt hat – bis man sie wegreißen konnte.«

»Verstehe. Tja, Jakub, darf ich dir einen Rat geben? Nächstes Mal gehst du nackt zur Arbeit.«

Im selben Moment merkt Cilka, wie geschmacklos das war, und setzt zu einer Entschuldigung an. Doch Jakub drückt ihr die Hand, und sie sieht ihn an: Er versucht zu lächeln, ihr Witz gefällt ihm.

Ljuba schaut sie an. »Du musst sie entschuldigen, Jakub. Cilka hat in letzter Zeit als Hebamme gearbeitet. Sie ist es gewohnt, dass ihre Patienten nackt sind. Wenn es nicht so kalt wäre, würde sie wahrscheinlich selbst nackt hier herumlaufen.«

»Ljuba!«, fährt Cilka empört auf.

Ljuba lacht. »Ich bin fertig mit dem Verband, Jakub, dann lasse ich euch beide mal allein. Wenn du was brauchst, rufst du, Cilka.«

»Danke, du hast uns prima geholfen, Ljuba; ich glaube, Jakub und ich kommen jetzt allein zurecht, oder, Jakub?«

Schnell bandagiert Cilka Jakubs zweiten Arm und verspricht, bald noch einmal nach ihm zu sehen. Dann lässt sie sich von Raissa weitere Patienten zuweisen und ist schnell wieder im altgewohnten Rhythmus. Es fühlt sich ganz natürlich an, denkt sie erleichtert. Das Gegenteil von dem, was sie ja auch gekannt hat: zu einer Aufgabe gezwungen zu werden, die sich anfühlt wie Folter für die eigene Seele.

In einer Pause nippen Raissa, Ljuba und Cilka an

dünnem Tee, essen Brot und etwas, was wohl Wurst sein soll. Jelena kommt dazu, lehnt einen Tee aber dankend ab. Jeder weiß, dass die Ärzte in ihrem Pausenbereich allerfeinsten Tee bekommen.

»Wie stellt sich unser Mädchen an?«, fragt sie Raissa und Ljuba.

»Man meint, sie wäre nie weggewesen! Danke, dass Sie sie überredet haben zurückzukommen«, sagt Raissa.

»Sie hat mich zu gar nichts überredet«, widerspricht Cilka. »Es tut gut, wieder hier zu sein und anzupacken, auch wenn ich mir anhören muss, ich sollte am besten nackt herumlaufen.«

»Wer sagt denn so was zu dir?«

»Das war nur ein Scherz«, stellt Cilka eilig richtig. »Wir haben einen Patienten mit schweren Verbrennungen beim Verbandswechsel abgelenkt.«

»Solange es nützt«, lächelt Jelena.

»Wobei kann ich denn noch helfen?«, fragt Cilka.

»Ich habe mir überlegt, Cilka, dass du mir morgen vielleicht im OP assistieren könntest. Das ist der einzige Bereich, in dem du noch gar nicht warst. Ich habe da ein paar relativ einfache Eingriffe, und ich dachte mir, das könnte deine Ausbildung gut ergänzen.«

»Eine sehr gute Idee«, freut sich Ljuba. »Ich glaube, das kann sie jetzt. Was meinst du, Cilka?«

»Ich weiß nicht, was ich sagen soll. Danke. Was muss ich machen?«

»Komm morgen einfach wie immer zur Arbeit. Dann nehme ich dich mit.«

Cilka sieht Jelena nach. Es ist bewundernswert, welche hervorragende Arbeit sie als Ärztin leistet und wie bereitwillig sie dabei ihr Wissen weitergibt, besonders an jemanden, der nicht einmal eine richtige Ausbildung hat.

»Wirklich toll, dass sie sich freiwillig hierher gemeldet hat«, stellt sie fest.

»Ja, die meisten anderen Ärzte sind auf Befehl von oben hier, viele haben in ihrem alten Krankenhaus Mist gebaut oder haben sich zu Hause jemanden zum Feind gemacht. Oder es ist die erste Stelle nach der Ausbildung, wie bei uns. Aber Jelena Georgijewna will wirklich da arbeiten, wo sie am meisten Gutes bewirken kann«, bestätigt Raissa.

»Ich will ja nicht indiskret sein, aber hat sie Familie hier?«

»Nein, sie wohnt mit den anderen Ärztinnen in einer gemeinsamen Unterkunft; aber angeblich ist sie mit einem anderen Arzt befreundet. Sie wurden abends zusammen in der Stadt gesehen«, flüstert Ljuba.

Die Stadt Workuta außerhalb des Lagers wurde vollständig von Häftlingen gebaut.

»Wirklich …« *Wieder Liebe,* denkt Cilka, sogar an einem Ort wie diesem. »Und wer ist das? Welcher Arzt?«

»Der Arzt aus der Entbindungsstation, mehr weiß ich nicht.«

»Petre – sie und Petre Dawidowitsch?«

»Kennst du ihn?«, fragt Raissa.

»Natürlich«, fällt Ljuba ihr ins Wort, »sie hat doch da gearbeitet. Hast du sie mal zusammen gesehen?«

»Nein. Das heißt, nur einmal, als sie mich ihm am ersten Tag vorgestellt hat, aber das erklärt, warum er mich gleich genommen hat, als ich hier gefeuert wurde. Wie schön!« Cilka freut sich. »Er ist nämlich genau wie sie, ein richtig guter Arzt und nett obendrein.«

»Und sieht er gut aus?« Ljuba reißt die Augen auf.

Cilka denkt kurz nach.

Ja, er ist attraktiv, mit seinem dicken Schnurrbart und den lächelnden Augen. »Sie passen perfekt zueinander.«

Trotzdem, fällt ihr unwillkürlich ein, gibt es in Workuta einen Mann, der noch besser aussieht. Ob sie den Boten Alexandr jetzt, wo sie wieder im Krankenhaus ist, wohl wiedersehen wird?

»Dann wollen wir mal weiterarbeiten«, meint Raissa. »Sonst geratet ihr beide mir noch in Wallungen …«

Ja, Arbeit, das braucht Cilka. Sie wird sich nicht gestatten, zu weit in eine unmögliche Zukunft zu träumen.

Die Aussicht auf die Operation macht Cilka unruhig. In dieser Nacht kann sie nicht schlafen. Die Gedanken wirbeln ihr durch den Kopf, sie durchlebt noch einmal alles, was heute passiert ist.

Am nächsten Morgen ist der Himmel bedeckt, aber Cilka genießt den Fußweg durch das Gras, die kleinen Wiesenblümchen auf dem Weg zum Krankenhaus. Dort erwartet sie Jelena, und gemeinsam betreten sie den Operationsbereich. Eine Assistentin wartet mit Kittel, Handschuhen und Maske. Cilka will nach dem Kittel greifen.

»Zuerst musst du dir gründlich die Hände waschen«, erklärt Jelena und führt sie an ein Waschbecken. »Hast du unter dem Hemd etwas an?«

»Nur die Unterhose.«

»Gut, dann zieh das Hemd aus. Es darf nirgends ein Ärmel reinhängen.«

Cilka zögert.

»Schon gut, Cilka, hier sind nur wir Frauen.«

Langsam knöpft Cilka ihr Hemd auf. Die Assistentin nimmt es ihr ab, reicht ihr ein Stück Seife und dreht ihr einen Wasserhahn auf. Cilka seift sich die Arme ein. Die Assistentin bereitet den Saal vor. Jelena steht neben Cilka und wäscht sich ebenfalls Hände und Arme bis über die Ellbogen. Cilka macht ihr alles genau nach.

Konzentriert spült sie sich unter dem fließenden Wasser die Seife ab und zuckt regelrecht zusammen, als Jelena sanft nach ihrem linken Arm greift. Sie dreht ihn zu sich und starrt auf die unscharfen bläulich grünen Zahlen auf der Innenseite des Unterarms.

Jelena will etwas sagen, macht den Mund aber wieder zu.

Cilka starrt weiter auf das fließende Wasser, atmet schwer.

Sie hebt den Kopf und sieht Jelena in die Augen. »Wissen Sie, woher ich das habe?«

»Ja. Ich dachte mir schon, dass du dort warst, aber ich ... wollte es nicht richtig glauben.«

Cilka ist gleichzeitig heiß und kalt.

»Du musst noch so jung gewesen sein«, überlegt Jelena. Sie lässt Cilkas Arm los.

»Sechzehn.«

»Darf ich fragen … und deine Familie?«

Cilka schüttelt den Kopf, wendet den Blick ab, reckt die Hand, um das Wasser abzudrehen. Sie will, dass das Gespräch vorbei ist.

»Ach, Cilka.« Jelena seufzt. Natürlich, denkt Cilka und blickt in das mitleidige Gesicht der Ärztin. Inzwischen weiß jeder, was *dort* war. Aber nicht, was dort ihre Aufgabe war.

»Frau Doktor, sagen Sie mir nur eines.« Ihre Stimme ist fest, aber ansehen kann sie Jelena nicht.

»Ja?«

»Haben sie sie erwischt?«

Jelena zögert, versteht. »Ja, Cilka. Die Kommandanten, die Wachen, die Ärzte. Es gibt Prozesse. Ihre Verbrechen sind vor der ganzen Welt sichtbar. Sie kommen für ihre Taten ins Gefängnis oder sterben durch den Strang.«

Cilka nickt. Sie beißt fest die Zähne aufeinander. Sie könnte schreien – oder weinen. Zu viel wogt in ihr auf. Aber genug ist es immer noch nicht. Es hat zu lange gedauert.

»Ich weiß nicht, was ich sagen soll, Cilka, nur dass es mir so leidtut, dass du das durchmachen musstest, etwas so Unvorstellbares, und dann auch noch hier enden musstest. Egal warum …« Jelena stockt. »Immerhin warst du erst sechzehn.«

Cilka nickt. In ihren roten Augen stehen ungeweinte Tränen. Sie schluckt, schluckt wieder. Räuspert sich. Holt tief Luft. Versucht mit aller Macht, ihren Herzschlag zu beruhigen. Sieht wieder zu Jelena auf.

»Der Patient wartet«, sagt sie.

»Ja«, erwidert Jelena. Als sie sich die Hände abtrocknen und in Richtung OP gehen, wo die Assistentin mit Kitteln und Handschuhen wartet, fängt sie noch einmal an: »Cilka, wenn du irgendwann reden möchtest ...«

»Danke«, unterbricht sie Cilka. Sie kann sich nicht vorstellen, dass sie irgendwann diese Erinnerungen, diese Bilder in Worte wird fassen können. Wieder räuspert sie sich. »Danke, Jelena Georgijewna.«

Jelena nickt. »Du weißt ja, ich bin da.« Je näher sie dem OP kommen, desto ferner rückt für Cilka schon das Gespräch. Sie hat eine wichtige Aufgabe vor sich, und das wird sie ablenken. Als sie in Kittel und Handschuhen steckt, legt die Assistentin Cilka die Maske an, dann hält sie ihr die Tür zu einem kleinen Raum auf.

Auf einem Operationstisch liegt ein Patient, und ein Anästhesist am Kopfende hält ihm eine Gummimaske über Nase und Mund.

»Er schläft«, kommentiert er mit wenig Interesse oder gar Begeisterung, dann fixiert er einen Punkt an der Rückwand.

Cilka geht hinter Jelena her, stellt sich neben sie.

»Geh auf die andere Seite, von da aus kannst du besser sehen und mitmachen.«

Damit sie nicht aus Versehen etwas berührt, geht Cilka mit ausgestreckten Händen um das Bett herum.

»In Ordnung, es geht los. Siehst du die Instrumente auf dem Tisch neben dir? Gut. Ich sage, welches Instrument ich brauche, dann zeige ich darauf, damit du weißt, welches es ist. Du wirst das schnell heraushaben.«

Die Assistentin, die ihnen in den Raum gefolgt ist, zieht das Laken vom Körper des Patienten und legt seinen nackten Körper frei.

»Ich muss an seinen Magen und rausholen, was auch immer er da verschluckt hat. Leider tun einige Leute sich extreme Dinge an, um nur nicht draußen arbeiten zu müssen; manche schlucken Gegenstände, die sie umbringen können.«

»Sie machen Witze.«

»Nein. Ins Krankenhaus zu kommen und sich den Magen aufschneiden zu lassen ist aus ihrer Sicht immer noch besser, als zu arbeiten, zumindest eine Zeit lang.«

»Woher wissen Sie so sicher, dass er etwas verschluckt hat?«

»Seine Schmerzen waren echt; und als wir dafür keine organischen Ursachen gefunden haben, hat er schließlich zugegeben, dass er etwas verschluckt hat.«

»Hat er auch gesagt, was?«

»Das ist ja das Komische – er wollte es nicht rauslassen, meinte, wir sollen doch suchen gehen, dann würden wir schon sehen.« Jelena lächelt schief.

Das hier ist eine andere Welt, denkt Cilka. Zwar immer noch ein Gefängnis, das zeigen solche Verzweiflungstaten, aber *dort* hätte niemals jemand mutwillig Aufmerksamkeit auf sich gezogen. Bei einer Selektion wich man dem Blick des Arztes aus. Mit diesen Leuten wollte man am liebsten gar nicht in Berührung kommen.

»Cilka, reich mir bitte ein Skalpell.« Jelena zeigt auf das Tablett. Cilka nimmt das Gerät und legt es ihr in die ausgestreckte Hand.

»Drück es mir in die Hand, sodass ich es spüre. Diese Handschuhe sind so dick, dass ich gar nicht weiß, ob ich es habe, wenn du mich nicht regelrecht damit schlägst; du musst nur darauf achten, dass die Klinge zu dir zeigt und dass ich den Griff zu fassen bekomme.«

Fasziniert sieht Cilka zu, wie Jelena dem Patienten schnell und geschickt den Bauch aufschlitzt, sodass in Perlen das Blut aus dem Schnitt quillt.

»Nimm ein paar Tupfer – diese Stoffbündelchen da – und wisch das Blut ab; es wird gleich aufhören.«

Cilka begreift schnell und wischt das Blut ab, damit Jelena sehen kann, was sie tut.

Cilka reicht weitere Instrumente, hört Jelenas Erklärungen, fragt nach, bis Jelena die Hand aus dem Bauch zieht und einen Löffel hochhält.

»Ob der Besitzer den wohl vermisst hat?«, fragt sie mit einem verschmitzten Lächeln. »Dann wollen wir mal sehen, ob er im Magen Schaden angerichtet hat.«

Sie tastet mit den Fingern herum. Cilka beugt sich vor, um besser sehen zu können, und die beiden Frauen stoßen mit den Köpfen zusammen.

»Tut mir leid, ich hätte nicht …«

»Schon gut, es freut mich, dass du genau hinschaust. So lernst du am besten.« Jelena schweigt kurz, mustert die offene Bauchhöhle. »Offenbar ist nichts weiter passiert, dann nähen wir ihn wieder zu.«

Als der Patient aus dem OP gerollt worden ist, geht Cilka mit Jelena in den Waschraum zurück. Die Assistentin erwartet sie. Sie bindet die Kittel auf, zieht ihnen

Masken und Handschuhe aus und reicht Cilka wieder ihr Hemd. Cilka fragt sich, ob sie auch eine Gefangene ist.

»Du hast schnell gelernt, wie immer. Ich möchte gern, dass du mir öfter assistierst. Und wir sollten das regelmäßig machen, damit du dich gut eingewöhnst. Was meinst du?«

Cilka ist kurz skeptisch. Sie hofft, dass Jelena das alles nicht nur wegen ihrer Vergangenheit tut, aus Mitleid.

Doch diese Arbeit ist befriedigend und eine Herausforderung. Und Cilka glaubt, dass sie das kann.

»Ja, gern.«

»Dann geh rüber und sag Raissa und Ljuba Bescheid. Bestimmt können sie heute Nachmittag noch zwei Hände gebrauchen.«

»Danke.« Cilka spürt, dass ihr schon wieder die Tränen kommen. Und diesmal kommt nicht die Leere, um sie zu verdecken – eilig verlässt sie den Raum.

Im Vorraum hält sie kurz inne, um sich zu sammeln, dann betritt sie den Krankensaal.

»Wie war es?«, tönt es ihr entgegen.

»Ehrlich gesagt sehr gut.« Sie betrachtet die freundlichen Gesichter. Fragt sich plötzlich, ob auch sie Bescheid wissen. »Und was soll ich hier tun?«, fragt sie schnell. »Ich habe noch eine halbe Schicht.«

»Kannst du die Akten durchsehen und die Medikamente holen, die ausgegeben werden sollen?«, bittet Raissa.

Cilka vertieft sich in die Arbeit, erleichtert, alle Gedanken von sich zu schieben.

KAPITEL 17

Cilka hat die Namen von fünf Patienten aufgeschrieben, dazu die benötigten Medikamente. Sie macht sich auf zum Arzneilager. Als sie näher kommt, hört sie von drinnen Stimmen, eine davon ist ziemlich laut. Vorsichtig öffnet sie die Tür. Juri Petrowitsch, der nette Arzt, den Cilka noch von ihrer ersten Zeit im Krankenhaus kennt, steht in der Mitte des Raums – an seiner Kehle blinkt ein Messer. Das hält ein Mann, der aussieht, als könnte er mit einem Bären ringen und aus dem Kampf als Sieger hervorgehen. Der Hüne wendet sich zu Cilka um.

»Was willst du, verdammt?«, fährt er sie an.

Sie bringt kein Wort heraus.

»Rein mit dir, und Tür zu.«

Cilka folgt, lehnt sich an die geschlossene Tür, hält zu dem Mann so viel Abstand wie möglich.

»Komm her, neben den Arzt. Auf der Stelle, oder ich schlitze ihm den Hals auf.«

In drei Schritten steht Cilka neben dem Arzt, der sie flehentlich ansieht.

»Was willst du?«, fragt sie mit einem Wagemut, den sie gar nicht hat.

»Halt's Maul. Bist im falschen Moment gekommen; jetzt muss ich mich mit euch beiden abgeben.«

Cilka starrt ihn an. Sie weiß genug über gewalttätige Männer, um abschätzen zu können, wie verzweifelt dieser hier ist. Seine Drohungen sind Mittel für einen Zweck. »Was willst du?«

»Ich sagte, halt's Maul. Hier rede ich.«

»Tu einfach, was er sagt«, wimmert der Arzt.

»Guter Rat«, poltert der Mann. »Wir können alle glücklich hier rauskommen, wenn du auf den Arzt hörst und tust, was ich sage.«

Als er dem Arzt das Messer näher ans Kinn schiebt, quillt ein Tropfen Blut hervor, und der Mann grinst zahnlos. »Jetzt her mit den verdammten Tabletten; die vom letzten Mal.«

Cilka traut ihren Augen kaum. Sie starrt von einem zum anderen.

»Ist gut, aber dazu musst du das Messer wegnehmen«, sagt Juri Petrowitsch.

Der Blick des Mannes geht von dem Arzt zu Cilka. Im Nu liegt das Messer an Cilkas Kehle.

»Falls du dachtest, du könntest dich aus dem Staub machen«, knurrt er.

Der Arzt nimmt mehrere Tablettengläser aus dem Regal. Mit der freien Hand hält der Mann eine große Innentasche in seinem Mantel auf, und der Arzt stopft die Tabletten hinein.

»Nur weiter so; auf dieser Seite habe ich noch eine.«

Der Arzt steckt weitere Tabletten in die andere Tasche.

»Das ist alles; wenn ich dir noch mehr geben würde, hätten wir nicht mehr genug für die Patienten.«

»Patienten sind mir egal! Wann kommt die nächste Lieferung?«

»Ich weiß nicht.«

»Falsche Antwort.« Der Mann drückt das Messer an Cilkas Kehle. Sie hält die Luft an.

»Tu ihr nichts! In zwei Wochen, frühestens.«

»Gut, dann komme ich in zwei Wochen wieder.«

Er lässt Cilka frei, hält weiter das Messer hoch. Sein Blick geht an ihr hinauf und hinunter. »Und zu dir komme ich vielleicht auch; siehst gar nicht übel aus.«

»Du solltest zusehen, dass du hier wegkommst, bevor jemand nach mir sucht«, erwidert Cilka tapfer.

»Schon klar.« Der Hüne zeigt mit der Messerspitze auf den Arzt. »Er kennt die Regel – ihr bleibt hier, bis ihr sicher seid, dass ich aus dem Haus bin.«

Cilka und der Arzt sehen dem Koloss nach, wie er in aller Ruhe zur Tür stapft, sich das Messer in den Mantel schiebt, die Tür öffnet und ganz langsam hinter sich zuzieht.

Cilka wendet sich an den Arzt. »Wer ist das? Wir müssen die Wachen rufen, jemand muss ihn aufhalten.« Sie will schon fragen, was in ihn gefahren ist, dass er Tabletten herausgegeben hat – aber mit welchem Recht täte sie das, wo sie doch selbst schon einiges zu ihrem eigenen Schutz abgezweigt hat?

»Immer langsam, Cilka.«

Cilka wartet, während er sich kurz zu sammeln scheint, bevor er weiterspricht.

»Er ist einer der *Blatnyje* von den Kriminellen. Ein starker Mann im Lager, mit vielen sehr mächtigen Freunden. Vor ein paar Monaten haben sie mich abends nach dem Dienst gestellt und mir mit dem Tod gedroht, wenn ich ihnen nicht regelmäßig Medikamente liefere.«

Vielleicht ist das jetzt auch Hannahs Quelle. Ein richtiges Netzwerk.

»Warum haben Sie es niemandem …«

»Gesagt? Wem denn? Wer, glaubst du, hat denn hier das Sagen? Die Wachleute jedenfalls nicht, Cilka, die sind in der Minderheit. Das solltest du eigentlich wissen. Das Sagen haben hier die *Blatnyje*, und solange die Arbeit erledigt wird und Streitereien und Morde auf ein Minimum reduziert sind, wird auch keiner sie infrage stellen.«

Cilka kommt sich dumm vor, weil sie nach so langer Zeit hier noch nicht begriffen hat, wie tief die *Blatnyje* in die Lagerorganisation eingebunden sind. Gleichzeitig erfährt man solche Dinge hier wohl eher aus Zufall – je nachdem, wo man sich aufhält, was man mitbekommt. Wahrscheinlich ist es besser, der Macht nicht zu nah zu sein, nicht zu viel zu wissen.

Immer noch kann sie es kaum fassen, was das für die Patienten bedeutet – wenn solche Mengen wegfallen. »Ich kann nicht glauben, dass die einfach hier hereinspazieren können und sich von Ihnen geben lassen, was sie wollen.«

»Tut mir leid«, seufzt er, an einen Labortisch gelehnt.

Langsam kehrt Farbe in sein Gesicht zurück. »Das haben sie auch mit meinem Vorgänger gemacht, und ich bin einfach der Nächste, der bedroht und eingeschüchtert wird. Und sie würden mich auch umbringen, daran habe ich keinen Zweifel.«

»Dann werde ich ...«

»Nein, das wirst du nicht. Kein Wort sagst du, hörst du? Nicht ein Wort. Oder es ist das Letzte, was du sagst. Sie wissen, dass ich nichts rauslasse, und wenn diesem Dreckskerl hier etwas zustößt, wissen sie, dass du geplaudert haben musst, und dann passen sie dich ab.«

Fürs Erste wird Cilka nichts sagen, aber sie muss noch genauer darüber nachdenken.

»Versprich mir, dass du nichts sagst ...«

»Ach, da bist du ja.« Raissa steht in der Tür. »Ich habe mich gewundert, warum du so lange brauchst.« Sie mustert den bleichen Arzt. »Störe ich?«

»Nein, nein«, erwidern Cilka und der Arzt im Chor.

»Tut mir leid, Raissa, ich hätte Cilka nicht so lange von der Arbeit abhalten sollen. Sie hat mir geholfen.«

»Du musst sofort den Patienten etwas bringen, Cilka, sie warten darauf.«

Cilka sieht auf den zerknitterten Zettel in ihrer Hand; sie hatte ihn ganz vergessen. Sie streicht ihn glatt und versucht zu lesen, was sie braucht. Schnell nimmt sie die Medikamente aus den Regalen und verlässt eilig den Raum, während Raissa ungläubig den Arzt anstarrt.

Als Cilka gerade einem Patienten seine Tablette gibt, tritt Raissa neben sie und flüstert: »Alles in Ordnung? Hatte er was mit dir vor?«

»Was? Nein, nein, überhaupt nicht. Alles in Ordnung.«

»Gut, aber du sagst es mir, wenn es etwas gibt, was ich wissen sollte?«

»Keine Sorge, das mache ich.«

Als Raissa sich abwendet, ruft Cilka ihr zu: »Raissa, hast du vor ungefähr fünf Minuten einen großen, hässlichen Mann aus dem Krankensaal gehen sehen?«

»Ich sehe hier den ganzen Tag nur große, hässliche Männer rausgehen. War es jemand Bestimmtes?«

»Nein, war nur so eine Frage. Danke.«

Am Ende ihrer Schicht tritt Cilka nach draußen und sieht zum Himmel auf. Hell ist er, blau, die Sonne scheint. Die weißen Nächte sind da.

»Du«, ertönt es schroff in ihrem Rücken.

Cilka wendet sich um. Hinter ihr stehen sechs oder sieben riesige Kerle. Gemeinsam machen sie einen Schritt auf sie zu.

»Einen sicheren Abend wünsch ich«, sagt einer von ihnen.

»Danke«, erwidert sie herausfordernd.

Der riesige, hässliche Hüne, der ihr vor nur wenigen Stunden ein Messer an die Kehle gehalten hat, tritt vor. Er zieht das Messer aus der Tasche und spielt mit beiden Händen damit herum.

Ohne einen Blick zurück geht Cilka langsam weg.

KAPITEL 18

»Du hast es versprochen, Cilka, jetzt tu es auch«, bettelt Elena eines Sonntagabends, als sie durchs Lager schlendern und sich das umwerfende Schauspiel der durch die Wolken funkelnden Sonne ansehen.

»Ich weiß«, sagt Cilka. Auch sie sehnt sich nach Józia, aber sie weiß noch nicht, was sie davon halten soll, dass sie jetzt im Blick der *Blatnyje* steht. Ob die vielleicht jeden bedrohen, dem sie nahesteht. Aber inzwischen hat sie festgestellt, dass sie sie nur bei ihrem Schichtende abpassen; hier bei Baracke 29 sind sie noch nie aufgekreuzt. »Morgen gehe ich in die Kinderstation und lasse Józia ausrichten, dass ihr endlich Natja kennenlernen wollt.«

Zwar arbeitet jetzt Olga auf der Entbindungsstation, aber die ist Józia noch nicht begegnet – nur die kleine Natja hat sie gesehen, als sie einmal eine Mutter und ihr Kind nach nebenan begleitet hat. Józia hat in der Verwaltung wohl erst später Feierabend.

»Tut mir leid, wenn ich dich damit behellige«, erklärt Elena, »aber seit ein paar Wochen wirkst du bedrückt ... und vielleicht hilft es dir, Józia und Natja zu sehen.«

Nach den Abendpflichten geht Cilka in letzter Zeit direkt ins Bett, sie spricht kaum mehr mit den anderen, möchte niemanden in Gefahr bringen. Und dabei machen ihr nicht nur die *Blatnyje* Sorgen. Es plagt sie auch die Frage, ob einige von ihnen, so wie die Ärzte, schon über *dort* Bescheid wissen. Dass sie Jüdin ist, wissen sie ohnehin, und dass sie nie von ihrer Verhaftung redet. Die Angst hat wieder Bilder hochkommen lassen. Sie leer und stumpf gemacht.

»Habt ihr über mich geredet?«

»Wir reden über jeden von uns, natürlich nur heimlich.« Elena lächelt. »Du hast irgendwelchen Ärger. Du musst es nicht erzählen, wenn du nicht willst, aber vielleicht können wir ja helfen. Wer weiß.«

»Das ist sehr nett, Elena, aber es ist alles in Ordnung.« Sie versucht, jede Schärfe aus ihrer Stimme zu nehmen. »Versprochen, morgen richte ich es Józia aus. Ich will die beiden auch sehen.«

Mehrere Frauen aus ihrer Baracke gesellen sich zu ihnen, und Elena kündigt überschwänglich für nächsten Sonntag einen Besuch von Józia und Natja an. Das muss Cilka richtigstellen – sie wird es Józia ausrichten, aber sie weiß nicht, wann sie wirklich kommt. Jedenfalls ist Józia seit den weißen Nächten sonntags nie draußen gewesen – Cilka weiß nicht, ob aus eigener Entscheidung, weil sie es zu anstrengend findet oder sich für sich selbst oder ihr Kind vor Wadim oder Fremden fürchtet, oder ob für sie besondere Regeln gelten. Aber allein schon die vage Aussicht auf ein Wiedersehen mit Józia und Natja ist den Frauen im Moment genug.

Da kommt Anastassja zu Cilka.

»Erzähl mir von Józia. Was ist an ihr so besonders?«

Die Sonne lugt durch die Wolken und verschwindet wieder, über Anastassjas junges Gesicht ziehen die Schatten.

»Niemand hat behauptet, dass sie besonders ist.«

»Schau sie doch an, wie glücklich sie sind, wenn sie nur ihren Namen hören.«

Cilka überlegt. »Wir haben viel zusammen durchgemacht, als wir hier angekommen sind. Józia war die Jüngste von uns, und wahrscheinlich haben wir sie alle ein bisschen bemuttert. Dann wurde sie schwanger. Das war eine harte Zeit für sie, und wir haben ihr alle durch die Schwangerschaft geholfen. Das war's. Bestimmt verstehst du, dass sie sie jetzt mit dem Baby wiedersehen wollen – irgendwie gehört das Baby auch ein bisschen uns. Sie nähen ihr Kleidung, und manche haben selbst Kinder, die sie zurücklassen mussten, da sehnen sie sich einfach danach, die kleine Natja im Arm zu halten.«

»Verstehe.« Anastassja nickt. »Ich freue mich, sie kennenzulernen.«

Schweigend gehen sie weiter.

»Der Mann, der dich abends manchmal im Bett besucht«, fragt Anastassja, »liebst du ihn?«

Cilka ist verblüfft. »Wie bitte?«

»Ob du ihn liebst.«

»Was ist das denn für eine Frage? Liebst du die Männer, die über dich herfallen?«

»Das ist etwas anderes.«

»Wieso?«

»Ich höre, wie dein Typ mit dir redet. Er liebt dich. Ich habe mich nur gefragt, ob du ihn auch liebst. Von dir höre ich das nämlich nicht.«

Cilka packt Anastassja am Kragen.

»Das wirst du mich nicht noch mal fragen«, schärft sie ihr ein. »Meine Angelegenheiten gehen dich nichts an. Du bist jung und musst noch einiges lernen, wie die Dinge hier laufen und wo dein Platz ist. Kapiert?«

Anastassja zuckt zusammen. »Du brauchst nicht gleich so aufzubrausen. Ich habe ja nur gefragt.«

»Ich brause nicht auf«, erwidert Cilka. Dabei weiß sie sehr wohl, dass sie reagiert wie früher. Dass die Empörung durchkommt, durch die glatte Oberfläche bricht. »Es ist mir wichtig, dass du mir gegenüber deine Grenzen kennst. Ich tue alles, was ich kann, um dir zu helfen, aber aus meinen Angelegenheiten hast du dich rauszuhalten.«

»Tut mir ja leid. Entschuldigung, dass ich überhaupt was gesagt habe.« Anastassja wendet sich ab. »Ich dachte nur, wenn du ihn auch liebst, wäre das wirklich schön.«

Anastassjas Fragen arbeiten in Cilka. Sie weiß, dass Boris andere Gefühle für sie hegt als sie für ihn. Niemals hat sie in ihrer Beziehung mehr gesehen, als dass sie ihm Trost und ihren Körper zur Verfügung stellt. Ein Geschäft. Liebe! Sie mag die Frauen in ihrer Baracke, und Jelena, Raissa und Ljuba. Sie sind ihr wichtig, für sie würde sie alles tun. Doch für Boris kann sie diese

Gefühle wirklich nicht aufbringen. Wenn er morgen weg wäre, würde sie ihn dann auch nur vermissen? Nein, gesteht sie sich. Wenn er sie um etwas bitten würde, was ihr Probleme einbringen könnte? Auch nicht. Er bietet ihr Schutz vor den Massenvergewaltigungen. Sie weiß, was es bedeutet, mächtigen Männern zu gehören und in ihrem Schutz zu stehen – eine Wahl hatte sie in dieser Frage allerdings nie. Nein, von Liebe kann keine Rede sein.

»He du, Schwester.«

Cilka blickt nach rechts, von wo die Stimme kam, weiß nicht, ob sie gemeint ist.

»Netter Spaziergang?«

Cilka erschrickt. Instinktiv schiebt sie Anastassja weg, will sie nicht der Gefahr aussetzen, die ihr jetzt vielleicht droht. Der Hüne, der ihr ein Messer an die Kehle gehalten hat, ist nur ein paar Meter entfernt, umgeben von seinen Schatten, die alle fies grinsen und teils anzügliche Blicke auf die beiden Mädchen werfen. Der Hüne zieht das Messer aus der Tasche, wedelt damit herum.

»Ich gehe zurück in die Baracke«, zischt sie Anastassja zu. »Such die anderen und komm auch.«

»Aber ...«

»Geh, Anastassja, keine Fragen jetzt.«

Langsam geht Anastassja zu den anderen Frauen. Die Baracke gehört in den Einflussbereich von Boris und den *Blatnyje,* die »ihre« Frauen schützen; Cilka geht also davon aus, dass sie dort in Sicherheit sind.

»Was willst du?«, fragt sie in der Hoffnung, dass sie

sich auf sie konzentrieren und dass die anderen Frauen sich währenddessen entfernen können.

»Wir haben dich bloß gesehen und wollten dir mal Hallo sagen«, grinst er.

Cilka stellt ihnen weitere Fragen und hofft, sie mit ihrer Hinhaltetaktik nicht gegen sich aufzubringen. Von Weitem sieht sie Wadim, der sie beobachtet.

»Ich stehe euren … Geschäften nicht im Weg«, erklärt sie. Damit geht sie weg, obwohl sie auf das Schlimmste gefasst ist, als sie ihnen den Rücken zuwendet. Wie leicht könnte der Hüne sich mit dem Messer auf sie stürzen.

Als Cilka sich in der Baracke aufs Bett fallen lässt, sieht sie auf das Bett neben ihrem, wo Anastassja schläft: das Mädchen, das eben noch ihretwegen in Gefahr war; das Mädchen, das sie nach der Liebe gefragt hatte. Ein Kind noch, erst sechzehn, so alt wie sie selbst bei ihrer Ankunft *dort*, fällt Cilka ein. Ist sie deswegen so wütend geworden? War sie in Anastassjas Alter genauso naiv? Hat sie an Dinge wie die Liebe geglaubt? Ja, gesteht sie sich ein, das hat sie.

Auschwitz-Birkenau, 1944

Cilka sieht Hunderte nackte Frauen an sich vorbeiziehen. Der Schnee liegt mehrere Zentimeter hoch auf dem Boden, und es schneit weiter, die Flocken wirbeln im Wind. Sie zieht sich den Mantelkragen über Mund und Nase, die Mütze fast über die Augen. Die Frauen marschieren wer weiß wohin an ihr vorbei, die einzige Gewissheit ist ihr Tod. Sie ist starr vor Entsetzen, unfähig, sich zu rühren. Es ist, als müsste sie Zeugin des Horrors werden – falls sie diese Hölle überlebt, wäre sie vielleicht die Einzige, die erzählen müsste; wer immer ihr zuhören würde.

Zu beiden Seiten der Frauenkolonne gehen ein paar SS-Leute. Andere Gefangene eilen weiter, wenden sich ab. Es ist zu schwer zu fassen, zu viel Schmerz.

Als der letzte Wachmann an Cilka vorbei ist, sieht sie hinter ihm den Lagerkommandanten von Auschwitz kommen; bei jedem Schritt klopft sein Schlagstock ihm gegen den Oberschenkel. Er ist Schwarzhubers Vorgesetzter. Sie erkennt ihn. Er sieht sie. Bevor sie sich umdrehen und weglaufen kann, hat er sie am Arm gepackt, zwingt sie, neben ihm herzugehen. Sie bringt kein Wort heraus, wagt nicht, sich loszureißen. Er ist der meistgehasste, der gefürchtetste Kommandant, mehr noch als Schwarzhuber. Er hat sie bereits in ihrer Stube besucht. Und sie wissen lassen, dass auch er zu ihr kommen wird, wann immer es ihm passt.

Sie marschieren zu den Toren von Birkenau hinaus, auf eine Wiese an der Straße von Birkenau nach Auschwitz.

Die Frauen werden in einer langen Reihe aufgestellt, gestoßen und geschubst von den Soldaten, bis sie Schulter an Schulter stehen, zitternd, frierend, weinend. Cilka steht neben ihm und sieht auf den Boden vor ihren Füßen.

»Komm mit«, sagt er.

Vor der ersten Frau bleiben sie stehen. Mit der Spitze seines Schlagstocks hebt er ihre Brust an. Als er den Stock wegzieht, sackt sie zurück. Er weist den Wachmann vor sich an, die Frau einen Schritt zurücktreten zu lassen. Cilka sieht, wie die beiden nächsten Frauen, deren Brüste ebenfalls schlaff herabsacken, neben sie in die hintere Reihe treten. Die vierte Frau bleibt vorn, nachdem ihre Brust straff stehen geblieben ist.

Er entscheidet, ob sie leben oder sterben werden, je nachdem, wie straff ihre Brüste sind.

Cilka hat genug gesehen. Sie stolpert neben ihm her, hebt den Blick nicht vom Boden, weigert sich mit anzusehen, ob die nächste Frau stehen bleiben darf oder nach hinten geschoben wird.

Sie wendet sich ab, übergibt sich, besudelt den weißen Schnee mit dem Kaffee und Brot ihres Frühstücks.

Der Lagerkommandant lacht.

Blind lässt Cilka sich von einem Wachmann am Arm packen und in ihre Baracke zurückschleifen.

»Du kannst Pause machen«, sagt Raissa ihr am nächsten Tag. »Leg die Füße hoch und iss etwas; es ist viel übrig, heute sind viele zu krank, um zu essen.«

»Kann ich auch kurz rausgehen, nur zur Kinderstation? Ich möchte die kleine Natja sehen und Józia etwas ausrichten lassen.«

Raissa überlegt. »Aber nicht zu lange.«

Cilka hat ihren Besuch extra so gelegt, um den *Blatnyje* aus dem Weg zu gehen. Sie bleibt an der Tür stehen und sieht Natja über den Boden robben, wie sie sich auf alle viere hochrappelt und zu krabbeln versucht, bevor sie zu Boden plumpst, als hätte eine große Hand sie niedergedrückt. Sie winkt den Pflegerinnen zu und zeigt auf Natja. Sie nicken, erlauben ihr den Besuch.

Sie sitzt auf dem Boden, ein paar Meter entfernt, und ermuntert die Kleine, zu ihr zu kommen. Mit enormer Anstrengung stemmt sie sich auf Hände und Knie und setzt langsam erst eine Hand vor, dann das entgegengesetzte Bein. Sie quietscht vor Begeisterung über ihre Leistung. Cilka feuert sie weiter an. Noch eine Hand geht nach vorn, sie wankt, ein Bein, ein – zwei – drei Riesenschritte für ein kleines Mädchen, dann schwingt Cilka sie in ihren Armen, drückt sie so fest, dass sie quiekt und zu zappeln beginnt.

»Tja, jetzt wird sie sich von nichts mehr aufhalten lassen. Da hast du uns ja was eingebrockt: noch eine, der wir hinterherlaufen müssen«, brummt die Pflegerin – Cilka weiß inzwischen, dass sie Bella Armenowa heißt.

Cilka weiß nicht, ob Bella wirklich verärgert ist oder sie nur auf die Schippe nimmt. Sie setzt zu einer Entschuldigung an.

»Das war ja zu erwarten. Ich bin nur froh, dass jemand, der sie kennt, hier war und mitbekommen hat, wie sie zum ersten Mal gekrabbelt ist.«

»Das war doch toll, oder?«

»Wir sagen Józia nichts davon, und wenn sie sie morgen hier abgibt, platzt sie bestimmt vor Stolz, dass sie gestern zum ersten Mal gekrabbelt ist.«

»Das ist wirklich eine nette Idee«, pflichtet Cilka ihr bei. »Ich wollte fragen, ob du Józia etwas von mir ausrichten kannst.«

»Natürlich, wenn ich sie sehe.«

»Sag ihr, ihre Freundinnen möchten sie gern sehen und die Kleine kennenlernen – ob sie, wenn möglich, nächsten Sonntag, wenn das Licht ausgeht, rauskommen können?«

»Macht ja kaum was, dass das Licht ausgeht, in dieser Jahreszeit – aber ich weiß, was du meinst. Wo wollt ihr euch treffen?«

Cilka will nicht, dass Józia zu weit hinaus ins Unwohle, Unsichere muss. In der Gruppe, Cilka verborgen in ihrer Mitte, sollten die Frauen aus der Baracke es bis hierher schaffen.

»Wir warten zwischen Entbindungs- und Kinderstation.«

Anastassja bleibt abseits, als die Frauen, mit denen sie die Unterkunft teilt, mit feuchten Augen die Arme recken und sich drängen, um Józia und das Kleinkind, das sich an sie klammert, berühren zu können. Der kleinen Natja ist das alles zu viel, sie heult laut los aus Angst vor so viel Aufmerksamkeit von lauter Fremden. Józia wendet den Frauen den Rücken zu und wiegt Natja sacht, redet ihr zu und tröstet sie.

»Vielleicht immer nur eine oder zwei«, schlägt sie vor, als sie sich ihnen lächelnd wieder zuwendet. »Sie kennt euch ja nicht, aber das soll sich ändern. Sie soll die Menschen kennen, denen sie es verdankt, dass sie hier ist, am Leben.«

Elena drängelt sich nach vorn. »Darf ich sie als Erste halten?«

Vorsichtig legt Józia Elena die Hand auf die Wange,

lässt Natja gut zusehen. Dann reicht sie ihre Tochter langsam hinüber. Elena hält sie mit ausgestreckten Armen, weiß nicht recht, wohin mit ihr. Als sie spürt, dass Natja sich entspannt, ohne den Blick von ihrer Mutter zu lassen, nimmt Elena die Kleine richtig in den Arm. Solange Natja ihre Mutter sehen kann, stellen sie fest, lässt sie sich friedlich von allen halten und liebkosen.

Cilka hält sich im Hintergrund, genießt die seltene Szene. Sie kann sich nicht erinnern, wann sie alle mit so breitem Lächeln ihre Zahnlücken gezeigt, zusammen gelacht und geweint haben. Sie staunt, wie viel Kraft in etwas so Kleinem liegt, was es bewegen kann. Doch an einem Ort wie diesem ist jeder winzige Moment, der sie von der pausenlosen, zermürbenden Quälerei wegführt, von dem Gedanken, wie viele lange Jahre noch vor ihnen liegen, der reinste Schatz. Es ist wirklich schade, dass Hannah nicht mitgekommen ist, sondern lieber erschöpft im Bett geblieben ist.

Als jede Frau Natja einmal gehalten hat bis auf die zurückhaltende Anastassja, tritt Cilka vor. Sobald Natja sie sieht, reckt sie ungeduldig die Arme nach ihr. Im Spaß machen die anderen Frauen ihr das zum Vorwurf. Cilka schlendert zu Anastassja hinüber, und Natja lässt es bereitwillig geschehen.

Cilka stellt Natja Anastassja vor. Die Kleine sieht Anastassja mit großen Augen an, verdutzt, weil sie keine Anstalten macht, sie anzufassen. Natja fasst nach ein paar Strähnen von Anastassjas wieder wachsenden Haaren, die aus ihrem Schal herausspitzen. Beide kichern.

Anastassja will sie nicht halten, sie freut sich schon allein an ihrem Anblick.

Im Scherz beschwert sich Józia, dass sie alle Natja jetzt verwöhnt haben; wahrscheinlich wird sie heute Abend nicht schlafen wollen. Widerstrebend geben sie Natja ihrer Mutter zurück und verabschieden sich mit dem Versprechen, in einer Woche wiederzukommen.

Langsam schlendern die Frauen zu ihrer Baracke zurück, plappern über das Ereignis des Abends, und die Stickerinnen handeln aus, wie groß das nächste Kleidchen werden muss, das sie nach diesem Treffen für Natja werden nähen müssen. Alle sind sich einig, dass sie das hübscheste Kind ist, das sie je zu sehen bekommen haben. Natja war wie eine Sonne hinter dunklen Wolken. Keiner erwähnt die ungewisse Zukunft, die Natja und Józia erwartet, oder die furchtbare Welt, in die hinein Natja geboren wurde. Über so etwas möchte keine von ihnen reden.

Sie treffen Józia und Natja ein zweites und ein drittes Mal. Als Cilka und Józia einmal kurz außer Hörweite der anderen sind, fragt Cilka, ob sie bei der Arbeit im Verwaltungsgebäude vielleicht einem gewissen Alexandr begegnet ist.

»Dem Tschechen?«, fragt Józia.

»Ja, er ist Bote. Oder war es, nach meinem letzten Stand.«

»Ja, ich habe nicht viel mit ihm zu tun, aber ich weiß, wen du meinst. Er ist sehr nett.« Józia legt den Kopf schief. »Was hier ja ziemlich selten ist.«

»Das stimmt«, bestätigt Cilka. »Wahrscheinlich habe ich ihn deshalb im Gedächtnis behalten.«

Józia mustert Cilka. »Ich kann versuchen, ihn auf dich anzusprechen.«

»Oh, nein ...«, wehrt Cilka ab. »Ich wollte nur wissen, ob er noch da ist. Ich habe ihn länger nicht gesehen.«

Józia nickt. Cilka sieht, dass sie noch etwas auf dem Herzen hat, aber Józia wendet sich ab und ruft die kleine Natja, die die Hände nach ihr reckt.

Zu einem vierten Besuch kommt es nicht mehr, denn plötzlich ist der Herbst da; es wird empfindlich kalt, und nur wer tollkühn ist oder arbeiten muss, lässt sich durch Regen und Schneeregen nicht davon abhalten, nach draußen zu gehen. Die *Blatnyje* haben ihre täglichen Besuche bei Cilka abgekürzt, vielleicht weil sie davon ausgehen, dass sie die Botschaft verstanden hat, oder weil sie jemand anderen zum Einschüchtern gefunden haben. Doch weiterhin verschwinden Medikamente, und der Arzt scheint anhaltend unter Druck zu stehen. Cilka fühlt sich beständig unwohl, und Dunkelheit und Kälte setzen ihr noch mehr zu als sonst.

KAPITEL 19

Cilkas Alltag geht seinen Gang, die einzige Abwechslung sind die unterschiedlichen Patienten in den Betten. Die Aussicht auf einen weiteren Winter nördlich des Polarkreises macht ihr zu schaffen.

Das Aufstehen im Dunkeln bringt sie kaum über sich. Häufig überspringt sie das Frühstück in der Essensbaracke. Sie hat aufgehört, sich abends zu unterhalten, steht nicht mehr bei einem warmen Tee mit den anderen um den Ofen und hört sich die Geschichten und die Beschwerden der Frauen an, die zur Arbeit inzwischen alle in verschiedene Teile des Lagers ausschwärmen, mit mehr oder weniger Wärme, Nahrung und körperlicher Arbeit. Es gibt in der Baracke jetzt mehr Frauen, die den anderen helfen können, dieser Druck lastet nicht mehr so schwer auf Cilka – sie ist nicht mehr die Einzige, die Zusatzrationen oder Material heranschaffen kann. Aber dass sie jetzt weniger nützlich ist, macht Cilka nicht unbedingt zufriedener.

Ihr Bett wird zu ihrem Heiligtum, und wenn sie dort liegt, dreht sie meistens den Kopf zur Wand.

Auch Raissa und Ljuba bemerken ihre Veränderung. Sie sprechen Cilka darauf an, fragen, was nicht stimmt, ob sie ihr helfen können. Mit einem gezwungenen Lächeln schüttelt sie den Kopf. Eine andere Antwort hat sie nicht. Nicht einmal sich selbst gegenüber kann Cilka in Worte fassen, wie sie sich fühlt, und vor anderen erst recht nicht.

Zum ersten Mal in all den Jahren knickt sie ein vor der Grausamkeit all dessen, was sie gesehen, gehört und selbst getan – oder nicht getan – hat. Was sie verloren hat und worauf sie nie hoffen kann. Es ist wie eine Lawine – eine, die sich durch nichts mehr aufhalten lässt.

Sie versteht nicht, wie sie bisher alles ertragen konnte; vielleicht hat ihr geholfen, dass sie Jelena gegenüber laut zugegeben hat, dass sie *dort* überlebt hat. Auch Józia geht Cilka nicht mehr aus dem Kopf. Mit jedem Tag, der vergeht, kommt der Moment näher, in dem Józia von ihrer Tochter getrennt wird.

Cilka dachte, weil sie in ihrer Stellung für viele Kranke und Verletzte etwas bewirken kann, bliebe ihr diese Verzweiflung erspart. Jetzt weiß sie, dass sie sie nicht mehr loslassen wird. Mit jeder Faser ihres Körpers schleppt sie an dieser Last. Wozu noch weitermachen?

»Geh die Mittagsarzneien holen«, trägt Raissa ihr eines Tages auf, um sie aus ihrer trüben Stimmung zu reißen. Ohne Antwort trottet Cilka ins Arzneilager und macht hinter sich die Tür zu.

Lange starrt sie orientierungslos auf die Medikamente in den Regalen. Sie nimmt ein Pillenglas, die kyrillischen Buchstaben verschwimmen vor ihren Augen. Sie schüttet sich die Tabletten in die hohle Hand, schiebt sie auf der Handfläche hin und her.

Dann füllt sie sie ins Glas zurück, aber sie zittert so, dass einige auf den Boden fallen. Sie geht auf die Knie und sammelt sie auf. Da öffnet sich die Tür, sie erschrickt.

»Cilka, ich habe dich gesucht!« Jelenas Kopf schiebt sich durch den Türspalt. »Ist dir was runtergefallen?«

»Ja.« Cilka blickt nicht auf. »Ich komme gleich.«

Als das Zittern aufgehört hat, bringt Cilka die Medikamente zu Raissa, dann geht sie zu Jelena. Ausführlich mustert die Ärztin sie, als ahnte sie, was gerade in Cilka vorgegangen ist – ihr Tanz mit dem Tod, dem Vergessen, dem Freisein vom Schmerz über alle ihre Verluste, von Schuld und Scham; und dann ihr Schritt weg vom Abgrund.

»Bist du bereit für eine neue Herausforderung?«, fragt Jelena.

»Eigentlich nicht«, erwidert Cilka.

»Ich glaube schon.« Jelena spricht langsam, den Blick aufmerksam auf sie gerichtet. »Du könntest es wenigstens versuchen, und wenn es dir nicht gefällt, können wir ja immer noch abbrechen.«

»Machen Sie eine neue Station auf?«

»Nein, keine Station. Wir brauchen eine Schwester im Krankenwagen. Was meinst du?«

»Ich habe gesehen, wer alles mit dem Krankenwagen kommt. Wie soll ich da helfen? Ich brauche Ihre und Raissas und Ljubas Anweisungen, sonst weiß ich nicht, was ich tun soll.«

»Nein, das brauchst du nicht. Nicht mehr, Cilka. Ich glaube, du wärst eine große Hilfe am Unfallort. Sie brauchen jemanden, der schnell und selbstständig denken kann, alles Nötige tut, damit der Patient hierherkommt, und dann übernehmen wir. Willst du es wenigstens versuchen?«

Was habe ich schon zu verlieren, denkt Cilka.

»Na gut, ich versuche es.«

»Vergiss nicht, Cilka, ich bin da. Wann immer du reden willst.«

Cilka schwankt leicht auf den Füßen. Manchmal spielt sie im Kopf tatsächlich Worte durch. Aber kann sie sie je hinauslassen?

»Ich muss zurück zur Arbeit.«

»Wie wäre es nach der Schicht?« Jelena lässt nicht locker. »Ich sorge dafür, dass du etwas zu essen bekommst, wenn du die Essensbaracke verpasst.«

Cilka hat Angst, alles hochkommen, nach draußen zu lassen. Andererseits hat sie noch nie versucht, darüber zu reden. Da ist ein schwacher Lichtschein, dieser Überlebensinstinkt; ein Gefühl von Hoffnung. Vielleicht sollte sie es versuchen. Sie nickt, kaum merklich. »Aber nicht hier. Ich will nicht, dass irgendwer, mit dem wir arbeiten, sieht, wie ich mit Ihnen rede.«

»Ich suche uns einen leeren Raum.«

Während ihres Gesprächs ist ein neuer Patient angekommen. Blut sickert durch den Verband auf seiner nackten Brust. Er stöhnt leise, es ist der tiefe, schmerzerfüllte Klagelaut, den Cilka inzwischen gut kennt; das Ächzen eines Menschen, der kaum bei Bewusstsein ist und nicht vor Schmerzen schreien kann. Sie ist froh über die Ablenkung.

»Braucht ihr Hilfe?«, ruft sie den Männern zu, die ihn unsanft von der Trage aufs Bett verfrachten.

»Der kommt sowieso nicht durch«, erwidert einer von ihnen.

Cilka tritt ans Bett, nimmt die Akte des Mannes, die ihm auf die Beine gelegt wurde. Sie liest die kurzen Einträge. Zahlreiche Stichwunden an Brust und Bauch, extremer Blutverlust. Keine aktive Behandlung.

Eine Hand fasst nach ihrer Schürze. Kräftig, zielstrebig zieht der Mann sie ans Kopfende des Bettes, seine Augen betteln, aus seinem blutumlaufenen Mund dringt angestrengtes Keuchen.

»Hilfe.« Kaum ein Flüstern.

Cilka nimmt seine Hand und sieht den Verletzten an. Erst jetzt erkennt sie ihn – es ist der Hüne, der sie im Arzneilager bedroht hat, sie beschattet, verhöhnt hat.

»Du«, sagt er.

»Ja, ich.«

»Die Medikamente …«

Cilka sieht die Reue in seinem Gesicht.

»Ich weiß, dass du das nur getan hast, weil du an diesem Ort bist«, sagt Cilka.

Mühsam nickt er, drückt ihr die Hand.

Cilka hält die Hand umfasst, bis sie spürt, dass sie erschlafft. Sie legt sie aufs Bett, und sie schließt ihm die Augen. Sie weiß nicht, was er im Leben, was er hier getan hat, aber er wird jetzt niemandem mehr schaden, und sie findet, sie kann ihm einen Gedanken widmen. Ein Gebet.

Sie nimmt seine Akte, notiert den Todeszeitpunkt.

Sie trägt die Akte zurück an den Schreibtisch und fragt Raissa, ob sie weiß, was dem Mann, dessen Tod sie gerade festgehalten hat, passiert ist.

»Er hat einen Kampf verloren. Die *Blatnyje* der Kriminellen wollen hier immer der Boss sein, und dann endet das eben so.«

Am Abend sieht Cilka sich kurz nach Jelena um, entdeckt sie aber nirgends. Sie holt ihren Mantel und verlässt den Krankensaal, versucht, sich dabei nicht ihre Erleichterung einzugestehen, dass ihr das Gespräch mit ihr erspart bleibt. Doch dann, im Wartesaal, trifft sie auf Jelena. Sie winkt Cilka in einen kleinen Raum hinter dem Krankensaal.

Der Raum ist nur mit einem Schreibtisch und zwei Stühlen möbliert. Jelena stellt die Stühle einander gegenüber.

Sie wartet, bis Cilka anfängt. Ganz langsam faltet Cilka ihren Mantel und legt ihn neben sich auf den Boden.

Sie hebt den Kopf und blickt Jelena in die Augen. »Ich war wirklich erst sechzehn, als ich dorthin kam. Aber ich bin schnell erwachsen geworden.«

Jelena schweigt.

»Sie haben gesagt, sie wollen Leute, die für sie arbeiten.«

Jelena nickt.

»Die Deutschen, die Nazis. Ich stand tagelang in einem Viehwaggon, pinkelte mir in die Hose, blieb nur deshalb aufrecht stehen, weil die Leute um mich herum mich zerdrückten.«

»Und so kamst du in das Lager mit Namen Auschwitz.«

»Ja.« Cilka nickt ruhig. »Und meine Schwester auch.«

»Wie lange warst du dort?«

»Drei Jahre.«

»Aber das ist ...«

»Sehr lange, ja. Drei Jahre habe ich in der Hölle gelebt – im Abgrund. Wobei ich hier jetzt schon genauso lange bin.«

»Erzähl mir von der Nummer auf deinem Arm.«

»Das war unser Auschwitz-Empfang. Sie haben mir meine Tasche weggenommen. Meine Kleider. Meine Jugend, meine Identität, und dann haben sie mir den Namen weggenommen und mir eine Nummer gegeben.«

»Wie ... wie konntest du ...?«

»Überleben?« Cilka fängt an zu zittern. »An einem Ort, der nur für eines geschaffen war: uns zu vernichten? Ich weiß nicht, ob ich das erzählen kann.« Sie schlägt sich die Arme um den Leib.

»Cilka, es ist gut. Du brauchst mir nichts zu erzählen, was du nicht sagen willst.«

»Danke, Jelena Georgijewna«, sagt Cilka, dann zwingt sie sich zu einer Frage. »Wissen Sie, warum ich hier bin?«

»Nein. Das weiß ich von niemandem hier, und ich habe auch nicht das Bedürfnis, danach zu fragen. Es tut mir leid, wenn ich deshalb als Feigling dastehe.«

Cilka räuspert sich.

»Ich bin hier, weil ich mit dem Feind geschlafen habe, das wurde mir zumindest zur Last gelegt. Mit dem Feind geschlafen. Mit dem Feind gearbeitet. Für mich war das kein Schlaf. Er – sie kamen in mein Bett, und manchmal haben sie geschlafen, nachdem sie …«

»… dich vergewaltigt hatten?«

»Ist es eine Vergewaltigung, wenn man sich nicht wehrt, nicht Nein sagt?«

»Wolltest du denn mit ihnen ins Bett?«

»Nein, nein, natürlich nicht.«

»Dann war es Vergewaltigung. Ich nehme an, diese Männer hatten in irgendeiner Form Macht über dich?«

Cilka lacht. Sie steht auf und geht ein paar Schritte durch den Raum.

»Es waren hochgestellte Wachleute.«

»Verstehe. Und das war in Auschwitz?«

»Ja und nein. Eigentlich ein anderes Lager, ein paar Kilometer von Auschwitz entfernt, aber es gehörte dazu. Birkenau hieß es.«

»Und … drei Jahre lang?«

»Zweieinhalb. Ja … Und ich habe nie Nein gesagt, mich nie gewehrt.«

»Wie hättest du dich gegen sie wehren sollen? Sie waren bestimmt stärker als du.«

»Das ist noch untertrieben. Einem von ihnen habe ich nicht mal bis ans Kinn gereicht, und außerdem waren da … auch noch …«

»Ja?«

»Die Gaskammern, wo alle hinkamen. Lebendig rein,

und aus dem Kamin heraus. Das hatte ich jeden Tag vor Augen, jeden Tag war das meine Zukunft, wenn ich nicht ...«

»Du sagst also, du wurdest zweieinhalb Jahre lang von den Kommandanten des Lagers, in dem du gefangen warst, vergewaltigt, und deswegen bist du jetzt hier?«

Cilka setzt sich wieder auf den Stuhl. Sie beugt sich vor und starrt Jelena in die Augen.

»Ich habe nachgegeben.«

Jelena schüttelt den Kopf.

Da ist noch etwas, denkt Cilka. Kann sie das sagen? Ihr alles erzählen? Schon das Bisherige ging eigentlich über ihre Kräfte.

Jelena nimmt Cilkas Hände.

»Als ich dich zum ersten Mal gesehen habe, habe ich gespürt, dass du etwas hattest, eine Stärke, einen Grad der Selbsterkenntnis, der ganz selten ist. Und jetzt, bei dem wenigen, was du mir erzählt hast, weiß ich nichts anderes zu sagen als das: Du bist sehr tapfer. Ich kann nichts tun, um dich hier herauszubekommen, aber ich kann mich, so gut es mir möglich ist, um dich kümmern und versuchen, dich zu schützen. Du hast bewiesen, was für eine Kämpferin du bist. Mein Gott, wie hast du das geschafft?«

»Ich will einfach nur leben. Ich brauche den Schmerz, mit dem ich jeden Morgen aufwache, weil ich weiß, dass ich lebe und meine Familie nicht. Dieser Schmerz ist meine Strafe dafür, dass ich überlebt habe, und ich muss ihn fühlen, ihn erleben.«

»Cilka, ich weiß nicht, was ich sonst sagen soll: *Leb*

weiter. Wach jeden Morgen auf und atme. Du bewirkst hier so viel Gutes, und wenn du mit im Krankenwagen fährst, hilfst du, Patienten das Leben zu retten. Ich glaube wirklich, dass du in dieser Arbeit aufgehen wirst.«

»Einverstanden, ich mache das. Dass ich so tapfer bin, verdanke ich Ihnen. Sie sind die Tapferste von uns allen. Ich habe das noch nie gesagt, aber so empfinde ich es. Es ist so tapfer, hier zu sein, obwohl Sie nicht hier sein müssten.«

»Das musst du nicht sagen. Ja, ich bin freiwillig hier. Ich bin Ärztin; ich wollte immer Menschen helfen, und hier … hier gibt es sehr viele Menschen, die meine Hilfe brauchen. Aber wir wollten hier ja nicht über mich reden.«

Cilka lächelt.

»Mir tut das wirklich gut, Jelena Georgijewna, danke.« Cilka steht auf, denkt an den Trost ihres Bettes, wenn sie gleich mit dem Gesicht zur Wand darin liegt.

Auch Jelena steht auf, und Cilka sieht sie an, dankbar, in ihrem Blick kein Mitleid zu erkennen. »Dann bis morgen, Cilka.«

»Bis morgen.«

Als sie nach draußen tritt, wirft sie einen Blick hinüber zum Verwaltungsgebäude. Und heute ist er da. Alexandr. Er steht unter einem Scheinwerfer im Schnee. Hebt die Zigarette an die Lippen, schließt die Augen. Rollt mit den Schultern, um sich zu wärmen. Beim Weggehen behält sie das helle Bild vor Augen.

KAPITEL 20

Den ganzen nächsten Tag ist Cilka nervös, zerstreut. Sie nennt einen Patienten beim falschen Namen, verknotet sich beim Ausgeben der Medikamente die Finger. Ständig schielt sie zur Tür und wartet, dass sie zum Krankenwagen gerufen wird.

Doch nichts geschieht, und sie kehrt enttäuscht in ihre Baracke zurück. Eigentlich hätte sie heute weniger trübsinnig sein sollen, schließlich hat sie einen Teil ihrer Last abgelegt und Aussicht auf ein neues Ziel. Sie wartet auf die Gelegenheit, ein Problem zu lösen, für das sie keine Worte hat.

Um alles noch schlimmer zu machen, hat Hannah sie wieder in die Enge getrieben – ihre Quelle ist versiegt, und Cilka muss ihr wieder Medikamente beschaffen. Dann war es also tatsächlich der verstorbene *Blatnoj*, der Hannah in dieser ganzen Zeit versorgt hat. Und auch nach ihrer Aussprache mit Jelena weiß Cilka, dass sie es immer noch nicht ertragen könnte, wenn die Frauen aus ihrer Baracke sie plötzlich voller Entsetzen ansähen, mit Mitleid, Angst, vielleicht sogar mit Hass.

Am nächsten Morgen muss sie sich zwingen, sich auf ihre normale Arbeit zu konzentrieren. Und als der Ruf ertönt: »Der Krankenwagen rückt aus!«, verpasst sie ihn.

»Cilka, sie brauchen dich!«, ruft Raissa.

Cilka sieht zu Raissa, dann zur Tür, wo der Mann auf eine Reaktion wartet.

Cilka greift nach Mantel, Mütze, Schal und Handschuhen und folgt ihm nach draußen ins Schneegestöber und die ewige Dunkelheit des arktischen Winters.

»Beeil dich, die Leute verrecken, während du dich in aller Seelenruhe in deine Schichten wickelst!«, ruft der Fahrer, der ungeduldig den Motor aufheulen lässt.

Der Mann, mit dem Cilka nach draußen gerannt ist, öffnet die Hecktür des umgebauten Lkw und bedeutet ihr einzusteigen. Der Krankenwagen fährt an, noch bevor die Tür wieder zu ist, und sie verliert das Gleichgewicht. Der Mann auf dem Beifahrersitz dreht sich um und grinst, als Cilka versucht, sich an der Seitenwand hochzuschieben, und für die nächsten wilden Kurven die Füße in den Boden stemmt.

»Dich hab ich ja noch nie gesehen. Wie heißt du?«

Die Hände fest auf dem Boden, die Beine gespreizt, mustert Cilka ihn von oben bis unten. Sein freundliches Grinsen legt ein paar große, spitze Zähne frei. Er ist drahtig und dunkelhäutig, dichte Brauen wölben sich über den Augen.

»Ich heiße Cilka. Es ist meine erste Ausfahrt.«

»He, Pawel, es ist ihr erstes Mal«, wiederholt der Fahrer schroff. Er ist stämmiger als Pawel. »Soweit ich sehe, wird es wohl auch ihr letztes Mal sein – schau mal, wie groß sie ist.«

»Vielleicht beweist sie dir auch das Gegenteil, Kirill Grigorowitsch«, sagt Pawel. Die beiden Männer wiehern vor Lachen. Kirill kurbelt sein Fenster herunter, als sie an das geschlossene Lagertor kommen, das von den Scheinwerfern der Zone beleuchtet wird. Er streckt den Kopf aus dem Fenster und fährt in vollem Tempo auf den Torwärter zu.

»Mach das verdammte Tor auf, Schwachkopf! Siehst du nicht, dass wir es eilig haben?«

Kaum ist das Tor geöffnet, da rast der Krankenwagen auch schon hindurch, gefolgt von einem Schwall von Flüchen des Torwärters.

Unter dem Rattern des Getriebes kurbelt Kirill das Fenster wieder hoch und schüttelt sich den Schnee von der Mütze.

»Entschuldigung«, ruft Cilka laut genug, um den brüllenden Motor zu übertönen.

»Find raus, was sie will«, meint Kirill.

Pawel sieht über die Sitzlehne nach hinten und starrt Cilka an.

»Pawel … oder? Was wisst ihr, wohin fahren wir? Was für ein Unfall war das?«

»Ja, ich bin Pawel Sergejewitsch. Das finden wir raus, wenn wir da sind.«

»Aber ihr wisst doch sicher, ob es mehr als einen Patienten gibt?«

Kirill prustet vor Lachen, seine breiten Schultern

schütteln sich in dem groben Marinemantel. Sie sind Gefangene, denkt sie. *Blatnyje* mit einer guten Arbeit, sie fahren einfach hin und her, und dazwischen haben sie Zigarettenpausen.

»Eines ist sicher, Süße, wenn irgendwo ein Teil des Bergwerks einstürzt, gibt es mehr als ein Opfer.«

»Dann wisst ihr also doch, was los ist. Warum konntet ihr es nicht einfach sagen?«

»Hört, hört, was haben wir denn da, Pawel? Eine Krankenschwester mit Haltung. Hör zu, *Prinzessa*, du tust einfach, was du zu tun hast, wenn wir hinkommen, und wir kümmern uns ums Fahren.«

Cilka sieht sich auf der Ladefläche des Lkw um. An der Seite liegen aufeinander zwei Tragen, zwei Kisten rutschen über den Boden. Eine kommt genau an Cilkas Bein zum Stehen.

Cilka nimmt den Deckel ab und prüft den Inhalt. Verschiedene Instrumente klirren. Verbandsrollen, Arzneifläschchen. Cilka nimmt jede in die Hand, besieht sich genau, womit sie wird arbeiten müssen. Sie zieht die andere Kiste heran und findet Material für zwei Tropfe, dazu zwei Flaschen Natriumchloridlösung.

Die Straße ist holperig; der Krankenwagen umfährt Steine, streift Schneehaufen am Straßenrand, die im Scheinwerferlicht aufblitzen.

»Zeit zu handeln, Süße, wir sind da.«

Quietschend kommt der Wagen zum Stehen, sodass Cilka gegen die Sitzlehnen geworfen wird.

Bevor sie wieder Halt gefunden hat, werden die Türen aufgerissen. Hände greifen herein, reißen die Tragen heraus. Eine Hand wird auch ihr gereicht und hilft ihr nach draußen. Cilka bemerkt die grob auf die Jacken aufgenähten Nummern.

Sie erlaubt sich einen kurzen Blick in die Runde. Zuerst kann sie in der Dunkelheit durch den Schneeregen nichts erkennen. Dann zeichnen sich allmählich Gestalten ab: Männer irren ziellos durcheinander, manche brüllen Befehle. Cilka, Pawel und Kirill gehen zu dem leiterartigen Gerüst mit dem Förderrad am Eingang zur Grube. Ein Wachmann kommt gelaufen.

»Einer der oberen Stollen stürzt ein; wir wissen nicht, wann man sicher runterkann.« Kreischend kommt das Rad über ihnen zum Stehen und spuckt einen Korb rußgeschwärzter Männer aus.

»Da unten sind immer noch Verletzte«, sagt einer von ihnen, die Mütze in der Hand.

»Wir müssen sie holen!«, schreit Cilka.

»Wer ist denn das?«, fragt der Aufseher Pawel.

»Die Schwester, die sie uns mitgegeben haben«, erwidert Pawel.

»Viel dran ist an der ja nicht«, meint der Aufseher und mustert Cilka vom Scheitel bis zur Sohle.

Cilka verdreht die Augen. »Lasst mich rein, ich will sehen, wo ich helfen kann«, sagt sie.

»Hast du nicht zugehört, Mädchen? Der Stollen ist immer noch am Einstürzen. Willst du dich umbringen?«

»Nein.« Cilka hebt das Kinn.

Sie geht auf den jetzt leeren Förderkorb zu und sieht herausfordernd zu den Männern zurück.

»Wenn du einfahren willst, bitte, aber ich komme nicht mit«, erklärt der Aufseher.

»Allein kann ich nicht. Ich weiß nicht, wie man das hier bedient oder wo ich rausmuss.«

»Ich komme mit«, sagt Pawel ohne große Überzeugung.

»Ich bringe euch auf die Sohle«, sagt der Bergmann mit der Mütze in der Hand. Er klappert mit den Zähnen; Cilka weiß nicht, ob es die Kälte ist oder der Schock.

Sie wickelt sich den Schal über Mund und Nase und tritt in den Förderkorb. Pawel folgt ihr mit der Materialkiste. Der Bergmann räuspert sich, dann legt er einen Hebel um, und der Aufzug setzt sich langsam in Bewegung, hinunter ins staubige Dunkel. Cilka testet die Lampe, die Pawel ihr beim Losfahren in die Hand gedrückt hat.

Es geht abwärts, immer weiter abwärts. Cilka versucht, gleichmäßig weiterzuatmen.

An einem Stolleneingang hält der Aufzug. Cilka räuspert sich. Sie entriegelt die Tür des Förderkorbs und schiebt sie auf.

»Es ist noch ein Stück zu gehen«, erklärt der Bergmann und bedeutet ihr, dass er am Schacht bleiben wird. »Immer links halten.«

Cilka und Pawel befolgen seine Anweisung.

»Wir kommen, um euch zu helfen!«, ruft sie mehrmals. Von dem vielen Staub in der Luft muss sie husten. »Macht euch bemerkbar, damit wir wissen, wo ihr seid!«

»Hier, hier hinten«, hört sie schließlich irgendwo aus dem Dunkeln. Die Stimme klingt schwach, verängstigt.

»Ich komme, halt durch. Ruf weiter.«

»Ich bin hier! Geh weiter.«

Im Schein ihrer Lampe sieht Cilka eine Hand winken. Außerdem erkennt sie drei weitere Männer, die sich nicht rühren. Mit einem Satz ist sie bei dem Mann, der gerufen hat.

»Ich bin Cilka Klein.« Sie geht in die Hocke und legt ihm vorsichtig eine Hand auf die Schulter. »Steckst du fest?«

»Meine Beine, ich kann sie nicht bewegen.«

Cilka untersucht den Mann, sieht, dass seine Unterschenkel unter einem großen Felsbrocken eingeklemmt sind. Vorsichtig drückt sie ihn zu Boden und prüft an seinem Hals den Puls, als Pawel neben ihr auftaucht und die Kiste öffnet.

»Wie heißt du?«, fragt Cilka den Verletzten.

»Michail Alexandrowitsch.«

»Deine Beine stecken unter einem Felsbrocken, aber ich glaube, wir bekommen ihn weg, so groß ist er nicht. Du hast einen bösen Schnitt am Kopf, den können wir verbinden, um das Blut zu stillen. Michail Alexandrowitsch, ich muss weiter und nach den anderen sehen. Weißt du, wie viele ihr hier unten wart, als der Einsturz angefangen hat?«

»Vier. Die anderen waren gerade in die Pause gegangen. Wir haben den letzten Wagen beladen.«

»Drei andere sehe ich.« Sie leuchtet mit der Lampe um sich.

»Ich bleibe hier«, erklärt Pawel. »Schau nach den anderen. Ich habe sie gerufen, aber keiner hat geantwortet.«

Vorsichtig steigt Cilka über den Schutt auf der Sohle. Beim ersten Mann fühlt sie den Puls, da ist er. Sie öffnet ihm die Lider, hält ihm die Lampe ins Gesicht – ein Auge reagiert. Im Licht der Lampe erkennt sie, dass er nicht eingeklemmt ist, nur bewusstlos.

»Pawel Sergejewitsch, geh zurück und bring diesen Bergmann dazu, herzukommen und uns zu helfen. Nehmt diesen hier zuerst. Er ist bewusstlos, aber nicht eingeklemmt, den könnt ihr wegtragen.«

»Bin gleich wieder da«, hört sie Pawel sagen, während er zurück zum Schacht läuft.

Cilka findet einen zweiten Mann, er liegt unter einem herabgestürzten Felsen. Sie ertastet keinen Puls.

Der dritte Mann stöhnt auf, als sie ihm die Lampe ins Gesicht hält.

»Ich heiße Cilka Klein, ich bringe Hilfe. Kannst du mir sagen, wo du verletzt bist?«

Erneut stöhnt der Mann.

»Schon gut. Ich sehe mir das an und schaue, ob ich deine Verletzungen finde.«

Schnell konstatiert sie einen gebrochenen Arm, der merkwürdig zur Seite absteht. Dicht neben ihm liegt ein großer Steinblock. Vorsichtig tastet Cilka dem Mann seitlich den Brustkorb ab, dann weiter abwärts den Bauch. Er schreit vor Schmerz auf. Mühsam zerrt sie an seinen Kleidern, zieht ihm den Mantel aus, um etwas sehen zu können. Als sie ihm Hemd und Unterhemd hochzieht, ächzt er vor Schmerz. Cilka sieht die Quetschung direkt unterhalb des Brustkorbs.

Da knirschen Schritte im Tunnel; Pawel und der Bergmann sind zurück, jeder mit einer Trage. Sie kriecht zu dem Bewusstlosen.

»Nehmt ihn mit und bringt ihn hier raus«, weist sie sie an. »Und da ist noch einer, den ihr mitnehmen könnt, aber bei dem müsst ihr vorsichtig sein. Er ist schwer verletzt und hat starke Schmerzen. Bringt die beiden raus, ich versorge sie im Krankenwagen.«

Während sie sich um die beiden kümmern, geht Cilka wieder zu dem Mann mit den eingeklemmten Beinen, mit dem sie als Erstes gesprochen hat.

»Es tut mir leid – einer deiner Freunde ist tot.«

»Und die anderen?«, fragt er.

»Sie leben, wir bringen sie raus. Jetzt müssen wir überlegen, wie wir diesen Felsen von deinen Beinen runterkriegen.« Sie richtet sich auf, lässt den Blick durch das Halbdunkel schweifen, weiß sich nicht zu helfen.

»Bitte, geh nicht weg.«

»Ich gehe nicht weg. Aber ich kriege ihn nicht herunter, er ist viel zu schwer für mich, und wegrollen will ich ihn nicht. Ich glaube, wir müssen ihn anheben, damit er nicht noch mehr Schaden anrichtet. Halt durch, Michail Alexandrowitsch, ich hole dir was gegen die Schmerzen.« Aus der Kiste, die Pawel in den Stollen gestellt hat, holt sie das Schmerzmittel.

»Michail Alexandrowitsch, ich gebe dir jetzt eine Spritze gegen die Schmerzen«, erklärt sie ihm. »Und wenn die Männer zurück sind, heben wir dir vorsichtig den Stein von den Beinen und legen dich auf eine Trage. Der Krankenwagen steht oben vor der Grube, damit bringen wir dich ins Krankenhaus.«

Unter Schmerzen hebt Michail eine Hand und fährt damit über Cilkas Gesicht. Sie lächelt ihn aufmunternd an. Mit der Schere aus der Kiste schneidet sie ihm ein Loch in den Mantel- und Hemdsärmel und legt seinen Oberarm frei. Langsam spritzt sie ihm das Mittel und beobachtet, wie er sich beim nachlassenden Schmerz entspannt.

Cilka sitzt in dem düsteren, stillen Stollen und wartet, regelmäßig muss sie husten. Endlich kommen Pawel und der Bergmann zurück.

»Gut«, ordnet sie an, »ihr müsst auf beiden Seiten die Hände unter den Stein schieben, und wenn ihr gut Halt habt, hebt ihr ihn sauber an. Lasst ihn nicht kippen oder auf ihn fallen.« Sie leuchtet ihnen mit ihrer Lampe. Und hält den Atem an.

Leicht schwankend heben die Männer den Felsen an und setzen ihn schnaufend vor Anstrengung neben ihm ab. Cilka besieht sich Michails Beine – an seinem rechten Schienbein ragt ein Stück Knochen aus der Haut heraus.

Pawel und der Bergmann legen Michail auf die Trage, und gemeinsam laufen sie durch den Stollen bis zum Schacht mit dem Förderkorb. Den Toten werden sie holen müssen, wenn es wieder sicherer ist.

Als Michail mit den beiden anderen Verletzten im Krankenwagen liegt, ist auf der Ladefläche kein Platz mehr für Cilka.

Kirill grinst sie schräg an. »Dann musst du wohl vorn bei uns mitfahren. Steig ein.«

Eingequetscht zwischen Kirill und Pawel muss Cilka beständig Kirills große, behaarte Hand wegschieben, die ihr am Schenkel hinaufzufahren versucht. Bei den Schreien der Verletzten, die in den Kurven durchgeschüttelt werden, zuckt sie zusammen, während Kirill für ihre Verletzungen weder Mitleid noch Fürsorge übrig hat. Sie versucht, die Männer zu trösten, sagt ihnen, dass sie beinahe da sind, beinahe im Krankenhaus, wo Ärzte und Schwestern sich um sie kümmern werden.

Für Cilka kann die Fahrt nicht schnell genug zu Ende gehen.

KAPITEL 21

Cilka streckt über Pawel hinweg die Hand nach der Beifahrertür aus und öffnet sie, womit sie Pawel zuvorkommt. Sie schiebt ihn aus dem Wagen und springt gleich hinter ihm hinaus. Zwei Hilfspflegerinnen reißen die Hecktüren auf.

»Nehmt zuerst den hier!« Sie zeigt auf Michail. »Dann kommt mit der Trage wieder und holt den da.« Sie deutet auf den bewusstlosen Mann auf dem Boden.

»Pack mal mit an!«, ruft Pawel zu Kirill hinüber, während er die zweite Trage aus dem Krankenwagen zieht.

Cilka läuft hinter dem ersten Patienten her; im Gehen knöpft sie ihren Mantel auf und schleudert ihn in die Ecke des Krankensaals. Jelena, ein anderer Arzt und mehrere Schwestern kommen ihr entgegen.

»Hier, Michail Alexandrowitsch – kleine Kopfwunde, beide Beine von einem großen Felsbrocken gequetscht.«

»Du hattest doch gesagt, es war ein kleiner Brocken«, stößt Michail durch die zusammengebissenen Zähne aus.

»Ich übernehme ihn«, sagt Jelena. Zwei Schwestern beugen sich über Michail.

»Es kommt noch einer. Bewusstlos, aber mit starkem Puls, vermutlich eine Kopfwunde.«

»Danke, Cilka, wir übernehmen das.« Jelena nickt.

Der Bewusstlose wird hereingebracht und auf ein Bett gelegt. Kirill macht sich sofort wieder aus dem Staub, Pawel kommt zu Cilka herüber.

»Das hast du ziemlich gut gemacht, obwohl es dumm war und gefährlich.«

»Danke, du auch. Aber ich habe zu viel Zeit damit vergeudet, mich über Kirill Grigorowitsch zu ärgern, statt den Patienten zu helfen.«

»Kirill hält sich für den geborenen Anführer.«

»Dann ist seine Einstellung so schlecht wie sein Fahrstil.«

»Du solltest dich lieber mit ihm arrangieren, sonst kann er dir das Leben ganz schön schwer machen.«

Schon wieder, denkt Cilka. Trotzdem muss sie lachen. Er ist längst nicht der bedrohlichste Typ, den sie erlebt hat.

Pawel staunt.

»Sagen wir, ich kenne Schlimmeres«, sagt Cilka. Sie sieht zu, mit welcher Hingabe die drei Verletzten versorgt werden, die ihre ganz normale Arbeit getan haben, aber ohne jegliche geeignete Sicherheitsmaßnahmen. Solche Verletzungen hat sie schon viel zu oft zu sehen bekommen. Die Gefangenen sind nur ein Faktor für die Produktivität, sie sind Teil der Quote, doch als Person sind sie wertlos und ersetzbar.

»Aber danke für die Warnung, Pawel. Ich werde auf Abstand bleiben.«

»Cilka, kannst du mir hier mal helfen?«

Pawel sieht Cilka nach, die zu Michail geht und ihm die Kopfwunde säubert und neu verbindet, während Jelena weiter seine Beine untersucht. Cilka fällt Jelenas ernster Gesichtsausdruck auf.

Ruhig trägt Jelena der Schwester neben ihr auf: »Mach einen Operationsraum bereit, er muss direkt hin.«

»Was ist los? Wie schlimm ist es?«, stammelt Michail; seine Hand tastet nach Cilka, fasst sie am Arm, während er panisch den Kopf zu heben versucht, um seine Beine sehen zu können.

»Es tut mir leid«, sagt Jelena freundlich, »ich kann dein rechtes Bein nicht retten; das linke ist nicht so schlimm, das sollten wir erhalten können.«

»Was meinen Sie damit, eines erhalten und das andere nicht? Was soll das heißen?«

»Das heißt, wir müssen dir das rechte Bein unter dem Knie amputieren, es ist zu schlimm zertrümmert.«

»Nein, nein, ihr könnt mir nicht das Bein abhacken! Das erlaube ich nicht.«

»Wenn du es nicht erlaubst, stirbst du«, erklärt Jelena ganz ruhig. »Das Bein ist abgestorben. Im unteren Teil fließt kein Blut mehr; wenn wir es nicht amputieren, vergiftet es dich, und du stirbst. Verstehst du?«

»Aber wie soll ich... Cilka Klein, bitte lass sie mir nicht das Bein abhacken!«, fleht Michail.

Cilka windet den Arm aus seiner Umklammerung,

nimmt seine Hand und geht mit ihrem Gesicht dicht an seines.

»Michail, wenn die Ärztin sagt, dass sie dir das Bein amputieren muss, dann muss sie das tun. Wir helfen dir, damit zurechtzukommen und gesund zu werden. Es tut mir leid, dass ich nicht mehr tun konnte.«

»Das Bein war sofort zertrümmert, Cilka, du hättest gar nichts mehr tun können«, fällt ihr Jelena ins Wort. »Ich mache mich für die Operation fertig. Cilka, bereite bitte den Patienten vor, wir sehen uns im OP.«

An diesem Abend geht Cilka nicht in die Essensbaracke. Erschöpft sackt sie auf ihr Bett und schläft sofort ein.

Männer und Frauen in weißen Mänteln tanzen um sie herum, sie lachen, manche haben amputierte Gliedmaßen in der Hand, werfen sie sich gegenseitig zu. Kleine Kinder in blau-weißen Schlafanzügen irren mit ausgestreckten Händen ziellos unter ihnen umher. Was wollen sie? Essen, Aufmerksamkeit, Liebe?

Eine Tür geht auf, Sonnenlicht fällt herein. Ein Mann tritt ein, umstrahlt von einer regenbogenfarbenen Glorie. Er trägt einen makellos weißen Anzug, einen aufgeknöpften Arztkittel, ein Stethoskop hängt ihm um den Hals. Er steht mit offenen Armen da. Die Erwachsenen senken respektvoll die Köpfe, die Kinder laufen ihm aufgeregt entgegen.

»Papa, Papa!«, rufen sie.

Cilka erwacht aus ihrem Albtraum, aber die Erinnerung, die er wachruft, ist mindestens genauso furchtbar.

Auschwitz-Birkenau, 1943

»Papa, Papa!«, rufen sie. Jungen und Mädchen laufen auf den Mann zu, der eben aus dem Auto steigt. Herzlich lächelt er sie an, die ausgestreckten Hände voller Süßigkeiten. Für die Kinder ist er ein liebevoller Vater. Ein paar nennen ihn Onkel.

Cilka kennt die Geschichten. Jeder Erwachsene in Auschwitz-Birkenau hat gehört, was aus den Kindern wird, wenn sie in seinem Auto von hier wegfahren.

Cilka sieht aus der Entfernung zu, mustert den klein gebauten Mann mit den perfekt frisierten Haaren: Seine grüne Uniformjacke ohne Falten und Knitter überdeckt zum Teil den weißen Kittel, der ihn als Arzt ausweist; sein glatt rasiertes Gesicht; die leuchtend weißen Zähne in seinem breiten Lächeln; die funkelnden Augen; die seitlich sitzende SS-Mütze.

Todesengel nennen sie ihn. Zweimal hatte sie, bevor sie in Block 25 kam und etwas mehr Sicherheit hatte, vor ihm aufmarschieren müssen. Sie hatte kaum einen verstohlenen Blick auf ihn gewagt, wie er da pfeifend mit der Hand nach links oder rechts wies. Beide Male hatte sie die Selektion heil überstanden.

Die Kinder drängen sich an ihm hoch. »Nimm mich, nimm mich«, betteln sie.

Vier Mädchen bekommen einen Klaps auf den Kopf und Süßigkeiten in die Hand und klettern mit ihm ins Auto. Die anderen Kinder gehen wieder spielen. Cilka neigt den Kopf zu einem stillen Gebet für die vier Seelen, die so abgeführt werden.

Mit einem Schrei fährt Cilka aus dem Schlaf, sie zittert, der Horror steht ihr ins Gesicht geschrieben.

Alle Blicke ruhen auf ihr. Manche Frauen schauen von ihrem Bett aus, die anderen stehen noch um den Ofen.

»Alles in Ordnung?«, fragt Olga besorgt.

Cilka sieht von einer zur anderen, die bleichen Gesichter sind im Mondschein nur halb zu sehen. Sie reißt sich zusammen, schiebt die Beine über die Bettkante.

»Ja, alles in Ordnung, ich habe nur schlecht geträumt.«

»Dieses ganze Lager ist doch ein einziger Albtraum«, meint Elena.

Sie sind nett zu mir, sagt sich Cilka. Nicht zum ersten Mal hat sie sie mit ihren Schreien aufgeweckt. Anastassja hat ihr auch erzählt, dass sie manchmal im Schlaf wimmert und manchmal zischt, als wäre sie böse auf jemanden.

Cilka schlurft zum Ofen. Elena legt ihr tröstend den Arm um die Schultern, als sie die Hände der Wärme entgegenstreckt. Sie sieht kurz hinüber zu Hannahs Bett, erkennt nicht, ob sie wach ist und hersieht oder nicht. Nur sie weiß, wovon ihre Albträume wirklich handeln. Aber wahrscheinlich hat sie einen gesegneteren Schlaf als alle anderen, nachdem sie sich gleich nach Arbeitsende ihre Mitbringsel aus Cilkas Tasche geholt hat.

Auf Cilka lasten mehrere Schichten Schmerz. Auch Józia und Natja vermisst sie. Den ganzen Winter über konnte sie nicht zu ihnen. Natja muss so groß geworden sein, vielleicht kann sie sogar schon laufen.

»Du musst dich an die glücklichen Zeiten erinnern und davon träumen«, rät ihr Olga von ihrem Bett aus. »So mache ich das. Jeden Abend vor dem Einschlafen erinnere ich mich an meine Kindheit, an den Strand in Sotschi. Das war eine glückliche Zeit.«

Als Cilka zum zweiten Mal an diesem Abend die Augen zumacht, beschließt sie, es zu versuchen und sich an eine glückliche Zeit aus ihrem Leben zu erinnern. Mangel herrscht daran nicht, ganz im Gegenteil: Bis zu dem Tag, an dem sie in einen Viehwaggon geladen wurde, war ihr Leben von Glück gesegnet – vielleicht tat genau deshalb die Erinnerung immer zu weh. Aber jetzt will sie es noch einmal versuchen.

Bardejov, Tschechoslowakei, 1941

»Komm, Papa, ich habe heute Geburtstag, ich möchte das Auto fahren.«

Es ist kühl und sonnig. Ein Frühlingstag voller Verheißung. Cilka hat Mütze und Schal angezogen und sich die Pilotenbrille ihres Vaters auf den Kopf gesetzt – sie ist fest entschlossen zu fahren, und sei es nur bis ans Straßenende. Papa hat das Verdeck seines ganzen Stolzes aufgeklappt: ein zweitüriger Sportwagen mit braunen Ledersitzen und einer Hupe, die kilometerweit zu hören ist.

»Du kannst doch gar nicht Auto fahren, mein Dummchen, Cilka«, gibt ihr Vater zurück.

»Ich kann das – wetten? Mama, sag ihm, dass ich das Auto fahren kann.«

»Lass es sie fahren«, bittet ihre Mutter freundlich.

»Jetzt bist du das Dummchen. Immer verwöhnst du das Kind«, brummt ihr Vater, obwohl sie alle wissen, dass Cilkas größter Fan er selbst ist – er vergöttert seine beiden Töchter.

»Ich bin kein Kind«, fährt Cilka auf.

»Doch, meine dievča, das wirst du immer bleiben.«

»Ich bin fünfzehn, ich bin jetzt eine Frau«, prahlt Cilka. »Schaut, da ist Onkel Moše, er hat seine Kamera dabei. Hier, Onkel! Ich möchte beim Autofahren fotografiert werden.«

Onkel Moše begrüßt Cilka, ihre Mutter und Schwester mit Küsschen auf die Wangen, ihr Vater bekommt einen männlichen Händedruck und einen Klaps auf die Schulter.

»Willst du sie wirklich fahren lassen?«, fragt Onkel Moše.

»Habe ich ihr denn je schon mal etwas abschlagen können? Das kann doch keiner von uns. Cilka will die Welt regieren, und wahrscheinlich wird sie das auch irgendwann tun. Mach die Kamera fertig.«

Cilka schlingt ihrem Vater die Arme um den Hals – obwohl sie dazu auf die Zehenspitzen gehen muss.

»Danke, Papa. Bitte alle einsteigen!«

Während Onkel Moše das Stativ mit der Kamera einrichtet, baut Cilka ihre Familie so auf, wie sie sie für das Foto haben möchte. Ihr Vater darf vorn neben ihr sitzen, Mutter und Schwester hinten. Sie legt die Hände selbstsicher auf das Lenkrad und posiert.

Mit Knall und Blitz fängt die Kamera den Augenblick ein.

»Wo ist der Schlüssel? Ich fahre eine Runde mit euch.«

»Ich schlage dir ein Geschäft vor«, meldet sich Cilkas Vater. »Ich verspreche, dass ich dir Fahrstunden gebe, aber nicht *heute. Heute ist dein Geburtstag, und wir verbringen zusammen einen schönen Tag und feiern beim Abendessen. Jetzt tauschen wir Plätze.«*

Widerstrebend gibt Cilka nach – eine der wenigen Niederlagen in ihrem kurzen Leben – und rutscht schmollend auf den Beifahrersitz.

Ihr Schal flattert im Wind, während sie durch ihre Heimatstadt Bardejov gefahren wird ...

Endlich schläft Cilka in Workuta wieder ein.

KAPITEL 22

»Er hat es geschafft.«

Die Worte begrüßen Cilka, als sie den Krankensaal betritt.

»Michail Alexandrowitsch? Wo ist er?«

»Bett eins – wir dachten, du hast ihn vielleicht gern möglichst nah am Schwesternbereich. So kannst du deine Einträge schreiben und ihn immer im Auge behalten.«

»Ich gehe nur schnell Hallo sagen.«

Michail schläft. Cilka betrachtet ihn ausgiebig; ihr Blick wandert hinunter an die Stelle, an der, wie sie weiß, unter den Decken nur noch ein Bein liegt. Sie war dabei, als sein rechtes Bein amputiert wurde. Sie fasst ihm an die Stirn, die sauber verbunden ist. Ganz wie sie es gelernt hat, nimmt sie seine Akte und sieht sie auf Informationen zu seinem nächtlichen Befinden durch. Es gibt keine besorgniserregenden Auffälligkeiten.

Als sie zum Schreibtisch zurückkommt, bespricht Raissa mit ihnen die anderen Patienten, und sie teilen sich die Arbeit auf: Waschen, Verbandswechsel, Arznei-ausgabe. Auf der Station liegen zwei neue Frauen, die sich vergangene Nacht in die Haare bekommen und einander böse Verletzungen zugefügt haben. Raissa und Cilka übernehmen je eine der Kontrahentinnen, um nicht selbst in den Streit mit hineingezogen zu werden.

Kaum hat Cilka begonnen, ihre Patientin zu versorgen, da ertönt der Ruf: »Der Krankenwagen rückt aus!«

»Los mit dir! Ich kümmere mich um deine Patientin«, ruft Ljuba.

Draußen wartet der Krankenwagen.

»Willst du vorn mitfahren?«, fragt Pawel.

»Ja.« Cilka packt die Wagentür. »Nach dir. Heute kann Kirill Grigorowitsch mal mit deinem Bein spielen.«

Widerstrebend klettert Pawel auf den Sitz und rückt nahe an Kirill heran.

»Verdammt, was soll das denn?«, fragt der.

Cilka schlägt die Tür hinter sich zu.

»Wir können los.«

Mit knirschendem Getriebe fährt der Wagen an.

»Wenn wir in Zukunft regelmäßig zusammenarbeiten, können wir dann versuchen, miteinander auszukommen?«, fragt Cilka und schaut über Pawel hinweg zu Kirill.

Er wechselt den Gang, bleibt stumm.

»Wissen wir, wo es heute hingeht?«, fragt Cilka.

»Ein Kran ist zusammengestürzt, der Kranführer ist drinnen eingeschlossen«, erklärt Pawel.

»Nur ein Betroffener?«

»Ich glaube, ja, aber das weiß man nie. Manchmal haben wir bei so einem Unfall vor Ort auch schon festgestellt, dass das ganze verdammte Teil umgekippt und auf zehn anderen gelandet ist«, antwortet Pawel.

»Wer holt ihn raus?«

»Kommt drauf an«, brummt Kirill.

»Auf was?«, hakt Cilka nach.

»Hat irgendwer dir schon mal gesagt, dass du verdammt zu viele Fragen stellst?«

»Na klar, wohl so ziemlich jeder, der mir je begegnet ist.«

Der Wagen holpert über einen Stein, und Cilka zuckt zusammen, als ihre Schulter gegen die Fensterscheibe schlägt.

»Das heißt also, du wirst nicht das Maul halten, richtig?«

»Ich halte nicht das Maul, Kirill Grigorowitsch, besser, du gewöhnst dich gleich daran. Willst du meine Frage beantworten? Oder soll Pawel es tun?«

»Also …«, setzt Pawel an.

»Moment, das sage ich unserer Alleswisserin schon selber. Es kommt drauf an, wie gefährlich es ist. Wenn es riskant ist, schicken die Aufseher die Gefangenen in den Einsatz. Wenn nicht, lassen sie sich gern selbst als Helden feiern.«

»Danke«, sagt Cilka. »Dann wissen wir ja, sobald wir ankommen, wie gefährlich es ist. Ich weiß, dass du nicht gern mit mir redest, Kirill Grigorowitsch, aber es hilft wirklich, wenn ich wenigstens ein paar Informationen habe.«

»Tja, aber obwohl du alles weißt, haben sie dich trotzdem ins Lager geschickt.«

Cilka gluckst. »Ich habe nie gesagt, dass ich alles weiß. Ich weiß nur gern, was auf mich zukommt.«

Als sie am Unfallort ankommen, können sie zunächst einmal gar nichts tun. Hin und wieder treten Wachen und höhere Aufseher auf und schreien herum, während Gefangene versuchen, das Chaos zu entwirren, das einmal der Kranausleger gewesen ist, der sich jetzt um das Führerhäuschen gewickelt hat. Bei dieser Aktion ist keine Ehre zu holen.

Die nächsten zwei Stunden stehen Cilka, Pawel und Kirill in der Kälte, treten von einem Fuß auf den anderen, wärmen sich mit Klatschen die Hände, stellen sich beim Krankenwagen unter, um sich vor dem Wind zu schützen. Mehrmals klettert Cilka auf das zerbeulte Gestell des eingestürzten Krans und halb in das Führerhäuschen hinein, um beim Kranführer nach Lebenszeichen zu suchen. Jedes Mal stellt sie fest, dass sein Puls schwächer wird, dass seine Kopfwunde viel weniger blutet, dass die Binde, die sie ihm angelegt hat, von Blut durchtränkt ist.

Nach dem letzten Abstecher zu ihm kommt Cilka zurück und weist Kirill an, dass sie zum Krankenhaus zurückfahren. Auf dem Weg sieht sie die ersten Frühlingsblumen ihre Köpfchen durch den Schnee recken. Sie nicken im Wind, aber jedes Mal richten sich die Halme wieder auf, fest verwurzelt im gefrorenen Boden. Cilka hat jetzt fast ein Drittel ihrer Strafe verbüßt. Es ist kaum zu ertragen, wenn sie daran denkt, wie viel Zeit sie noch vor sich hat. Und so betrachtet sie lieber die Blumen, träumt vom Licht und der Wärme, die bald kommen werden, und mit ihnen die Zeit, dass sie Józia und Natja wiedersehen kann.

Zurück im Krankensaal, hört Cilka, dass Michail wach ist und nach ihr gefragt hat.

»Wie geht es dir?«, fragt sie ihn lächelnd.

»Ist mein Bein wirklich weg? Aber ich spüre es noch! Es tut noch weh.«

»Ich hole dir etwas gegen die Schmerzen, aber ja, Michail Alexandrowitsch, die Ärztin musste dein rechtes Bein amputieren, aber dein linkes Bein hat sie wunderbar hinbekommen, mit der Zeit wird es verheilen.«

»Und wie soll ich wieder gehen können? Sag, Cilka Klein, wie? Wie soll ich weiterleben mit nur einem Bein?«

»Es gibt Leute, die richtig gute Unterschenkel nachbauen, und damit wirst du lernen zu gehen.«

»Was erzählst du da? Du meinst, irgendwer gibt Geld dafür aus, einem Gefangenen ein Bein zu bauen?« Er gerät in Rage, seine Stimme überschlägt sich.

»Ich will dich nicht anlügen, Michail Alexandrowitsch. Ich weiß nicht, ob du eine andere Arbeit bekommst oder ob sie dich heimschicken; im Bergwerk kannst du jedenfalls nicht mehr arbeiten.«

»Und das soll ein Trost sein? Dass ich vielleicht zurückgeschickt werde nach Moskau – ohne ein Zuhause, ohne Familie, als einbeiniger Bettler auf der Straße?«

»Ich weiß nicht, Michail Alexandrowitsch. Ich hole dir jetzt etwas gegen die Schmerzen«, wiederholt Cilka.

Sie wendet sich ab, damit Michail nicht sieht, wie sehr das Gespräch sie aufgewühlt hat. Jelena folgt ihr ins Arzneilager und schließt die Tür hinter sich.

»Cilka, alles in Ordnung?«

»Ja, es geht.«

»Nein, es geht nicht«, entgegnet Jelena freundlich. »Aber das darf auch sein. Du hast ja schon erlebt, wie schnell hier etwas aus dem Ruder laufen kann.«

»Ja, aber...«

»War es falsch, dass ich dich in den Krankenwagen gesetzt habe?«

Cilka blickt von dem Tablettenglas auf, das sie in der Hand hält, und wendet Jelena den Blick zu. »Nein, nein, gar nicht. Das ist es nicht.«

»Was ist es dann?«

»Wissen Sie, wie lange ich hierbleiben muss?«

»Solche Informationen bekomme ich nicht.«

»Fünfzehn Jahre. Fünfzehn Jahre. Das ist unendlich lang. Und dann, danach – ich kann mich überhaupt nicht mehr erinnern, wie das Leben draußen ist.«

»Ich weiß nicht, was ich sagen soll.«

»Sagen Sie mir, dass ich hier herauskomme«, fleht sie Jelena an. »Dass ich ein Leben wie andere junge Frauen führen kann.« *Dass ich Freundinnen haben werde, die nicht aus meinem Leben verschwinden. Dass sich vielleicht herausstellt, dass es auch für mich Liebe gibt. Dass ich vielleicht selbst ein Kind bekomme.* »Können Sie mir das sagen?«

»Was ich dir sagen kann«, beschwichtigt Jelena sie, »ist, dass ich alles dafür tun werde, damit es so kommt.«

Cilka nickt dankbar. Sie sieht wieder hinauf ins Regal, sucht ein weiteres Fläschchen.

»Versprich mir, dass du zu mir kommst, falls du einmal noch schwärzer siehst als heute«, sagt Jelena.

»Mein Vater hat mir immer gesagt, ich sei der stärkste Mensch, den er kenne, wussten Sie das?« Noch immer sieht Cilka Jelena nicht an.

»Das ist ein ziemlicher Anspruch.«

»Ja, stimmt. Aber ich wollte immer so leben, wie mein Vater es erwartet hat, ihn nicht enttäuschen, stark bleiben, egal wie. Ich weiß nicht einmal, ob er noch lebt.« Sie zuckt mit den Schultern. »Wahrscheinlich nicht.«

»Was dein Vater dir da mitgegeben hat, ist ein Fluch und ein Segen. Mein Vater ist gestorben, als ich noch sehr jung war; ich würde viel dafür geben, wenn ich deine Erinnerungen hätte.«

»Das tut mir leid.«

»Da draußen wartet ein Patient auf dich. Komm, ich sehe ihn mir an, während du ihm seine Arznei gibst.«

»Was passiert jetzt mit ihm, wo er nur noch ein Bein hat?«

»Wir stabilisieren ihn, dann wird er in ein größeres Stadtkrankenhaus verlegt, da bekommt er Gymnastik und hoffentlich eine gute Prothese.«

»Und dann?«

»In den Augen des Staats ist er immer noch ein Konterrevolutionär, Cilka.« Jelena sieht zu Boden. »Daran kann ich nicht viel ändern.«

Cilka nimmt die Tabletten, versucht wieder, die Sorge zu verdrängen, den Kummer und den Schmerz.

KAPITEL 23

Die weißen Nächte kehren wieder.

Ein weiteres Mal genießen die Frauen die sonntäglichen Spaziergänge im Lager. Das Gefühl, wenigstens ein paar Stunden lang über ein bisschen Freiheit zu verfügen. Sie wissen, wohin sie gehen können, wo es sicher ist und wo sie den herumstreunenden Männerrotten entgehen können, die über sie herfallen wollen.

Am glücklichsten sind die Abende, an denen sie Józia und Natja treffen. Natja führt vor, wie gut sie schon laufen kann. Die Frauen amüsieren sich über ihre ersten Sprechversuche. Sie spielen mit ihrem feinen Haar, wetteifern um ihre Gunst.

In den wärmsten Nächten fangen die Frauen an, Józia in ihre Baracke zu holen und wieder zurückzubegleiten, damit sie mehr Zeit miteinander haben, ohne beobachtet zu werden. Natja kann frei in der Baracke herumlaufen, und abwechselnd holen sie sie in ihre Betten, kuscheln mit ihr wie mit einer eigenen Tochter. Sie küssen sie, berühren ihre winzigen Händchen, versuchen, ihr ihre Namen beizubringen.

Józia ermutigt Natja, nickt ihr zu und lächelt, wenn sie ihren Blick sucht. Józia sitzt mit Cilka auf ihrem Bett, und Cilka hat die Arme um sie gelegt, verbirgt ihr Gesicht in ihren Haaren. Józia nimmt Cilkas Hand und drückt sie. So tauschen sie sich aus, teilen einander ohne Worte mit, was sie bedrückt – kommen wird es gewiss.

Diesen Sommer wird es schnell dunkler. Mehrere Frauen gehen schon nicht mehr nach draußen. An einem warmen Abend, vielleicht dem letzten Atemzug des Sommers, begleiten die Frauen Józia in ihre Baracke; sie trägt Natja fest im Arm. Anastassja hängt inzwischen sehr an der Kleinen, sie streckt die Arme nach ihr aus.

»Nastja, könntest du dich bitte kurz um sie kümmern?«, bittet Józia sie sehr herzlich. »Ich möchte gern ein bisschen mit Cilka sprechen.«

Cilka steht von ihrem Bett auf, nimmt ihren Mantel, folgt Józia nach draußen.

Sehr weit kommen sie nicht; es sind viele Leute unterwegs, und der Wind hat ziemlich aufgefrischt. Sie ziehen sich an eine geschützte Stelle hinter der Baracke zurück und lehnen sich an die Wand.

»Cilka, was soll ich nur tun?« Jetzt kommt es also hoch, denkt Cilka. Bis auf ein kurzes Gespräch letzten Sommer – da hatte Józia ihr erzählt, einer anderen mehrfachen Mutter zufolge kämen die Kinder nach ihrem zweiten Geburtstag in ein Waisenhaus – hatten sie die Angst nie in Worte gefasst. Die Mutter war völlig gebrochen gewesen, sagte Józia, ihr Gesicht ganz leer; sie hatte kaum zu ihrem Kind hingesehen.

Cilka wendet den Blick ab. Sie weiß keine Antwort.

»Bitte, Cilka, kannst du mir helfen? Ich lasse sie mir nicht wegnehmen. Sie ist mein Kind.«

Cilka nimmt Józia in den Arm, lässt sie an ihrer Schulter schluchzen.

»Ich kann dir nichts versprechen, aber ich werde es versuchen. Ich rede mit Jelena Georgijewna, ich tue, was ich kann, darauf kannst du dich verlassen.«

»Danke. Ich weiß, dass du mir helfen kannst, du hast mir schon immer geholfen.« Józia befreit sich aus Cilkas Armen und sieht sie mit so ehrlicher Hoffnung an, dass Cilka fast schwindelig wird. Immer noch sieht Józia so jung aus, wie ein Kind. »Bitte, lass nicht zu, dass sie mir mein Baby wegnehmen.«

Cilka umarmt sie noch einmal, drückt sie lange. *Bitte, lass nicht zu, dass sie mir dich wegnehmen.*

»Jetzt komm«, sagt sie. »Du musst Natja in eure Baracke zurückbringen. Es ist windig geworden, du willst doch nicht, dass sie sich erkältet.«

Am nächsten Tag spricht Cilka mit Jelena. Die reagiert mitfühlend, aber sie glaubt nicht, dass sie bei der Verwaltung etwas erreichen kann. Beide Frauen wissen, dass sie Józia kaum dabei werden helfen können, dass sie Natja nach ihrem zweiten Geburtstag nicht weggeben muss – Józia wird dann in eine normale Baracke zurückmüssen und nicht mehr abends zu dem warmen, weichen Körper heimkommen.

Das bringt Józia um, denkt Cilka. Diesen Kummer wird sie nicht überleben. Cilka muss sich etwas einfallen lassen.

»Der Krankenwagen rückt aus!«

»Ich komme.«

Sie drückt die Akte, die sie gerade studiert, Ljuba in die Hand und schnappt sich ihren Mantel, dann rennt sie nach draußen.

Pawel steht an der Beifahrertür, die großen Zähne auf der Unterlippe. Als er sieht, dass sie gerannt kommt, klettert er hinein. Es ist wie bei ihrem zweiten gemeinsamen Einsatz, Pawel sitzt wieder in der Mitte.

»Heute mal was anderes, Cilka«, setzt Kirill an.

»Nanu, du redest tatsächlich als Erster, Kirill!« Cilka lacht.

»Nein, wirklich«, mischt sich Pawel ein. »Es ist ernst.«

»Ist es nicht immer ernst? Seit wann entscheiden wir, ob ein Unfall ernster ist als ein anderer, obwohl wir noch nicht mal dort sind?«

»Es ist kein Unfall«, sagt Pawel. »Wir fahren zum Kommandanten Alexej Demjanowitsch. Eines seiner Kinder ist krank, wir müssen es ins Krankenhaus bringen.«

»Ein Kind! Ein Junge? Wie alt ist er, wisst ihr das?«

»Ich weiß nicht, ob es ein Junge ist, aber es ist eines seiner Kinder.«

Zum ersten Mal seit ihrer Ankunft in Workuta fährt Cilka auf einer Straße außerhalb der Lagerzone und nicht zum Bergwerk. Auch diese Straße haben Gefangene gebaut. Sie besieht die Häuser, in denen Familien wohnen. Frauen mit Kleinkindern im Schlepptau eilen mit vollen Taschen die Straße entlang. Sie passieren mehrere Autos. Sie selbst hat erst ganz selten ein Auto gesehen, nur wenn wichtiger Besuch ins Lager kommt.

Ein Wachmann stoppt sie.

Cilka springt aus dem Wagen und läuft mit dem Wachmann vor, während Pawel und Kirill die Kisten von der Ladefläche holen. Die Haustür steht offen, und der Wachmann führt Cilka hinein bis zu einem Zimmer, in dem sich auf einem Bett ein schreiendes Mädchen wälzt. Ihre Mutter sitzt an der Bettkante, versucht, ihr ein feuchtes Tuch auf die Stirn zu legen, redet leise auf sie ein. Cilka erkennt sie wieder.

»Entschuldigen Sie, kann ich sie mir ansehen?« Cilka zieht den Mantel aus und lässt ihn zu Boden fallen.

Maria, die Frau des Kommandanten, schreckt hoch.

»Hallo, Sie sind doch …«

»Cilka Klein, ja. Was fehlt Katja diesmal?«

»Cilka Klein, richtig. Bitte, helfen Sie ihr, sie hat solche Schmerzen.«

Cilka tritt ans Bett heran, beugt sich hinunter und versucht, das wild gestikulierende Mädchen zu untersuchen.

»Was ist denn bisher vorgefallen?«, fragt sie die Mutter.

»Sie hat gestern Abend nichts gegessen, sie hatte Bauchschmerzen. Mein Mann hat ihr etwas zur Beruhigung gegeben …«

»Wissen Sie, was er ihr gegeben hat?«

»Nein. Heute kam sie nicht zum Frühstück. Sie

meinte, sie hätte wieder Schmerzen, sie wollte schlafen. Ich habe sie gelassen, aber als ich vorhin wiederkam, war sie so wie jetzt, und seitdem sagt sie gar nichts mehr. Bitte, was ist los mit ihr? Sie müssen ihr helfen.«

Als Maria besorgt die Hände ringt, klirren an ihrem Handgelenk die Armreifen.

»Ich sehe sie mir mal an.«

Cilka versucht, Katjas Arme festzuhalten.

»Katja, ich bin Cilka, ich will dir helfen«, beschwichtigt sie sie. »Kannst du bitte versuchen, still zu liegen und mir zu zeigen, wo es wehtut? Ja, so ist es gut. Ich will mir mal deinen Bauch ansehen.«

Cilka wirft einen Blick zur Tür, wo der Wachmann, Pawel und Kirill mit großen Augen zusehen.

»Ihr drei geht bitte raus und macht die Tür zu. Ich rufe euch, wenn ich euch brauche.«

Während sie sich wieder Katja zuwendet, hört sie die Tür zugehen.

»So ist besser. Jetzt sehe ich mir deinen Bauch an. Gut so, Katja, du bist sehr tapfer. Das wusste ich ja schon, ich kenne dich, seit du einmal vom Dach gefallen bist und dir den Arm gebrochen hast.«

Katja beruhigt sich etwas und lässt Cilka ihr Nachthemd hochschieben. Sie sieht, dass der Bauch gebläht ist.

»Katja, ich taste dir jetzt vorsichtig den Bauch ab. Sag mir, wenn ich an der Stelle bin, wo es am meisten wehtut.«

Vom Brustkorb aus tastet Cilka sich langsam nach unten. Auf einmal schreit Katja auf.

»Was ist das, was ist los mit ihr?«, fährt Maria auf.

Der schwere Duft ihres Parfüms, der im Raum hängt, juckt Cilka in der Nase.

»Es tut mir leid, ich kann es nicht sicher sagen, aber wenn wir sie ins Krankenhaus bringen, können die Ärzte es genau diagnostizieren und behandeln. Ich gebe ihr eine Spritze gegen den Schmerz, und dann bringen wir sie zum Krankenwagen.«

Cilkas Knie sinken in dem plüschigen Teppich ein. Wie schön es wäre, sich dort hinzulegen. Von einer Mutter umsorgt zu werden in diesem weichen Bett voller Kissen.

»Ich habe nach meinem Mann geschickt. Er müsste gleich hier sein. Vielleicht sollten wir warten, damit er sie in seinem Wagen fährt.«

»Je schneller wir sie ins Krankenhaus bringen, desto besser, wenn es Ihnen recht ist. Ich fahre hinten im Krankenwagen mit und kümmere mich um sie.«

»Einverstanden. Ich habe Ihnen schon einmal vertraut, das tue ich jetzt wieder. Und ich möchte auch gern, dass die Ärztin wieder Jelena Georgijewna ist.«

»Pawel!«, ruft Cilka.

Die Tür geht auf. Pawel und Kirill stehen auf der Schwelle.

»Bringt die Medikamente.«

Kirill springt mit der Kiste herein, stellt sie auf den Boden und reißt den Deckel herunter.

Schnell hat Cilka das benötigte Medikament gefunden, zieht eine Spritze auf und injiziert das Mittel in Katjas Arm. Bis es wirkt, hält sie ihr die Hand, dann beruhigt sich Katja.

»Schnell, holt die Trage, und nehmt die Kisten mit zurück.«

Die beiden kommen mit der Trage wieder. Cilka und Maria heben Katja hoch, die Trage wird unter sie aufs Bett geschoben. Vorsichtig legen sie sie ab und wickeln sie in ihre Decken ein.

»Und los«, fordert Cilka Pawel und Kirill auf. Zu Maria gewandt fragt sie: »Wollen Sie mit uns im Krankenwagen mitfahren, oder kann der Wachmann Sie im Auto fahren?«

»Ich komme mit Ihnen.«

»Dann fahren Sie vorn mit. Ich bin hinten bei Katja.«

Der Wachmann reicht Maria ihren Mantel. Cilka nimmt ihren vom Boden, dann folgen sie Pawel und Kirill zum Krankenwagen.

Cilka steigt zuerst auf die Ladefläche, dann hilft sie Pawel, die Trage hineinzuschieben. Kirill lässt den Motor an und schließt die Hecktüren. Pawel springt auf den Beifahrersitz, der Wachmann hält die Tür und hilft Maria auf den Platz neben ihm.

Die Fahrt verläuft schweigend, nur Marias Parfüm erfüllt den Wagen.

Jelena hat schon gehört, dass die Tochter des Kommandanten zu ihr unterwegs ist. Sie erwartet sie.

Nach einer schnellen Untersuchung eröffnet sie Maria, dass sie Katja sofort operieren muss. Sie vermutet eine Blinddarmentzündung – bestätigen lässt sich das allerdings erst bei der Operation. Wenn es stimmt, wird Katja in wenigen Wochen wieder auf den Beinen sein.

»Kann ich mitkommen?«, fragt Maria.

»Hm, eigentlich nicht, Maria Danilowna. Ich lasse Ihnen Cilka; sie kann Ihnen erklären, was wir machen.«

»Nein, es geht schon, ich warte auf meinen Mann; ich möchte lieber, dass Cilka mit Ihnen mitgeht.«

»Dann los, Cilka, Hände waschen.« Die Pflegerinnen neben ihr bittet sie, die Patientin in den Operationsraum zu bringen.

Als Jelena schon geht, wendet sich Cilka noch einmal kurz an Maria.

»Sie wird das überstehen. Wir sorgen dafür, dass Sie so bald wie möglich wieder bei ihr sind.«

Als Cilka gerade hinausgeht, hört sie die dröhnende Stimme des Kommandanten. Über die Schulter sieht sie noch, wie er seine Frau in den Arm nimmt und sie ihm erregt berichtet. Mann, Frau, Kind – und der Luxus, nur füreinander da zu sein.

Jelena schickt Cilka, sie soll Maria und den Kommandanten zu Katja bringen, die noch schläft – ohne ihren Blinddarm. Cilka steht im Hintergrund, während Jelena erklärt, was sie unternommen hat, wie es weitergeht, und sie bietet Maria an, über Nacht bei Katja zu bleiben.

Maria dankt ihr – aber sie möchte lieber, dass stattdessen Cilka die Nacht bei Katja und ihr verbringt. Sie geht nicht weg von hier. Der Kommandant möchte seine Tochter nach Hause bringen lassen, aber dann willigt er ein, dass sie eine Nacht hierbleiben kann, aber getrennt von den Gefangenen. Für Cilka und Maria werden Stühle in den OP gebracht. Es stehen heute keine Operationen mehr an.

KAPITEL 24

In der Nacht wacht Katja mehrere Male auf. Cilka versorgt sie und spritzt ihr weitere Schmerzmittel, während Maria ihrer Tochter versichert, dass sie bald wieder nach Hause kann.

Als Cilka sich nach einem solchen Einsatz wieder hinsetzt, spürt sie Marias Blick auf sich.

»Ist etwas nicht in Ordnung?«, fragt sie die Frau des Kommandanten, der sie hier gefangen hält.

»Ich weiß nicht, wie ich Ihnen danken soll für Ihre Freundlichkeit und Ihre Fürsorge. Wenn ich Sie mit Katja sehe, bin ich überwältigt. Ich weiß nicht, warum Sie hier sind, ich will es auch gar nicht wissen, aber sind Sie einverstanden, dass ich mit meinem Mann spreche und mich für Sie einsetze?«

Cilka weiß nicht, wo sie hinsehen soll.

»Wollen Sie das wirklich tun?«

»Ja, wir sind Ihnen so viel schuldig. Wenn es nach mir ginge, würden Sie hier nicht eine weitere Nacht verbringen. Alexej Demjanowitsch hängt sehr an Katja. Sagen Sie es niemandem, vor allem nicht unseren Söhnen, aber ich glaube, er hat ein Lieblingskind, und das ist dieses junge Mädchen da im Bett.«

Cilka steht auf und stellt sich zu Katja. Wie hübsch sie ist, blond und bald schon kein Kind mehr. Cilka streicht ihr eine widerspenstige Strähne aus der Stirn.

»Ich habe keine Kinder«, sagt Cilka – dieser warme, stille Raum gibt ihr Sicherheit. »Aber ich bin selbst eine Tochter. Ich weiß, wie Mutter und Vater lieben können.«

»Eines Tages werden Sie selbst Mutter sein, Cilka, Sie sind noch jung.«

»Vielleicht.«

Es wäre zu viel, dieser wohlgenährten, umsorgten Frau zu erklären, dass sie das für sich kaum noch erwartet. Könnte sie schwanger werden, dann wäre es wohl längst passiert. Ihr Körper funktioniert nicht mehr wie der anderer Frauen.

»Wenn ich Ihnen helfe, von hier wegzukommen, dann geschieht es vielleicht früher. Mein Mann ist hier nur vorübergehend stationiert. Vielleicht sind wir bald zurück in Moskau. Es könnte sein, dass dies meine einzige Chance ist, Ihnen zu helfen.«

Cilka setzt sich wieder, dreht dabei leicht den Stuhl, um Maria gegenüberzusitzen, sieht ihr in die Augen.

»Darf ich Ihr Hilfsangebot für jemand anderen nutzen?«

»Warum würden Sie das tun?« Maria ist verblüfft.

»Weil es hier, in diesem Lager, eine Mutter gibt, an der ich sehr hänge. Ihre Kleine, Natja, wird in ein paar Wochen zwei Jahre alt. Und dann wird sie ihr weggenommen, und Józia sieht sie nie wieder. Wenn es irgendeine Möglichkeit gibt, dass Sie das verhindern, wäre ich Ihnen unendlich dankbar. Ich wüsste gar nicht, wie ich das je gutmachen könnte.«

Überwältigt wendet Maria den Blick ab. Sie betrachtet ihre eigene Tochter, legt ihr sacht die Hand auf den Bauch. Sicher weiß sie, was hier los ist, denkt Cilka. Vielleicht hat sie den Gedanken nur nie zugelassen, wie das für die Gefangenen ist, was sie durchzustehen haben.

Maria nickt. Sie greift nach Cilkas Händen.

»Geben Sie mir ihren Namen. Wenn ich es verhindern kann, werden Natja und ihre Mutter nicht getrennt.«

»Józefina Kotecka«, erwidert Cilka.

Die Tür geht auf, und begleitet von seinen Leibwächtern tritt Alexej Demjanowitsch herein. Sein Blick fällt auf die beiden Frauen. Cilka springt auf die Füße.

»Danke, dass Sie sich um meine Tochter und meine Frau gekümmert haben.«

Von den schweren Stiefeltritten auf dem Holzboden wacht Katja auf. Sie sieht ihren Vater und ruft: »Papa, Papa!«

Alexej blinzelt seiner Frau zu und setzt sich auf Katjas Bett, um sie in den Arm zu nehmen.

Jetzt kommt Jelena zur Visite.

Alle im Raum lächeln. Cilka ist plötzlich Teil einer fröhlichen Familienszene und weiß nicht, wie sie sich verhalten soll. Als Katja in einen Rollstuhl gesetzt und für die Heimfahrt zum Wagen ihres Vaters geschoben wird, nimmt Maria Cilka fest in den Arm und flüstert ihr ins Ohr, sie werde sich um Natja und ihre Mutter kümmern.

Als alle weg sind, schließt Cilka hinter ihnen die Tür und setzt sich auf Katjas Bett.

»Die Liebe einer Mutter«, flüstert sie.

KAPITEL 25

Als Cilka zur Arbeit kommt, fängt Jelena sie ab. »Komm mal mit.«

Cilka folgt ihr.

»Zieh nicht den Mantel aus.«

»Wohin gehen wir?«

»Komm einfach mit.«

Jelena läuft mit großen Schritten vom Krankenhaus zum benachbarten Verwaltungsgebäude, einem von drei dreistöckigen Steinhäusern. Sie gehen zum diskreteren Hintereingang. Ohne eine Frage öffnet ein Wachmann ihnen die Tür. Sie betreten einen kleinen Empfangsbereich. Cilka sieht sich rasch um, sucht nach Gefahren, nach Menschen, die ihr schaden könnten. Sie tritt nah neben Jelena, in den Schutz dieser Frau, der sie inzwischen vertraut. Und dann steht da er: Alexandr hinter einem Tisch. Sie hat ihn schon so lange nicht mehr von Nahem gesehen. Er ist dünn, wie alle Gefangenen, aber gefasst – ganz ruhig. Seine Haare sind gepflegt, seine Haut hell; seine braunen Augen haben einen warmen, offenen Glanz.

»Warte nur kurz hier«, sagt Jelena zu Cilka; dann nickt sie Alexandr zu und geht an ihm vorbei durch einen Flur und eine Tür.

»Es ist alles gut, Cilka«, sagt Alexandr ruhig. Offenbar bemerkt er ihre Nervosität, und offenbar erinnert er sich an sie. Er lächelt, seine Augenwinkel kräuseln sich. Cilkas Herz pocht.

Józia hat ihn ein paarmal erwähnt, und sie ist immer froh zu hören, dass es ihm gut geht. Von Józia weiß sie auch, dass er auf die Ränder von Zetteln Gedichte schreibt, bevor er sie zerreißt und wegschmeißt.

Cilka tritt an den Tisch. Sie bringt sogar ein paar Worte heraus. »Ich hoffe es, Alexandr«, sagt sie. Tatsächlich, auf einem Stück Papier stehen gekritzelte Worte in einer ausdrucksvollen Handschrift. Sie sieht wieder auf, betrachtet unwillkürlich seine Lippen.

»Ich ...«

Da geht eine Tür auf und zu. Józia! In heller Aufregung stürzt ihre Freundin auf sie zu.

»Cilka, was ist los?«

Hinter Józia kommt auch Jelena zurück.

»Ich weiß es nicht.« Immer noch rast Cilkas Herz. »Jelena Georgijewna, was ist hier los?«

»Ich weiß es auch nicht. Wartet kurz. Ich sollte euch beide holen.«

Mit Natja auf dem Arm kommt Maria Danilowna herein. Józia schreit auf und ist mit einem Satz bei ihrer Tochter, zögert kurz, dann reißt sie sie der wohlgekleideten Fremden aus den Armen. Maria lässt sie gewähren; Natja ist sichtlich ruhig und zufrieden.

»Ein hübsches kleines Mädchen, Józia«, sagt Maria.
»Kommt mit.« Sie führt sie wieder durch den Flur.
Cilka schielt zu Alexandr hinüber, der ihr zunickt und
sich wieder an seinen Tisch setzt. Sie betreten einen
nüchternen grauen Raum, Maria schließt die Tür.

Sie wendet sich an Cilka. »Ich hatte Ihnen ja etwas
versprochen.«

»Was ist hier los?«, fragt Józia und umklammert verzweifelt ihre Tochter.

Cilka streichelt über Natjas Wangen, dann über Józias.

»Józia, das hier ist Maria Danilowna, die Frau von
Kommandant Alexej Demjanowitsch. Du brauchst
nichts zu befürchten. Sie will dir helfen.«

»Helfen – wie denn?«

»Józefina, ich habe Cilka Klein angeboten, ihr zu helfen, nachdem sie meiner Tochter das Leben gerettet
hatte, und das nicht ein, sondern zwei Mal ...«

»Na ja, eigentlich war das gar nicht ich ...«

»Hier erzähle ich, Cilka!«, unterbricht Maria sie. »Sie
hat meiner Tochter zwei Mal das Leben gerettet. Ich
habe sie gefragt, womit ich ihr zum Dank für ihre Fürsorge helfen kann. Und sie hat nichts für sich selbst er-
beten, sondern sie hat mir von Ihnen erzählt und mich
gebeten, Ihnen und Ihrer Tochter zu helfen.«

»Ich verstehe nicht, Sie haben ihr Hilfe angeboten,
und stattdessen helfen Sie jetzt mir?«

»Ja, draußen wartet ein Wagen. Er wird Sie und Natja
zum Bahnhof fahren, und von da geht es nach Moskau.
Dort wird meine Freundin Stepanida Fabijanowna Sie
erwarten und zu sich nach Hause mitnehmen. Ich hoffe,

Sie nutzen die Gelegenheit, bei ihr zu wohnen und als Haushaltshilfe ein bisschen Geld zu verdienen.«

Mit Natja im Arm sinkt Józia zu Boden, schluchzend vor Überwältigung. Cilka kauert sich neben sie, schließt die beiden in die Arme. Mit feuchten Augen sehen Jelena und Maria zu. Natja befreit sich aus den Armen ihrer Mutter und legt Cilka die kurzen Ärmchen um den Hals. Mit aller Kraft umarmt Cilka das kleine Mädchen und drückt es fest. Sie bedeckt ihr Gesicht mit Küssen, bis die Kleine sie wegschubst, und Józia und Cilka müssen durch ihre Tränen hindurch lächeln. Langsam stehen sie gemeinsam auf.

»Mama!« Quiekend umfasst Natja die Beine ihrer Mutter. Józia nimmt sie hoch.

Mit einem warmen Lächeln wischt Maria sich die Augen. »Ich lasse Sie kurz allein, damit Sie sich richtig verabschieden können. Bitte richten Sie Stepanida Fabijanowna meine besten Grüße aus. Ich werde ihr baldmöglichst schreiben.«

Als Maria Danilowna schon an der Tür ist, läuft Cilka ihr nach und überrascht sich selbst damit, dass sie sie in die Arme schließt. Gleich fängt sie sich wieder, tritt zurück.

»Wie kann ich Ihnen jemals danken?«

»Das haben Sie schon getan. Passen Sie auf sich auf, Cilka. Ich werde hin und wieder nach Ihnen fragen.«

Mit einem letzten Nicken verlässt sie den Raum.

Und wieder geht die Tür auf. Diesmal ist es ein Wachmann.

»Wir müssen los. Der Wagen wartet, der Zug nicht.«

Er hat eine kleine Tasche in der Hand. »Ich soll Ihnen das hier von der Frau des Kommandanten geben; ein paar Kleider für die Kleine. Ich lege es in den Wagen.«

Sie gehen zurück in den Empfangsbereich. Schnell läuft Józia zu Alexandr.

»Auf Wiedersehen, Alexandr«, sagt sie.

»Viel Glück, Józia«, erwidert er und legt ihr und dem Kind die Hand auf den Arm.

Während er sie entlässt, trifft sein Blick auf Cilkas. Sie wendet sich ab, legt die Arme um Józia und Natja, tritt mit ihnen nach draußen.

An der Wagentür wandert Józias Blick von Jelena zu Cilka. »Ich will nicht weg hier. Ich will nicht weg von euch.«

Cilka lacht. Józias Worte sind das Schönste und Absurdeste, was sie seit Langem gehört hat. Immer noch lächelnd kämpft sie gegen die Tränen an.

»Steig ein. Fahr los. Such deine Brüder. Hab ein gutes Leben – für mich, für uns alle – und sorg dafür, dass diese Kleine auch gut lebt. Ich werde immer an euch denken, und das immer nur mit fröhlichen Gedanken.«

Eine letzte Umarmung, Natja zwischen ihnen.

Die Tür schlägt zu. Jelena und Cilka sehen dem Wagen nach, keine rührt sich vom Fleck.

»Von allem, was ich gesehen habe, seit ich hier bin, werde ich mich an das hier erinnern, daran halte ich mich, wenn die Dunkelheit hier zu schlimm wird. Ich weiß nicht, wie der Kommandant und seine Frau das hinbekommen haben. Irgendwer muss ihnen etwas schuldig gewesen sein. Aber jetzt an die Arbeit, wir haben noch andere Seelen zu retten«, flüstert Jelena.

Kurz bricht die Sonne durch die dichten Wolken. Cilka fühlt sich, als würde sie gleich zerbrechen. *Leich l'schalom,* schickt sie Józia leise nach. *Geh hin in Frieden.*

An diesem Abend erzählt Cilka den anderen von Józias und Natjas Abreise und wie sie dazu beigetragen hat. Gemeinsam weinen sie Freudentränen. Erinnern sich. Glück und Kummer zu gleichen Teilen.

Das Gespräch kommt, wie so oft in letzter Zeit, auf ihr Leben vor Workuta.

Die Gründe, weshalb sie hier sind, sind so verschieden wie ihre Persönlichkeiten. Elena etwa wurde außer ihrer Mitwirkung in der Polnischen Heimatarmee noch vorgeworfen, sie habe sich als Spionin betätigt. Und plötzlich fängt sie an, englisch zu sprechen, sodass allen vor Bewunderung der Mund offen steht.

»Wusste ich's doch«, meint Hannah selbstgefällig.

Seit fünf Jahren leben sie mit einer Frau zusammen, die Englisch kann. Mehrere bitten sie, es ihnen beizubringen, ein bisschen nur. Als geheimen Akt des Widerstands.

Andere Mädchen aus Polen waren auch der Kollaboration mit dem Feind angeklagt – in den unterschiedlichsten Formen. Keine von ihnen erwähnt Prostitution. Olga erzählt zum wiederholten Mal, wie sie plötzlich auf der falschen Seite des Gesetzes stand, weil sie für die Frau eines reichen Generals Kleider genäht hatte. Als dieser General mit Stalin in Konflikt geriet und erschossen wurde, wurde auch Olga verhaftet und deportiert.

Margarethe fängt an zu schluchzen.

»Ich sterbe jeden Tag ein Stückchen mehr; ich weiß nicht, was aus meinem Mann geworden ist.«

»Er wurde mit dir verhaftet, oder?«, fragt Olga im Tonfall einer Detektivin.

»Wir wurden zusammen verhaftet, kamen aber in verschiedene Gefängnisse. Ich weiß nicht, ob er noch lebt, aber mein Herz sagt mir, dass er tot ist.«

»Was hat er getan?«, fragt Anastassja, die die Geschichte noch nicht kennt.

»Er hat sich in mich verliebt.«

»Sonst nichts? Das kann doch nicht alles sein.«

»Er kommt aus Prag, er ist Tscheche. Ich nenne ihn meinen Mann, aber das ist genau das Problem. Wir haben gewagt zu heiraten. Ich komme aus Moskau, und wir dürfen keine Ausländer heiraten.«

Während des ganzen Gesprächs rast Cilkas Puls. Seit fünf Jahren ist sie jetzt hier, und die Frauen wissen, dass sie Jüdin ist und aus der Slowakei kommt, aber sie wissen nichts von ihrer Verhaftung. Józia kannte ein paar Bruchstücke, weil sie nachgefragt hatte, aber Cilka hatte nie Näheres preisgegeben. Sie hatte ihr von ihren Freunden erzählt, von Gita und Lale zum Beispiel, überlegte mit Józia, wo sie wohl waren, ob es ihnen gut ging. Sie hatte Józia vom Tod ihrer Mutter und ihrer Schwester erzählt, war aber nie ins Detail gegangen. Jetzt schämt sie sich, dass sie ihr nicht alles erzählt hat. Doch wenn

Józia sich von ihr abgewandt hätte, wäre sie wieder völlig am Boden zerstört gewesen.

In der Baracke wird es nachdenklich still.

»Ich erinnere euch noch einmal an meinen Rat«, meldet sich schließlich Olga. »Eine schöne Erinnerung. Haltet sie mit aller Macht fest, im Kopf und im Herzen.«

Bardejov, Tschechoslowakei, 1939

»Cilka, Magda, kommt schnell!«, ruft ihre Mutter.

Magda lässt das Buch fallen, in dem sie gerade liest, und läuft in die Küche.

»Cilka, komm!«, ruft sie.

»Gleich, ich lese noch das Kapitel zu Ende«, brummt Cilka.

»Es ist etwas Wunderschönes, Cilka, komm«, lockt die Mutter.

»Na gut, ich komme ja.«

Mit dem immer noch aufgeschlagenen Buch in der Hand stapft Cilka in die Küche. Ihre Mutter sitzt am Tisch, in der Hand einen Brief. Damit winkt sie ihren beiden Töchtern zu.

»Was steht drin?«, drängt Magda.

Cilka steht im Türrahmen, tut, als würde sie lesen, spitzt aber neugierig die Ohren.

»Leg das Buch hin, Cilka«, fordert ihre Mutter bestimmt. »Komm und setz dich.«

Cilka legt das offene Buch auf den Tisch und setzt sich gegenüber der Mutter neben ihre Schwester.

»Was ist?«, fragt sie.

»Tante Helena heiratet.«

»Oh! Das ist ja toll, Mama!«, ruft Magda. »Ich mag alle deine Schwestern, aber Tante Helena besonders, ich freue mich für sie!«

»Und was hat das mit uns zu tun?«, fragt Cilka gleichgültig.

»Tja, meine zwei Hübschen, sie möchte euch beide als Brautjungfern haben, ihr sollt bei der Hochzeit ganz vorn dabei sein, ist das nicht wunderbar?«

»Du meinst, wir bekommen hübsche Kleider und Blumen ins Haar?«, fragt Magda aufgeregt.

»Ja, ihr bekommt beide die schönsten Kleider, und Tante Helena ist sicher begeistert, wenn ihr euch Blumen ins Haar flechtet. Was meinst du, Cilka? Willst du Brautjungfer sein, willst du, dass alle dich anschauen und dir sagen, wie hübsch du bist?«

Cilka sieht von ihrer Mutter zur Schwester, versucht, ihre Erregung zu verbergen. Vergeblich. Sie springt auf, wirft den Stuhl um, wirbelt durch die Küche, versucht, sich ihr Hemdkleid über den Kopf zu ziehen.

»Ich werde eine Prinzessin mit Blumen im Haar. Kann ich ein rotes Kleid haben? Ich hätte so gern ein rotes Kleid.«

»Das entscheidet Tante Helena, aber du kannst sie ja fragen. Vielleicht ist sie einverstanden, aber ihr müsst wohl beide dieselbe Farbe tragen.«

»Ich erzähle es Papa.«

Cilka rennt aus der Küche, sucht ihren Vater.

»Papa, Papa, Tante Helena heiratet. Sie ist verliebt.«

Eines Tages, denkt Cilka, bin ich an der Reihe.

KAPITEL 26

Der Winter 1950/51 ist besonders hart. Das Krankenhaus quillt über von Patienten mit schweren Erfrierungen und anderen wetterbedingten Verletzungen. Ständig werden Gliedmaßen amputiert, die Überlebenden werden sofort an unbekannte Orte verlegt, um die Betten wieder frei zu machen. Viele sterben an Lungenentzündung; die vom ständigen Kohlestaub in der Atemluft geschwächten Lungen können die Infektionen, die im Lager umgehen, nicht mehr abwehren. Pellagra-Erkrankte schaffen es kaum durch die Eingangstür – die zum Skelett abgemagerten Körper mit ihrer schuppenden Haut werden gleich beim Eingang auf Decken auf den Boden gelegt, damit sie, wenn sie tot sind, sofort auf einen Laster geladen werden können.

Die Zahl der Verletzungen steigt erschreckend, weil erfrorene Finger die Werkzeuge nicht mehr halten können; und es kommt zu mehr Quetschungen, weil die geschwächten Gefangenen zu langsam reagieren, um schwerem Gerät auszuweichen oder herabstürzenden Felsbrocken.

Bei der Erstuntersuchung der Verletzten prüfen die Ärzte immer, ob eine Selbstverstümmelung vorliegt. Die Patienten betteln um jeden zusätzlichen Tag im Krankenhaus, wollen zumindest von der Arbeit im Freien befreit werden. Manche solche Verletzungen sind furchtbare Verstümmelungen – mit das Schlimmste, was Cilka je zu sehen bekommen hat.

Die Krankenwagen kommen kaum nach, all die Kranken und Verletzten zu transportieren, viele liegen eng gedrängt auf der Ladefläche oder werden von Mitgefangenen zu Fuß ins Krankenhaus getragen.

Wegen der Kälte und der Einsamkeit, seit Józia fort ist, und weil die Hoffnung immer mehr schwindet, versinkt Cilka wieder in düsterer Schwermut. Ohne die Pausen zu nehmen, die ihr eigentlich zustehen, fährt sie mit dem Krankenwagen aus, sammelt Patienten auf, lädt sie ab und rückt sofort wieder aus, kümmert sich unermüdlich um die Verletzten und Sterbenden. Auf der Krankenstation selbst wird sie zur Fremden.

Die Bergwerksverwaltung lobt ihre Tapferkeit, weil sie sich nie weigert, sich in Gefahr zu begeben. Für sie ist Cilka, weil sie so klein ist und so kompetent, die beste Besetzung, um im Bergwerk nach Verletzten zu suchen. Wieder dieses Wort: Tapferkeit – Cilka findet immer noch, dass sie es nicht verdient hat.

»Der Krankenwagen rückt aus!«

»Ich komme.«

Kirill, Pawel und Cilka rasen zum Bergwerk.

»Fragst du gar nicht, was uns heute erwartet, Cilka?«, fragt Kirill.

»Ist das denn wichtig?«

»Hast du einen schlechten Tag?«, feuert Kirill zurück.

»Lass sie, Kirill.« Pawel springt Cilka zur Seite.

»Schon gut. Es ist eine Explosion, es dürfte also Verbrennungen geben und Knochenbrüche.«

Weder Pawel noch Cilka antworten.

Kirill zuckt mit den Schultern. »Wenn ihr meint ...«

Je näher sie dem Bergwerk kommen, desto größer ist das Chaos. Wie immer stehen glotzende Gefangene in Trauben herum und treten von einem Fuß auf den anderen, um sich zu wärmen.

Noch bevor der Motor ausgeht, ist Cilka aus dem Krankenwagen gesprungen.

»Cilka, hier rüber.«

Sie tritt zu einer Gruppe Wachleute. Ein Aufseher kommt dazu.

»Cilka, gut, dass du da bist. Ziemlich übel heute. Es wurde gerade Sprengstoff in den Hauptstollen gebracht, um ihn weiter vorzutreiben; da ist eine Ladung vorzeitig hochgegangen. Wir haben da drinnen mindestens sechs Gefangene und ungefähr genauso viele Wachleute. Und außerdem unseren Sprengmeister. Er sollte das Dynamit anbringen. Er ist der beste Mann hier. Verdammt, wir kriegen Ärger, wenn der nicht heil herauskommt.«

Cilka macht sich auf Richtung Bergwerksschacht.

»Pawel«, ruft sie, »bring die Kiste. Komm, beeil dich!«

Der Aufseher läuft ihr nach. »Cilka, du kannst noch nicht da rein. Sie haben es noch nicht freigegeben.«

Wie immer.

»Und wer soll es freigeben – jemand, der hier oben rumsteht?«

Ohne eine Antwort zu erhalten, wendet sich Cilka an Pawel. »Ich kann dich nicht zwingen mitzukommen, aber ich hätte dich schon gern dabei.«

»Cilka, du hast gehört, was er gesagt hat – womöglich stürzen rund um uns die Wände ein.«

»Da drinnen sind Leute. Wir müssen es versuchen.«

»Und dabei selbst verrecken? Ich glaube nicht.«

»Gut, dann gehe ich eben allein. Gib mir die Kiste.«

Pawel will ihr die Kiste reichen, zögert, nimmt sie wieder an sich. »Das wird mir noch leidtun, oder?«

»Wahrscheinlich.« Ein Grinsen huscht über ihr Gesicht.

»Ganz sicher«, bestätigt der Aufseher. »Schaut, ich kann euch nicht aufhalten, aber abraten kann ich.«

»Komm, Pawel, wir gehen.«

»Hier, nehmt die große Lampe.«

Als Cilka und Pawel einfahren, durchdringt das Licht der Lampe kaum den in dichten Schwaden herumwirbelnden Staub. Sie treten ins Dunkle und tasten sich mehrere Minuten lang zentimeterweise vorwärts, bevor sie zu rufen anfangen.

»Hört mich jemand?«, schreit Cilka. »Antwortet, wenn ihr mich hört, damit wir euch finden. Ist hier irgendwer?«

Nichts. Sie gehen weiter, nähern sich dem Explosionsort, und der Boden unter ihren Füßen ist zunehmend übersät von Schutt und Steinbrocken. Es wird immer enger.

Pawel stolpert, schlittert über einen zerfurchten Felsen und schreit vor Schreck und vor Schmerz.

»Alles in Ordnung?«

Seine Flüche hallen von den Wänden wider. Als das Echo verstummt, hören sie jemanden rufen.

»Hier, wir sind hier drüben.«

»Ruft weiter, wir kommen.« Pawel und Cilka eilen auf die Stimme zu.

Der Lichtstrahl der großen Lampe beleuchtet mehrere Männer, die ihnen zuwinken und rufen. Als sie da sind, fragt Pawel, wer das Kommando hat. Ein Wachmann, der neben einem Bewusstlosen sitzt, meldet sich.

»Sag mir, wer hier ist und was du von den anderen weißt«, fordert Cilka ihn auf.

Sie sind zu sechst – drei Wachleute, zwei Gefangene und der Sprengmeister, der bewusstlos ist. Die Explosion hat ihnen die Helme vom Kopf gerissen, gleichzeitig sind die Lampen erloschen, und da sie nichts sehen, können sie auch nicht sagen, wie schwer sie jeweils verletzt sind.

Cilka fragt, ob jemand von ihnen aufstehen und den Schacht auf eigenen Beinen verlassen kann. Zwei von ihnen trauen sich das zu, obwohl sie schwere Verletzungen haben. Einer berichtet von einem gebrochenen Arm; durch sein Hemd und seinen Mantel ragt ein Stück Knochen heraus.

Im Schein der Lampe nehmen Cilka und Pawel eine schnelle Untersuchung vor. Der Sprengmeister atmet stoßweise, am Kopf klafft eine Wunde. Cilka weist Pawel an, einen anderen Bewusstlosen abzutasten – der Mann ist bereits tot. Er war einer der Wachleute.

Cilka konzentriert sich auf den Sprengmeister. Außer der Kopfwunde scheint ihn noch etwas an der Brust getroffen zu haben – eine Senkung verweist auf mehrere gebrochene Rippen. Mithilfe der unversehrten Männer bringt Cilka ihn auf dem Boden in eine ausgestreckte Position. Sie legt ihm eine Infusion an und verbindet ihm behelfsmäßig den Kopf.

»Und die anderen?«, fragt sie einen Wachmann. »Uns haben sie gesagt, ihr wärt ungefähr zu zwölft hier unten.«

Der Wachmann lässt sie mit der Lampe weiter in den Stollen leuchten. Da sieht sie, dass der Weg durch Felsbrocken fast vollständig blockiert ist.

»Wahrscheinlich stecken sie dahinter fest«, erklärt er.

»Habt ihr versucht, sie zu rufen, falls irgendwer antwortet?«

»Das ist doch Zeitverschwendung. Sie waren ungefähr hundert Meter vor uns, mit dem Dynamit, als es hochging. Wahrscheinlich haben sie die erste Explosion voll ins Gesicht bekommen, und danach gab es noch zwei. Sie hatten überhaupt keine Chance.«

»In Ordnung, das lasse ich dich oben berichten, wenn wir raus sind. Jetzt sehen wir, wer wem helfen kann, hier herauszukommen. Ich brauche mindestens einen, der mit Pawel zusammen den Sprengmeister trägt.«

»Das kann ich machen«, sagt der Wachmann.

»Ich auch«, krächzt einer der Gefangenen hustend.

»Danke.« Sie wendet sich an den anderen Gefangenen: »Kannst du ihn im Auge behalten?« Sie weist mit dem Kinn auf den Verletzten. »Er hat einen übel gebrochenen Arm.«

»Mache ich«, erwidert der Gefangene.

Cilka leuchtet mit der Lampe den Weg, und schlurfend und stolpernd folgen die Männer dem Lichtstrahl. Hinter ihr hat Pawel dem Bewusstlosen die Arme unter die Schultern geschoben, die anderen packen die Beine, und so schleppen sie den Mann in Richtung Schachtausgang. Cilka nimmt die Arzneikiste, stellt die Tropfflasche darauf und folgt den Arbeitern durch den langen, bedrückend engen Stollen auf dem Weg zum wartenden Förderkorb.

Sie wirft einen Blick zurück. Im rußig verwirbelten Licht sieht sie, wie Pawel und der andere sich mit dem schweren Körper abmühen. Sie hört etwas rumpeln. *Nein.* In dichten Staubwolken lösen sich mehrere Felsbrocken. Pawel schreit auf.

Sie hört laute Rufe, hört, wie der Hebel des Aufzugs umgelegt wird, hört die Tür des Förderkorbs zuknallen. Sie hustet und hustet, ihre Ohren brausen. Sie bricht zusammen, ihr Kopf schlägt auf der Seitenwand des Förderkorbs auf, sie zittert am ganzen Körper, als er langsam anfährt.

»Cilka, Cilka, drück meine Hand.« Jelenas beschwörende Stimme dringt in Cilkas Halbbewusstsein.

Hand, spüren, drücken, befiehlt sie sich selbst. Die kleine Anstrengung, diesen Befehl zu befolgen, sendet in Stoßwellen Schmerz durch ihren Körper, und sie fällt zurück in die Bewusstlosigkeit.

Jemand ruft; Cilka erwacht. Ohne die Augen zu öffnen, lauscht sie auf die vertrauten Geräusche der Ärzte und Schwestern, die ihre Arbeit verrichten, der Patienten, die um Hilfe betteln und vor Schmerzen stöhnen. Sie möchte am liebsten bei beidem mit einstimmen.

»Bist du da, Cilka?«, hört sie Raissa flüstern. Sie spürt Raissas Atem auf der Wange; sie muss sich tief über sie gebeugt haben.

»Du musst jetzt aufwachen. Komm, mach die Augen auf.«

Langsam schlägt Cilka die Augen auf. Alles ist verschwommen.

»Ich sehe nichts«, haucht sie.

»Es kann sein, dass du verschwommen siehst, keine Panik, Cilka. Das wird alles wieder. Siehst du meine Hand?«

Vor Cilka blitzt irgendetwas auf, eine Bewegung. Vielleicht ist es eine Hand. Cilka blinzelt mehrmals, und jedes Mal sieht sie ein kleines bisschen klarer, bis sie Finger ausmachen kann; ja, das ist eine Hand.

»Ich sehe sie, da ist deine Hand«, murmelt sie.

»Gut gemacht. Jetzt hör mir zu, ich sage dir, wie es um dich steht, dann kannst du mir sagen, wie du dich fühlst. Einverstanden?«

»Ja.«

»Du hast einen heftigen Schlag auf den Hinterkopf bekommen, wir mussten das mit zwanzig Stichen nähen. Ich kann kaum glauben, dass du es da herausgeschafft hast, als der ganze Stollen schon am Einstürzen war. Du bist unglaublich zäh.«

»Unkraut vergeht nicht.«

»Wir mussten dir leider ein paar Haare wegschneiden, aber das wächst nach. Bestimmt hast du Kopfschmerzen – du sollst jetzt nicht reden oder meinen, du müsstest irgendetwas tun.«

Cilka öffnet den Mund, um etwas zu sagen. *Pawel.* Sie erinnert sich an die letzten Momente im Schacht. Mühsam stammelt sie seinen Namen.

»Schon gut, Cilka«, beruhigt Raissa sie.

»Pawel ...«

»Es tut mir leid, Cilka. Er hat es nicht geschafft.«

Und ich bin schuld, denkt sie. Ich habe ihn überredet. Sie schließt die Augen.

Ich bin verflucht. Jeder in meiner Nähe stirbt oder wird verschleppt. In meiner Nähe ist niemand sicher.

»Cilka, an den Schulterblättern, wo der Felsen aufgetroffen ist, hast du Schürfwunden und Prellungen. Wahrscheinlich warst du nach vorn gebeugt, als es passiert ist. Das ist alles nichts Ernstes und verheilt schon ganz gut.«

Sie versucht zu atmen. Was mit ihr ist, ist doch egal.

»Wie geht es den anderen?«

»Typisch Cilka. Nur du fragst zuerst nach den anderen und dann nach dir selbst. Den Arbeitern, die vor dir gegangen sind, geht es ziemlich gut, das verdanken sie dir.«

Cilka ist erleichtert, dass sie nicht alle tot sind. Aber Pawel. Sie hätte vorsichtiger sein müssen.

»Also«, fasst Raissa zusammen. »Das ist deine Behandlung, und du musst mir versprechen, dass du tust, was wir dir sagen. Ich will nicht, dass du dich einmischst, selbst wenn du meinst, du wüsstest mehr als wir alle zusammen.«

Cilka schweigt.

»Versprich es.«

»Ich verspreche es«, nuschelt sie.

»Was versprichst du?«

»Zu tun, was ihr mir sagt, mich nicht einzumischen und nicht zu denken, ich könnte mich selbst heilen.«

»Das habe ich mitbekommen«, sagt Jelena, die plötzlich bei ihnen steht. »Wie geht es unserer Patientin?«

»Ich bin ...«

»Das Reden übernehme ich, du hast gerade versprochen, still zu sein«, erklärt Raissa.

»Vom Stillsein war nicht die Rede.«

»Damit ist meine Frage beantwortet. Cilka, erzähl, wie geht es dir? Wo tut es weh?«

»Es tut nicht weh.«

Jelena schnaubt. »Du bleibst hier noch vierundzwanzig Stunden brav liegen. Versuch, dich nicht zu viel zu bewegen, gönn deinem Körper Heilung, besonders dem Kopf; ich gehe davon aus, dass du eine Gehirnerschütterung hast, dagegen hilft nur Ruhe.«

»Danke«, bringt Cilka heraus.

»Ruh dich aus. Ich habe an deine Baracke melden lassen, dass du verletzt bist, aber wieder gesund wirst; ich weiß, wie nahe ihr euch steht, und ich dachte, sie machen sich vielleicht Sorgen.«

Hannah jedenfalls, denkt sie. Aber die letzte Tablettenration, die Cilka ihr gebracht hat, dürfte noch eine Zeit lang reichen.

Cilkas Gedanken gehen zurück zu Pawel, und eine Träne perlt aus ihrem Auge und rinnt die Wange hinunter.

Als Cilka am nächsten Morgen die Augen öffnet, steht ein Fremder an ihrem Bett. Noch bevor sie irgendetwas sagen kann, greift er nach ihrer Hand und setzt einen Kuss darauf.

»Danke, dass du mir das Leben gerettet hast, du bist ein Engel. Ich habe dir beim Schlafen zugeschaut und gehofft, dass du aufwachst, damit ich dir danken kann.«

Sie erkennt ihn: der Sprengmeister aus dem Bergwerk.

Jetzt steht Ljuba neben ihm. »Los, ab in dein eigenes Bett. Ich habe es dir schon mal gesagt, du kannst nicht dauernd hierherkommen. Cilka braucht Ruhe.«

»Aber ...«

»Ljuba, es ist schon in Ordnung, lass ihn kurz bleiben«, krächzt Cilka.

»Noch einmal: danke.«

»Wie geht es dir? Als ich dich das letzte Mal gesehen habe, sahst du nicht gerade blühend aus.«

»Das haben sie mir auch erzählt. Aber es geht mir schon viel besser, morgen gehe ich zurück in meine Baracke, dann stimmt es wohl.«

Cilka schafft ein kleines Lächeln. »Es war gut, dich zu sehen. Pass auf dich auf.«

Als der Mann zu seinem Bett zurückgeht, steht wieder Ljuba vor Cilka.

»Wie ich höre, hast du mit deinem schnellen Handeln

und deinen Anweisungen ihm und den anderen das Leben gerettet. Das wird er überall erzählen.«

»Aber Ljuba, ich habe Pawel mit hineingezogen, und jetzt ist er tot.«

»Du brauchtest Hilfe, und es war seine Entscheidung.«

»Er ist mir zuliebe mitgekommen, weil er mich mochte. Das ist mir jetzt erst klar.«

»Dann wäre er jetzt froh, dass du es rausgeschafft hast.«

»Kann ich sie sehen?« Hinter Ljuba ist Kirill aufgetaucht, sie tritt zur Seite.

»Wie geht es dir?«, fragt er ehrlich besorgt.

»Es tut mir so leid, Kirill.« Cilka ist den Tränen nahe.

»Du bist doch nicht schuld an Pawels Tod.«

»Aber er ist nur mitgekommen, weil ich ihn gebeten habe.«

»Er hätte auch geholfen, wenn du ihn nicht gebeten hättest. Tja, jetzt wirst du mich bitten müssen.«

»Ich glaube, ich will das nicht mehr machen, mit dir ausrücken, ohne Pawel.«

»Sag das nicht. Natürlich kommst du wieder mit, du musst nur erst gesund werden.«

Cilka seufzt. »Ich glaube nicht, dass ich noch mal das Leben der anderen aufs Spiel setzen kann.«

»Cilka Klein, meistens sagst du den anderen nicht, was sie tun sollen, sie setzen ihr Leben aufs Spiel, gerade weil du *nicht* fragst. Deshalb wollen sie helfen. Verstehst du das?«

Cilka sieht Kirill plötzlich mit anderen Augen. Seine

Prahlerei, seine Verächtlichkeit ihr gegenüber sind wie weggeblasen.

Kurz berührt er mit seiner haarigen Pranke ihre Hand. »Werd gesund, ich sehe in ein paar Tagen nach dir. Und Cilka: Pawel war nicht der Einzige, der dich mochte.«

Bevor Cilka antworten kann, ist Kirill gegangen.

Cilka hält ihr Versprechen nicht. Während der zehn Tage, die sie im Krankenhaus verbringt, handelt sie sich Tadel, Standpauken und die Drohung ein, am Bett fixiert zu werden. Am rührigsten ist sie nachts, wenn nur wenig Personal da ist. Mehrmals beatmet sie Patienten, die sie nach Luft ringen hört. Vor allem aber besucht sie einfach Bettnachbarn und spricht ihnen gut zu.

Ihre Verletzungen heilen, die Kopfschmerzen lassen nach, und an der Kopfwunde werden die Fäden gezogen. Die Rückenschmerzen verschweigt sie, sie will nicht länger auf der Station bleiben, sondern bittet Jelena, sie in ihre Baracke zu entlassen. Auf keinen Fall will sie zu lange eines dieser kostbaren Betten blockieren.

»Bald ist es so weit«, beruhigt sie Jelena.

Tage später, als im Lager längst Nachtruhe herrscht und Cilka und das Ärzteteam gerade aus dem Operationsraum kommen – es war Cilkas erster Einsatz seit ihrer Genesung –, empfangen sie mehrere hohe Vertreter der Lagerverwaltung. Sie fragen nach dem Sprengmeister und hören mit Erleichterung, dass er auf dem

Weg der Besserung ist und nach wenigen weiteren Ruhetagen seine Arbeit wird wiederaufnehmen können. Cilka versucht, sich während des Gesprächs wegzuschleichen, schiebt sich hinter die anderen. Als sie gerade zur Tür hinauswill, spricht einer der Männer sie an.

»Schwester, bitte bleib, wo du bist.«

Cilka erstarrt. Sie weiß nicht, was sie angestellt hat, aber von einem Lagerkommandanten direkt angesprochen zu werden, ist jedenfalls kein gutes Zeichen. Als die Ärztin fertig ist, tritt der Kommandant zu Cilka. Groß, schlank, die Mütze leicht schräg auf dem Kopf, erinnert er sie an jemanden, den sie früher kannte, jemanden, der sie benutzt hat. Sie fängt an zu zittern, als mühsam verdrängte Erinnerungen hochkommen.

»Bist du die Schwester, die in den Schacht eingefahren ist und den Verletzten geborgen hat?«

Cilka kann nicht antworten. Er wiederholt seine Frage.

»Ja«, stammelt sie. »Ich bin eingefahren, aber gerettet haben ihn die Ärzte.«

»Das habe ich anders gehört. Dein Mut hat viele Männer gerettet, und dafür spreche ich dir unseren Dank aus.«

»Danke, ich habe nur meine Pflicht getan.«

»Wie heißt du?«

»Cilka Klein.«

»Bist du hier eine eingetragene Schwester?«

Bevor Cilka antworten kann, fällt ihr Jelena ins Wort. »Cilka wurde hier von vielen erfahrenen Ärzten und

Schwestern ausgebildet, sie arbeitet hervorragend, wir sind sehr froh, dass sie da ist.«

Der Kommandant nickt.

»Trotzdem bist du als Häftling hier.«

»Ja«, murmelt Cilka mit gesenktem Kopf.

»Wohnst du im Schwesternheim?«

»Ich wohne in Baracke 29.«

Der Kommandant wendet sich an die Ärztin. »Dann kann sie jetzt ins Schwesternheim umziehen.«

Damit geht er, sein Gefolge im Schlepptau.

Cilka rutscht zitternd an der Wand nach unten, die sie bisher aufrecht gehalten hat.

Jelena hilft ihr wieder auf.

»Du musst fix und fertig sein. Es war ziemlich lang für dich. Komm, wir suchen dir noch für eine Nacht ein Bett hier. Ich will nicht, dass du heute noch in die Baracke zurückgehst, und morgen reden wir über deinen Umzug.«

Bereitwillig lässt Cilka sich wegführen.

KAPITEL 27

Als Cilka auf der Station erwacht, sieht sie vor dem Fenster den hellblauen Himmel. Die Sonne geht immer früher auf, und bei der Aussicht auf das kommende Licht denkt sie noch mehr an die Frauen in ihrer Baracke.

Als Jelena kommt, sagt Cilka: »Ich bin sehr dankbar für das Angebot, im Schwesternheim zu wohnen, aber ich habe entschieden, dass ich bleiben möchte, wo ich bin.«

Jelena reißt verblüfft die Augen auf.

»Wenn ich darf, möchte ich gern bei meinen Freundinnen bleiben.«

»Obwohl es dort gefährlich ist ...«

Jelena weiß, was nachts im Lager los ist – sie hat die Verletzungen gesehen. Verständlich, dass Cilkas Wunsch ihr unfassbar erscheinen muss.

»Da sind meine Freundinnen«, wiederholt sie. Olga, Elena, Margarethe, Anastassja. Und, überlegt sie verzagt, wenn Hannah es ihnen erzählt hat, muss ich mich dem stellen. Ihr stellen. »Ich erwarte nicht, dass Sie mich verstehen.«

Jelena holt tief Luft. »Es ist deine Entscheidung, die respektiere ich. Falls du deine Meinung änderst…«

»Dann erfahren Sie es als Erste.«

Sie muss zurück, weil die Frauen in ihrer Baracke jetzt Cilkas Familie sind. Es stimmt, sie sind sich nicht immer einig. Es hat viele Auseinandersetzungen gegeben, manchmal auch Handgreiflichkeiten, aber so etwas halten große, eng verflochtene Familien aus. Sie erinnert sich, wie sie und ihre Schwester sich als Kinder dauernd stritten und rangelten. Doch stärker als die Streitereien waren immer die gegenseitige Hilfe und Anteilnahme. Mehrere Frauen waren gekommen und gegangen, aber der harte Kern war immer noch da, und in ihrer Mitte die barsche Antonina Karpowna.

Als Cilka die Baracke betritt, blicken die Frauen ihr traurig entgegen. Sie wissen es, denkt sie. Sie könnte gleich wieder gehen, aber sie zwingt sich, zu bleiben, sich ihnen zu stellen.

»Cilka«, sagt Margarethe. »Olga ist weg.«

»Was meinst du damit, weg?« Cilka schnappt nach Luft.

»Sie haben sie heute Morgen geholt, als wir zur Arbeit gingen. Ihre Strafe ist abgesessen.«

»Aber ich konnte mich gar nicht verabschieden.« Cilka weiß nicht, ob sie noch einen Verlust ertragen kann.

»Sie hat uns Grüße für dich aufgetragen. Freu dich für sie, Cilka. Sie kann jetzt wieder zu ihren Kindern.«

Anastassja kommt zur Tür herein, tritt zu ihnen. »Cilka! Haben sie es dir gesagt?«

»Ja«, erwidert Cilka. »Ich werde sie vermissen.«
Anastassja schließt Cilka in die Arme.
»Und wir haben dich vermisst.«

An diesem Abend ist die Baracke ungewöhnlich ruhig, Olgas leeres Bett erinnert sie unablässig daran, dass sie weg ist, alle anderen aber weiterhin hierbleiben müssen.

Als das Licht aus ist, kommen mehrere Männer, auch Boris. Er ist sehr ruhig. Cilka liegt wortlos neben ihm.

»Willst du eigentlich nie über uns reden?«, fragt er schließlich.

»Ich weiß nicht, was du mit ›uns‹ meinst.«

»Du und ich, was wir uns bedeuten. Du erzählst mir nie von deinen Gefühlen.«

»Was interessiert dich das schon? Du willst doch nur meinen Körper.«

Boris stützt sich auf einen Ellbogen, versucht, im Dunkeln Cilkas Gesicht zu erkennen, den Ausdruck darin, den Blick in ihren Augen.

»Wie fändest du es, wenn ich dir sage, ich liebe dich?«

Cilka sucht nach Worten. Er wartet.

»Das ist etwas sehr Schönes.«

»Das ist mir so richtig klar geworden, als du im Krankenhaus warst. Und was empfindest du für mich?«

Nichts, denkt sie. Ich kann dich höchstens ertragen. Und nicht zum ersten Mal sieht sie das freundliche, schöne Gesicht von Alexandr vor sich. Aber damit will sie sich nicht quälen.

»Boris, du bist sehr nett; ich will niemand anderen in diesem Lager in meinem Bett haben.« Im Halbdunkel erkennt sie seine gerötete Nase, seine feuchten Lippen. Sie schaut wieder zur Decke.

»Aber liebst du mich?«

»Ich weiß nicht, was Liebe ist. Wenn ich mir erlauben würde, mich zu verlieben, müsste ich an eine Zukunft glauben. Aber die gibt es nicht.«

Und doch weiß sie, dass auch sie sich zu jemandem hingezogen fühlen kann, so wie sie es von anderen Leuten gehört hat. So grausam es auch sein mag, an einem Ort wie hier jemanden zu mögen.

»Woher weißt du das so sicher? Vielleicht haben wir zusammen eine Zukunft. Wir sind schließlich nicht für immer hier.«

Besser gar nichts fühlen, denkt sie.

»Siehst du das leere Bett da drüben?«

Boris sieht angestrengt ins Dunkle.

»Nein.«

»Also, da steht ein leeres Bett. Darin lag jede Nacht, seit wir hier sind, Olga.«

»Ja …« Boris zögert.

»Weißt du, warum sie hier war?« Cilka wird lauter, erntet prompt ein mahnendes Zischen aus der Dunkelheit.

»Woher soll ich wissen, warum sie hier war – ich weiß ja nicht mal, warum du hier bist!«

»Sie war Russin und hat sich in einen Mann aus Prag verliebt, den wollte sie heiraten. Das ist gegen euer Gesetz. Dafür ist sie hier gelandet, und was aus ihm geworden ist, weiß sie nicht, aber sie vermutet, dass er tot ist.«

»Was hat das mit uns zu tun?«

»Ich bin Tschechin, du Russe.«

»So was kann sich ändern«, jammert er.

»Ja, vielleicht, aber im Moment ist das unsere Wirklichkeit.«

Boris drängt sich an Cilka, seine Leidenschaft ist verflogen, er sucht nur noch Trost. Cilka lässt ihn gewähren.

Boris' Zuneigung bleibt bestehen, und ebenso sein Missbrauch; im Krankenhaus liegen die immer gleichen Verletzten und Kranken; die Freundschaften in der Baracke kommen unverändert zum Ausdruck im Teilen, im wechselseitig gespendeten Trost über die Entbehrungen, die Verluste. Margarethe, Anastassja, Elena und Hannah bleiben, aber so nah wie Józia fühlt sich Cilka ihnen nicht. Hannah erinnert Cilka bei jeder Gelegenheit daran, dass sie den Frieden in der Baracke zerstören, alles aufdecken könnte. Und dem kann Cilka sich noch immer nicht stellen. Nahe steht sie weiterhin Jelena, obwohl sie kaum sprechen – zum Ausdruck kommt die Verbindung nur durch Blicke und Gesten über ein Patientenbett, über die Station hinweg. Und sosehr Cilka ihr Gefühl vor sich zu leugnen versucht, sie hält doch immer nach Alexandr Ausschau – einer rauchenden Gestalt vor dem Verwaltungsgebäude, mit geschlossenen Augen den Moment genießend. Im Schnee, im Regen, bei einem raschen Sonnenstrahl – das Gesicht der Sonne zugewandt. Wenn sie ihn sieht, macht ihr Herz einen Sprung, aber dann läuft sie eilig weiter, denn so ein Sehnen zuzulassen kann nicht guttun, denkt sie.

Über den Wechsel der Jahreszeiten hinweg geht all das immer weiter – das Dunkle wird Licht, die weißen Nächte werden zu langen, dunklen Wintern. Immer noch reißen oft Albträume Cilka aus dem Schlaf: ausgezehrte Leichen, pfeifende Ärzte, die schwarz glänzenden Stiefel. Sie klammert sich an die guten Erinnerungen, aber die entgleiten ihr immer weiter. Sie malt sich Józias und Natjas Leben aus, Lales und Gitas. Sie stellt sich vor, dass sie in Sicherheit sind und einander halten. Sie hält durch.

KAPITEL 28

WorkutLag, Sibirien, Juni 1953

Wieder weiße Sommernächte. Die ersten paar Sonntage mit abendlichem Herumschlendern sind längst nicht so fröhlich und ausgelassen wie in den vergangenen Jahren. Ihr achter Sommer, acht Jahre gestohlenes Leben.

Im Lager herrscht eine merkwürdige Spannung. Im Hochsommer bekommt Cilka mit, wie auf der Station über einen Streik geredet wird. Männer in einem Schacht verweigern die Arbeit. Abends erzählt sie den anderen, was sie gehört hat.

Das Gerücht bringt Unruhe in die Baracke. In der Schneiderei, wo Elena jetzt arbeitet – Olga hat ihr genügend beigebracht –, war dazu nichts zu erfahren. Die anderen Frauen drängen sie und Cilka, so viel wie möglich herauszufinden.

Am nächsten Tag fragt Cilka bei Raissa nach. Verstohlen raunt Raissa ihr zu, ihres Wissens seien weitere Arbeiter in den Ausstand getreten.

Am selben Tag sieht sie auf einer ihrer immer noch regelmäßigen Fahrten mit dem Krankenwagen vor einem Verwaltungsgebäude mehrere Männer auf dem Boden sitzen.

Bei dem ungewohnten Anblick von mitten am Tag tatenlos herumsitzenden Männern bremst Kirill unwillkürlich ab. Mehrere Wachleute stehen in der Nähe und beobachten sie.

»Tja, das ist mal was anderes«, kommentiert Fjodor, der Sanitäter, mit dem Cilka jetzt oft die Schicht teilt.

»Habt ihr nicht gehört?«, fragt Cilka. »Das ist ein Streik.«

»Vielleicht sollten wir mitmachen, ich wende den Wagen«, schlägt Kirill vor.

»Fahr weiter, richtig schwer ist deine Arbeit ja nicht gerade«, feuert Cilka zurück.

»Ich liebe es, wenn du so resolut bist, Cilka Klein; eigentlich erstaunlich, dass du nicht bei den Streikführern bist.«

»So schlecht kennst du mich also, Kirill.«

»Ich glaube, ich kenne dich ziemlich gut.«

»Entschuldigung, ich bin auch noch hier«, schaltet sich Fjodor ein.

Zurück auf der Station, reden alle nur noch von dem sich ausweitenden Streik und fragen sich, wie die Lagerleitung reagieren wird. Es gibt wohl nur wenige Mittel, um den Streit beizulegen – und vermutlich wird das Ganze auf mehr Arbeit im Krankenhaus hinauslaufen. Niemand weiß, ob die Aufständischen ein bestimmtes Ziel haben, ob eine Gruppe neuerer Häftlinge ältere beeinflusst, weil sie noch die Kraft haben, sich gegen die Behandlung hier aufzulehnen.

Am Abend erzählt Elena, was sie herausgefunden

hat. Die Streikenden fordern bessere Lebensbedingungen. Die Frauen sehen sich in der Baracke um, die sie so wohnlich eingerichtet haben wie möglich. Auf einem Tisch steht ein alter Krug mit ein paar Blumen, an den Wänden hängen kunstvolle Stickereien, und jede hat ein eigenes Bett – wie sie wissen, ist das ein Luxus.

»Und sonst?«, fragt jemand.

»Sie wollen, dass der Stacheldraht um das Lager abgebaut wird und dass wir die Nummern von den Uniformen trennen dürfen, weil das eine Demütigung ist.«

Bei dieser Forderung reibt sich Cilka mit der Hand über den linken Mantelärmel, da, wo für immer die Nummer in ihre Haut gebrannt ist.

»Ach ja, und dass wir einmal im Monat Briefe an unsere Familien schreiben dürfen.«

»Sonst noch etwas?«, fragt Margarethe.

»Ich habe etwas gehört über Forderungen für Politische«, meldet sich Anastassja, »aber ich habe nicht richtig hingehört.«

»Warum denn nicht? Das betrifft doch uns«, bohrt Margarethe nach.

»Wir sind doch alle Opfer von diesem ruchlosen Diktator«, erklärt Elena.

»Elena, sag so was nicht. Auch hier nicht«, zischt Margarethe ihr zu.

»Sie kann sagen, was sie will«, konstatiert Hannah stolz.

»Politik interessiert mich nicht; ich habe noch nie demonstriert oder protestiert«, meint Anastassja. »Ich habe Brot gestohlen, damit andere zu essen haben.«

»Jetzt hört mal auf damit! Sonst bekommen wir alle noch ziemlichen Ärger.« Margarethe reibt sich besorgt die Hände.

Cilka nickt. »Wir sollten besser nichts sagen und nichts tun, was uns noch mehr Probleme bringt – davon haben wir hier auch so schon genug.«

»So magst du es doch am liebsten, Cilka, oder? Einfach hinlegen und es über sich ergehen lassen«, meint Hannah.

Elena starrt Hannah an.

»Schon in Ordnung, Elena«, beruhigt sie Cilka. »Hilflosigkeit macht eben wütend.«

Mit einem Satz springt Hannah aus dem Bett und spuckt Cilka vor die Füße, bevor sie aus der Baracke stürmt. Mit geballten Fäusten will Elena ihr hinterher.

»Lass es!«, ruft Cilka sie zurück. »Lass sie gehen.«

In den nächsten Tagen nimmt die Spannung zu. Mehrere Tausend Häftlinge sind in den Streik getreten. Der Krankenwagen wird nicht mehr zu den Schächten gerufen, weil die Häftlinge die Arbeit niedergelegt haben. Die Maschinen stehen still. Überall im Lager sitzen Tausende Gefangene, keiner droht auszubrechen. Es ist nur ein passiver, friedlicher Sitzstreik.

Ein Pfleger übermittelt Cilka, Raissa und Ljuba seine Version einer Rede, die einer der Anführer des Aufstands gehalten hat.

»Egal, aus welchem Land oder woher wir kommen, unser Schicksal ist besiegelt. Bald schon, Brüder, wer-

den wir wissen, wann wir zu unseren Familien zurück-
können.«

Raissa und Ljuba lauschen, dann laufen sie davon,
weil sie auf keinen Fall mit hineingezogen werden wollen.

»Was hat er noch gesagt?« Cilka hat Feuer gefangen.
Sie hat zwar keine Familie, aber sie könnte Józia suchen,
Gita. Soll sie wagen zu hoffen?

»Nicht viel mehr. Er hat alle aufgefordert, sitzen zu
bleiben und keinen Ärger zu machen, damit die
Schweine keinen Grund haben, uns anzugreifen.«

»›Uns‹? Warst du bei ihnen?«

Der Pfleger lächelt verlegen.

»Kurz, ja. Ich halte zu ihnen, ich unterstütze sie, aber
meine Arbeit hier ist wichtig.«

»Gut für dich«, erwidert Cilka.

Die Gerüchte kochen hoch. Cilka saugt alles auf,
was sie hört. Jeden Abend erzählt sie es weiter, so wie
Elena. Seit Stalins Tod im vergangenen März haben
sich Geheimgruppen formiert; es wird mehr zwischen
den Lagern kommuniziert, Pläne für einen Massenstreik
in allen sibirischen Gulags werden geschmiedet. Vor
einem Monat, heißt es, ist es in Ost-Berlin zu einem
Aufstand gekommen, und das hat die Organisatoren in
den Lagern von Workuta dazu gebracht, auch bessere
Lebens- und Arbeitsbedingungen zu fordern. Hannah
sitzt bei diesen Gesprächen zunehmend still daneben.

Die Ärzte, die mit Cilka arbeiten, betonen, dass bisher völlig gewaltfrei gestreikt wird, sind froh, dass kein
Blut geflossen ist. Zumindest bis jetzt.

»Sie haben die Strafzellen gestürmt!« Mit lauten Rufen kommt eines Morgens ein Pfleger in die Station gelaufen.

Die ganze Belegschaft versammelt sich um ihn. Hundert Männer haben die Strafbaracken gestürmt und viele der Insassen freigelassen. Die Freigekommenen haben sich den anderen angeschlossen, der Sitzstreik geht umso umfassender weiter.

Fünf Tage später rücken Wachleute gegen die Häftlinge vor. Cilka erhält Anweisung, das Krankenhaus nicht zu verlassen. Gefangene haben Barrikaden errichtet, die Sorge wächst, dass Wachleute und Lagerleitung eine gewaltsame Niederschlagung planen.

Cilka steht entsetzliche Angst um ihre Freundinnen aus, sie kann nur hoffen, dass sie in Sicherheit sind. Auch um Alexandr sorgt sie sich.

Am nächsten Tag ist Schluss mit dem Stillstand.

»Macht euch auf einige Arbeit gefasst«, warnt Jelena die Belegschaft.

Schüsse hallen durch das Lager. Minuten später werden Cilka und ihre Kollegen überrannt von Häftlingen, die Verwundete bringen, darunter auch Frauen. Der Krankensaal ist voller Blut. Eine Ärztin organisiert das anfängliche Chaos wie ein Militärmanöver. Niemand gelangt durch den Behandlungsbereich vorn im Krankensaal, ohne von der medizinischen Belegschaft untersucht zu werden. Cilka arbeitet ohne Unterbrechung.

Immer weiter strömen sie herein. Viele sind schon tot und werden von denen, die sie gebracht haben, schnell wieder mitgenommen. Lebensgefährlich Verletzte kommen sofort in Behandlung, die anderen müssen draußen im Empfangsbereich warten.

Wie alle Ärzte und Schwestern ist Cilka den Drohungen panischer Männer ausgesetzt, die sie auch körperlich bedrängen, ihren Kameraden als Ersten zu behandeln. Niemand schützt sie, sie und ihre Kolleginnen müssen sich allein durchsetzen, nur ein paar Häftlinge in der Nähe helfen ihnen.

Da es durchgehend hell bleibt, weiß Cilka nicht mehr, wann der Tag zur Nacht wird und die Nacht zum Tag.

»Macht eine Pause, esst und trinkt etwas«, weist Jelena in blutbespritztem Kittel Cilka und Raissa an, die gerade mit vereinten Kräften einen schwer verwundeten Mann verbinden.

»Es ist noch zu viel zu tun«, erwidert Raissa.

»Ihr macht Pause, und dann kommt ihr zurück und löst Ljuba und mich ab.« Noch nie hat Cilka bei Jelena solch einen Befehlston gehört. »Sonst schaffen wir das nicht. Wir müssen auf uns achten.«

Cilka und Raissa holen sich eine Tasse Tee und ein Stück Brot, kommen damit zurück auf die Station. Sie setzen sich zu den weniger schlimm Verletzten, die warten, bis sie an der Reihe sind. Keiner spricht. Cilka sinkt der Kopf auf die Brust.

Sie schreckt hoch. Mehrere Uniformierte stürmen die Krankenstation, gefolgt von hastenden Wachleuten.

»Wer hat hier das Kommando?«, bellt einer von ihnen.

Jelena meldet sich.

»Ich will den Namen von jedem einzelnen *Sek* hier. Bring mir die Liste.«

»Tut mir leid, ich habe keine Liste. Es ist zu viel zu tun, wir müssen Leben retten, da ist keine Zeit für Namen.«

Eine Ohrfeige klatscht Jelena ins Gesicht, sie taumelt zu Boden.

»In einer Stunde bin ich zurück, dann will ich jeden einzelnen Namen.«

Cilka kriecht am Boden zu Jelena, als die Uniformierten die Station verlassen.

»Alles in Ordnung? Dieser Dreckskerl. Wagt Sie zu schlagen!«

Sie hilft Jelena hoch.

»Das hab ich nicht erwartet.« Jelena lächelt tapfer.

»Wie kann ich helfen?«

»Nimm Papier und Stift und schreib die Namen auf, bitte.«

»Und wenn sie bewusstlos sind?«

»Dann erfinde welche.«

Der Aufstand von Workuta ist vorüber. Zwei Wochen unblutigen Ausstands enden mit Dutzenden Toten, Hunderten Verletzten.

Während Cilka die Namen der wachen Häftlinge aufschreibt und für die Bewusstlosen Namen erfindet, überfluten sie widersprüchliche Gefühle. Die Männer, die ihre Fragen beantworten können, geben ihr die Kraft der Auflehnung weiter, des versuchten Widerstands. Viele von ihnen sind stolz auf die Wunden aus einem Kampf für das, was sie als gerechte Sache ansehen: bessere Lebens- und Arbeitsbedingungen.

Doch mit Blick auf die Schwerverletzten – viele

von ihnen werden wahrscheinlich nicht überleben – übermannt sie die Trauer um den gescheiterten Widerstand; Trauer um Pawel; Trauer über den Weggang ihrer Freundinnen Józia und Olga. Sie kann nur hoffen, dass sie irgendwo sind, wo es ihnen gut geht. Hoffen, dass die Mühen der Ärzte und Schwestern einige der Leben retten können, die in der Schwebe sind. Hoffen, dass eines Tages ein anderer Aufstand zu einem besseren Ende führen wird, sodass sie alle nach Hause können.

Sie tritt an die nächsten Betten und geht in die Knie: Da ist ein bekanntes Gesicht.

»Hannah!«

Durch ihre halb geschlossenen Lider schielt Hannah zu Cilka auf.

Der Arzt am Nachbarbett sieht herüber. »Schusswunden, Cilka«, sagt er und hebt bedauernd die Schultern.

»Cilka«, krächzt Hannah, »hilf mir.«

Überall ist Blut, aber Cilka erkennt, dass sich die Wunden an Hannahs Arm und Brust befinden.

»Ich bin gleich wieder da!«, ruft sie und läuft zum Arzneilager. Sie kommt mit einer Staubinde und Mullbinden zurück. Sie hebt Hannahs blutbeschmierten Arm, sodass sie vor Schmerz aufschreit, und legt die Staubinde an. Dann drückt sie mit der Linken die Binden auf die Wunde in der Brust. Sie weiß nicht, wann Hannah verletzt wurde, aber sie versteht, warum der Arzt wohl zu einem anderen Patienten mit besseren Überlebenschancen weitergegangen ist.

Cilka streicht Hannah das Haar aus der Stirn. Sie ist nass von kaltem Schweiß.

Die beiden Frauen blicken einander in die Augen. Trotz allem will Cilka in diesem Moment nur, dass Hannah lebt. Sie weiß, warum sie hierher verschleppt wurde, warum sie der Sucht nachgegeben hat. Jetzt, wo sie hier vor ihr liegt, hat Cilka nur noch Bewunderung für ihren Mut, für ihre Menschlichkeit.

»Hannah …«

Unter Schmerzen atmet Hannah durch den Mund ein, die Zähne sind blutverschmiert. »Ich konnte nicht dabeistehen, Cilka, und den ganzen Spaß den Männern überlassen.«

»Du bist so stark, Hannah«, sagt Cilka.

Rundum überall Schreie und Stöhnen.

Hannah atmet in kurzen, scharfen Stößen. Mit ihrem gesunden Arm greift sie nach Cilkas Schürze. »Cilka«, ächzt sie, den Mund voller Blut, »du bist auch stark.«

Cilka treten Tränen in die Augen. Sie löst Hannahs Hand von ihrer Schürze, birgt sie in ihren Fingern. Mit der anderen Hand drückt sie weiter auf die Wunde in der Brust. Versucht vergeblich, die Blutung zu stillen.

»Pass immer auf …«, röchelt Hannah, »dass du dich nicht von ihnen brechen lässt.« Diese letzten Worte stößt sie stolz und tapfer durch die Zähne. »Bitte … sag Elena Lebewohl von mir.«

»Hannah …« Tränen rinnen nun über Cilkas Wangen, Lippen. »Wir brauchen dich.«

»Ich habe keine Angst«, haucht Hannah und schließt die Augen.

Cilka sitzt bei Hannah, während ihre Atemzüge immer seltener werden, bis sie ganz aufhören. Sie weint über den Verlust eines so starken, aufrechten Menschen. Ja, Hannah mochte sie nicht, konnte nicht begreifen, wie es *dort* zugegangen war. Aber Cilka respektierte sie. Unter dem Druck von Krieg, Gefangenschaft oder Unterdrückung reagiert jeder anders. Man kann zwar versuchen, sich vorzustellen, dass man unter allen Umständen stark bleiben würde – aber wirklich wissen kann man es nicht.

Als sie sich gefasst und sich das Blut von den Händen gewaschen hat, nimmt sie wieder die Liste zur Hand und erledigt ihren Auftrag.

Die fertige Namensliste reicht sie Jelena.

»Ich hoffe, das geht so«, sagt sie.

Sie muss in die Baracke und es ihnen sagen.

»Tja, Hoffnung, dieses Wort brauchen wir hier jetzt öfter«, erwidert Jelena. Sie blickt von der Liste auf und runzelt die Stirn. »Cilka, ist alles in Ordnung?«

Cilka nickt. Sie kann es jetzt nicht erklären. »Ich muss nur in meine Baracke.«

»Dann geh«, sagt Jelena.

Das Leben im Lager und im Krankenhaus normalisiert sich langsam wieder. Trotz der weißen Nächte wagt es niemand, sich abends draußen aufzuhalten, weil am Lagerzaun jetzt mehr Wachen patrouillieren, die immer noch sehr nervös wirken.

Die Baracke trauert um Hannah. Auch wenn sie den Frauen immer wieder auf die Nerven ging, bewunderten

sie sie, besonders jetzt, wo sie sehen, wie Hannah sich
für sie alle einsetzte. Für Elena ist es am schwersten, sie
macht sich Vorwürfe, dass sie nichts von ihren Aktivi-
täten wusste, nicht an ihrer Seite stand.

Cilka erfährt, dass die Gefangenen, die den Aufstand
überlebt haben, nicht weiter bestraft werden. Sie kehren
in ihre Baracken zurück, an ihre Arbeitsplätze, in ihr ge-
wohntes Leben. Gerüchten zufolge trennen ein paar
Gefangene die Nummern von den Kleidern. Sie kommen damit durch, niemand versucht, sie zu zwingen, sie
wieder anzunähen.

Als Cilka eines Tages ins Krankenhaus kommt, sieht
sie erleichtert am anderen Ende des Hofs die vertraute,
hochgewachsene Gestalt von Alexandr stehen, der mit
geschlossenen Augen Rauch in die eiskalte Luft bläst.

Sie geht zur Arbeit, von diesem Anblick für Tage ge-
stärkt wie durch einen guten Happen Essen.

KAPITEL 29

Es wird wieder dunkel.

Draußen heult der Sturm; nur einer trotzt ihm und besucht Baracke 29. Boris ist verzweifelt. Gerade hat er erfahren, dass er in wenigen Tagen entlassen wird, und jetzt versucht er, seine Beziehungen spielen zu lassen, damit auch Cilka freikommt und sie ein gemeinsames Leben beginnen können.

Cilka schweigt, während er in seinen Plänen schwelgt – sie werden gemeinsam in seine Heimat gehen, zu seiner Familie, dort wird er Arbeit suchen und Cilka und die Familie, die er mit ihr gründen will, versorgen können. Cilka ist übel. Sie muss nachdenken.

Mit den Fingern fährt sie ihm durchs Haar, während er sich an sie drängt.

Er gesteht ihr seine Liebe.

Cilka fühlt sich zurückversetzt an einen anderen Ort, in eine andere Zeit.

»Du weißt, dass ich dich mag, oder?«

»Ja, Herr Obersturmführer«, entgegnet Cilka unterwürfig.

»Ich würde gern etwas für dich tun, wenn ich könnte. Das weißt du, oder?«

»Jawohl, Herr Obersturmführer.«

»Nenn mich nicht so, hier im Bett. Benutz meinen Namen, Cilka.«

»Johann.«

»Das klingt so schön aus deinem Mund. Du magst mich, oder?«

Cilka zwingt sich, einen liebevollen Klang in ihre Stimme zu legen. Er sieht nicht die Tränen, die sie sich aus den Augen wischt, als sie die größte Lüge ihres Lebens ausspricht. Eine Lüge, die sie überleben lässt.

»Natürlich, Johann.«

Zögerlich fährt Cilka ihm mit den Fingern durchs Haar. Er schnurrt wie ein Kätzchen, drängt sich an ihre Brust.

»Johann?«

»Ja, Süße.«

»Ich habe noch nie um etwas gebeten, seit wir zusammen sind, nicht wahr?«

»Hm, nein, ich glaube nicht, warum?«

»Dürfte ich Sie nur um eines bitten?«

»Ich denke schon. Ja, wenn ich es dir erfüllen kann. Was willst du?«

»Es ist nicht für mich.«

»Sondern?«

»Für meine Freundin Gita. Sie mag diesen Mann, so wie

ich Sie mag, und es wäre gut, wenn er wieder seine frühere
Arbeit bekäme, die hat er sehr gut gemacht.«

»Was war seine Arbeit?«

»Tätowierer – er war der Tätowierer.«

»Mhm, von dem habe ich gehört. Weißt du, wo er ist?«

»Ja.«

»Dann sollten wir ihn vielleicht morgen besuchen gehen?«

»Danke, Johann. Vielen Dank.«

Cilka räuspert sich und schluckt die Tränen hinunter. Die
kann sie hier nicht gebrauchen.

Plötzlich merkt Cilka, dass Boris ihr Gesicht liebkost,
mit der Hand über ihren Nacken fährt; sie zwingt sich,
genau dieselbe Stimmlage wiederzufinden.

»Ach, Boris, ich weiß nicht, was ich sagen soll. Ich
mag dich; du warst so wichtig für mein Leben hier.«

»Aber liebst du mich, Cilka?«

Sie räuspert sich. »Natürlich. Du bist meine Ret-
tung.« Wieder wundert sie sich, wie unfähig er seit jeher
ist, ihren Tonfall zu entschlüsseln, ihre Körpersprache,
alles das, was niemals lügt. Sie glaubt nicht an Wunder,
an die Liebe.

»Ich muss dich mitnehmen. Ich will dich bei mir
haben. Ich kann es nicht ertragen, wenn ich mir vor-
stelle, dass eines dieser Tiere dich anfasst. Alle sagen, sie
stehen Schlange um dich, sobald ich weg bin.«

Die Worte treffen Cilka wie ein Messerstich in die
Brust. Boris meint, sie stöhnt vor Schmerz und Trauer,
dass er weggeht. Er hält sie, flüstert ihr Liebesworte zu,
verspricht ihr, sich um sie zu kümmern.

Am nächsten Morgen sitzen Cilka, Elena und Anastassja gemeinsam über ihrem Brei in der Essensbaracke.

»Ich habe gestern Abend alles gehört«, sagt Anastassja zu Cilka.

»Zerbrich dir nicht den Kopf darüber, Anastassja«, gibt Cilka zurück. Sie muss allein damit fertigwerden.

»Was hast du gehört?«, fragt Elena.

Anastassja klärt sie auf: »Boris wird entlassen.«

Elenas Löffel bleibt in der Luft stehen. »Cilka, du musst zu den Schwestern umziehen.«

»Wir schaffen das schon. Ich kann nicht weg von euch.«

»Cilka, sei kein Dummkopf!« Elena gibt ihr einen Klaps mit dem Löffel. »Wir haben alle Lagergatten oder sonstigen Schutz.« Unauffällig zwinkert sie quer durch den Raum Antonina zu. »Du wirst bei lebendigem Leib aufgefressen. Nicht mal Antonina oder deine verrückte Ärztin können dich davor retten.«

Anastassjas Lippen beben. »Cilka, ich werde dich so vermissen, aber Elena hat recht. Wir versuchen, uns in den weißen Nächten zu sehen – wie mit Józia, weißt du noch?«

Cilka starrt auf ihren Brei. Sie denkt nach.

Nach dem Appell stapft Cilka durch den knietiefen Schnee zum Krankenhaus und sucht nach Jelena.

»Können wir reden?«

»Natürlich, Cilka.«

»Kann ich bitte heute noch ins Schwesternheim umziehen? Ich kann nicht mehr in der Baracke schlafen«, sprudelt es aus ihr heraus.

»Bist du verletzt?«, fragt Jelena.

»Noch nicht, aber wenn ich bleibe, vielleicht bald. Bitte helfen Sie mir.«

Cilka findet es immer noch unerträglich, ihre Freundinnen zu verlassen, aber es stimmt, sie sind jetzt alle selbst geschützt. Ob sie da ist oder nicht, ändert daran nichts mehr. Ihre Zusatzrationen brauchen sie auch nicht mehr, denn die meisten von ihnen haben inzwischen eine bessere Arbeit.

»Ganz ruhig. Natürlich helfen wir dir. Heute Nachmittag nach der Schicht gehst du mit Ljuba ins Schwesternheim.« Jelena sieht sie an. »Willst du mir erzählen, was passiert ist? Ich dachte, die Frauen in deiner Baracke sind auf deiner Seite.«

»Das sind sie auch. Es liegt nicht an ihnen, sondern an Boris.«

»Das Schwein, das dich belästigt.«

»Ja. Er hat mir gestern erzählt, dass er entlassen wird und dass die anderen Männer schon für mich Schlange stehen.«

»Das reicht, Cilka. Niemand nimmt dich. Niemand wird dir je wieder etwas antun, solange ich es verhindern kann.«

KAPITEL 30

Das neue Zuhause mit einem Bett, einem kleinen Nachttisch und mit neuen Kleidern erleichtert Cilkas Alltag erheblich. Dass sie sogar Zugang zu einem Waschraum hat, lässt sie bei der ersten Dusche hilflos zusammenbrechen; als schluchzendes Häufchen kauert sie unter dem Wasser, wo Raissa sie findet, umarmt, abtrocknet, anzieht und wieder ins Bett schickt.

Wenn Cilka abends in die Baracke kommt, die sie sich mit zwölf anderen Schwestern teilt, und dort ein ungemachtes Bett vorfindet, ist es augenblicklich hergerichtet. Sie wischt den Boden, zuweilen mehrmals am Tag, sie staubt die persönlichen Gegenstände und Fotos der Schwestern ab und drapiert sie ordentlich auf die Nachttische. Diese Beschäftigung hilft ihr über das Heimweh nach ihren Freundinnen in der alten Baracke hinweg; sie hat das Gefühl, sie kann ihren neuen Mitbewohnerinnen etwas mitbringen.

Seit acht Jahren ist sie jetzt in Workuta. Elf Jahre, seit sie ihre Heimatstadt Bardejov verlassen hat, als unschuldiges Kind nach Auschwitz verschleppt wurde.

Oft denkt sie an ihren Vater, ihren geliebten Ocko. In der Gewissheit, dass ihre Mutter und Schwester tot sind, konnte sie um sie trauern, ihrer gedenken. Doch dass sie nicht weiß, ob ihr Vater lebt oder tot ist, quält sie. *Warum kann ich diesen Verlust nicht spüren, seinen Tod nicht beweinen; warum kann ich mich nicht freuen, weil ich weiß, dass er lebt und zu Hause auf mich wartet?* Sie fühlt weder das eine noch das andere. Übrig bleibt nur die Ungewissheit.

Eine Woche nach ihrem Umzug setzt sich Jelena in einer Pause zu ihr. Sie erzählt von einer Patientin, die sie wegen einer Verbrennung am Arm behandelt hat. Die Patientin hatte sich selbst verletzt; sie heißt Elena und hat Jelena gebeten, Cilka etwas auszurichten.

Boris war in der Baracke aufgetaucht, um Cilka zu holen, er wollte sie mitnehmen. Als Elena ihm gesagt hatte, Cilkas Zustand habe sich verschlechtert, sie sei wieder im Krankenhaus und werde kaum überleben, war Boris ganz außer sich geraten und hatte ihr leeres Bett zertrümmert. Cilka sollte wissen, dass das Holz sie in dieser Nacht gut gewärmt hatte. Dennoch wollte Elena sie warnen: Cilka muss sich von Baracke 29 fernhalten. Auch andere Männer haben nach ihr gesucht, böse Männer …

Cilka ist entsetzt, dass Elena sich selbst etwas antun musste, um ihr das alles auszurichten.

»Hat sie noch etwas gesagt? Geht es den Frauen gut?«

»Ja.« Jelena nickt. »Du sollst dir keine Sorgen machen, es geht ihnen allen gut.«

»Bin ich wirklich in Sicherheit? Können sie mich hier nicht finden?«, fragt Cilka.

»Du bist in Sicherheit, keiner dieser Männer würde sich in die Nähe der Personalunterkünfte wagen. In all den Jahren hier habe ich noch nie erlebt, dass irgendwer dort Probleme gemacht hat. Wir haben unseren eigenen Schutz.«

Allmählich beginnt Cilka zu begreifen: Selbst in den weißen Nächten kann sie sie vielleicht nie wiedersehen. Sie ist in Sicherheit. Ihre Freundinnen einigermaßen. Aber wieder einmal wurde sie getrennt von ihren Liebsten. Soll es in ihrem Leben keine Beziehung geben, die die Zeit überdauert?

Dabei kannten auch sie sie ja nicht ganz.

»Darf ich fragen, wie es Petre Dawidowitsch geht?«, fragt Cilka – sie möchte hören, dass wenigstens andere hier Gelegenheit zu etwas Dauerhaftem haben.

Träumereien über den großen, braunäugigen Alexandr wird sie auf keinen Fall Raum geben.

»Oh, bestens, er ist …« Jelena fängt sich. »Was weißt du über Petre Dawidowitsch und mich?«

»Nur, was alle hier wissen, dass Sie beide miteinander ausgehen, und wir freuen uns für Sie.«

»Alle wissen das?«

Cilka lacht. »Natürlich. Was gibt es hier denn sonst für Klatschgeschichten?«

»Die Pause ist aus. Los geht's, zurück an die Arbeit.«

Auf ihren Krankenwagenfahrten fällt Cilka diesen Winter auf, dass offenbar weniger Gefangene in den

Bergwerken arbeiten. Fjodor berichtet, in den letzten Wochen seien viele Häftlinge entlassen worden und nicht so viele neue nachgekommen. Sie überlegen, was das für sie bedeutet – es geht das Gerücht, dass es vorzeitige Entlassungen gibt. Cilka kann sich auf den Gedanken, diese Hoffnung kaum einlassen.

Bald ist Frühling; die Tage werden länger. Cilka sieht mehr Blumen als sonst. Sie recken die Köpfchen über Schnee und Eis und nicken im Wind. Cilkas fester Tagesablauf, das Vergehen der Zeit, die Frische des Frühlings geben ihr eine relative Ruhe, obwohl sie tief im Inneren immer an dem Schmerz trägt über all ihre Verluste und die Sehnsucht nach ihren Freundinnen. Dazu ihr heimliches Sehnen. Der Schmerz gehört genauso zu ihrem Alltag wie das raue Klima, das harte Brot und der Ruf »Der Krankenwagen rückt aus!«.

Eines Tages halten sie vor einem Gebäudekomplex mit Lebensmittellager und Wäschevorrat. Dort winkt jemand sie in ein Gebäude, in dem Cilka noch nie war: die Schneiderei. Lange Tische und kaum Platz vor den Nähmaschinen.

Da drüben winkt eine Hand ihr, Kirill und Fjodor zu. »Hierher!«

Auf dem Weg dorthin zuckt Cilka zusammen, als ihr jemand sacht auf die Schulter tippt. »Hallo, Fremde.« Vor ihr steht eine strahlende Elena.

»Elena!« Die beiden Frauen fallen einander um den Hals. Cilka lässt Elena gar nicht zu Wort kommen, so bombardiert sie sie mit Fragen: »Wie geht es Anastassja? Und Margarethe?«

»Langsam, lass dich ansehen.«

»Aber ...«

»Anastassja geht es gut, Margarethe auch. Wir alle vermissen dich, aber wir wissen, dass du nur weit weg von uns in Sicherheit bist. Du siehst gut aus.«

»Ich vermisse euch so. Ich würde so gern ...«

»Cilka, wir haben hier einen Patienten, würdest du ihn dir mal anschauen?«

Cilkas Blick fällt auf Fjodor und Kirill; sie beugen sich über einen Mann, der stöhnend auf dem Boden liegt und sich die Brust hält.

»Was ist los?« Während sie zu ihm geht, lässt sie Elenas Hand nicht los – sie will sie bei sich behalten, so viel Zeit wie möglich mit ihr verbringen.

»Schmerzen im Brustkorb«, erwidert Fjodor.

Cilka geht in die Hocke, Elena mit ihr; sie nennt dem Patienten ihren Namen und stellt ein paar allgemeine Fragen. Seinen Antworten entnimmt sie, dass sie nichts tun kann, als ihn so schnell wie möglich ins Krankenhaus zu bringen und den Ärzten anzuvertrauen.

»Ladet ihn ein«, ordnet sie an. Sie umarmt Elena ein letztes Mal, dann folgt sie der Trage nach draußen und springt hinten in den Krankenwagen. Noch einmal sieht sie nach ihrer Freundin, bevor sie ihre ganze Aufmerksamkeit dem Patienten zuwendet. Noch einmal stellt sie ihm die Fragen, die sie den Ärzten bei der Ankunft wird beantworten müssen.

Auf dem Heimweg bleibt sie an diesem Nachmittag stehen und pflückt so viele Blumen, wie sie tragen kann.

Aus Töpfen, Krügen und jemandes Tasse begrüßen sie
die anderen Schwestern bei ihrer Heimkehr.

Die weißen Nächte sind zurück. Cilka und die Schwestern gehen zum Abendspaziergang nach draußen. Hin
und wieder überlegt sie, ob sie einen Besuch in der allgemeinen Zone wagen soll, um ihre Freundinnen zu
sehen, zwischen den Baracken umherzuspazieren, mit
ihnen zu lachen, wie man nur in dieser Jahreszeit lachen
kann. Und würde sie am Ende doch die Worte finden?
Irgendwo in ihr geht bei diesem Gedanken noch immer
eine Tür zu. Sie weiß, dass sie von einigen Männern und
Burschen erkannt werden würde, dass sie immer noch
nicht sicher wäre; also hält sie Abstand. Nirgends sieht
sie an diesen Abenden Alexandr – vielleicht haben sie
unterschiedliche Schichtzeiten –, aber sie schielt oft
hinüber zu den Verwaltungsgebäuden, nur für den Fall.
  Sie ist fast dankbar, als der Wind auffrischt, die Sonne
niedriger steht und die Versuchung nicht länger nach
ihr greift. Aber dann kommt der Winter, und der ist
umso härter. Seit den Zugeständnissen, für die bei dem
verhängnisvollen Aufstand vor einem Jahr Dutzende
mit dem Leben bezahlt hatten, fallen an vielen Tagen
die Schichten aus, weil die Gefangenen nicht mehr in
extremer Kälte und andauernder Dunkelheit arbeiten
müssen. Häufig können die Gefangenen nicht einmal
ihre Baracken verlassen – überall im Lager liegt der
Schnee so hoch, dass man nicht einmal zu den Mahlzeiten in die Essensbaracke kommt. Die Straße zwischen
Lagern und Schächten ist unpassierbar, und Laster und

Züge können nicht mehr die in der ganzen Sowjetunion benötigte Kohle abtransportieren.

Vergeblich versuchen Gefangene, den Schnee vor der Baracke wegzuschaufeln und einen Weg zur Essensbaracke zu bahnen. Einige schaffen es, aber viele geben auf, weil der Neuschnee schneller fällt, als sie ihn wegräumen können.

Zwischen den Heimen für Ärzte und Schwestern und dem Krankenhaus werden Wege planiert.

Die Verletzungen, die Cilka und ihre Kolleginnen jetzt zu behandeln haben, stammen oft aus brutalen Auseinandersetzungen, weil die gelangweilten Männer und Frauen, die tagelang nicht nach draußen können, ihre ganze überschüssige Energie am Ende in Form von körperlicher Gewalt herauslassen. Cilka hört von Schlägereien – und sieht sie auch selbst –, deren Verlierer oft nicht überleben. Wie eingesperrte Tiere wenden die Gefangenen sich ziellos gegen ihre Käfiggenossen. Cilkas zart knospender Optimismus beginnt wieder in sich zusammenzusacken. Immer, denkt sie, werden die Menschen so miteinander umgehen.

Die schlechten sanitären Zustände – nicht einmal mehr für die grundlegendsten Bedürfnisse wollen die Gefangenen die Baracken verlassen – verursachen Krankheiten, und auch das füllt das Krankenhaus. Wiederholt beschweren sich die Ärzte, dass sie ihre Zeit mit der Behandlung von Patienten verschwenden, die binnen Kurzem mit denselben Symptomen und Beschwerden wiederkommen. Doch dann bringt das Wetter Erleichterung, die Temperaturen steigen um die wenigen Grade, die nötig sind, dass die Gefangenen wieder zur Arbeit nach draußen geschickt werden.

»Der Krankenwagen rückt aus!«, ruft Fjodor.

»Komme!«, erwidert Cilka und packt ihren Mantel und den neuen, weicheren Schal, den Raissa ihr kürzlich gegeben hat.

»Wohin geht's?«, fragt Cilka, als der Wagen am Lagertor vorbeifährt.

»Nicht weit, nur auf die Rückseite des Verwaltungsgebäudes«, klärt Kirill sie auf.

»Wieder ein Herzinfarkt. Hat ein Kommandant es mit der Falschen getrieben?«, witzelt Cilka.

Fjodor und Kirill starren sie sprachlos an.

Mehrere Männer stehen um den Patienten herum, sie kann nichts erkennen. Als Cilka auf sie zugeht, fällt ihr neben der Gruppe eine blutbeschmierte Holzplanke auf.

»Aus dem Weg!«, ruft Kirill.

Sie treten beiseite, und Cilka sieht einen Mann auf dem Boden liegen, reglos, in einer Blutlache, die den weißen Schnee um ihn in einem hässlichen Rotton färbt. Während Fjodor und Kirill auf den Mann zugehen, starrt Cilka stocksteif auf den blutig roten Schnee.

Cilka erwacht vom lauten Hämmern gegen die Tür von Block 25. Orientierungslos sieht sie sich um. Sie hat geträumt, sie braucht einen Moment, bis sie weiß, wo sie ist. Sie kriecht aus dem Bett, nimmt den Mantel, der ihr als zweite Decke dient, und zieht ihn an, schiebt die Füße in die Stiefel, die vor dem Bett auf sie warten, schlüpft in ihre dicken Handschuhe.

Indem sie die Tür von ihrer Stube zu dem großen Raum öffnet, in dem Dutzende Frauen soeben ihre letzte Nacht auf Erden verbracht haben, ruft sie in Richtung der unter den Schlägen zitternden Tür: »Ja, wir kommen ja!«

Sie läuft zwischen den zwei Pritschenreihen hindurch und schreit die Frauen an: »Aufstehen, los, aufstehen und raus hier!«

Sie rüttelt jeden der Körper wach, redet ihnen mit wohlwollenden Blicken ein letztes Mal freundlicher zu. Zwischen den Kommandos, so laut, dass die SS-Leute sie hören, flüstert und raunt sie leise – Gebete, Entschuldigungen, ein frustriertes Knurren. Nicht so viel, dass sie davon weinen muss. Und nur nicht in ihre Augen schauen. Das kann sie nicht mehr. Die Frauen in Block 25 wissen, was sie erwartet. Keine spricht oder widersetzt sich; in unheimlicher Stille stellen sie sich in der Mitte des Raums auf.

Als Cilka die Tür öffnet, spiegelt sich das blendend helle Sonnenlicht im makellosen Neuschnee vor der Baracke. Sie hört den Motor des Lasters, der gleich hinter dem Zaun wartet.

Die Frauen stehen hinter ihr, der Wärterin des Todes-

blocks. »Raus mit euch!«, brüllt sie. »Los jetzt, ihr faules Pack, Bewegung, schneller!«

Sie hält die Tür auf, während die Frauen eine nach der anderen nach draußen und zwischen den SS-Posten hindurch zum Heck des Lasters stapfen. Die letzte Frau kann kaum gehen, zwischen ihr und der Frau vor ihr klafft schon eine Lücke. Cilka sieht, wie ein Wachmann den Schlagstock aus der Halterung am Gürtel zieht und auf die Frau zugeht. Sie ist schneller bei ihr, fährt sie an, während sie ihr den Arm umlegt und sie fast zu dem Laster schleift. Der Wachmann steckt den Schlagstock weg. Cilka hört nicht auf zu schimpfen, bis sie der Frau auf den Laster geholfen hat. Die Türen knallen, und der Wagen fährt an. Die Wachposten verziehen sich.

Reglos sieht Cilka dem Laster nach. Sie ist völlig ausgehöhlt, nur ein bitterer Geschmack hängt ihr in der Kehle. Sie sieht die Gefangene erst, als sie auf wenige Schritte herangekommen ist.

»Mörderin«, zischt sie ihr zu.

»Was sagst du da?«

»Du hast schon richtig gehört, du verhurte Mörderin. Du hast genauso viel Blut an den Händen wie sie«, krächzt sie mit zitternder Stimme und zeigt auf den wegfahrenden Wagen.

Beim Weggehen sieht die Frau noch einmal über die Schulter und starrt sie an.

Cilkas Blick geht von ihr zum Laster, der gerade um eine Hausecke biegt, und zu ihren Händen.

Sie zerrt an den Handschuhen. Mit den Zähnen reißt sie sie von den Fingern, wirft sie auf den Boden und bricht

neben ihnen zusammen. Sie vergräbt ihre Hände im Schnee,
packt ihn, reibt sich wild die Hände damit, während ver-
zweifelte Tränen ihr über die Wangen strömen.

»Cilka, Cilka!«, ruft eine erschrockene Stimme.

Ihre Freundinnen Gita und Dana laufen auf sie zu. Sie
beugen sich über sie, versuchen, ihr aufzuhelfen, aber sie
schüttelt sie ab.

»Was ist los, Cilka?«, fragt Dana sie flehentlich.

»Helft mir, das abzuwaschen, macht das weg.«

»Cilka, komm...«

Cilka hält die Hände hoch, die von der Kälte und dem
heftigen Rubbeln ganz rot sind.

»Ich kriege sie einfach nicht sauber«, schluchzt sie.

Dana nimmt Cilkas Hand und reibt mit ihrem Mantel
darüber, bis sie trocken und warm ist; dann zieht sie ihr
einen der verstreuten Handschuhe über.

»Cilka, wir sind da. Es ist alles gut.«

Gita hilft ihr auf.

»Komm, wir bringen dich in deine Stube«, sagt sie.

»Das Blut, seht ihr das Blut nicht?«

»Komm, rein mit dir, bevor du erfrierst«, beschwichtigt
Gita sie.

»Cilka, was ist, wir könnten hier ein bisschen Hilfe gebrauchen.« Kirill klingt besorgt.

»Dieses ganze Blut«, murmelt sie, ohne den Blick abzuwenden.

»Cilka.« Fjodor berührt sie sanft am Arm. Sie zuckt
zusammen. Dann kommen Töne, Licht und Luft zurück. Sie schluckt, atmet tief durch.

Sie konzentriert sich auf den bewusstlosen Mann zu ihren Füßen. Obwohl sein Gesicht mit Blut verschmiert ist, meint sie zu wissen, wer er ist.

Nein, nicht er. Bitte.

»Hol die Trage, Kirill. Ich kann nicht sehen, wo er verletzt ist«, stammelt sie. »Wir laden ihn ein, und ich sehe ihn mir im Wagen genauer an.«

Als der Mann in den Krankenwagen gebracht wird, geht Cilka neben der Trage her. Ein Häftling kommt dazu.

»Wird er es schaffen?«

»Das weiß ich noch nicht. Weißt du, wie er heißt?«

»Petrik – Alexandr Petrik«, sagt der Mann, schon im Gehen.

KAPITEL 31

»Behalt Bett dreizehn im Auge und schreib den Todeszeitpunkt auf«, weist Juri Petrowitsch am nächsten Morgen Cilka an, als er die Visite beginnt.

Ihm ist nicht klar, dass Cilka Bett dreizehn die ganze
Nacht über im Auge behalten hat.

»Erstaunlich, dass er noch bei uns ist. Ich dachte, er
würde die Nacht nicht überstehen«, kommentiert Juri.

»In Ordnung.« Cilka versucht, keinerlei Gefühl in
ihrer Stimme durchklingen zu lassen. Schließlich kennt
sie Alexandr ja gar nicht, hat kaum einmal mit ihm geredet.

Cilka liest noch einmal Alexandrs Akte, während sie
zu Bett dreizehn geht. Sie sieht hinunter auf die bewusstlose Gestalt. Alexandrs Gesicht ist dick ver-
schwollen, und Nase und linker Wangenknochen sind
gebrochen. Vorsichtig öffnet sie das rechte Augenlid,
stellt fest, dass die Pupille winzig klein und das Auge
mit viel Tränenflüssigkeit gefüllt ist. Es ist seltsam, ihn
anzufassen, nach all dieser Zeit und unter diesen Umständen.

»Alexandr, womit hast du nur solche Prügel verdient?«

Sie schlägt die Decke zurück und untersucht seine Brust. Dunkellila Flecken bedecken seinen gesamten Bauch. Vorsichtig fährt sie mit der Hand über die Rippen. Keine scheint gebrochen. Sie untersucht die Beine. Viele Blutergüsse und ein stark geschwollenes, verdrehtes linkes Knie. Keine offensichtlichen Knochenbrüche.

»Warum wird Bett dreizehn nicht aktiv behandelt?«, fragt sie Ljuba. »Er hat viele Blutergüsse und Schwellungen, und sein Gesicht ist übel mitgenommen, aber größere Knochenbrüche hat er nicht.«

»Ich weiß nicht genau«, erwidert Ljuba. »Aber…« Sie senkt die Stimme. »Ich habe gehört, dass er erwischt wurde, wie er schriftliches Material aus dem Lager geschmuggelt hat, und sie meinen, das hat er schon länger gemacht.«

»Wer hat das gesagt?«

»Heute Morgen war schon ein Wachmann hier und hat nach ihm gefragt. Als er gehört hat, dass er wohl nicht überlebt, ist er gegangen.«

Cilka erinnert sich an die bekritzelten Ränder von Zetteln auf seinem Schreibtisch im Verwaltungsgebäude. Hat der Arzt diesen Mann ihr zugewiesen, weil er wusste, dass sie ihn nicht einfach krepieren lassen würde, während die offizielle Akte die Verwaltung in der Annahme wiegte, sie brauchten nichts weiter zu tun?

»Ich werde ihm ein bisschen das Gesicht säubern und nach einer Kopfwunde sehen.«

»Es ist dein Patient«, sagt Ljuba. »Aber sei vorsichtig.«

Cilka kümmert sich um ihre anderen Patienten, bevor sie zu Alexandr zurückkehrt. Sie versucht, mit ihrer Zuwendung nicht zu offensichtlich zu sein. Während sie vertrocknetes Blut abwischt und ihm Holzsplitter von der Kopfhaut klaubt, redet sie sanft auf ihn ein. Als Nächstes wäscht sie ihm den Brustkorb und inspiziert genau die dortigen Verletzungen. Sie richtet das verdrehte linke Bein gerade und meint das Zittern eines Widerstands zu spüren, eine Reflexreaktion auf den Schmerz, wie bei einem Patienten bei Bewusstsein.

Sie geht mit einer Schüssel nach draußen und kommt mit einer Ladung vereistem Schnee zurück. Sie legt ihm ein Handtuch unters Knie und schichtet rundum Schnee auf, den sie mit einem weiteren Handtuch abstützt. Sie prüft all seine Lebenszeichen, doch nichts weist darauf hin, dass er dabei ist, seinen Überlebenskampf zu verlieren.

Den ganzen Tag über behält sie Alexandr im Auge, ersetzt den vereisten Schnee, wenn er in eine Schüssel schmilzt. Sie sieht, dass die Schwellung am Knie ein wenig nachgelassen hat.

Bei der Übergabe fragt die Nachtschwester mit Blick auf Alexandrs Akte, was Cilka mit ihm gemacht hat. Der Patient soll nicht aktiv versorgt werden. Cilka erwidert, dass sie nur die Grundpflege geleistet hat, ihm keine Medikamente gegeben oder irgendwie mehr getan hat, als was ihr beigebracht wurde.

»Tja, von mir kannst du das nicht erwarten«, gibt die Schwester zurück.

»Das tue ich auch nicht«, pflichtet Cilka ihr bei. Sie weiß, dass sie aufpassen muss.

Es fällt ihr schwer, das Krankenhaus zu verlassen. Sie wird morgen so früh wie möglich wiederkommen.

Vier Tage lang bleibt Alexandr ohne Bewusstsein. Tagsüber wäscht ihn Cilka, spricht mit ihm, kühlt mit Schnee sein verletztes linkes Knie, testet seine Reflexe. Sie findet keine. Nachts wird er ignoriert.

»Wie lange willst du dich noch um Bett dreizehn kümmern?«, fragt Jelena am fünften Tag.

»Bis er aufwacht oder stirbt«, erwidert Cilka.

»Wir hätten nicht gedacht, dass er so lange überlebt; was ist dein Geheimnis bei ihm?«

»Keines, ich wasche ihn nur und rede mit ihm. Die Schwellung an Gesicht und Kopf nimmt ab, und darunter kommt dieses sanfte Gesicht heraus.« Sie weiß, dass sie offen mit Jelena reden kann, und sagt: »Ich kenne ihn, wissen Sie. Irgendetwas ist mit ihm.«

»Cilka, wie oft haben wir dir gesagt, du sollst keine Zuneigung zu deinen Patienten entwickeln!«, mahnt Jelena.

»Ich will ihm nur die besten Überlebenschancen verschaffen. Sind wir hier nicht genau dafür da?«

»Nur, wenn es überhaupt Hoffnung auf ein Überleben gibt. Das weißt du. Ich wette, du kannst nicht mehr zählen, wie viele Patienten du versorgt hast, die jetzt doch tot sind.«

»Egal, wie viele es waren, jedenfalls will ich nicht, dass

noch einer dazukommt.« In Cilkas Stimme schwingt mehr Unmut, als sie wollte.

»In Ordnung. Sag mir Bescheid, wenn ich ihn mir ansehen soll oder wenn es eine Veränderung gibt.«

Cilka geht wieder zu Bett dreizehn.

»Tja, Alexandr, du machst mir Probleme. Du hast jetzt die Wahl zwischen zwei Möglichkeiten. Entweder du wachst auf oder … Nein. Nur eine: Wach auf. Ich will wieder deine Stimme hören.«

»Der Krankenwagen rückt aus!«

Cilka kommt mit zwei Patienten von einem Unfall zurück – ein Laster ist im Matsch ins Rutschen geraten und hat sich überschlagen. Sie ist den restlichen Tag beschäftigt. Erschöpft geht sie nach Hause. Bei Alexandr gibt es keine Veränderung.

Am nächsten Morgen liegt Alexandr noch da, wo sie ihn verlassen hat. Als sie ihr morgendliches Waschritual beginnt, sagt er ganz ruhig: »Ich dachte, du hättest mich aufgegeben.«

Erschrocken fährt Cilka auf.

»Jelena Georgijewna!«

Im Nu steht Jelena neben ihr. Sie zündet ein Streichholz an und fährt damit vor seinen Augen hin und her. Er blinzelt mehrmals. Der einzige Mensch mit genauso dunkelbraunen, fast schwarzen Augen war Cilkas Freundin Gita. Kurz sieht Cilka Gitas Gesicht vor sich aufblitzen.

Sie beugt sich über Alexandr und sieht ihm in die Augen.

»Ich bin froh, dass du wieder da bist«, sagt sie.

»Cilka. Ich glaube, wir sind uns schon einmal begegnet.«

Jelena lächelt Cilka kaum merklich an. »Cilka, kümmerst du dich weiter um diesen Patienten? Ich glaube, du weißt, was er braucht.«

»Danke, Jelena Georgijewna. Wenn ich Sie brauche, rufe ich.«

»Du hast eine schöne Stimme, Cilka, ich mochte unsere Gespräche.«

»Was heißt hier Gespräche?« Cilka lächelt. »Ich habe doch ganz allein geredet.«

»Und ich habe geantwortet. Konntest du nicht meine Gedanken lesen?«

Cilka wird rot. »Ich weiß nicht mal mehr, was ich zu dir gesagt habe.«

»Soll ich es dir sagen?«

»Nein, sollst du nicht. Jetzt lieg still und lass mich nach deinen Verletzungen sehen.«

In den folgenden sechs Tagen heilen Alexandrs Verletzungen ab. Erst als er versucht, aus dem Bett zu kommen und einen Schritt zu gehen, wird klar, wie schlimm es um sein Knie steht. Nur unter Schmerzen kann er das Gelenk beugen.

In jedem freien Augenblick hilft Cilka Alexandr aufzustehen, legt sich seinen Arm um die Hüfte und stützt ihn, während er das Gewicht verlagert und langsam ein paar mühsame Schritte macht.

Nach zwei Wochen ist Alexandr immer noch in Behandlung.

Fast den ganzen Tag war sie bei einem Unfall im

Bergwerk und im Operationsraum beschäftigt; erst zu Schichtende kommt sie noch einmal zu Alexandr.

»Hast du noch Zeit, ein bisschen zu reden?«, fragt er, als sie sich für die Nacht verabschieden will.

»Ich glaube, ein bisschen kann ich noch bleiben.«

Cilka nimmt sich einen Stuhl und stellt ihn ans Kopfende. Sie stopft ihm zusätzliche Kissen in den Rücken, dann setzt sie sich zu ihm. Sie plaudern. Lachen leise.

»Cilka!«, ruft eine Schwester.

»Ja?«

»Der Patient braucht Ruhe, und du auch. Es ist Zeit.«

»Tut mir leid. Ich gehe jetzt.«

»Dann bis morgen, Cilka. Träum süß.«

Am nächsten Morgen bittet Cilka Jelena um ein Gespräch unter vier Augen.

»Komm ins Arzneilager«, schlägt Jelena vor.

An die geschlossene Tür gelehnt, sieht sie sie erwartungsvoll an.

»Es ist wegen des Krankenwagens ...«, setzt Cilka zögerlich an.

»Ja?«

»Tja, also, ich frage mich, ob ich damit aussetzen und eine Zeit lang nur im Krankensaal arbeiten kann.«

»Früher oder später wird er entlassen, Cilka.«

»Natürlich. Es geht ihm jeden Tag besser, das weiß ich.«

»Willst du mit dem Krankenwagen pausieren, bis er raus ist?«

»Es ist nicht wegen Alexandr.«

»Ach so. Du willst einfach nicht mehr dein Leben aufs Spiel setzen. Ich glaube, das verstehe ich.«

»Vielleicht war ich ja inzwischen lange genug dabei.«

»Du hast viel mehr riskiert als jeder andere, und ich fürchte, das war dir gar nicht immer bewusst. Du gehörst nicht mehr zum Krankenwagenteam.«

»Vielleicht nur noch einmal, damit ich mich von Fjodor und Kirill verabschieden kann. Sie sind mir ziemlich ans Herz gewachsen.«

»Ganz brüderlich.«

»Natürlich.«

»Und Alexandr? Den magst du, oder?«

Cilka antwortet nicht.

»Schon gut, du darfst Gefühle für einen Mann haben. Es freut mich zu hören, dass du an die Zukunft denkst.«

»Wie soll ich wirklich an die Zukunft denken, solange ich hier bin?«

»Mach es einfach, das kannst du. Geh wieder arbeiten. Noch einmal mit dem Krankenwagen.«

Als Cilka gehen will, nimmt Jelena sie in den Arm.

»Ich freue mich für dich«, flüstert sie ihr ins Ohr.

Lange braucht Cilka auf ihre letzte Krankenwagenfahrt nicht zu warten. Schon am selben Nachmittag fährt sie mit Fjodor und Kirill wieder einmal zu einem Einsturz im Bergwerk. Diesmal ist sie so umsichtig und wartet, bis der Aufseher den Stollen freigegeben hat; erst dann wagt sie sich hinein. Die beiden Verschütteten können nicht wiederbelebt werden; ein Transporter bringt sie zur Leichenhalle.

Auf dem Rückweg zum Krankenhaus erzählt Cilka Fjodor und Kirill, dass dies ihre letzte Fahrt mit ihnen war. Die Aufgabe werden im Wechsel die anderen Schwestern übernehmen.

Kirill verstummt. Fjodor reagiert freundlich und verrät Cilka, wie gern er ihr immer bei der Arbeit zugesehen hat.

Zurück beim Krankenhaus, drückt Fjodor sie einmal an sich und gibt ihr einen Kuss auf die Wange. Cilka wendet sich Kirill zu und erwartet dasselbe. Doch er bleibt auf Abstand, den Blick auf den Boden gerichtet.

»Kirill, es tut mir leid, wenn du mit meiner Entscheidung nicht einverstanden bist. Willst du noch etwas sagen?«

»Gibt es denn irgendetwas, was dich umstimmen kann?«

»Ich fürchte, nein. Ich will das so, für mich.«

»Und was ist mit mir? Hast du mal überlegt, was ich will?«

»Kirill, was sagst du da? Was hat meine Entscheidung denn mit dir zu tun?«

»Offenbar gar nichts«, gibt er mit kaum verhohlener Wut zurück. »Dann bis irgendwann mal, Cilka Klein.«

»Warte, Kirill. Können wir nicht wenigstens Freunde bleiben? Bitte, Kirill, geh nicht so.«

Ohne einen Blick zurück macht Kirill sich davon, lässt Cilka verblüfft stehen. *Was hat er da gesagt? Und was hat er nicht gesagt?*

KAPITEL 32

»Zwei Tage noch, länger kann ich dich nicht mehr behalten«, sagt Jelena.

Alexandr und Cilka nicken.

»Danke, wir werden das Beste daraus machen, oder, Cilka?«

Cilka wird rot. »Ich habe Arbeit«, stammelt sie und eilt davon.

»Sie kommt schon wieder«, beruhigt Jelena Alexandr mit einem Zwinkern.

Cilka sieht Kirill am Schreibtisch stehen.

»Kirill, hallo, schön, dich zu sehen«, begrüßt sie ihn.

»Was ist hier eigentlich los?«, fährt er sie an.

Verdutzt folgt Cilka Kirills ausgestrecktem Finger, der auf Alexandr zeigt. »Was meinst du?«

Weiß Kirill etwa, wer Alexandr angegriffen hat? Und wenn ja, würde er dann womöglich dem Schläger berichten, dass er lebt? Ihr Herz hämmert. Nein, Kirill ist ihr Freund. Das würde er nie tun.

»Was läuft da, mit dir und ihm?«

Ach so, denkt Cilka. Jetzt verstehe ich.

»Ich glaube, du solltest jetzt gehen, Kirill, ich habe Arbeit.«

Bei Schichtende nimmt Cilka den Stuhl, der die wachsende Freundschaft zwischen ihr und Alexandr mit angesehen hat, und setzt sich an sein Bett.

Sie weiß bereits alles über seine Vergangenheit, seine Verhaftung. Er arbeitete als Übersetzer für die Sowjets, aber er gab Informationen an den Widerstand durch. Nach seiner Festnahme wurde er schwer gefoltert, tagelang auf einen Stuhl gefesselt, bis er ganz benommen, halb verhungert und besudelt war. Namen ließ er nicht heraus.

Im Kopf verfasste er Gedichte. Und als er nach einiger Zeit schwerer Strafarbeit in einem anderen Lager den Posten in der Verwaltung bekam, musste er einfach einige dieser Gedichte aufschreiben. Manchmal versteckte er in den Propagandaschriften Worte von poetischer Wahrheit. Und dann wurde ihm klar, dass er dasselbe auch mit Informationen machen konnte. Da jedes schriftliche Material, das das Lager verlässt, die Zensur durchläuft, vermutet er, dass ihm irgendwann ein raffinierter Mitarbeiter der Spionageabwehr auf die Schliche kam.

»Und da bin ich. Meine Gedichte waren übrigens nie fröhlich«, gesteht er Cilka. »Aber jetzt, wo ich dich kenne, werden sie das. Und ich freue mich schon, sie dir vorzulesen.«

Cilka sieht ihm in die Augen. Glaubt, dass auch sie sich ihm wird anvertrauen können.

»Ich muss dir noch etwas sagen«, meint Alexandr sehr ernsthaft.

Cilka hängt an seinen Lippen, wartet.

»Ich habe mich in dich verliebt.«

Cilka springt auf, reißt den Stuhl um. Diese wenigen Worte sind so groß, so überwältigend.

»Cilka, bitte bleib und sprich mit mir.«

»Es tut mir leid, Alexandr. Ich muss nachdenken. Ich muss gehen.«

»Cilka, bleib da, geh nicht!«, ruft Alexandr.

»Es tut mir leid, ich muss.« Sie zwingt sich, ihn noch einmal anzusehen. »Ich komme morgen früh wieder.«

»Denkst du so lange über das nach, was ich dir gesagt habe?«

Cilka hält inne, sieht ihm tief in die dunkelbraunen Augen.

»Über nichts anderes.«

Cilka klopft an Raissas Zimmertür im Schwesternheim. Die freien Schwestern wohnen dort in Zweierzimmern, die Gefangenen in einem größeren Schlafsaal in derselben Baracke.

»Herein«, ruft Raissa verschlafen.

Cilka öffnet die Tür, steht gekrümmt auf der Schwelle.

»Alles in Ordnung mit dir?«

»Mir geht es nicht gut, ich glaube, ich sollte heute nicht auf die Station gehen.«

»Soll ich mir das mal ansehen?«, fragt Raissa und setzt sich im Bett auf.

»Nein, ich will nur schlafen.«

»Dann geh zurück ins Bett. Ich stehe auf und übernehme die ersten Stunden von deiner Schicht. Bestimmt packen die anderen mit an, dann fällt es gar nicht auf.«

»Kannst du Jelena Georgijewna sagen, dass ich vielleicht besser zwei oder drei Tage hierbleibe? Egal, was ich habe, ich will nicht die Patienten anstecken.«

»Da hast du sicher recht. Geh schlafen, und später schicke ich jemanden, der dir etwas zu essen bringt und nach dir sieht.«

Cilka schließt die Tür und kriecht wieder ins Bett.

Auschwitz-Birkenau, 1944

Von den Schritten im Block, dem Klopfen an ihrer Tür schreckt Cilka hoch. Sie bleibt auf dem Bett liegen. Es klopft noch einmal.

»Herein«, antwortet sie, kaum lauter als ein Flüstern.

Langsam geht die Tür auf. Ein Gesicht schiebt sich in die Stube.

»Lale! Was machst du denn hier? Das darfst du doch nicht!«, entfährt es Cilka.

»Kann ich reinkommen?«

»Natürlich, komm rein. Mach die Tür zu, schnell.«

Lale gehorcht. Er lehnt an der Tür, sieht Cilka an, die jetzt auf dem Bett sitzt und seinen Blick erwidert.

»Ich musste dich sehen. Ich musste dir selbst danken, nicht nur über Gita.«

»Das ist gefährlich, Lale. Du darfst nicht hier sein. Man weiß nie, wann einer von ihnen kommt.«

»Das Risiko gehe ich ein. Deines war noch größer, als du darum gebeten hast, dass ich meine Arbeit zurückbekomme. Ich musste kommen.«

Cilka seufzt. »Ich bin froh, dass es geklappt hat. Ich konnte nicht mit ansehen, wie es Gita das Herz brach, weil sie nicht wusste, ob du lebst, und dann, als sie gehört hat, wo du arbeitest.«

»Sag nichts mehr, ich will gar nicht wissen, wie es für sie gewesen wäre. In diesen Schlamassel habe ich mich mit meiner Dummheit selbst gebracht. Manchmal frage ich mich, ob ich es jemals lernen werde.« Er schüttelt den Kopf.

»Sie liebt dich, weißt du.«

Lale hebt den Kopf. »Mir hat sie das nie gesagt. Du weißt gar nicht, was es mir bedeutet, das zu hören.«

»Doch, sie liebt dich.«

»Cilka, wenn ich irgendetwas für dich tun kann, soweit mir das hier möglich ist ... du brauchst es mich nur wissen zu lassen.«

»Danke, Lale, aber ich komme selbst zurecht«, sagt sie.

Sie sieht, wie er sich auf die Lippen beißt, als versuchte er, die richtigen Worte zu finden.

»Was du hier tust, Cilka, ist die einzige Form des Widerstands, die dir bleibt – du überlebst. Du bist der tapferste Mensch, den ich kenne, ich hoffe, das weißt du.«

»Das brauchst du nicht zu sagen.« Vor Scham krampft sich ihr alles zusammen.

»Doch, ich muss. Und noch mal danke.«

Sie nickt. Er verlässt den Raum, verlässt Block 25.

KAPITEL 33

»Cilka, Cilka, wach auf.«

Mit einem sachten Rütteln an der Schulter weckt Jelena sie aus einem traumlosen Schlaf; Cilka ist verwirrt. Sie zieht sich die Decke ans Kinn, versucht, sich zu verstecken, der Gefahr zu entkommen, die sie auf sich zurollen fühlt.

»Cilka, ich bin's, Jelena. Es ist alles gut, ich muss dich nur wecken, wir müssen reden.«

Cilka erkennt die Stimme. Reißt sich aus dem Schlaf. »Jelena Georgijewna, wie viel Uhr ist es? Was ist?«

Cilka rutscht zur Seite, sodass Jelena sich auf die Bettkante setzen kann.

»Es ist noch sehr früh, aber ich muss mit dir reden. Alexandr ist etwas zugestoßen.«

Cilka starrt Jelena an, aber sie bringt kein Wort heraus.

»In der Nacht war jemand im Krankensaal und hat ihn verprügelt. Wir wissen nicht, wie, aber wir haben ihn vorhin bewusstlos aufgefunden.«

»Wie bitte? Wie konnte das passieren?« Cilka sitzt

jetzt aufrecht im Bett und ist hellwach. »Wo waren denn die Schwestern? Wie kann es sein, dass jemand im Krankenhaus verprügelt wird?«

»Langsam, ich weiß es selbst noch nicht. Es hatte nur eine Schwester Dienst, und die war ziemlich beschäftigt. Einmal hat sie kurz Pause gemacht, und genau da muss jemand reingekommen sein.«

»Aber hat kein anderer Patient etwas gesehen?«

»Das versuchen wir noch herauszufinden. Die Schwester hat mich geholt, und ich wollte es dir gleich erzählen. Er ist jetzt zur Untersuchung im OP. Zieh dich an und komm mit.«

Einen Kittel über den Kleidern und eine Maske vor dem Mund, treten Cilka und Jelena im Operationsraum an den Tisch, wo Alexandrs geschundener Körper liegt. Neben ihm steht Raissa. Sie empfängt Cilka mit einem traurigen, mitleidigen Blick. Sanft berührt Cilka Alexandrs Schulter. Er sieht furchtbar verwundbar aus. Jelena legt den Arm um sie.

»Was kannst du inzwischen sagen, Raissa?«, fragt Jelena.

»Sie müssen zu zweit gewesen sein. Ich denke, einer hat ihm etwas aufs Gesicht gedrückt, vielleicht ein Kissen, während der andere ihn mit einer Holzplanke geschlagen hat, es sind überall Splitter.«

»Und niemand hat etwas gehört? Was ist mit dem Patienten im Nachbarbett?«, stößt Cilka aus.

»Das weiß ich nicht, Cilka. Wir werden nachfragen müssen, aber dafür brauchen wir einen Plan ...« Sie sieht zu Jelena.

Jelena erklärt. »Ganz offensichtlich will jemand ihn aus dem Weg räumen, und wir haben keine Ahnung, ob es jemand« – sie räuspert sich – »von hier drinnen ist oder ob es Verbindungen zur Lagerleitung gibt.«

»Meint ihr, es ist derselbe wie letztes Mal?«

»Wenn sie irgendwie herausgefunden haben, dass er noch lebt, ist das sehr wahrscheinlich.«

»Aber woher sollen sie ...?« Sie unterbricht sich. Sie fürchtet, sie kennt die Antwort.

Raissa wendet ein: »Jetzt müssen wir aber erst einmal Alexandr helfen. Vielleicht wissen wir später mehr.«

»Wo ist er verletzt?«, fragt Jelena noch einmal.

»Als wir ihn gefunden haben, war er bewusstlos. Sie haben ihn auch am Kopf geschlagen, aber ich glaube, bewusstlos ist er vom Sauerstoffmangel. Zum Glück hat er keine Knochenbrüche. Es tut mir so leid, Cilka. Ich glaube, du kannst jetzt gehen; wir holen dich, wenn wir hier fertig sind.«

»Ich gehe nicht weg«, erklärt Cilka grimmig.

»In Ordnung.« Raissa nickt.

Jelena schiebt Cilka einen oder zwei Schritte vom Tisch weg.

»Wir müssen überlegen, wie wir ihn schützen können«, bemerkt Cilka.

Mehrere Stunden später bringt Cilka Alexandr aus dem Operationsraum in die hinterste Ecke des Krankensaals, wo ein Wandschirm um sein Bett aufgestellt wird. Daneben kommt ein Stuhl, und sie besteht darauf, Alexandr selbst zu pflegen. Weder Jelena noch Raissa widersprechen. Das Essen, das ihr gebracht wird, rührt sie kaum an. Den beruhigenden heißen Tee jedoch trinkt sie in einem Zug.

Regelmäßig sieht Jelena nach den beiden. Am Abend berichtet sie, dass sie mit Alexandrs Bettnachbarn gesprochen und ein paar Dinge erfahren hat.

Als er vom dumpfen Schlagen von Holz auf Fleisch erwacht war, hatten ihn zwei Männer eingeschüchtert und ihm einen Fausthieb auf den Mund versetzt. Er sollte, wenn sie weg waren, auf keinen Fall die Schwester rufen, falls Alexandr noch nicht tot war. Der Mann zitterte und war immer noch sehr verängstigt. Die Schläger hatten wohl im Empfangsraum gewartet, wo nachts niemand Dienst hat. Die Wachleute draußen hatten sie vielleicht bestochen oder bedroht; Jelena will lieber nicht bei ihnen nachfragen, damit nicht durchsickert, dass Alexandr noch lebt.

Dann bestätigt Jelena, was sie sich über Nacht ausgedacht haben. Ruhig erklärt sie: »Wir haben Alexandrs Akte als Todesfall abgelegt und unter dem Namen eines kürzlich verstorbenen Patienten eine neue für ihn angelegt; der zufolge befindet er sich im Heilungsprozess. Für die Verwaltung ist Alexandr also seinen Verletzungen erlegen. Bis wir wissen, wie es weitergeht, bleibt der Wandschirm vor seinem Bett stehen. Dem Patienten im Nachbarbett haben wir gesagt, er ist ansteckend und er soll ihm nicht zu nahe kommen.«

»Danke.« Cilkas Gedanken überschlagen sich. Immerhin ist damit etwas Zeit gewonnen, aber wie soll es weitergehen?

»Im Moment ist das alles, was wir tun können, Cilka.«

Als Jelena gegangen ist, legt Cilka den Kopf neben Alexandrs aufs Kissen.

Beim Aufwachen am nächsten Morgen sieht Cilka Alexandrs Blick auf sich ruhen. Eine Zeit lang liegen sie so da, sehen einander in die Augen und tauschen sich wortlos über ihre gegenseitigen Gefühle aus. Bis Raissa dazwischenkommt.

»Wie ich sehe, seid ihr beide wach. Um wen soll ich mich zuerst kümmern?«

Cilka lächelt. »Um ihn natürlich.«

Raissa versucht, Alexandr seine Verletzungen und die geplante Behandlung zu erklären. Unwillkürlich fällt Cilka ihr mehrmals ins Wort, betont, er werde sicher bald wieder gesund sein. Alexandr bleibt stumm, nickt, wirkt dankbar, aber besorgt – und spiegelt damit haargenau Cilkas wirkliche Gefühle.

Mehrere Tage lang erholt sich Alexandr langsam hinter seinem Wandschirm. Die Blutergüsse verblassen, aber noch tut jede Bewegung weh. Wenn Cilka im Empfangsbereich Kirill begegnet, versucht sie, sich freundlich und natürlich zu verhalten, wehrt höflich seine Avancen ab, ohne ihn zu verärgern, bemüht sich, ja keine unnötige Aufmerksamkeit auf das abgeschirmte Bett hinten im Krankensaal zu lenken. Sie vermutet, dass er entweder Alexandr selbst überfallen oder aber den ersten Angreifer informiert hat, dass er noch lebte – doch beweisen kann sie es nicht.

Gern nimmt Alexandr die Schmerzen in Kauf, wenn er sich dafür beim Aufstehen auf Cilka stützen darf. Dabei ist Cilka nicht gerade die geeignetste Hilfe für ihn, denn er ist so viel größer als sie, dass er mit ihr fast gar nicht aufrecht gehen kann. Doch sie ignorieren den entsprechenden Hinweis, so wie manchen anderen. Nacht für Nacht sitzt Cilka zusammengesunken auf einem Stuhl, den Kopf auf seinem Kissen, und schläft. Seit er zum zweiten Mal verprügelt wurde, ist sie kaum von seiner Seite gewichen.

Nach und nach sinken im Krankenhaus die Patientenzahlen; angeblich entspricht das den Belegzahlen im Lager. Auf Anordnung von Parteichef Chruschtschow werden Gefangene vorzeitig freigelassen. Der Nachfolger Stalins streckt die Hand Richtung Westen aus. Der Makel, mit dem das Gulagsystem sein Land überzieht, spricht sich allmählich herum – um die Gespräche mit nicht kommunistischen Ländern weiterführen zu können, braucht es eine beschwichtigende Geste.

Alexandr kann jetzt wieder ohne Hilfe gehen. Patienten und Personal wundern sich über den Wandschirm, fragen nach, wie schlimm es denn um die »Infektion« dahinter steht. Sie müssen sich den nächsten Schritt überlegen.

»Cilka, kann ich kurz mit dir reden?«, ruft Jelena eines Morgens.

»Ich bin gleich wieder da«, versichert Cilka Alexandr.

Jelena führt Cilka zum Arzneilager.

»Hier gab es noch jedes Mal schlechte Nachrichten. Was ist es diesmal?«, fragt Cilka besorgt.

»Vertraust du mir?«, fragt Jelena.

»Ich habe noch nie jemandem so vertraut – außer meiner Familie.«

»Dann brauche ich dieses Vertrauen jetzt. Wir entlassen Alexandr in zwei Tagen …«

»Nein, auf keinen Fall! Sie haben es versprochen!«, schreit Cilka auf.

»Hör zu. Er kommt nicht raus in die Zone, wo jemand merken könnte, dass er nicht der Tote ist, dessen Namen und Nummer er trägt. Er wird in eine Baracke gleich nebenan entlassen, wo er in Sicherheit ist. Du musst mir vertrauen, dass ich alles tue, um euch zu helfen.«

Cilka weiß nicht, was sie sagen soll. Natürlich ist es eine gute Nachricht: Er kommt in Sicherheit. Aber wieder wird ihr jemand weggenommen.

Sie versucht zu lächeln. »Sie sind so gut zu mir, Jelena Georgijewna. Ich danke Ihnen. Und *er* wird Ihnen auch danken.«

Jelena wirkt aufgewühlt auf eine Weise, die Cilka noch nie an ihr gesehen hat; normalerweise ist sie immer stoisch, praktisch und positiv.

»Cilka, ich habe noch etwas.«

Cilka erschrickt.

»Ich habe eine Versetzung nach Sotschi beantragt, sie haben da ein neues Krankenhaus gebaut.«

Sie will den Arm um Cilka legen, aber Cilka weicht ihr aus. Sie weiß nicht, was sie sagen soll. Natürlich hat Jelena eine bessere Stellung verdient, nach all den Jahren, die sie freiwillig in dieser Hölle verbracht hat. Aber was wird ohne sie aus Cilka werden?

»Cilka?«

Cilka kann sie nicht ansehen. Mit aller Macht reißt sie sich zusammen. Noch nie hatte sie irgendeine Wahl. Alles ist ihr immer einfach passiert. Sosehr sie es auch will, sie kann Menschen nie festhalten. Sie ist allein. Mutterseelenallein auf dieser Welt.

»Cilka, bitte glaub mir, dass ich alles für dich tue, was in meiner Macht steht.«

Cilka schluckt alle ihre Gefühle hinunter und sieht zu Jelena auf.

»Danke, Jelena Georgijewna, für alles.«

Jelena erwidert ihren Blick.

Es fühlt sich an wie ein Abschied.

Die Frauen in Baracke 29 sind alles, was ihr noch bleibt. Immer wieder ruft Cilka sich Lale in Birkenau ins Gedächtnis, der ihr sagte, wie tapfer sie sei. Auch andere haben ihre Tapferkeit bewundert. Und Alexandr hat etwas in ihr freigesetzt, was ihr den Willen zum Leben gibt – nicht nur zum Überleben.

Sie weiß, dass ihr noch eines zu tun bleibt, wozu sie ihre Tapferkeit braucht.

Sie spricht mit den *Blatnyje*, die die Schwesternheime bewachen, und im Tausch gegen ihren heimlichen Essensvorrat versprechen sie ihr, sie am selben Abend – es ist Sonntag – zur Baracke zu begleiten. Sie muss mit den Frauen reden.

Auf dem Weg durch die Zone sieht sie Männer, die sie aus der Ferne beäugen, aber sie kommen nicht näher. Sie öffnet die Barackentür; die Wachen warten draußen.

»Cilka!« Margarethe kommt gelaufen, schließt sie in die Arme. »Was tust du hier? Das ist gefährlich!«

Cilka fängt an zu zittern. »Ich muss mit euch reden.« Sie sieht sich um. Ein paar neue Gesichter, aber die meisten Frauen kennt sie; unter ihnen sind Elena und Margarethe ihre ältesten Gefährtinnen.

»Setzt euch bitte zu mir«, sagt sie.

»Ist alles in Ordnung?«, fragt Elena.

»Ja«, fängt Cilka an. »Ich habe jemanden kennengelernt, ich mag ihn, und vielleicht verliere ich ihn; aber bisher wusste ich nicht einmal, dass ich Gefühle für einen Mann haben kann – wegen allem, was ich erlebt habe.«

Höflich nehmen die Frauen Platz. Elena nickt Cilka aufmunternd zu.

»Ihr habt mir alle eure Geschichte erzählt, eure Geheimnisse, aber ich hatte zu viel Angst davor. Dabei hätte ich längst auch von mir erzählen müssen. Das bin ich euch schuldig.«

Sie holt tief Luft.

»Ich war in Auschwitz«, bringt sie heraus.

Margarethe schreckt hoch.

»Dem Konzentrationslager.« Sie schluckt.

»Ich habe überlebt, weil ich im Lager eine privilegierte Stellung hatte, genauer gesagt im Frauenlager Birkenau. So ähnlich wie Antonina. Aber ...«

Elena nickt ihr zu. »Erzähl weiter, Cilka.«

Niemand sagt ein Wort.

»Ich hatte in der Baracke eine eigene Stube. Es war die Baracke, in die sie ...«, sie bringt es kaum über die

Lippen, »... in die sie die kranken, halb toten Frauen brachten, bevor sie sie in die Gaskammern schickten und umbrachten.«

Ungläubig haben die Frauen die Hände vor den Mund gehoben.

»Die SS-Leute haben mich dahin gesteckt, in diese Baracke, weil es dort keine Zeugen gab.«

Stille. Absolute Stille.

Wieder schluckt Cilka, sie fühlt sich schwerelos, wirr.

Sie hört Anastassja schluchzen.

»Ich kenne dieses Geräusch, Anastassja, ich habe es so oft gehört. Es hat mich immer wütend gemacht. Ich weiß nicht, warum ich so reagiert habe. Aber sie waren alle so völlig hilflos. Ich konnte nicht weinen. Ich hatte keine Tränen. Und deshalb konnte ich es euch nicht erzählen. Ich hatte ein Bett, ich hatte zu essen. Aber sie waren nackt und schon fast tot.«

»Wie ... wie lange warst du da?«, fragt Elena.

»Drei Jahre.«

Margarethe setzt sich neben Cilka und nimmt ihre Hand. »Keine von uns weiß, was sie getan hätte. Haben die Dreckskerle deine Familie ermordet?«

»Meine Mutter habe ich selbst auf den Todeswagen gesetzt.«

Fest drückt Margarethe Cilkas Hand. »Noch die Erinnerung ist ein Schock für dich. Das höre ich an deiner Stimme. Außerdem zitterst du. Elena, mach eine Tasse Tee.«

Elena springt auf und geht zum Ofen.

Die anderen Frauen schweigen weiter. Doch Cilka ist

jetzt viel zu benommen, um darüber nachzudenken, wie ihre Worte ankommen. Sie fühlt sich vollkommen erschöpft.

Es war nur ein so kurzer Moment, aber die Worte waren so groß.

Als Elena mit dem Tee zurückkommt, sagt sie: »Hannah wusste es, oder?«

Cilka nickt.

Margarethe meldet sich: »Ich hoffe, das schockiert dich nicht noch mehr, Cilka, aber viele von uns haben geahnt, dass du dort warst. Als Jüdin und weil du nie von deiner Verhaftung gesprochen hast.«

Cilka fängt wieder an zu zittern. »Wirklich?«

»Ja, und wegen der einen oder anderen Anspielung von dir.«

»Ach …«

»Du hast es überlebt, Cilka«, sagt Elena. »Und hier wirst du auch überleben.«

Anastassja, die Barackenjüngste, hält sich immer noch die Hand vor den Mund, und stille Tränen rinnen ihr über die Wangen. Doch keine der Frauen hat so reagiert, wie Cilka es sich ausgemalt, es immer befürchtet hatte. Sie halten alle zu ihr.

Vielleicht kann sie es also auch Alexandr erzählen. Vielleicht kann er sie ganz kennen und immer noch lieben.

»Ich denke, ich gehe jetzt«, sagt Cilka.

Elena steht mit ihr auf. »Komm wieder, wenn du kannst.«

Cilka lässt zu, dass Elena sie umarmt. Und Margarethe. Anastassja steht anscheinend noch zu sehr unter Schock.

Zitternd und schwindelig tritt Cilka hinaus in die Nacht.

»Guten Morgen!«, begrüßt Cilka die Frau am Empfang auf dem Weg zum Krankensaal. Noch einen Tag mit Alexandr. Sie weiß noch nicht, wie sie sich von ihm verabschieden soll. Wird sie sich zu dem Versprechen vorwagen, dass sie ihn suchen wird, in vielen Jahren, wenn sie draußen ist? Oder soll sie ihr Schicksal, ihren Fluch einfach hinnehmen?

Doch selbst wenn sie ihn verliert, wenn sie Jelena verliert und auch wenn sie alle verloren hat, die ihr lieb und teuer waren: Alexandr hat ein Feuer in ihr entfacht.

Kein Feuer der Wut, sondern ein Feuer für eine Art Hoffnung.

Nie hatte sie gedacht, sie könnte sich verlieben, nach allem, was sie durchgemacht hat. Wenn es doch so käme, dachte sie, wäre das ein Wunder. Und nun ist es so gekommen.

»Cilka«, sagt die Frau am Empfang.

Cilka wendet sich um.

»Ich soll dir sagen, du sollst in die Hauptverwaltung gehen, sie wollen dich sehen.«

Cilka nimmt die Hand von der Klinke zum Krankensaal.

»Jetzt sofort?«

Alexandr ist gleich da drinnen. Sie könnte zuerst Guten Morgen sagen. Nein, sie erledigt erst das hier und verbringt dann den Tag mit ihm, bevor er entlassen wird. Einen Tag, an dem sie ihm alles sagen kann und dann nie wieder davon reden muss.

Als Cilka ins Verwaltungsgebäude kommt, ist sie umgeben von lauter anderen Gefangenen, lauter Männern, die gegen diese Vorladung protestieren. Sie wendet sich an die einzige offiziell Aussehende, eine Frau an einem Tisch.

»Ich soll mich hier melden«, erklärt sie mit aufgesetzter Gelassenheit.

»Name.«

»Cecilia Klein.«

»Nummer.«

»1-B494.«

Die Frau blättert mehrere Umschläge auf ihrem Tisch durch. Sie nimmt einen heraus und kontrolliert die aufgedruckte Nummer. 1-B494.

»Hier, da ist ein bisschen Geld drin und ein Brief für die Torwache.«

Sie hält ihr den Umschlag entgegen; Cilka reagiert nicht.

»Nimm das und raus hier«, fährt die Frau sie an.

»Wohin gehe ich?«

»Erst nach Moskau, dann nach Hause in dein Heimatland.«

Nach Hause?

»Ich soll zum Bahnhof gehen?«

»Ja. Jetzt raus hier. Der Nächste.«

Die Glühbirne an der Decke flackert. Schon wieder

so ein Stück Papier. Schon wieder wird von anderen über ihr Leben entschieden.

»Aber ich kann nicht einfach gehen. Es gibt Leute, die ich noch mal sehen muss.«

Alexandr. Wird er auch freigelassen? Unter dem Namen des Toten. Wie soll sie ihn wiederfinden?

Ihre Brust schmerzt, als würde sie in sich zusammenfallen.

Jelena, Raissa, Ljuba, Elena, Anastassja und Margarethe – wenn sie zu ihnen könnte … Sie muss sich verabschieden!

Vor ihr steht Klawdija Arsenjewna, sie beaufsichtigt die Entlassung der Gefangenen. Seit ihrem Umzug ins Schwesternheim hat Cilka sie nur wenige Male gesehen. Jetzt tritt die Wachfrau auf sie zu.

»Du hast Glück, Cilka Klein, aber strapazier nicht meine Geduld. Du brichst auf der Stelle auf, und zwar direkt zum Haupttor, nirgendwohin sonst. Ansonsten kann ich auch dafür sorgen, dass ein Wachmann dich ins Loch schleppt, wenn dir das lieber ist?«

Zitternd greift Cilka nach dem Umschlag. Die Männer hinter ihr sind alle verstummt.

»Der Nächste«, sagt die Frau am Empfang.

Cilka reicht den Brief dem Torwächter, der kaum einen Blick darauf wirft und ihr mit einer Kopfbewegung bedeutet, wohin sie gehen soll. Langsam schlurft sie davon, sieht über die Schulter zurück, ob niemand sie aufhält, ihr sagt, das alles sei ein Irrtum. Die wenigen Wachen, die sie passiert, ignorieren sie.

Und so geht sie weiter, die einzige Straße entlang. Allein.

Schwere Wolken ziehen auf. Cilka betet, dass es heute nicht schneit.

In der Ferne sieht sie kleine Gebäude. Häuser, denkt sie. Sie geht weiter. Erdrückt von qualvoller Trauer, aber auch schwindelig von dieser seltsamen Freiheit. Diese Straße vor ihr. Ein Schritt, der nächste. Was tun die Menschen damit?

Sie geht durch eine Straße mit Häusern und ein paar Läden, blickt verstohlen in Fenster. Frauen mit Kindern; sie putzen, spielen, kochen, essen, spähen misstrauisch zu ihr heraus. Ein Duft nach Eintopf, nach frisch gebackenem Brot.

Sie hört ein vertrautes Geräusch, einen langsam hinter den Häusern einfahrenden Zug, und läuft darauf zu. Bis sie an den Gleisen ist, ist der Zug schon weg. Ihr Blick folgt den Schienen bis zu einem kleinen Bahnhof. Sie geht hinüber. Ein Mann ist gerade dabei, die Tür zu einem engen Amtsraum zuzuziehen und abzuschließen.

»Entschuldigung?«

Den Schlüssel im Schloss, hält der Mann inne, starrt sie an.

»Was willst du?«

»Wohin ging der Zug?«

»Endstation Moskau.«

»Und haben Sie bei den entlassenen Gefangenen zufällig einen Mann gesehen … groß, Spuren von Blutergüssen im Gesicht …?«

Der Mann unterbricht sie. »Da waren jede Menge Männer. Tut mir leid, da kann ich nicht helfen.«

Cilka öffnet den Umschlag, der in ihrer Manteltasche steckt. Sie holt alles Geld heraus.

»Ich hätte gern eine Fahrkarte für den nächsten Zug.«

In Moskau sind Józia und Natja. Wenn alle Züge nach Moskau fahren, könnte sie in Moskau nach ihnen suchen und hinterher auch nach Alexandr. Würde ihr doch nur der Name von Maria Danilownas Freundin einfallen. Es dürfte sehr schwierig werden, sie ausfindig zu machen. Aber versuchen kann sie es. Und wird es auch.

»Gibt es nicht, aber du brauchst nur deine Entlassungspapiere und den Passierschein.«

»Wann fährt er?«

»Morgen, komm morgen wieder.«

Cilka ist völlig am Ende, ausgelaugt, verzweifelt.

»Wo soll ich bleiben?«, fragt sie, den Tränen nahe.

»Tja, ich kann dir nicht helfen. Du wirst es machen müssen wie all die anderen, such dir irgendein warmes Plätzchen und komm morgen wieder.«

»Kann ich irgendwo hier bleiben?«

»Nein, aber pass mit der Polizei auf, die gehen hier Tag und Nacht Streife und halten nach euch Häftlingen Ausschau – es gab schon manchmal Ärger, Einbrüche in Läden und Häusern, bis der Zug kam.«

Cilka ist völlig niedergeschmettert. Sie wendet sich ab, geht zurück Richtung Stadt.

Auch andere Freigelassene haben sich vom Bahnhofswärter sagen lassen, sie sollen am nächsten Tag wiederkommen. Sie streunen durch die Straßen. Legen sich mit den Einwohnern an. Es fließt Blut. Cilka bietet keine Hilfe an, beschließt, sich herauszuhalten.

Sie kann immer noch nicht glauben, dass sie frei ist. Vielleicht ist die Welt auch nur ein etwas größeres Gefängnis, in dem sie keine Familie hat, keine Freunde, keine Heimat. Nur Alexandr hat – oder hatte – sie. Soll sie ihr Leben damit verbringen, sich zu fragen, was aus ihm geworden ist, so wie sie es sich bei ihrem Vater fragt, bei Gita, bei Józia? Wie soll sie Józia in einer riesigen Stadt wie Moskau jemals finden? Immerhin weiß sie, dass es Jelena gut geht. Aber auch von ihr konnte sie sich nicht verabschieden, sie nicht umarmen, ihr angemessen danken. Sie fühlt sich innerlich zerrissen. Die Nacht verbringt sie hinter einem Laden, in einen Hauseingang gekauert, um sich irgendwie vor dem eiskalten Wind zu schützen.

Noch bevor sie den Zug hört, erwacht sie vom Hasten und Rufen Dutzender Menschen. Der Nebel in ihrem Kopf verzieht sich, sie begreift, dass die Nacht vorbei und der Tag gekommen ist. Der Zug, der sie von Workuta wegbringen wird, fährt in den Bahnhof ein.

Gemeinsam mit den anderen läuft sie, alle in dieselbe Richtung. Der Zug überholt sie, wartet mit stampfenden Maschinen. Im Gedränge wird sie geschubst und mehrmals zu Boden gerissen. Sie rappelt sich hoch, läuft weiter. Vor den Türen bilden sich dichte Trauben. Der Bahnhofswärter ist herausgekommen und geht an den wartenden Passagieren entlang, kontrolliert ihre Papiere. Niemand hat eine Fahrkarte. Cilka holt den Brief aus der Tasche und hält ihn ihm entgegen.

Der Bahnhofswärter nimmt ihn.

»Danke«, sagt sie.

Eine Hand auf ihre gelegt, lächelt er und nickt ihr aufmunternd zu.

»Viel Glück da draußen, Kleine. Na, dann steig ein.«

Cilka springt zur offenen Wagentür. Als sie gerade hineinwill, wird sie rücksichtslos von zwei Männern zur Seite gestoßen, die sich vordrängeln. Das Abteil sieht schon sehr voll aus. Sie streckt die Arme ins Gewühl, sucht nach einem Halt an den Türen, um sich hochschwingen zu können. Ein Pfiff der Lokomotive treibt alle zum Einsteigen. Vor ihr wird geschimpft und gedrängelt, ein Mann stürzt aus dem Handgemenge rückwärts über die Stufen und landet gekrümmt neben ihr auf dem Boden.

»Alles in Ordnung?«, fragt sie, während sie die Tür loslässt und ihm die Hand entgegenstreckt. Rund um sie schieben und schubsen die Menschen weiter. Er sieht auf – unter der Mütze blicken die erschrockenen Augen von Alexandr hervor.

»Cilka!«

Sie packt ihn unter den Achseln, um ihm aufzuhelfen, ihr Herz pocht zum Zerspringen.

»Alexandr! Ist alles in Ordnung?«, wiederholt sie mit tränenerstickter Stimme.

Als er auftritt, fährt er vor Schmerz zusammen, während hinter ihm immer weniger Leute nachdrängen. Sie hält ihn immer noch unter den Armen.

Wieder ertönt der Pfiff. Sie sieht zur Tür auf. In der Menge hat sich ein schmaler Spalt aufgetan.

»Komm!«, sagt sie. Hand in Hand klettern sie in den Zug, und Alexandrs Fuß verlässt den Bahnsteig in dem Moment, als der Zug anfährt.

Im Wagen legt Alexandr den Arm um Cilka.

Ungehemmt schluchzt sie an seiner Brust.

»Ich kann es nicht glauben«, stößt sie aus.

Sie blickt auf in seine sanften, freundlichen Augen.

»Ich schon«, erwidert er. Er fährt ihr übers Haar, wischt ihr die Tränen von den Wangen. In seinen Augen erkennt sie alles, was er durchgemacht hat, und gespiegelt auch ihre Augen und alles, was sie durchgemacht hat.

»Jetzt ist es an der Zeit zu leben, Cilka«, sagt er. »Ohne Angst. Und mit dem Wunder der Liebe.«

»Ist das ein Gedicht?«, fragt sie und lächelt durch ihre Tränen.

»Der Anfang dazu.«

EPILOG

Das Glöckchen an der Kaffeehaustür bimmelt, herein kommt eine schicke, braun gebrannte Frau mit herzförmigem Gesicht, geschminkten Lippen und großen braunen Augen.

Eine andere Frau mit lockigem Haar und lebhaftem Blumenkleid über dem wohlgerundeten Körper steht von einem Tisch auf und begrüßt sie.

Gita geht auf Cilka zu, und die beiden Damen, die einander seit fast zwanzig Jahren nicht gesehen haben, umarmen sich. Sie sind so anders als damals: in Sicherheit und gesund. Es ist ein sehr berührender Moment. Sie lösen sich voneinander. Cilka betrachtet Gitas schimmerndes, braun gewelltes Haar, ihre vollen Wangen, ihre blitzenden Augen.

»Gita! Du siehst unglaublich aus.«

»Cilka, schön bist du, schöner denn je.«

Lange sehen sie einander einfach nur an, berühren die Haare der anderen, lächeln, während in ihren Augen Tränen blinken.

Werden sie über *dort* sprechen können? Über damals?

Als die Kellnerin kommt, merken sie, wie merkwürdig

sie wirken müssen – wie sie einander betasten, weinen und lachen. Sie setzen sich und bestellen Kaffee und Kuchen, tauschen weitere Blicke, freuen sich an dem Wissen, dass so etwas damals nicht erlaubt war, dass es immer noch ein tägliches Wunder ist, dass sie überlebt haben. Diese einfachen Genüsse schmecken für sie ganz anders als für die meisten anderen Gäste im Kaffeehaus.

Cilkas erste Frage gilt Lale, und sie freut sich zu hören, wie er und Gita einander nach dem Krieg in Bratislava gefunden haben, was sie seitdem erlebt haben bis zu ihrer Niederlassung in Australien. Gita hört erst auf zu lächeln, als sie erzählt, dass sie seit Langem versuchen, ein Kind zu bekommen, aber ohne Erfolg. Nachdenklich legt sie sich dabei unter dem Tisch eine Hand auf den Bauch.

»Alexandr und ich bekommen auch keines«, sagt Cilka und fasst nach der anderen Hand ihrer Freundin.

Und dann tastet Gita sich langsam rückwärts, und indem sie näher heranrückt, fragt sie leise, ob Cilka über den Gulag sprechen möchte.

»Es ist der Ort, wo ich Alexandr kennengelernt habe«, sagt Cilka, »und Freundinnen gefunden.« Es ist zu schwer, von der beständigen Eiseskälte zu erzählen, dem nicht abreißenden Strom von kranken, verletzten, toten Gefangenen, den Vergewaltigungen, denen sie wieder ausgesetzt war, der Demütigung und dem Schmerz, wieder gefangen zu sein nach ihrer Zeit *dort*.

»Cilka«, sagt Gita, »ich weiß nicht, wie du das aushalten konntest. Nach allem, was wir schon hinter uns hatten.«

Cilka lässt ihren Tränen freien Lauf. Nie spricht sie darüber. Niemand in ihrer Umgebung – außer Alexandr – weiß, dass sie in Auschwitz war, bis auf ihren einzigen jüdischen Nachbarn, der als kleiner Junge während des gesamten Holocaust versteckt gelebt hatte. Auch dass sie in Sibirien war, wissen nur ganz wenige. Sie hat alles getan, um ihre Vergangenheit hinter sich zu lassen, sich ein neues Leben aufzubauen.

»Ich weiß, dass die Menschen, die später als wir nach Birkenau kamen, einfach nicht begriffen, wie es war, so lange dort zu sein.« Gita hält immer noch Cilkas Hand. »Du warst sechzehn, und du hattest alles verloren.«

»Wir standen nur vor unmöglichen Entscheidungen«, sagt Cilka.

Durchs Fenster fällt Sonnenlicht. Die Vergangenheit scheint in gedämpft grauem Licht – kalt und nie so weit weg, wie man es gern hätte. Die Bilder und Gerüche liegen ganz dicht unter ihrer Haut. Jeder einzelne Verlust.

Aber jetzt wenden sie die Gesichter der hereinstrahlenden Sonne zu.

Gita kommt wieder auf Lale zu sprechen, auf ihr Geschäft und auf die australische Gold Coast, wo sie ihre Ferien verbringen. Sie schaufelt sich Kuchen in den Mund, schließt genussvoll die Augen, so wie Alexandr es immer noch beim Rauchen oder Essen tut. Und Cilka stimmt mit ein, spricht vom Jetzt, vom Leben.

Sie erheben die Gläser und prosten sich zu: »*L'Chaim.*«

ANMERKUNGEN DER AUTORIN HEATHER MORRIS

»Habe ich Ihnen schon von Cilka erzählt?«

»Nein, Lale, noch nicht. Wer war Cilka?«

»Sie war der tapferste Mensch, dem ich je begegnet bin. Nicht das tapferste Mädchen; der tapferste Mensch.«

»Und?«

»Sie hat mir das Leben gerettet. Sie war hübsch, ein zierliches Persönchen, und sie hat mir das Leben gerettet.«

Ein kurzes Gespräch, ein paar Worte, die Lale mir bei einem unserer Gespräche über seine Zeit als Tätowierer in Auschwitz-Birkenau hinwarf.

Noch viele Male sollte ich mit Lale auf Cilka zurückkommen. Ich hielt seine Hand, als er mir beschrieb, wie sie ihm das Leben gerettet hatte und was sie getan hatte, um dazu in der Lage zu sein. Er kämpfte mit der Erinnerung, und ich war schockiert. Dieses Mädchen war erst sechzehn Jahre alt. Sechzehn. Cilka fesselte mich, ich konnte einfach nicht begreifen, nicht ermessen, wie stark ein Kind ihres Alters sein musste, um zu überleben wie sie. Und warum musste sie so hart bestraft werden für ihre Entscheidung zu leben?

Ich hörte mir an, wie Gita auf ihrem Schoah-Tonband von Cilka spricht (allerdings nennt sie nicht ihren Namen), welche Aufgaben sie im Lager hatte, Block 25 eingeschlossen, und als wie ungerecht Gita ihre Verurteilung empfand. »Ich kannte diese ›Blockälteste‹, ein junges Mädchen. Sie lebt heute in Košice. Jeder erzählt, sie war dies und sie war das, aber sie musste eben tun, was die SS ihr befahl. Wenn Mengele ihr sagte, die da kommt in Block 25, dann nahm sie sie, ja? So viele Leute schaffte sie nicht. Aber die Leute, die nicht die ganze Zeit da waren, verstehen das nicht. Wenn sie nicht erlebt haben, wie es allmählich immer weiterging. Die sagen dann, der war schlecht, der war gut, aber eines sage ich Ihnen – einen retten sie, und der andere musste leiden. Aus Block 25 konnte man keine rausholen.« Gita erwähnt auch, wie sie Cilka »danach« in Košice besuchte, und auch Lale erzählte mir davon.

Ich suchte in Berichten anderer Überlebender nach Cilka. Und ich wurde fündig. War das tröstlich? Nein, leider nicht. Ich fand widersprüchliche Aussagen wie: Sie tat Schlechtes, um zu überleben; sie gab mir eine Sonderration, als sie herausfand, dass ich aus derselben Stadt kam wie sie; sie schrie und brüllte die verurteilten Frauen an; sie schmuggelte mir Essen herein, als ich vor dem sicheren Hungertod stand.

Allmählich entstand das Bild einer sehr jungen Frau, die in einem Todeslager überlebte, die den sexuellen Avancen nicht eines, sondern zweier ranghoher SS-

Offiziere nachgab. Eine Geschichte von Mut, Mitleid, Freundschaft; wie die von Lale eine Geschichte, in der man tat, was man tat, um zu überleben. Nur dass für Cilka daraus folgte, dass sie weitere zehn Jahre am kältesten Ort der Erde eingesperrt wurde – im Gulag WorkutLag, nördlich des Polarkreises in Sibirien.

Beim Erscheinen von *Der Tätowierer von Auschwitz* erreichten mich aus aller Welt Fluten von E-Mails und Nachrichten. Die meisten von ihnen enthielten die Frage: »Was wurde aus Cilka?«

Mit Unterstützung meiner Lektorinnen und Verleger begann ich mit der Recherche, bei der ich die Geschichte aufdeckte, die diesem Roman zugrunde liegt.

Ich engagierte eine professionelle Rechercheurin, die in Moskau Details über das Leben in Workuta ermittelte. In diesem Gulag verbrachte Cilka zehn Jahre.

Ich reiste nach Košice, und auf Einladung der Besitzer der Wohnung, in der Cilka und ihr Mann fünfzig Jahre lang gelebt hatten, saß ich zwischen den vier Wänden, die Cilka ihr Zuhause nannte. Die Besitzerin sagte mir, sie habe noch viele Monate nach ihrem Einzug Cilkas Gegenwart in der Wohnung gespürt.

Ich unterhielt mich mit ihren Nachbarn, Herrn und Frau Samuely, beide über neunzig Jahre alt. Sie erzählten viel über die jahrzehntelange Nachbarbarschaft mit Cilka und ihrem Mann.

Ich traf einen anderen Nachbarn, der ebenfalls Klein hieß. Er sagte mir, Cilka und er seien die einzigen Juden im Haus gewesen. An wichtigen jüdischen Feiertagen unterhielten sie sich leise. Beide hofften sie, sie könnten eines Tages nach Israel reisen. Wirklichkeit wurde das für beide nicht, sagte er.

Auf dem städtischen Friedhof besuchte ich die Gräber von Cilka und ihrem Mann; ich verneigte mich, legte Blumen nieder, zündete eine Kerze an.

Mit Dolmetschern und einer meiner Lektorinnen reiste ich nach Sabinov, eine Stunde nördlich von Košice, wo wir Einsicht in die Geburtsurkunden von Cilka und ihren Schwestern erhielten.

Man zeigte uns die Heiratsurkunde ihrer Eltern, und wir erfuhren die Namen ihrer Großeltern.

In Bardejov, wo Cilka und ihre Familie bis zur Deportation gelebt hatten, lasen wir Zeugnisse aus der Schule, die Cilka und ihre Schwestern besucht hatten. Sie hatten alle hervorragende Noten in Betragen. Cilka glänzte vor allem in Mathematik und in Sport.

Ich schlenderte durch die Straßen der Altstadt. Stand vor dem Haus, in dem Cilka gelebt hatte, fuhr mit der Hand über die Reste der Stadtmauer, die die Einwohner jahrhundertelang vor angreifenden Feinden geschützt hatte, Cilka aber nicht vor dem Meldebefehl der Nazis hatte schützen können. Es war ein schöner, ein friedlicher Ort – im Jahr 2019.

Mich tröstet das Wissen, dass Cilka fast fünfzig Jahre mit dem Mann zusammenlebte, den sie liebte, und dass sie ihren Freunden und Nachbarn zufolge ein gutes Leben hatte. Frau Samuely erzählte mir, wie oft Cilka im Freundeskreis von der Liebe zu ihrem Mann sprach. Die anderen Frauen, die selbst ihre Männer nicht so leidenschaftlich liebten, zogen sie damit auf.

Als ich über die Vergewaltigung (ja, es gibt kein anderes Wort dafür) in Auschwitz-Birkenau schrieb, fand ich in den gefilmten Zeugenaussagen nur sehr wenig dazu. Fündig wurde ich in neueren schriftlichen Berichten, für die *weibliche* Fragesteller mit Überlebenden über dieses Thema gesprochen hatten. Da las ich von der tiefen Scham, mit der diese Frauen über Jahrzehnte hinweg gelebt hatten; nie redeten sie von diesem Missbrauch, und nie wurden sie gefragt: »Wurden Sie von den Nazis sexuell bedrängt?« Dabei sollte die Scham unsere sein, nicht ihre. Über Jahrzehnte lebten sie mit der Wahrheit, der Realität dessen, was ihnen angetan wurde, und vergruben sie tief in ihrem Inneren.

Damit muss jetzt Schluss sein. Es ist an der Zeit, diese Verbrechen von Vergewaltigung und sexuellem Missbrauch als das zu bezeichnen, was sie waren: Verbrechen, die oft geleugnet wurden, weil sie keine »offizielle NS-Methode« waren. Ich stieß auf Aussagen, in denen Schwarzhuber selbst als »grinsender Wüstling« bezeichnet wurde (von einer Häftlingsärztin), und in einem Zeugenbericht las ich: »Es ging das Gerücht, dass sie [Cilka] [SS-Unterscharführer] Taube empfing.« Während Millionen jüdischer Männer, Frauen und Kinder starben, lebten viele vergewaltigte Frauen weiter unter der Last des Erlittenen, und sie schämten sich zu sehr, um ihren Familien, ihren Partnern gegenüber davon zu sprechen. Doch zu leugnen, was geschehen ist, heißt, die Augen vor der Wirklichkeit zu verschließen. Seit Urzeiten ist Vergewaltigung eine Waffe in Krieg und Unterdrückung. Warum hätten die Nazis, eines der heimtückischsten Regimes, die die Welt je erlebt hat, gerade dieser Form der Grausamkeit abschwören sollen?

Ich hatte das große Glück, drei Jahre lang mit Lale Sokolov bekannt zu sein und seine Geschichte aus erster Hand zu hören. Diesen Luxus hatte ich mit Cilka nicht. Aber ich war entschlossen, ihre Geschichte zu erzählen, ihr ein Denkmal zu setzen; und so überlegte ich mir, wie ich die Fakten und Berichte über ihre Lebensumstände in Auschwitz-Birkenau sowie im Gulag WorkutLag mit den Aussagen anderer, vor allem von Frauen, verweben konnte. Um die fiktionalen Elemente mit den Fakten zu verbinden, musste ich einen Roman schreiben; die Figuren erschuf ich auf der Grundlage meiner Lektüre und Recherche über die Lebensumstände in diesen Lagern. Manche Charaktere sind von echten Personen inspiriert, manchmal gehen sie auf mehr als ein Individuum zurück; daneben stehen komplett erfundene Charaktere. In den Teilen über Auschwitz-Birkenau gehen mehr Figuren auf echte Vorlagen zurück, weil ich über Lale von ihnen erfuhr.

Die Geschichte gibt ihre Geheimnisse nie einfach so preis. Fünfzehn Jahre lang erfuhr ich allmählich immer mehr über das verblüffende Leben ganz normaler Menschen in den unvorstellbarsten Umständen. Diese Reise führte mich aus einem Vorort von Melbourne, Australien, in die Straßen von Israel. Von Kleinstädten im slowakischen Hügelland an die Eisenbahnschienen von Auschwitz-Birkenau und die Gebäude dahinter. Ich habe mit Menschen gesprochen, die diese furchtbare Zeit erlebt haben. Ich habe mit ihren Angehörigen und

Freunden gesprochen. Ich habe die akribische Dokumentation von Yad Vashem und der Shoah Foundation
gesehen und handgeschriebene Dokumente in amtlichen
Archiven aus dem 19. Jahrhundert. Sie alle ergeben ein
Bild, aber manchmal ist dieses Bild nicht ganz scharf,
und häufig passen nicht alle Einzelheiten zusammen.
Die Herausforderung im Umgang mit Geschichte besteht darin, den wahren Kern herauszuschälen und dem
Geist derer nachzuspüren, die sie erlebten.

Wenige Tage bevor *Das Mädchen aus dem Lager – Der
lange Weg der Cecilia Klein* in Druck gehen sollte, tauch-
ten neue Fakten über ihre Eltern auf. Diese hatten
nichts mit Cilkas Zeit in den NS- und Sowjetlagern zu
tun, aber sie warfen doch ein neues Licht auf diese be-
merkenswerte Frau und ihre Herkunft. Mir machten sie
bewusst, dass die Geschichte von Cilkas Lebensweg
noch lange nicht fertig erzählt ist, auch nicht mit dem
Buch, das Sie in Händen halten.

Geschichten wie Cilkas müssen erzählt werden, und
es ist mir Mahnung und Ehre, sie an Sie weiterzurei-
chen. Cilka war einfach ein Mädchen, das zur Frau
wurde – der tapferste Mensch, dem Lale Sokolov je begegnet ist.

ZUSATZINFORMATIONEN

Cecilia »Cilka« Klein wurde am 17. März 1926 im ostslowakischen Sabinov (Zeben) geboren. Ihre Mutter war Fany Kleinová, geborene Blechová, ihr Vater Mikuláš Klein (geboren am 13. Januar 1895). Cilka war die jüngste von drei Töchtern ihres Vaters. Die älteste, Olga (geboren am 28. Dezember 1921), war die Tochter von Mikuláš und Cecilia Blechová (geboren am 19. September 1897). Als diese am 26. März 1922 starb, heiratete Mikuláš am 1. November 1923 Cecilias Schwester Fany Blechová (geboren am 10. Mai 1903). Mikuláš und Fany bekamen zwei Töchter, Magdaléna »Magda«, geboren am 23. August 1924, und Cecilia »Cilka«; Fany zog auch Olga wie eine eigene Tochter auf. Cilka erhielt den Vornamen ihrer Tante, und Olga war für Magda und sie zugleich Cousine und Halbschwester. In der fiktiven Erzählung verschmelzen Cilkas Schwestern zu einer Figur, Magda.

Im Geburtenregister der drei Mädchen ist Mikuláš als »heimatlos« verzeichnet; er war nämlich Ungar. Die Tschechoslowakei war am Ende des Ersten Weltkriegs nach der Auflösung der österreichisch-ungarischen Monarchie entstanden, und die Ostslowakei lag in diesem neu geschaffenen Land an der Grenze zu Ungarn. Mikuláš Klein war in der nordungarischen Stadt Szikszó 120 Kilometer südlich von Sabinov zur Welt gekommen. Sein Leben lang galt Mikuláš nicht als Staatsbürger der Tschechoslowakei.

Noch vor 1931 zog Cilkas Familie nach Bardejov (Bartfeld), wo die drei Mädchen zur Schule gingen. Man weiß, dass sie in der Kláštorská- und der Halusovástraße gewohnt haben. Als Mikuláš' Beruf ist auf den Geburtsurkunden und Schulzeugnissen seiner Töchter alles Mögliche angegeben – Handelsvertreter, Verkäufer, Industrieangestellter und zuletzt Fahrer. Offenbar arbeitete er für einen gewissen Herrn Rozner in Bardejov, womöglich als sein Fahrer.

Bei Ausbruch des Zweiten Weltkriegs annektierte Deutschland das Gebiet des heutigen Tschechien. Ungarn schlug sich auf die Seite des Deutschen Reichs, und die heutige Slowakei kapitulierte. Zwar bezeichnete sich die Bevölkerung zu diesem Zeitpunkt offiziell weiterhin als tschechoslowakisch, aber das Land war de facto zweigeteilt, und die Südslowakei wurde an Ungarn abgetreten. Das Schicksal der jüdischen Bevölkerung der Tschechoslowakei hing damit davon ab, in welchem Teil des Landes sie lebte. Die ungarischen Juden wurden 1944 in Lager verschleppt.

In Berichten der Überlebenden bezeichnen sich die Einwohner dieser Gegend häufig als »Slowaken«; daher verwende ich im Text beide Namen, Tschechoslowaken oder Slowaken, je nachdem, ob der Kontext ein offizieller oder ein privater ist. Ähnlich nannten sich Einwohner der tschechischen Gebiete häufig »Tschechen«. Slowaken und Tschechen hatten und haben bis heute zwei verschiedene (wenn auch sehr ähnliche) Sprachen, beide westslawisch mit großer Nähe zum Polnischen. Bei meinem Besuch in Cilkas Heimatstadt Bardejov erfuhr ich, dass sie wohl auch Russisch verstand, weil sie sicher auch mit dem Russinischen in Kontakt gekommen war.

1942 machten sich die Nationalsozialisten daran, die jüdische Bevölkerung der Slowakei zusammenzutreiben. Alle Juden aus Bardejov mussten sich nach Poprad (Deutschendorf) begeben, von wo aus sie in Viehwaggons nach Auschwitz deportiert wurden. Mikuláš und die drei Töchter erreichten Auschwitz am 23. April 1942, wo Cilka die Gefangenennummer 5907 erhielt. Es gibt keine Dokumente darüber, dass auch Fany Kleinová nach Auschwitz kam, aber Augenzeugen und Lale Sokolov erzählen, dass Cilka sah, wie ihre Mutter in Birkenau auf den Todeswagen gesetzt wurde. Höchstwahrscheinlich verließen sie alle gemeinsam Bardejov und warteten in Poprad auf ihren Weitertransport. Für Cilka ist bei ihrer Registrierung in Auschwitz der Beruf »Schneiderin« angegeben, ihre älteren Schwestern laufen unter »Hausfrauen«. Im Roman lasse ich die Töchter früher abreisen als ihre Eltern; das war ganz häufig der Fall, denn jüdische Familien erhielten den Befehl, taugliche junge Leute (im Alter von über sechzehn) zum Arbeitseinsatz zu schicken.

Bis auf Cilka und ihre Mutter ist die gesamte Familie im Yad-Vashem-Archiv als Opfer der Schoah verzeichnet. Wir wissen nicht, wann Mikuláš, Fany, Magda und Olga ermordet wurden, aber wir wissen, dass nur Cilka Auschwitz überlebte. (In einem Dokument habe ich gelesen, dass auch Cilka als Auschwitz-Opfer verzeichnet ist, aber das trifft auch für Lale Sokolov zu, und wir wissen, dass beide überlebten und in die Tschechoslowakei zurückkehrten.)

Kurz vor Kriegsende befreiten die Russen Auschwitz-Birkenau, und offenbar wurde Cilka zu diesem Zeitpunkt in das Krakauer Gefängnis Montelupich verbracht, womöglich nach einer Befragung/Filtration durch den NKWD (das wurde im Roman vereinfacht); dort wurde sie wegen Kollaboration verurteilt (ich verstehe darunter ihre Rolle in Block 25) und dafür gebrandmarkt, dass sie »mit dem Feind geschlafen« hatte. So verstand es Lale.

Von dort aus ging es für sie auf die lange, beschwerliche Reise nach Workuta nördlich des Polarkreises. Einige Aspekte ihres Aufenthalts dort habe ich aus Reportagen übernommen: ihre Arbeit in der Krankenstation; den Schutz einer Ärztin; die Fahrten mit dem Krankenwagen. Alexej Kuchtikow und seine Frau gehen lose auf reale Personen zurück. Kuchtikow war der Leiter beider Gefangenenlager in Workuta, WorkutLag und Retsch Lag, und während seiner Zeit initiierte er den Bau eines Kinderkrankenhauses (das natürlich von Gefangenen errichtet wurde).

Nach ihrer Freilassung wurde Cilka meines Erachtens entweder ins Gefängnis Pankrác oder ins Gefängnis von Ruzyně verbracht (beide in Prag), bevor sie schließlich in die Slowakei zurückkehrte. 1959 bestätigt ein Eintrag in ihrer Geburtsurkunde ihre tschechoslowakische Staatsangehörigkeit. Cilka war wieder zu Hause, und das Leben mit einem Mann, den sie liebte – sie hatte ihn im Gulag kennengelernt –, konnte beginnen. Alexandr ist ein ganz und gar fiktiver Charakter; den Namen des Mannes, den sie in Workuta kennenlernte und später heiratete, nenne ich nicht, um die Privatsphäre seiner Nachkommen zu schützen. Cilka und ihr Mann ließen sich in Košice (Kaschau) nieder, wo Cilka bis zu ihrem Tod am 24. Juli 2004 lebte. Sie hatten keine Kinder, aber alle ihre Bekannten, mit denen ich sprechen konnte, erzählten von ihrer großen gegenseitigen Liebe.

Heather Morris, Oktober 2019

NACHWORT VON OWEN MATTHEWS

Workuta –
die weiße Hölle

Das Letzte, was Cilka vom Todeslager Auschwitz-Birkenau sah, war wohl die schmiedeeiserne Inschrift über
dem Tor: »Arbeit macht frei«. Und das Erste, was sie bei
ihrer Ankunft im sowjetischen Gulag WorkutLag gesehen haben dürfte, war wieder eine Inschrift: »In der Sowjetunion bedeutet Arbeit Ehre und Ruhm«. Anderswo
stand: »Mit eiserner Faust führen wir die Menschheit
ins Glück«. Der Hang zur sadistischen Ironie war nur
eines der vielen Merkmale, die NS-Deutschland und
Stalins UdSSR gemeinsam hatten.

Hitlers Konzentrationslager und die sowjetischen
Gulags hatten den gleichen Daseinszweck: die Gesellschaft von ihren Feinden zu säubern und aus ihnen, bevor sie starben, so viel Arbeit herauszuschinden wie
möglich. Die einzigen wirklichen Unterschiede betreffen die Größenordnung – Stalins Gulag-System war
sehr viel größer als alles, was Hitler je plante – und die
Effizienz. Stalin wich sicher nicht grundsätzlich von
Hitlers Neigung zum Völkermord ab, sondern ver-

dammte ebenfalls ganze ethnische Gruppen wie Tschetschenen, Krimtataren und Wolgadeutsche zu Massendeportationen, Todesmärschen und Zwangsarbeit. Doch wo die Deutschen das Giftgas Zyklon B einsetzten, ließ Stalin lieber Kälte, Hunger und Erschöpfung ihr tödliches Werk tun.

Über 18 Millionen Menschen durchliefen von 1929 bis zu Stalins Tod 1953 das Gulag-System, so bezeugt es die akribische Registrierung der sowjetischen Behörden selbst. Sechs Millionen von ihnen, so die Schätzungen moderner Wissenschaftler, starben entweder in Gefangenschaft oder kurz nach der Freilassung. Wie in Hitlers Konzentrationslagern saßen in Stalins Gulags sowohl politische Gefangene als auch gemeine Kriminelle – dazu Menschen, die verurteilt wurden, weil sie politisch unzuverlässigen Völkern angehörten, wie Polen, Juden und Ukrainer, oder der falschen Klasse, wie wohlhabende Bauern oder einstige Aristokraten. In der Endphase des Zweiten Weltkriegs wuchs die Gulag-Bevölkerung durch deutsche Kriegsverbrecher und einfache deutsche Kriegsgefangene an, außerdem durch Hunderttausende sowjetische Soldaten, die sich, statt zu sterben, lieber ergeben hatten und daher der Kollaboration mit dem Feind bezichtigt wurden. Während Cilka im WorkutLag war, saß dort auch der Lagerleiter des KZ Sachsenhausen ein, Anton Kaindl, daneben berühmte jiddische, französische und estnische Schriftsteller, russische Kunstgelehrte und Maler, litauische und polnische Priester, ostdeutsche Liberaldemokraten und selbst ein britischer Soldat, der mit dem Britischen

Freikorps der Waffen-SS gekämpft hatte. Und neben all den Intellektuellen und Kriegsverbrechern gab es jede Menge Mörder, Vergewaltiger und sogar verurteilte Kannibalen.

Der Autor und Nobelpreisträger Alexander Solschenizyn, das berühmteste Gulag-Opfer und sein eifrigster Chronist, beschrieb Stalins System der Zwangsarbeitslager als Archipel Gulag. Ein treffender Ausdruck, denn die Lager verteilten sich über die elf Zeitzonen der Sowjetunion wie eine zusammenhängende Inselkette. Es gab Gulags in den größten Städten Russlands; in den einen schufteten deutsche Kriegsgefangene als Sklavenarbeiter, in anderen tüftelten gefangene Ingenieure und Wissenschaftler in Hightech-Gefängnislaboren. Die meisten Gulags aber lagen in den entlegensten Gegenden des sibirischen Nordens und im Fernen Osten – ganze Landesteile der UdSSR wurden tatsächlich von Staatsgefangenen kolonisiert, die Dutzende moderne Städte, Straßen, Eisenbahnen, Dämme und Fabriken errichteten, wo zuvor nur wüstes Ödland war.

Solch eine Siedlung war auch Workuta: eine Strafkolonie und eine winzige Insel des Lebens in einer rauen, unerschlossenen Gegend.

Ende der Zwanzigerjahre lokalisierten sowjetische Geologen riesige Kohlevorkommen im Permafrost der Tundra. Für Bäume war es in dieser Wüstenei zu kalt, nur der Fluss Petschora durchfloss das Land in Richtung Nordpolarmeer. Moskau lag an die 1900 Kilometer südlich, der Polarkreis 160 Kilometer. Die sowjetische Geheimpolizei fackelte nicht lange und verhaftete den bekannten russischen Geologen Nikolai Tichonowitsch, dem der Auftrag erteilt wurde, eine Expedition zu organisieren, um das erste Bergwerk der Region zu errichten. Im Frühsommer 1931 legte von Uchta aus ein Trupp mit 23 Mann per Boot nach Norden ab. Gefangene Geologen gaben die Richtung an, gewöhnliche Gefangene besetzten die Ruder, und ein kleines Kontingent der Geheimpolizei übernahm das Kommando. Per Boot und zu Fuß kämpften sie sich durch die Mückenschwärme, die im Sommer die Tundra bevölkern, und errichteten ein behelfsmäßiges Lager. »Das Herz zog sich zusammen angesichts der wilden, leeren Landschaft«, erinnert sich einer der Spezialisten unter den Häftlingen, der Geograf Kulewski. »Der absurd massive, schwarze, einsame Wachturm, die beiden armseligen Hütten, die Tundra und der Sumpf.«[1] Irgendwie überlebte die erschöpfte Gruppe den ersten Winter mit Temperaturen oft unter minus vierzig Grad und der Polarnacht, in der die Sonne sich vier Monate lang nicht über den Horizont erhebt. Im Frühjahr 1932 gruben sie, ausgestattet mit Spitzhacken, Schaufeln und Holzkarren, den ersten Schacht in Workuta.

Stalins Säuberungen – die Massenverhaftung verdächtiger Parteimitglieder und politisch unzuverlässiger wohlhabender Bauern, der Kulaken – begannen 1934 und lieferten die nötige Arbeitskraft, um dieses triste

---

[1] Nach Anne Applebaum, *Der Gulag*. Übersetzt von Frank Wolf, Berlin: Siedler 2003, S. 118 (fehlt in der deutschen Ausgabe).

Revier in ein bedeutendes Industriezentrum zu verwandeln. 1938 lebten in der Siedlung bereits 15 000 Gefangene, die 188 206 Tonnen Kohle gefördert hatten. Workuta war zum Hauptquartier des WorkutLag geworden, eines ausgedehnten Netzes von 132 getrennten Arbeitslagern, die über 90 000 Quadratkilometer bedeckten – mehr als die Fläche Irlands. 1945, als Cilka ankam, lebten im WorkutLag 62 700 Menschen, es galt als eines der größten und härtesten Lager im gesamten Gulag-System. Zwischen 1931 und 1957 durchliefen geschätzt zwei Millionen Gefangene die Lager von Workuta – und geschätzt 200 000 von ihnen kamen wegen Krankheit, Überarbeitung und unzulänglicher Ernährung im arktischen Klima ums Leben.

Seit den Vierzigerjahren war Workuta mit einer von den Gefangenen erbauten Eisenbahnlinie gut an das restliche Russland angebunden. Bis heute gibt es noch keine Straße nach Workuta. Auf dem instabilen Permafrost war eine nagelneue Stadt erbaut worden – auf einem Boden also, der nicht einmal im Sommer ganz auftaut. Die Stadt besaß ein geologisches Institut und eine Universität, Theater, Puppentheater, Schwimmbäder und Kindergärten. Die Wachleute und Verwaltungsbeamten hatten ein vergleichsweise luxuriöses Leben. »Das Leben in Norilsk war besser als anderswo in der Sowjetunion«, erinnert sich Andrej Tscheburkin, ein Vorarbeiter in einer benachbarten Nickelmine, dem Gulag Norilsk. »Alle Chefs hatten Hausmädchen, die sie sich aus dem Lager holten. Dann war das Essen ganz hervorragend. Es gab jede Art Fisch. Den konnte man sel-

ber in den Seen fangen. Während man in der Sowjetunion noch auf Lebensmittelkarten einkaufte, brauchten wir die dort kaum. Fleisch und Butter gab es zur
Genüge. Sekt, wenn man wollte, auch Krabben in Hülle
und Fülle. Kaviar ... Überall Fässer davon.«[2]

Bei den Gefangenen dagegen herrschten schockie-
rend andere Lebensbedingungen. Die meisten lebten in
dürftigen Holzbaracken mit unverputzten Wänden, die
Ritzen waren mit Lehm ausgestopft. Im Innenraum
drängten sich mehrstöckige Holzpritschen, ein paar
rohe Tische und Bänke und ein einziger Blechofen. Genau ein Foto von einer Frauenbaracke zeigt Einzelbetten und Stickarbeiten an den Wänden, so wie es in der
vorliegenden Geschichte dargestellt wird. Auf Foto-
grafien von Workuta aus dem Winter 1945 sind die Baracken praktisch unsichtbar – ihre steil abfallenden
Dächer reichen fast bis an den Boden, sodass der Schnee,
der sich rundherum türmt, sie vor der bitteren arktischen Kälte schützt.

Nahezu alle Überlebenden erwähnen den »schreck-
lichen Gestank«, der in den Baracken herrschte. Die
wenigsten Gulags besaßen Waschküchen; verdreckte,
schimmelige Kleider hingen daher zum Trocknen an
den Betten, Tischen und auf jeder verfügbaren Fläche.
Nachts benutzten die Gefangenen statt einer Toilette
eine *Parascha* – einen Kübel. Eine Gefangene schreibt,
dass es am Morgen »unmöglich war, die *Parascha* hin-

---

[2] Ebd., S. 294.

auszutragen, weshalb sie über den glitschigen Boden gezerrt wurde. Dabei schwappte sie unweigerlich über.« Vor lauter Gestank »blieb kaum noch Luft zum Atmen«[3].

Die meisten der über einhundert Lager von Workut-Lag hatten einen offenen Appellplatz, auf dem die Gefangenen zweimal täglich zum Durchzählen strammstanden. In der Nähe war eine Essensbaracke, in der die Gefangenen jeden Tag eine Suppe aus »verfaultem Kohl und Kartoffeln« bekamen, »manchmal ein Stückchen Schweinefett, manchmal Heringsköpfe« oder »Fisch oder Lunge und einige Kartoffeln«[4]. Um die Gefangenenzone verlief in der Regel ein doppelter Stacheldrahtzaun, an dem Schäferhunde entlangliefen, dahinter standen Wachtürme. Außerhalb des Zauns lagen die Baracken der Wachleute und die Verwaltungsgebäude.

Wer waren die Wachleute dieser Albtraumwelt? »Diese Wolfsbrut – woher kommt sie in unserem Volke«, fragt Solschenizyn. »Ist sie nicht von unserem Stamm? Nicht von unserem Blut? Doch.«[5] Einige der Gulag-Wachleute waren selbst ehemalige Gefangene. Sehr viel mehr Häftlinge dienten als *Blatnyje*, die privilegierten Häftlinge, die Sonderrationen Essen dafür bekamen, dass sie im Lager Ordnung hielten und über potenzielle Unruhestifter informierten.

---

[3]   Ebd., S. 225.

[4]   Ebd., S. 232.

[5]   Alexander Solschenizyn, *Archipel Gulag*. Übersetzt von Anna Peturnik, Reinbek: Rowohlt [15]2001, Bd. 1, S. 153.

Die meisten Wachleute aber waren hauptberufliche Geheimpolizisten, die sich freiwillig zu diesem Dienst meldeten. Die Männer, die sich zum Dienst bei der sowjetischen Geheimpolizei heranziehen ließen, konnten, so die berühmte Formulierung ihres Gründers Felix Dserschinski, nur »Heilige oder Schurken« sein. Ganz klar lockte dieser Einsatz überdurchschnittlich viele Sadisten und Psychopathen an, wie es die Erinnerungen des Lagerwachmanns Iwan Tschistjakow bezeugen, in denen er seine betrunkenen Untergebenen als einen »Haufen Außenseiter« beschrieb. Er nannte den Gulag »das reinste Irrenhaus« und träumte oft davon, die »Untaten« und den »Analphabetismus« seiner Offizierskollegen bloßzulegen. Der erschreckendste Einblick, den Tschistjakows Tagebuch gewährt, ist vielleicht der in das Innere eines humanen Menschen, der sich an ein inhumanes System anpasst. »Ich fange selbst an, dieses Mal im Gesicht zu tragen, diesen Stempel von Blödheit, Engstirnigkeit, eine Art Debilität«, schreibt er. »Ich bin zutiefst niedergeschlagen, das alarmiert mich.« Zugleich ist das Tagebuch eine Chronik des ureigenen Egoismus im menschlichen Leiden: Wie oft beklagt Tschistjakow sich für sich selbst, aber wie selten für die Häftlinge, die er als faul und ehrlos bezeichnet. »Heute … musste ich eine Frau verhaften, es gab Gemunkel über einen Ausbruch, Streit mit einem Rottenführer, eine Messerstecherei«, schreibt Tschistjakow. »Zur Hölle mit diesem Pack!« Doch ausgehungert und zu Tode geschunden wurden sie, nicht er.

»Um Böses zu tun, muß der Mensch es zuallererst als

Gutes begreifen oder als eine bewußte gesetzmäßige Tat«[6], schreibt Solschenizyn. Tschistjakow lieferte keine Rechtfertigung für das System der Sklavenarbeit, an dessen Funktionieren er mitwirkte – nur eine Einsicht in die Banalität des Bösen. Er und Hunderttausende andere Wachleute befolgten lediglich Befehle, und das inhumane System, dessen Teil er war, schien Tschistjakow so unausweichlich und unbesiegbar wie die zermürbende Kälte und die summenden Sommermücken.

In der eisigen Hölle von Workuta mussten männliche Gefangene zehn Stunden am Tag arbeiten – was bereits ein Nachlass war auf die bis März 1944 geltenden zwölf Stunden, weil zu viele Arbeitsunfälle allmählich die Produktivität beeinträchtigten –, und das in schlampig gebauten, hoffnungslos ungesicherten Kohlebergwerken. Ein Verzeichnis für das Jahr 1945 listet allein für die Kohlebergwerke von Workuta 7124 schwere Unfälle auf. Inspektoren machten dafür die Knappheit der Grubenlampen, Stromausfälle und die Unerfahrenheit der Arbeiter verantwortlich.

Nicht weniger hart war das Lagerleben für die Zehntausende weiblichen Häftlinge im WorkutLag. Zwar blieben ihnen die Gruben erspart, aber auch sie hatten schwere körperliche Arbeit zu leisten, etwa Kohle und Wasser schleppen, Gräben ausheben, in der Ziegelei schuften, Verpflegung verteilen und Baracken bauen. Die Frauenzonen waren von denen der Männer durch

---

[6] Ebd., S. 165.

Stacheldrahtwände abgetrennt – tagsüber aber vermischten sich die Gefangenen frei. Viele Wachleute sowie die mächtigsten *Blatnyje* hielten sich Frauen als Dienstmädchen und Geliebte. Häufig wurden sie als »Mann und Frau« bezeichnet. Vergewaltigungen durch Mitgefangene und Wachleute waren an der Tagesordnung. Ein Bericht von 1955 hält fest, dass »Geschlechtskrankheiten, Abtreibungen und Schwangerschaften üblich waren ... Schwangere wurden in ein Sonderlager verlegt, wo die Arbeit leichter war. Eine Mutter durfte zwei Jahre lang bei ihrem Kind bleiben, danach kam es in ein spezielles Kinderlager, und die Mutter kehrte in ihr ursprüngliches Lager zurück. Sie erhielt Fotos und Berichte über die Entwicklung des Kindes und durfte es gelegentlich auch sehen.« Demselben Bericht ist zu entnehmen, dass von 1000 weiblichen Häftlingen in der Ziegelei von Workuta Nr. 2 insgesamt 200 an Tuberkulose erkrankt waren.

Unter den harten Lagerbedingungen bildeten die Gefangenen Clans, um zu überleben. Polen, Balten, Ukrainer, Georgier, Armenier und Tschetschenen hatten alle ihre eigenen Brigaden, schliefen nach Ländern getrennt in eigenen Baracken und organisierten Feste zu ihren Feiertagen. Adam Galiński, ein Pole, der bei der antisowjetischen Polnischen Heimatarmee gekämpft hatte, schrieb: »Wir kümmerten uns besonders um die jungen Leute (...) und hielten sie bei Laune, die noch die höchste war in der degradierenden Atmosphäre von moralischem Niedergang, der zwischen den verschiedenen nationalen Gruppierungen unter den Häftlingen von Workuta herrschte.«[7] Juden dagegen waren ein Sonderfall – sie hatten keine gemeinsame Sprache und keine gemeinsame nationale Identität, um einen kohärenten Clan zu bilden. Viele Juden – etwa der einflussreiche jiddische Schriftsteller Der Nister, der 1950 in Workuta starb – waren verhaftet worden, weil sie ihre jüdische Identität zelebrierten. Und sie wurden verhöhnt und verfolgt wegen ihrer ethnischen Verbindung zu jüdischen Bolschewiken wie Genrich Jagoda, der das Gulag-System aufgebaut hatte.

Zehn Monate pro Jahr war die eisige Kälte ein ständiger tödlicher Begleiter des Lebens in Workuta. »Berührte man Metall mit der bloßen Hand, blieb sofort die Haut daran kleben«[8], erinnerte sich ein Gefangener. »Zur Toilette zu gehen, war extrem gefährlich. Ein akuter Durchfall konnte einen für immer im Schnee versinken lassen.«[9] Um dem erbarmungslosen Klima zu trotzen, waren die Gefangenen jämmerlich schlecht ausgestattet. Im WorkutLag besaßen laut Lagerberichten nur 25 bis 30 Prozent der Gefangenen Unterwäsche und nur 48 Prozent warme Stiefel. Die übrigen mussten sich mit dürftigem Schuhwerk behelfen, das sie aus Gummireifen und Lumpen zusammenschusterten.

Der arktische Sommer in Workuta, wenn das Buschland von roten Weidenröschen leuchtete und das Flach-

---

[7] Nach Applebaum, S. 326 f. (fehlt in der deutschen Ausgabe).

[8] Ebd., S. 251.

[9] Nach ebd. (fehlt in der deutschen Ausgabe).

land sich in einen ausgedehnten Sumpf verwandelte, war kaum leichter zu ertragen. Mücken und Gnitzen überfielen einen in riesigen grauen Wolken und mit so lautem Gesumm, dass man nichts anderes mehr hören konnte. »Die Mücken krochen in unsere Ärmel und Hosenbeine. Das Gesicht schwoll von den Stichen an«, erinnert sich ein Insasse des WorkutLag. »Wenn wir bei der Arbeit aßen, konnte es geschehen, dass die Suppe vor lauter Mücken aussah wie Buchweizengrütze. Sie krochen in Augen, Nase und Mund; sie schmeckten süß wie Blut.«[10]

An Flucht war nicht zu denken. Einige der entlegeneren Lager waren nicht einmal mit Stacheldraht umzäunt, so unwahrscheinlich war es, dass Gefangene es je über Hunderte Kilometer Wildnis in die Freiheit schaffen würden. Wenn doch Fluchtversuche unternommen wurden, dann in Dreiergruppen; der dritte Gefangene war als »Fleisch« dabei – als Proviant, falls sonst nichts Essbares aufzutreiben war.[11]

Ehemalige Gefangene erinnern sich an ihre Zeit im Gulag häufig als Aufenthalt in einer anderen Welt, mit eigenem Klima, eigenen Regeln, Werten und sogar einer eigenen Sprache. Wie Solschenizyn schreibt, war der »Gulag ein Universum« mit eigener Sprache und eigenen Codes. Für die Lagerverwaltung waren schwangere Frauen »Bücher«, Frauen mit Kindern »Quittungen«, Männer waren »Kunden«, freigelassene Häftlinge, die

---

[10] Ebd.
[11] Vgl. ebd., S. 425.

im Exil blieben, waren »Kehricht«, Häftlinge, gegen die ermittelt wurde, waren »Umschläge«, eine Lagerabteilung eine »Fabrik«[12]. *Tufta* war die Kunst, Arbeit vorzutäuschen, und *Mastyrka* die Kunst des Simulierens. Es gab eine vielfältige Untergrundkultur mit eigenen Tätowierungen für Politische, Drogenabhängige, Vergewaltiger, Homosexuelle, Mörder. Bald schwappte der Gulag-Slang zurück in die Massenkultur und wurde zum Slang der gesamten Sowjetunion; das reiche Vokabular der russischen Obszönitäten entwickelte sich hauptsächlich in den Lagern.

Gelegentlich erhoben sich die gequälten Sklavenarbeiter im Gulag gegen ihre Herren. Der Aufstand von Workuta im Juli und August 1953 war einer der mutigsten und tragischsten solcher Aufstände. Kurz nach Stalins Tod im März 1953 wurde sein Geheimdienstchef Lawrenti Berija in der Folge eines Machtkampfs im Politbüro verhaftet. An einem warmen Julitag legten die Insassen eines der Lager von Workuta die Arbeit nieder und forderten für die Gefangenen Zugang zu einem Anwalt und zu geregelten Prozessen. Als die Häftlinge in benachbarten Lagern sahen, dass die Förderräder im aufständischen Lager stillstanden, schlossen sie sich dem Streik an. Aus Moskau reisten hohe Offizielle an – der Generalstaatsanwalt der UdSSR und der Befehlshaber der internationalen Truppen versuchten, mit den Streikenden zu verhandeln. Am 26. Juli überfielen Ge-

---

[12] Nach ebd., S. 138 (fehlt in der deutschen Ausgabe).

fangene die hochgesicherte Strafbaracke und ließen 77 der Insassen frei, die in Isolierzellen eingesessen hatten – im Winter das reinste Todesurteil. Tage später griffen die Behörden schließlich durch; zusammengezogene Truppen eröffneten das Feuer auf die Aufständischen, töteten 66 von ihnen und verwundeten 135.

Der Aufstand von Workuta änderte gar nichts – aber in Moskau wandelte sich allmählich das politische Klima. Nikita Chruschtschow, der Gewinner des Machtkampfs um die Nachfolge Stalins, befahl die Freilassung von Hunderttausenden politischen Gefangenen. Später sollte er in einer Geheimrede auf dem Parteitag der KP Stalins Verbrechen verurteilen und die Überprüfung der meisten politischen Urteile des Großen Terrors anordnen. Ende 1956 wurden über 600 000 Terroropfer offiziell – posthum – rehabilitiert.

Freigelassene Häftlinge erhielten einen kleinen Geldbetrag und Reisebefehle in andere Teile der UdSSR. Die allermeisten von ihnen blieben *Limitschiki* – sie durften sich nicht näher als 101 Kilometer bei einer größeren Stadt niederlassen, vor allem, um nicht zu viel politischen Schaden bei den kommunismusgläubigen Stadtbewohnern anzurichten, wenn sie ihre Geschichten erzählten. Die übrigen ausländischen Gefangenen, meist deutsche Kriegsgefangene, wurden schließlich nach Hause entlassen. Einige gelangten in die USA und bezeugten vor dem Kongress den Horror im Gulag.

Heute leben in Workuta noch etwa 40 000 Menschen – viele sind Nachkommen der Häftlinge oder Wachleute, außerdem ein paar zähe neunzigjährige

Frauen, die dort gefangen waren und nie fortgingen. In Sowjetzeiten erhielten die Kumpel und Einwohner von Workuta einen großzügigen staatlichen Zuschuss dafür, dass sie die rauen Bedingungen ertrugen. Mit dem Untergang des Kommunismus endeten diese Subventionen, aber der Großteil der Bevölkerung blieb trotzdem. In den 2000er-Jahren wurde eine neue Gaspipeline gebaut, die neuen Wohlstand und eine neue Generation von Arbeitern brachte. Jedes Jahr am 31. Oktober treffen sich die Einwohner an einem Mahnmal für die Opfer – ein kleiner Quader mit einem Gewirr aus rostigem Stacheldraht an der Stelle, wo der Geologe Georgi Tschernow 1931 sein Zelt aufschlug und damit die Stadt gründete.

Das dauerhafteste Mahnmal der Gulag-Opfer bleibt aber das gedruckte Wort der Überlebenden – die Geschichten von ihrem Leben und ihrem Kampf, nicht nur, um weiterzuleben, sondern um sich ihre Menschlichkeit zu erhalten. Eine einfache Aufzählung von Entsetzlichkeiten verliert beim Lesen schnell an Bedeutung. Boris Pasternak schrieb über die menschengemachte Hungersnot, die Anfang der Dreißigerjahre in der Ukraine Millionen Menschenleben forderte: »Das war ein solch unmenschliches, unvorstellbares Elend, eine solch schreckliche Armut, dass es geradezu abstrakt wurde und sich nicht in die Grenzen des Bewusstseins einfügen wollte.«[13] Wenn man über den Gulag liest, meint

---

[13] Nach Christian Zehnder, *Axiome der Dämmerung: Eine Poetik des Lichts bei Boris Pasternak,* Köln, Weimar: Böhlau 2015, S. 318.

man sich irgendwann in Geschichten von einem anderen Planeten, der zu weit weg ist, um ihn verstehen zu können. Einen einzigartigen Einblick in das Gulag-System gewährt aber insbesondere Anne Applebaums jüngere Darstellung *Der Gulag* (übersetzt von Frank Wolf, Siedler 2003).

Doch hören wir, wie der Schriftsteller Warlam Schalamow, der siebzehn Jahre im fernöstlichen sowjetischen Kolyma überlebte, definierte, was es im Gulag bedeutete, sich ganz menschlich zu fühlen. »Ich dachte, dass der Mensch sich dann für einen Menschen halten kann, wenn er jeden Moment mit seinem ganzen Körper fühlt, dass er bereit ist, sich umzubringen«, sagt eine seiner Figuren in den *Erzählungen aus Kolyma*. »Dieses Bewusstsein gibt auch den Willen zum Leben. Ich prüfte mich viele Male, und die Kraft zum Tod spürend blieb ich am Leben.«[14] Er überlebte – so wie Cilka. Und genau darin bestand ihr Sieg.

Das letzte Wort muss Alexander Solschenizyn haben. »All jenen gewidmet, die nicht genug Leben hatten, um dies zu erzählen«, schreibt er zu Beginn seiner klassischen Studie *Der Archipel Gulag.* »Sie mögen mir verzeihen, daß ich nicht alles gesehen, nicht an alles mich erinnert, nicht alles erraten habe.«[15]

---

[14] Warlam Schalamow, »Die Vita des Ingenieurs Kiprejew«, in: ders., *Die Auferweckung der Lärche. Erzählungen aus Kolyma 4.* Übersetzt von Gabriele Leupold, Berlin: Matthes & Seitz 2011, S. 90.

[15] Solschenizyn, S. 6.

DANK

Lale Sokolov – Sie haben mir Ihre schöne Geschichte geschenkt und mir mitgegeben, was Sie von Cilka Klein wussten. Herzlichen Dank dafür, dass Sie mich zu *Das Mädchen aus dem Lager – Der lange Weg der Cecilia Klein* inspiriert haben.

Angela Meyer, bei einem Besuch in Lales Heimatstadt Krompachy saßen wir in den frühen Morgenstunden gemeinsam auf einem Fenstersims, erfanden die Welt neu und tranken Sliwowitz. Sie ermutigten mich dazu, Cilkas Geschichte zu meinem nächsten Projekt zu machen. Sie haben mich auf diesem Weg Schritt für Schritt begleitet, als Freundin und Verlegerin. Sie sind einfach brillant, witzig, immer darauf aus, Geschichten gut zu erzählen. Von ganzem Herzen: danke.

Kate Parkin, Programmleiterin bei Bonnier Books UK. Wie viele Autoren dürfen ihre Verlegerin eine Freundin nennen? Ich jedenfalls darf es. Ihr weiser Rat und Ihre Unterstützung waren und sind mir immer sicher. Vielen Dank.

Margaret Stead (Maverick), Neuseeländerin und

Reisende wie ich, Programmleiterin bei Zaffre, Bonnier Books UK: *Mauruuru*. Welch ein Talent, was für ein Mensch in meinem Team.

Ruth Logan, Leitung Lizenzen, Bonnier Books UK, danke, dass Sie Cilkas Geschichte zur Reise rund um die Welt verholfen haben, mit kundiger Unterstützung der wunderbaren Ilaria Tarasconi.

Jennie Rothwell, Lektorin, Zaffre, Bonnier Books UK, Ihr Adlerauge bei der Produktion der hochwertigsten Inhalte verbessert meine Texte mehr, als nötig sein sollte. Ich bin Ihnen zu Dank verpflichtet.

Francesca Russell und Clare Kelly, Leiterin und Mitarbeiterin im Marketing bei Zaffre, danke, dass Sie mich beschäftigen und Lesungen für die Geschichten organisieren, für deren Veröffentlichung alle bei Zaffre sich so engagieren.

Ich habe noch anderen bei Zaffre zu danken für ihre hervorragende Arbeit in der Herstellung, der Werbung und im Vertrieb. Nick Stearn, Stephen Dumughn und seinem Team, Nico Poilblanc und seinem Team. Ihnen allen danke. Der Sliwowitz geht auf mich.

Viele wunderbare Mitarbeiter bei St Martin's Press in den USA waren daran beteiligt, die Geschichte zu entwickeln und sie zum Druck zu bringen. Ein paar von ihnen muss ich hier nennen; die vollständige Dankesliste steht in der US-Ausgabe.

Eine Frau, die mich an einem New Yorker Aufzug mit breitem Lächeln und offenen Armen empfing, die Verlegerin von St Martin's Press, Sally Richardson. Danke. Danke. Der gleiche Empfang wurde mir zuteil durch die außergewöhnliche Lektorin Jennifer Ender-lin. Auch ihr meinen ehrlichen Dank. Ebenso dem übrigen Team, Namen und Funktionen werden in der US-Ausgabe genannt.

Benny Agius (Thelma), Verlagsleitung bei Echo Publishing, ein strahlendes, pulsierendes Leuchtfeuer, das mir immer wieder den Weg weist. Jemand, mit dem ich lachen kann und meine Sorgen teilen, wenn mein Leben in alle Richtungen auseinanderdriftet. Danke, dass Sie da sind.

Ďakujem (danke), Lenka Pustay. Sie gerieten in den Bann der Aufgabe, alles Mögliche über Cilka herauszufinden. Ihre Zeit, Mühe und Hartnäckigkeit, mit der Sie jeden einzelnen Stein nach weiteren Informationen umdrehten, machten es zur wahren Freude, auf der Empfängerseite zu sitzen.

Anna Pustay – *ďakujem*. Sie standen am Anfang meiner Reise nach Krompachy. Sie engagierten sich für Lales Geschichte und später genauso für Cilkas. Sie sind eine wunderschöne Dame.

Die Menschen in Košice, die Cilka kannten, mich zu sich einluden und von Cilka und ihrem Mann erzählten. Herr und Frau Samuely; Valéria Feketová; Michael Klein – *ďakujem*.

Meine Freunde in Krompachy, die mir so ans Herz gewachsen sind, die mir bei *Das Mädchen aus dem Lager* so vielfältig geholfen haben – Bürgermeisterin Iveta Rušinová, Dárius Dubiňák, Stanislav Barbuš und der immer lächelnde Fahrer, der mich gut und sicher an so viele Orte in der Gegend brachte, Peter Lacko – *ďakujem*.

Für die umfassende Recherche zum Leben im Gulag und speziell in Workuta gilt in Moskau der Rechercheurin Swetlana Tscherwonnaja mein tiefer Dank.

Danke, Owen Matthews, für Ihr brillantes Nachwort zum sowjetischen Gulag-System. Sie haben wissenschaftliche Forschungsergebnisse zu einer lesbaren, verständlichen Einführung in diese Welt verdichtet.

Freunde und Verwandte, die mich auf dem Weg zu *Das Mädchen aus dem Lager* begleitet haben – ich bin so glücklich, euch zu haben. Ich liebe euch. Mein großer Bruder John Williamson, der leider vor Erscheinen des Buchs verstorben ist, der aber sehr viel besser schrieb als ich und für dessen Hilfe ich ewig dankbar bin. Ian Williamson, Peggi Shea, Bruce Williamson, Stuart Williamson, Kathie Fong Yoneda, Pamela Wallace, Denny Yoneda, Gloria Winstone, Ian Winstone.

Die Menschen, die mir am wichtigsten sind und manchmal zu kurz kommen, wenn ich meine Zeit mit Recherche, Schreiben und Reisen verbringe – meine Kinder und Enkel. Ahren und Bronwyn, Jared und Rebecca, Azure-Dea und Evan und die goldigen Kleinen, für die ich einfach nur Grandma bin – Henry, Nathan, Jack, Rachel und Ashton. Ihr seid mein Leben, meine Welt.

Alyth und Alan Townsend, danke für die Unterbringung in meiner Seelenstadt – Christchurch, Neuseeland –, während ich *Das Mädchen aus dem Lager* schrieb. Was haben wir nicht schon hinter uns.

Und ganz besonders der Mann meines Lebens seit sechsundvierzig Jahren. Steve, wahrscheinlich kommst du bei meiner verrückten Reise am meisten zu kurz. Danke für deine Liebe, dein Verständnis, deine unbedingte Unterstützung, und ja, ich weiß, du bist mein größter Fan.

Haben Sie eine Geschichte zu erzählen?

Entdecken Sie mehr bewegende Geschichten und erzählen Sie Ihre gemeinsam mit Heather auf www.yourstoriesofhope.com.

Ein Ort des Schreckens.
Acht Bücher, die Hoffnung schenken.

Antonio Iturbe

Die Bibliothekarin von Auschwitz

Roman nach einer wahren
Geschichte

Aus dem Spanischen von Karin Will
Pendo, 464 Seiten
€ 22,00 [D], € 22,70 [A]*
ISBN 978-3-86612-470-7

Im alles verschlingenden Morast des KZ Auschwitz-Birkenau hat der Blockälteste Fredy Hirsch heimlich eine Schule aufgebaut. Ihr wertvollster Besitz sind acht alte Bücher. Fredy ernennt die 14-jährige Dita zur Bibliothekarin, sie soll die Bände künftig verstecken. Dita kümmert sich mit äußerster Hingabe um die kleine Bibliothek, und die Bücher geben zurück: Sie schenken Licht, wo nur noch Dunkelheit zu sein scheint, und bieten einen Anker, wo der Schmerz zu übermannen droht. Sie begleiten Dita und die anderen Häftlinge durch die Zeiten der größten Verzweiflung, bis wieder ein neuer Hoffnungsschimmer zu erkennen ist.

PenDO

*Cover- und Preisänderungen vorbehalten

Leseproben, E-Books und mehr unter **www.pendo.de**